해적의 시대

해적의
시대

PIRATE LATITUDES

마이클 크라이튼 | 이원경 옮김

김영사

해적의 시대

저자_ 마이클 크라이튼
역자_ 이원경

1판 1쇄 발행_ 2010. 8. 5.
1판3쇄 발행_ 2010. 9. 6.

발행처_ 김영사
발행인_ 박은주

등록번호_ 제406-2003-036호
등록일자_ 1979. 5. 17.

경기도 파주시 교하읍 문발리 출판단지 515-1 우편번호 413-756
마케팅부 031)955-3100, 편집부 031)955-3250, 팩시밀리 031)955-3111

값은 뒤표지에 있습니다.
ISBN 978-89-349-4025-8 03840

독자의견 전화_ 031) 955-3200
홈페이지_ http://www.gimmyoung.com
이메일_ bestbook@gimmyoung.com

좋은 독자가 좋은 책을 만듭니다.
김영사는 독자 여러분의 의견에 항상 귀 기울이고 있습니다.

PIRATE LATITUDES

차례

플로리다
아우구스티네
멕시코 만
바하마군도
바하마 해협
아바나
쿠바
대앤틸리
메리다
캄페체
유카탄
오초 리오스
자메이카
포트 로열
포트 모란트
멕시코
트루히요
뉴스페인
온두라스
모스키토 해안
니카라과
코스타리카
카르타헤
태평양
포르토벨로
베라구아
다리엔
파나마

대서양
레 카이크
이나구아
윈드워드 해협
투르크 군도
토르투가
몬테 크리스토
버진 군도
히스파뇰라
산 후안
마탄세로스
라모나스
산토 도밍고
푸에르토리코
세인트 키츠
과들루프
도미니카
카리브해
캣섬
몽키 베이
소앤틸리스 제도
바베이도스
그래나다
보카 델 드라곤
노네임 케이
토바고
트리니다드
마라카이보
베네수엘라

1
포트 로열

PIRATE
LATITUDES

1

영국 국왕 찰스 2세에게 지명받은 자메이카 총독 제임스 앨먼트 경(卿)은 습관적으로 일찍 일어났다. 이런 버릇은 홀아비로 늙어 가는 사내의 특징이었지만, 한편으로는 그가 통풍(痛風)의 고통으로 잠을 설치기 때문이기도 했다. 또한 해가 지면 덥고 습해지는 영국령 자메이카의 기후 특성도 한몫했다.

1665년 9월 7일 아침, 여느 때와 다름없이 총독 관저 삼 층 침실에서 일어난 그는 곧장 창가로 가서 날씨와 다가올 하루를 살폈다. 총독 관저는 빨간색 기와지붕을 얹은 인상적인 벽돌 건물이었다. 또한 포트 로열에 있는 유일한 삼 층짜리 건물로서 전망이 뛰어나 도시가 훤히 내려다보였다. 저 아래에서는 점등부들이 거리를 돌면서 지난밤의 등불을 끄고 있었다. 리지 가(街)에서는 주둔군 오전 순찰대가 진창에 쓰러져 있는 주정뱅이들과 시신들을 수습하고 있었다. 앨먼트 총독의 방 창문 바로 밑에서는 물통을 잔뜩 실은 마차들이 덜컹거리며 지나가고 있었는데, 그 물은 여기서 몇 마일 떨어진 리오 코브라에서 퍼 온 것이었다. 그 소리를 제외하면 포트 로열은 고요했다. 지난밤 마지막 술꾼들이 정신을 잃고 쓰러진 뒤부터 부둣가에서 소란스러운 장사판이 벌어지는 아침 전까지의 짧은 고요.

비좁고 답답한 시가지에서 항구로 눈을 돌리자, 바다 위에서 흔들거리는 돛대의 숲이 보였다. 크고 작은 선박 수백 척이 항구에 정박해 있거나 부두로 견인되고 있었다. 더 멀리 앞바다를 내다보니, 작은 섬 너머 래컴의 모래톱 근처에 영국 상선 브릭(가로돛을 다는 두대박이 범선의 일종) 한 척이 정박해 있었다. 간밤에 도착한 배가 틀림없었다. 그 배의 선장은 동이 트길 기다렸다가 포트 로열에 입항하는 신중한 선택을 했다. 총독이 지켜보는 가운데 점점 밝아오는 새벽빛 속에서 상선의 가운데돛이 풀리기 시작했고, 그 배를 견인하기 위해 찰스 요새 근처 해변에서 롱보트(범선 견인 등에 사용되는 대형 보트) 두 척이 출발했다.

제임스 앨먼트 총독은 사략선(승무원은 민간인이지만 교전국 정부로부터 적선을 공격하고 나포할 권리를 인정받은 무장 민간 선박)이 포획해 온 전리품 중 십분의 일을 항상 자신의 금고로 옮겨 놓았기 때문에 이 지역에서 '십일조 제임스'라고 불렸다. 창밖을 바라보던 그가 갑자기 돌아서서 아픈 왼쪽 다리를 절룩거리며 화장실로 갔다. 상선에 대한 생각은 금세 잊혔다. 이 특별한 날 아침에 총독에게는 교수형 참관이라는 언짢은 임무가 기다리고 있었기 때문이다.

지난주에 병사들이 르클레르크라는 이름의 프랑스인 강도를 체포했는데, 그는 이 섬의 북부 해안에 있는 오초 리오스 정착촌을 약탈한 혐의를 받는 자였다.

습격에서 살아남은 몇몇 마을 주민의 증언에 따라 사형을 언도받은 르클레르크는 하이 가(街)에서 공개적으로 처형될 예정이었다. 앨먼트 총독은 그 프랑스인이 어떻게 되든 별 관심이 없었지만 직책상 처형을 참관해야 했다. 오전 내내 지루하고 의례적인 시간을 보내야 한다는 뜻이었다.

총독의 하인인 리처즈가 방으로 들어왔다.

"안녕히 주무셨습니까, 각하. 클라레(프랑스 보르도에서 생산되는 포도주) 대령했습니다."

총독은 그에게서 술잔을 받자마자 한입에 꿀꺽 마셔 버렸다. 리처즈가 세면용품들을 늘어놓았다. 장미수가 담긴 대야, 으깬 머틀베리(향료 식물인 도금양의 열매)가 담긴 그릇, 치마분(이를 닦을 때 쓰는 가루 치약)이 담긴 작은 그릇과 양치 천. 앨먼트 총독이 세안을 시작하는 동안, 리처즈는 여느 아침과 다름없이 방 안에 향수를 칙칙 뿌렸다.

"교수형을 집행하기에는 더운 날이네요."

리처즈의 말에 총독은 끙 소리로 동의했다. 그러고는 으깬 머틀베리를 성긴 머리에 발랐다. 올해 쉰한 살인 앨먼트 총독은 십 년 전부터 탈모가 진행되었다. 딱히 외모에 집착하는 남자가 아니어서 대머리가 되는 걸 크게 두려워하지는 않았다. 물론 평소에는 주로 모자를 썼다. 그래도 탈모를 치료하려고 이런저런 방법을 시도해 보았는데, 수년 전부터 그는 플리니우스(고대 그리스의 박물학자)가 처방한 전통적인 치료제인 머틀베리를 애용했다. 또한 백발을 예방하려고 올리브오일과 재, 지렁이를 섞어 으깬 것을 발랐다. 하지만 냄새가 너무 지독해서 자주 바르지 않은 탓에 큰 효과를 보지는 못했다.

앨먼트 총독은 장미수로 머리를 감고 수건으로 닦은 다음 거울에 얼굴을 비춰 보았다.

영국령 자메이카의 최고위 관리로서 그가 가진 특권 중 하나는 이 섬에서 가장 훌륭한 거울을 소유한 것이었다. 가로 세로 길이가 일 피트 정도인 그 거울은 품질이 뛰어나서 아주 매끈하고 흠집 하나 없었다. 작년에 시내의 한 상인이 런던에서 가져와 보관하고 있던 물건인데, 앨먼트 총독이 이런저런 핑계를 대고 압수했다. 그는 재물에 초연한 사람이 아니었다. 또한 그런 고압적인 행위가 경외감을 심어 준다고 믿었다. 전임 총독 윌리엄 리턴 경은 런던에서 그에게 이렇게 경고했다.

"자메이카는 도덕적 해이가 만연한 지역은 아니라네."

앨먼트 총독은 훗날 그 말을 종종 떠올렸다. 실상을 아주 완곡히 표현한 말이라고. 앨먼트 총독은 그렇게 에둘러 말하는 타입이 아니었다. 잘못을 용납하지 않는 몹시 성마른 기질이었는데, 그는 자신의 성깔을 통풍 탓으로 돌렸다.

거울에 비친 자신을 바라보던 앨먼트 총독은 이발사 엔더스에게 가서 수염 손질을 해야겠다고 생각했다. 미남이 아닌 그는 '족제비처럼 뾰족한' 얼굴에 푸근한 인상을 주려고 수염을 텁수룩하게 길렀다.

총독은 거울 속의 자신이 못마땅한 듯 툴툴거리고 양치질을 시작했다. 우선 토끼 머리와 석류 껍질, 복숭아꽃을 갈아 만든 치마분을 물 적신 손가락에 묻혔다. 그 손가락으로 힘차게 이를 닦으면서 나직이 흥얼거렸다.

창가에서 리처즈가 입항하는 배를 바라보며 말했다.

"저 상선의 이름이 갓스피드 호라더군요, 각하."

"그래?"

총독은 장미수 한 모금으로 입속을 헹군 다음 대야에 뱉고 양치 천으로 이를 닦았다. 네덜란드에서 건너온 그 우아한 양치 천은 테두리가 레이스로 장식되어 있는 빨간색 실크였다. 총독은 그런 천을 네 장 갖고 있었는데, 그것들 역시 식민지 내에서 그의 지위를 말해 주는 징표였다. 하지만 그중 한 장은 이미 못 쓰게 되었다. 조심성 없는 하녀가 돌로 두드려 빠는 원주민 방식으로 빨래하는 바람에 섬세한 천이 찢어져 버렸다. 이곳 하인들은 부리기가 까다롭다. 전에 윌리엄 경이 그 이야기도 했다.

리처즈는 예외였다. 그는 보기 드문 남자 하인이었으며, 비록 스코틀랜드인이지만 깨끗하고 충성스러워서 꽤 믿음직했다. 또한 이 도시에서 벌어지는 일들과 소문을 낱낱이 전해 주었다. 그가 없다면 총독은 세상 돌아가는 일에 어두웠을 것이다.

"갓스피드 호라고 했나?"

"네, 각하."

리처즈는 이날 총독이 입을 옷을 침대 위에 늘어놓으며 대답했다.

"내 새 비서도 탑승했나?"

지난달 받은 급보에 따르면 갓스피드 호는 로버트 해클릿이라는 새로운 총독 비서를 태워 오기로 되어 있었다. 제임스 경은 그에 대해 들은 바가 전혀 없어서 빨리 만나고 싶었다. 루이스가 이질로 죽은 뒤 여덟 달 동안 총독 비서 자리는 공석이었다.

리처즈가 대답했다.

"아마 그럴 겁니다, 각하."

앨먼트 총독이 화장을 하기 시작했다. 우선 백연(白鉛)과 식초를 섞어 만든 크림을 얼굴과 목에 발라 요즘 유행하는 창백한 색깔을 냈다. 그런 다음 볼과 입술에는 푸쿠스라는 해초와 오커(황토색을 내는 안료)로 만든 물감을 발랐다.

"교수형을 늦게 시작하라고 할까요?"

리처즈가 총독에게 약용 기름을 가져다주며 물었다.

"아니, 됐어."

앨먼트 총독은 얼굴을 찡그리며 기름을 한 스푼 먹었다. 런던에서 한 밀라노 사람이 털이 붉은 개에서 추출한 이 기름은 통풍에 효험이 있다고 했다. 총독은 그 기름을 아침마다 꼬박꼬박 먹었다.

곧이어 총독이 옷을 입었다. 리처즈는 총독의 가장 좋은 정복을 입을 순서대로 늘어놓았다. 총독은 우선 하얀색 고급 실크 튜닉(소매가 짧은 속옷)을 입고, 이어서 회청색 호즈(더블릿과 함께 입는 타이츠)를 입었다. 그런 다음 초록색 벨벳 더블릿(중세부터 17세기 중엽까지 남자들이 입던 몸에 꼭 끼는 상의)을 입었는데, 너무 빽빽하게 누벼 놓아서 끔찍이 더웠지만 공무(公務)가 있는 날에는 반드시 입어야 했다. 깃털이 달린 멋들어진 모자가 총독의 옷차림을 완성했다.

이렇게 되기까지 족히 한 시간은 걸렸다. 열린 창문을 통해 저 아래 잠에서 깨어나는 도시로부터 이른 아침의 소란과 고함 소리가 들려왔다.

총독이 한 걸음 뒤로 물러나 자신의 모습을 리처즈에게 보여 주었다. 리처즈가 옷깃의 프릴을 매만져 주고는 만족한 듯 고개를 끄덕이며 말했다.

"스코트 사령관이 마차에서 기다리고 있습니다, 각하."

"그래, 알았네."

이윽고 총독이 천천히 움직이기 시작했다. 걸음을 내디딜 때마다 왼쪽 엄지발가락이 쑤시듯 아팠다. 무겁고 화려한 더블릿 속에서는 이미 땀이 배어나기 시작했으며, 두 귀와 한쪽 뺨에선 화장이 녹아 흘러내리고 있었다. 자메이카 총독은 힘겹게 관저 층계를 내려가 마차로 걸어갔다.

2

통풍을 앓는 사람에게는 마차로 자갈 포장길을 따라 짧은 거리를 이동하는 것조차 고통스럽다. 그 이유만으로도 앨먼트 총독은 교수형 참관 의식을 질색했다. 그가 이런 행사를 싫어하는 또 다른 이유는, 자신이 다스리는 영지 한가운데로 직접 들어서야 하기 때문이었다. 그로선 높다란 관저 창가에서 내려다보는 편이 훨씬 좋았다.

1665년 당시 포트 로열은 신흥 도시였다. 크롬웰(영국내란 당시 찰스 1세에 맞선 의회 진영의 유력한 장군)의 원정대가 스페인령 자메이카 섬을 점령하고 십 년이 지난 지금의 포트 로열은 비참하고, 썰렁하고, 질병이 만연한 모래땅에서 비참하고, 북적이고, 교수형이 만연한 인구 팔천 명의 도시로 변했다.

물론 포트 로열은 부유한 도시였다. 세계에서 가장 부유한 도시라고 말하는 사람들도 있었다. 하지만 결코 쾌적한 곳은 아니었다. 잉글랜드에서 온 선박들의 밸러스트(배가 뒤집히지 않게 하려고 뱃바닥에 쌓는 석탄이나 돌, 쇠 따위)였던 자갈로 포장한 길은 몇 군데 없었다. 거리는 대부분 좁은 진창길이어서 쓰레기와 말똥 냄새가 나고 파리와 모기가 들끓었다. 건물들은 다닥다닥 붙어 있고 나무나 벽돌로 조악하게 지어져 있었으며, 그 용도도 너절해서 선술집과 여인숙, 도박장, 갈봇집 따위가 끝없이 이어져 있었다. 수시로 드나드는 수많은 선원과 방문객을 위한 건물들이었다. 그 밖에 합법적인 상인들의 가게도 조금 있었고, 도시 북단에는 윌리엄 리턴

전 자메이카 총독의 완곡한 표현을 빌리자면 '썩 인기 없는 곳'인 교회가 있었다.

물론 제임스 앨먼트 총독과 그의 식솔들은 이곳 지역 사회의 몇몇 신실한 신도들과 함께 주일마다 예배에 참석했다. 하지만 이따금 술 취한 선원이 난입해 예배를 방해했는데, 그들은 불경스러운 욕설과 고함을 지르며 의식을 어지럽혔고, 한번은 총질까지 했다. 이 사건 직후 제임스 경은 그 선원을 이 주간 감방에 가두었지만 섣불리 처벌을 내리지는 않았다. 자메이카 총독의 권위는, 이 역시 윌리엄 경의 말을 빌리자면 '종이처럼 얇고 유리처럼 잘 깨지기' 때문이었다.

자메이카 총독으로 임명된 뒤 제임스 경은 윌리엄 경과 함께 저녁 한때를 보냈다. 윌리엄 경은 신임 총독에게 자메이카의 현황을 설명해 주었다. 제임스 경은 열심히 경청했고 충분히 이해했다고 생각했다. 하지만 실제로 불쾌한 상황에 맞닥뜨리지 않고서는 어느 누구도 신세계(유럽인들이 남북 아메리카 대륙을 가리켜 부르던 이름)에서의 삶을 제대로 이해할 수 없었다.

마차를 타고 포트 로열의 냄새나는 거리를 달리면서 창밖으로 서민들의 인사에 고개를 끄덕이던 앨먼트 총독은 자신이 너무나 많은 것을 아주 자연스럽고 일상적으로 받아들이게 되었다는 사실에 놀랐다. 이제 그는 더위와 파리 떼, 지독한 악취를 대수롭지 않게 여겼다. 도둑질과 부정한 상거래를 예삿일로 여겼고, 사략선 선원들의 주정과 난동을 보고도 놀라지 않았다. 그밖에도 수많은 일에 적응이 되었다. 덕분에 항구에서 밤마다 귀 따가운 고함과 총성이 끊임없이 들려오는데도 잠을 잘 수 있었다.

하지만 여전히 그를 짜증 나게 하는 것이 한두 가지가 아니었으며, 가장 거슬리는 것들 중 하나가 바로 맞은편 의자에 앉아 있었다. 자칭 품위와 예절의 수호자인 찰스 요새 주둔군 사령관 스코트는 자신의 군복에서 보이지 않는 먼지를 털어내며 말했다.

"각하, 간밤에 별고 없으셨겠지요? 아침부터 교수형 참관을 하셔야 하는데 기분이 어떠신지 모르겠습니다."

"잠은 잘 잤네."

앨먼트 총독은 무뚝뚝하게 대꾸했다. 그는 주둔군 사령관이란 작자가 진중한 군인이 아니라 멋 부릴 줄 밖에 모르는 멍청이라는 사실을 속으로 개탄했다. 이자 때문에 자메이카에서의 삶이 얼마나 위태롭단 말인가. 이런 생각을 하는 것이 벌써 백 번째였다.

스코트 사령관은 향수를 뿌린 레이스 손수건을 코에 대고 가볍게 숨을 들이마시며 말했다.

"보고에 따르면 사형수 르클레르크의 처형 준비가 모두 끝났다고 합니다."

앨먼트 총독은 스코트 사령관에게 눈살을 찌푸리며 말했다.

"잘됐군."

"한 가지 소식이 더 있습니다. 현재 영국 상선 갓스피드 호가 항구로 들어오는 중이고, 그 배의 승객 중에는 각하의 새 비서로 일할 로버트 해클릿이라는 친구가 있다더군요."

총독이 대꾸했다.

"지난번 비서처럼 멍청한 놈이 아니어야 할 텐데."

스코트 사령관이 맞장구쳤다.

"물론이죠. 지당한 말씀입니다."

그러고는 고맙게도 입을 다물었다. 마차가 하이 가(街) 광장으로 들어서자, 교수형을 구경하려고 모여든 인파가 보이기 시작했다. 앨먼트 총독과 스코트 사령관이 마차에서 내리자 여기저기서 박수가 터져 나왔다.

총독은 살짝 고개를 끄덕였다. 사령관이 허리 숙여 인사하고 말했다.

"꽤 많이 모였군요. 저는 이렇게 많은 아이들과 젊은이들을 보면 언제나 뿌듯합니다. 처형 광경이 이들에게 산 교육이 될 테니까요. 안 그렇습니까?"

"음."

총독은 짧게 대답했다. 그러고는 군중 앞쪽으로 나아가 교수대 그늘 속에 섰다. 하이 가의 교수대는 워낙 뻔질나게 쓰여서 치워질 일이 없었다. 낮게 묶여 있는 가로대에 억센 올가미가 땅에서 칠 피트 높이로 매달려 있었다.

총독이 신경질적인 말투로 물었다.

"사형수는 어디 있나?"

사형수가 보이지 않았다. 총독은 등 뒤로 두 손을 잡았다 풀었다 하면서 노골적으로 짜증을 내며 기다렸다. 이윽고 수레의 도착을 알리는 나직한 북소리가 들려왔다. 잠시 후 구경꾼들이 고함을 지르고 웃음을 터뜨리는 가운데 군중이 갈라지면서 그 사이로 수레가 나타났다.

사형수 르클레르크는 양손이 등 뒤로 묶인 채 꼿꼿이 서 있었다. 그가 입고 있는 잿빛 튜닉에는 조롱하는 군중이 던진 쓰레기가 군데군데 묻어 있었다. 하지만 그는 계속 턱을 높이 쳐들었다.

스코트 사령관이 총독에게로 몸을 숙였다.

"당당한 인상을 풍기는 자로군요."

총독은 대꾸하지 않았다.

"저는 당당하게 죽는 자를 높이 평가합니다."

이번에도 총독은 말이 없었다. 수레가 교수대 쪽으로 다가가 뒤로 방향을 틀자 사형수가 군중과 마주했다. 사형 집행인인 헨리 에드먼즈가 총독 쪽으로 걸어오더니 허리를 깊이 숙여 인사했다.

"좋은 아침입니다, 각하. 그리고 스코트 사령관님. 두 분께 프랑스인 사형수 르클레르크를 소개해 올리겠습니다. 이자는 최근에 아우디엔시아(스페인이 아메리카 식민지에 설립한 법원)에서 사형을 언도받고……."

총독이 말허리를 잘랐다.

"시작하게나, 헨리."

"분부대로 하겠습니다, 각하."

사형 집행인이 빈정 상한 표정으로 다시 허리를 굽히고는 수레로 돌아갔다. 그리고 옆에 서서 올가미를 르클레르크의 목에 걸었다. 그런 다음 수레 앞쪽으로 걸어가 노새 옆에 섰다. 정적의 순간이 찾아왔다. 그 순간이 너무 길어졌다.

마침내 사형 집행인이 홱 돌아서서 소리쳤다.

"테디! 망할 자식, 정신 차려!"

그러자 곧바로 사형 집행인의 아들인 어린 소년이 빠르게 북을 두드리기 시작했다. 사형 집행인이 군중 쪽으로 돌아서서 스위치를 공중으로 높이 올리고 노새를 한 대 후려쳤다. 수레가 덜거덕거리며 떠나자 사형수가 허공에 발길질하며 몸부림치기 시작했다.

앨먼트 총독은 발버둥치는 르클레르크를 지켜보았다. 숨이 막혀 캑캑대는 소리를 듣고, 자줏빛으로 변하는 얼굴을 보았다. 질척한 땅 위로 일내지 이 피트 높이에 떠 있는 프랑스 사내가 앞뒤로 흔들리면서 격렬하게 발길질을 하기 시작했다. 머리통에서 눈이 튀어나올 것만 같았다. 그가 혀를 내밀었다. 부들부들 떨리는 몸뚱이가 밧줄 끝에서 경련하고 뒤틀리기 시작했다.

"좋아."

마침내 총독이 군중 쪽으로 고개를 끄덕였다. 그러자 곧바로 억센 사내 두 명이 앞으로 튀어나갔다. 사형수의 친구들이었다. 그들은 바동거리는 사형수의 두 발을 붙들고 잡아당겼다. 차라리 빨리 죽게 목을 부러뜨리려는 것이었다. 하지만 그들은 서툴렀고 사형수는 강했다. 오히려 사형수의 힘찬 발길질 때문에 두 사내들이 진창으로 끌려 들어갔다. 죽음의 고통이 몇 초간 계속되다가 마침내 갑자기 몸뚱이가 축 늘어졌다.

사내들이 뒤로 물러섰다. 르클레르크의 바지를 따라 오줌이 흘러내려 진창에 떨어졌다. 밧줄 끝에 매달린 몸뚱이가 힘없이 앞뒤로 흔들렸다.

"잘 끝났군요."

스코트 사령관이 환한 웃음을 지으며 말했다. 그가 사형 집행인에게 금화 한 닢을 던졌다.

총독은 몹시 허기지다는 생각을 하면서 뒤돌아 다시 마차에 올랐다. 콧속에서 도시의 악취를 몰아내고 식욕을 한층 더 돋우려고 코담배를 조금 흡입했다.

스코트 소령은 새 비서가 하선했는지 보러 항구에 들르자고 제안했다. 마차가 부둣가에 멈춰 섰다. 총독이 필요 이상으로 걷는 것을 싫어한다는 걸 잘 아는 마부는 가능한 한 부두 가까이에 마차를 세웠다. 마부가 문을 열어 주자 앨먼트 총독은 냄새 고약한 아침 공기 속으로 오만상을 지으며 내려섰다.

잠시 후 그는 자신을 바라보는 삼십대 초반의 젊은 사내를 발견했다. 사내도 총독처럼 무거운 더블릿 차림으로 땀을 흘리면서 허리 굽혀 인사했다.

"처음 뵙겠습니다, 각하."

"만나서 반갑네. 자네는 누군가?"

앨먼트 총독은 살짝 허리 숙여 인사하며 물었다. 다리가 아파서 깊이 숙일 수가 없었다. 더구나 그는 이런 형식적인 행위를 싫어했다.

"브리스틀(잉글랜드 서남부의 항구 도시)에서 온 상선 갓스피드 호의 선장 찰스 모턴입니다."

그가 서류를 내밀었다. 총독은 그것들에 눈길도 주지 않고 물었다.

"어떤 짐을 싣고 왔지?"

"잉글랜드 서부 지역의 브로드클로스(양털로 만든 천)와 스타우어브리지의 유리, 철물입니다. 각하께서 들고 계신 송장에 적혀 있습니다."

"승객은 있나?"

송장을 펼친 총독은 안경을 갖고 오지 않았다는 걸 깨달았다. 물품 목록은 거무스레하게만 보였다. 총독은 짜증스러운 표정으로 송장을 휙 훑어보고는 다시 덮었다.

모턴이 질문에 대답했다.

"각하의 새 비서인 로버트 해클릿 씨가 타고 있습니다. 그분의 부인도 계시죠. 상인 자격으로 이곳에 온 자유민 여덟 명과 더불어, 런던의 앰브리턴 경께서 보내신 여자 죄인 서른일곱 명도 있습니다. 이곳 식민지 남성들의 신붓감으로 보내신 거죠."

"사려 깊은 분이시군."

앨먼트 총독은 무덤덤하게 말했다. 이따금 잉글랜드의 대도시에서 고위 관리가 여자 죄인들을 자메이카로 보내곤 하는데, 그들을 자기 지역 감옥에 수용하는 데 드는 비용을 떠넘기려는 빤한 수작이었다. 총독은 이번에 새로 온 여자들에 대해서도 별 기대를 하지 않았다.

"그런데 해클릿은 어디 있나?"

모턴 선장이 쭈뼛쭈뼛 머뭇거리며 대답했다.

"배 안에서 부인과 함께 소지품을 챙기고 있습니다, 각하. 해클릿 부인이 항해 내내 몹시 고생했거든요."

"알 만하군."

앨먼트 총독은 새 비서가 자신을 보러 부두로 나오지 않은 것에 화가 났다.

"해클릿이 나에게 전할 메시지를 갖고 있나?"

모턴이 대답했다.

"아마 그럴 겁니다."

"그렇다면 해클릿에게 사정이 나아지는 대로 신속히 총독 관저로 와서 나를 만나라고 전해 주게나."

"그러겠습니다, 각하."

"조금만 기다리면 사무장과 세관원 고어가 와서 송장을 확인하고 화물 하역을 감독해 줄 걸세. 오는 길에 몇 명이나 죽었나?"

"둘뿐입니다, 각하. 둘 다 이급 선원이었습니다. 한 명은 물에 빠져 익사했고, 한 명은 부종(결합 조직의 세포 사이 공간에 림프액이나 장액 따위가 괴어 몸이 붓는 병)으로 죽었죠. 다행히도 입항하지 못하는 사태는 벌어지지 않았습니다."

앨먼트 총독이 망설이다 물었다.

"무슨 뜻인가? 입항하지 못하다니?"

"한 놈이라도 흑사병으로 죽었다면 그랬을 거란 뜻입니다, 각하."

아침의 더위 속에서 앨먼트 총독이 눈살을 찌푸렸다.

"흑사병?"

"최근에 런던과 일부 외곽 도시에 흑사병이 퍼졌다는 소식 모르십니까?"

앨먼트 총독이 대답했다.

"금시초문이라네. 런던에 흑사병이 돈단 말인가?"

"그렇습니다, 각하. 지난 몇 달간 엄청난 속도로 퍼져서 수많은 목숨을 앗아 갔습니다. 소문에 따르면 암스테르담에서 시작되었다더군요."

앨먼트 총독은 탄식했다. 지난 몇 주 동안 잉글랜드에서 배가 한 척도 오지 않은 까닭이 이제야 이해되었다. 왕실에서 전갈이 오지 않은 것도 그 때문이었다. 십 년 전 런던에 창궐했던 흑사병을 떠올린 총독은 자신의 누이와 조카가 시골로 거처를 옮길 정신이 있었기를 마음속으로 빌었다. 하지만 불안감에 사로잡히지는 않았다. 앨먼트 총독은 이 재난을 침착하게 받아들였다. 그 자신도 이질과 열병의 그늘에서 하루하루 살아가고 있었다. 포트 로열에서는 매주 적지 않은 시민들이 그런 병으로 목숨을 잃었다.

총독이 말했다.

"그 소식을 좀 더 듣고 싶군. 자네도 오늘 저녁식사에 참석해 주게나."

모턴이 다시 한 번 허리 굽혀 인사하고 말했다.

"영광입니다, 각하. 기꺼이 참석하겠습니다."

총독이 대꾸했다.

"이 가난한 식민지의 초라한 식탁을 보면 생각이 달라질 걸세. 마지막으로 하나만 더 부탁하겠네, 선장. 현재 내 관저에 하녀가 모자라. 지난번에 데려온 흑인 하녀들이 병들어 죽었거든. 그 여자 죄인들을 가능한 한 빨리 내 관저로 보내주면 고맙겠네. 처리는 내가 알아서 할 테니까."

"분부대로 하겠습니다, 각하."

앨먼트 총독은 마지막으로 살짝 고개를 끄덕이고 다시 고통스럽게 마차에 올랐다. 그가 좌석에 주저앉아 안도의 한숨을 내쉬자, 마차가 총독 관저를 향해 달리기 시작했다.

"구중중하고 냄새 고약한 하루로군요."

스코트 사령관이 툴툴거렸다. 그 후로도 오랫동안 도시의 악취가 총독의 콧속을 떠나지 않았다. 결국 총독은 다시 코담배를 흡입했다.

3

편한 옷으로 갈아입은 앨먼트 총독은 관저 식당에서 홀로 아침을 먹었다. 여느 때와 다름없이 데친 생선과 약간의 와인으로 가볍게 식사한 다음, 그의 직책이 선사하는 작은 기쁨의 하나인 진한 커피를 마셨다. 총독으로 재직하는 동안 그는 점점 더 커피를 좋아하게 되었으며, 본국에서는 귀하디귀한 이 진미를 이곳에서는 거의 무한정 즐길 수 있다는 사실에 감사했다.

총독이 커피를 다 마실 즈음 그의 부관 존 크뤼크생크가 들어왔다. 존은 찰스 2세가 왕좌에 복귀하자 서둘러 케임브리지를 떠나야 했던 청교도였다. 얍삽한 얼굴에 심각하고 따분한 사내였지만 맡은 바 임무에는 충실했다.

"여자 죄인들이 도착했습니다, 각하."

그 말에 앨먼트 총독이 눈살을 찌푸리고 냅킨으로 입을 닦았다.

"들여보내게. 다들 깨끗한가, 존?"

"깨끗한 편입니다, 각하."

"그렇다면 들여보내게."

여자들이 소란스럽게 식당으로 들어왔다. 조잘대고 두리번거리면서 이런저런 물건을 손가락으로 가리켰다. 하나같이 잿빛 퍼스티언 천(중세 사람들이 입던 능직 무명의 일종)으로 만든 옷을 입고 맨발로 돌아다니는 제멋대로인 무리였다. 부관이 그들을 한쪽 벽에 일렬로 세우자 앨먼트 총독이 식탁에서 일어나 다가왔다.

그가 지나가는 동안 여자들은 입을 다물었다. 들리는 소리라고는 총독의 아픈 왼발이 바닥에 쓸리는 소리뿐이었다. 그는 느릿느릿 걸으면서 여자들을 하나하나 살펴보았다.

그렇게 못생기고, 꼴사납고, 상스러운 무리는 난생처음 보았다. 총독은 자기보다 키 큰 여자 앞에 멈춰 섰다. 얽은 얼굴에 이까지 빠진 추녀였다.

"이름이 뭐냐?"

"샬럿 빅스비입니다, 주인님."

그녀는 나름 공손하게 말하려 했지만 서툴렀다.

"무슨 죄를 지었느냐?"

"아무 죄도 안 지었어요. 진짜예요, 주인님. 저에 대한 이야기는 전부 거짓말이고……."

죄인 명단을 읽고 있던 부관이 끼어들었다.

"남편을 살해했습니다."

여자가 입을 다물었다. 앨먼트 총독이 다시 걷기 시작했다. 여자들의 얼굴은 갈수록 더 못생겼다. 총독이 한 여자 앞에 멈춰 섰다. 검은 머리는 헝클어져 있고, 목의 한쪽에 노란 흉터가 아래로 뻗어 있었다. 표정도 음울했다.

"이름은?"

"로라 필입니다."

"무슨 죄를 지었지?"

"제가 신사분의 지갑을 훔쳤대요."

존이 명단에서 눈길을 떼지 않고 단조로운 목소리로 말했다.

"각각 네 살과 일곱 살이었던 자기 자식들을 목 졸라 죽였습니다."

앨먼트 총독이 그 여자를 보고 얼굴을 찡그렸다. 이 여자들은 포트 로열에 딱 어울렸다. 거칠기 이를 데 없는 뱃사람들 못지않게 거칠고 악랄했다. 하지만 아내로는 어떨까? 당연히 빵점이었다. 총독은 계속 걸으면서 얼굴들을 살펴보다가 유난히 젊은 여자 앞에서 멈춰 섰다.

기껏해야 열네 살 혹은 열다섯 살로 보이는 소녀는 금발에 창백한 낯빛이 도드라졌다. 맑고 파란 눈동자에서 기묘하고 순수한 사랑스러움이 느껴졌다. 이 흉측한 무리와는 전혀 어울리지 않아 보였다. 총독은 부드러운 목소리로 소녀에게 물었다.

"이름이 뭐냐, 소녀야?"

"앤 샤프입니다, 주인님."

속삭이듯 고요한 목소리였다. 소녀는 새침하게 눈을 내리깔았다.

"무슨 죄를 지었지?"

"도둑질입니다, 주인님."

앨먼트 총독이 존을 힐끔 쳐다보았다. 부관이 고개를 끄덕였다.

"런던 가디너스 레인에서 신사의 하숙집을 털었습니다."

"그렇군."

앨먼트 총독이 다시 소녀를 바라보았다. 하지만 그녀를 모질게 대할 수가 없었다. 소녀는 여전히 눈을 내리깔고 있었다.

"내 집에 하녀가 필요하단다, 샤프 양. 너를 이곳에 고용하겠다."

그러자 존이 끼어들어 앨먼트 총독 쪽으로 몸을 숙였다.

"각하, 드릴 말씀이 있습니다."

두 남자는 여자들에게서 조금 떨어진 곳으로 갔다. 부관은 성난 표정으로 명단을 가리키며 소곤거렸다.

"각하, 여기 적힌 내용에 따르면 저 소녀는 마녀 혐의로 재판을 받았습니다."

앨먼트 총독은 온화한 미소를 지으며 대꾸했다.

"물론 그랬겠지. 그랬을 거야."

젊고 예쁜 여자들은 종종 마녀 혐의를 받았다.

존은 엄격한 청교도 정신에 입각해 완고히 말했다.

"각하, 저 소녀의 몸에 악마의 흔적이 있다고 여기 적혀 있습니다."

앨먼트 총독은 새침한 금발 소녀를 바라보았다. 그녀가 마녀라고 믿고 싶지 않았다. 그 또한 마녀에 관해 한두 가지 알고 있었다. 마녀는 눈동자 색깔이 이상했고 냉기에 휩싸여 있었다. 그들의 살갗은 파충류의 피부처럼 차갑고, 그들에게는 젖꼭지가 하나 더 있었다.

이 여자는 마녀가 아니야. 총독은 그렇게 믿었다.

"이 소녀를 씻기고 깨끗한 옷을 입히라고 지시해 주게."

"각하께서는 잘 모르시겠지만, 악마의 흔적은……."

"악마의 흔적에 대해서는 내가 나중에 직접 알아보겠네."

존이 고개를 숙였다.

"좋을 대로 하십시오, 각하."

앤 샤프가 처음으로 고개를 들고 앨먼트 총독을 바라보면서 아주 희미한 미소를 지었다.

4

"각하, 최대한 예를 갖춰 말씀드리겠습니다만, 솔직히 제가 이 항구에 들어와서 받은 충격은 이루 말할 수가 없습니다."

호리호리하고 신경질적인 젊은이 로버트 해클릿이 방 안을 서성이며 말했다. 날씬하고 가무잡잡한 이국적인 외모를 지닌 그의 아내는 얌전히 의자에 앉아서 앨먼트 총독을 물끄러미 쳐다보고 있었다.

총독은 몹시 욱신거리는 아픈 발을 베개에 올려놓고 자기 책상에 앉아 신임 비서의 이야기를 끈기 있게 들어 주었다.

해클릿의 말이 이어졌다.

"이곳은 신세계의 영국 식민지 자메이카의 수도입니다. 그래서 저는 당연히 질서와 법이 살아 있는 문명사회를 기대했습니다. 적어도 부랑자들과 몹쓸 촌뜨기들이 아무 데서나 거리낌 없이 활개 치지는 못할 줄 알았죠. 하지만 저희가 지붕 없는 마차를 타고 포트 로열의 거리를 지나올 때, 물론 그걸 거리라고 부를 수 있는지는 모르겠습니다만, 한 깡패 자식이 술에 취해 제 아내에게 욕을 퍼붓더군요. 당연히 제 아내는 크게 놀랐습니다."

"그랬겠지."

앨먼트 총독은 한숨을 내쉬었다.

에밀리 해클릿은 말없이 고개만 끄덕였다. 그녀도 나름대로 예쁜 여자였으며 찰스 왕이 좋아할 만한 외모였다. 로버트 해클릿이 어떻게 왕실의 눈에 들어 자메이카 총독 비서라는 수지맞는 자리를 꿰찼는지 어렵지 않게 짐작이 갔다. 십중팔구 에밀리 해클릿이 왕의 배에 몇 번 눌렸을 터였다.

총독은 한숨을 내쉬었다. 해클릿의 불평이 계속되었다.

"더구나 사방에서 꼴사나운 광경들이 저희를 맞이했습니다. 창녀들은 반나체로 거리를 활보하거나 창밖으로 소리를 지르고, 사내놈들은 취해서 길바닥에 토악질을 해대고, 강도와 해적이 여기저기 멋대로 활개치고……."

앨먼트 총독이 매섭게 말허리를 잘랐다.

"해적이라니?"

"그 흉악한 뱃놈들을 해적 말고 뭐라고 부르겠습니까?"

"포트 로열에 해적은 없어."

앨먼트 총독은 단호하게 말했다. 그는 새 비서를 노려보면서 이런 시건방진 바보를 조수랍시고 보내준 '명랑한 국왕(찰스 2세의 별명)'의 정욕을 저주했다. 해클릿은 그에게 아무런 도움도 주지 못할 위인이었다. 앨먼트 총독이 다시 말했다.

"이 식민지에 해적은 없어. 그리고 만약 자네가 이곳에 해적이 있다는 증거를 찾아낸다면, 그자는 정식 재판을 받고 교수대에 매달릴 걸세. 여기서도 국왕의 법은 엄격히 지켜진다네."

해클릿은 미심쩍어하는 표정으로 말했다.

"이 도시의 모든 거리와 건물이 현재 상황을 말해 주고 있는데 각하께서는 사소한 말꼬투리를 물고 늘어지시는군요."

앨먼트 총독이 맞받아쳤다.

"현재 상황을 말해 주는 건 하이 가의 교수대라네. 거기 가면 지금도 바람에 흔들리는 해적의 시신을 볼 수 있지. 자네가 조금 더 일찍 배에서 내렸다면 처형 광경을 직접 봤을 거야."

총독이 다시 한숨을 쉬고 말했다.

"앉게나. 그리고 입 다물어. 안 그러면 내가 자네를 지금보다 더 멍청한 놈으로 여길 테니까."

해클릿의 얼굴이 창백해졌다. 이런 노골적인 표현에 익숙하지 않은 눈치였다. 그는 재빨리 아내 옆의 의자에 앉았다. 그녀가 남편의 손을 어루만지며 위로했다. 왕의 수많은 정부(情婦) 중 한 사람인 여자의 애정 어린 손길이라니.

제임스 앨먼트 총독이 발에서 치솟는 고통에 얼굴을 찡그리며 일어섰다. 그러고는 책상 위로 몸을 수그리고 말했다.

"이보게, 해클릿. 국왕이 내게 준 임무는 영국령 자메이카를 확장하고 그 위세를 유지하는 거라네. 그 임무 수행과 관련된 중요한 사실 몇 가지를 자네에게 설명해 주지. 첫째, 이곳은 스페인 식민지들에 둘러싸여 있는 작고 약한 영국 전초기지라네."

총독은 무거운 말투로 계속 이야기했다.

"듣자하니 요즘 우리 왕실은 영국이 신세계에 확고한 발판을 마련했다고 여기는 분위기인가 본데, 현실은 전혀 달라. 세인트 키츠, 바베이도스, 자메이카. 영국의 영토는 이 작은 식민지 세 곳뿐이거든. 나머지는 전부 펠리페 4세의 땅이라네. 한마디로 카리브 해의 패자는 여전히 스페인이야. 이곳 바다에는 영국 전함이 한 척도 없어. 내륙으로 진출한 영국 군대도 없고. 반면 스페인 일급 전열함(수십 기의 대포를 탑재한 대형 전함)은 십여 척이나 떠 있고, 열다섯 곳 이상의 주요 식민지에 수천 명의 스페인 군대가 주둔해 있지. 지혜로운 우리 찰스 왕은 식민지를 사수하라고만 할 뿐, 침략으로부터 이곳을 지키는 데 필요한 비용은 줄 생각이 없다네."

해클릿은 여전히 창백한 얼굴로 총독을 빤히 쳐다보았다.

"내 임무는 이 식민지를 지키는 거라네. 무슨 수로 그러겠나? 당연히 병사가 필요하지. 그리고 그 일을 해 주는 건 모험가들과 사략선 선원들뿐이야. 따라서 나는 이곳에서 그들을 환대해야 한다네. 자네 눈에는 그런 자들이 역겹게 보일지 모르지만, 그들이 없다면 자메이카는 무방비 상태로 손쉬운 먹이가 될 거야."

"하지만 각하……."

앨먼트 총독이 말을 가로챘다.

"조용히 하고 내 말 들어. 자, 내 두 번째 임무는 영국령 자메이카를 확장하는 거라네. 요즘 왕실에서는 이곳에 농업을 육성해야 한다는 말들이 많다더군. 하지만 지난 두 해 동안 본국에서는 농부를 한 명도 보내지 않았어. 이곳의 땅은 소금기가 있고 척박해. 원주민들은 적대적이지. 그렇다면 내가 무슨 수로 식민지를 확장하고 부를 늘리겠나? 상업이라네. 사략선들이 스페인 선박과 마을을 약탈해서 가져오는 금과 재화 덕분에 상업이 번성하지. 결국 그 덕에 왕의 금고도 풍족해졌고, 나의 믿을 만한 소식통에 따르면 국왕께서도 그 점에 대해 별 불만이 없으시다더군."

"각하……."

앨먼트 총독이 또 말을 잘랐다.

"그리고 마지막으로 비공개적인 임무가 있다네. 바로 펠리페 4세의 왕실에서 최대한 많은 부를 빼앗아 오는 거지. 이 역시 국왕께서 뜻있는 일로 여기신다더군. 아주 은밀히 말일세. 특히 카디스 항에 도착하지 못한 수많은 금덩어리가 런던에 나타나면서부터 사략선의 활동이 공공연히 장려되고 있지. 하지만 이건 해적 행위가 아니야, 해클릿. 따라서 내가 괜히 말꼬투리를 물고 늘어진 게 아니란 말일세."

"하지만 각하……."

"이건 논쟁의 여지가 없는 엄연한 식민지의 현실이야."

앨먼트 총독이 도로 의자에 앉아 다시 베개 위에 발을 올려놓고 말을 이었다.

"방금 내가 한 말을 한가할 때 곱씹어 보면, 오랜 경험에서 우러난 이야기라는 점을 이해하게 될 거야. 난 자네가 이해하리라 믿네. 괜찮으면 오늘 저녁에 모턴 선장과 함께 저녁식사에 참석해 주게나. 물론 그때까지는 이곳에 거처를 마련하고 자리를 잡느라 할 일이 많을 걸세."

면담이 끝난 분위기였다. 해클릿과 그의 아내가 일어섰다. 해클릿이 뻣뻣하게 살짝 허리 숙여 인사했다.

"실례가 많았습니다, 각하."

"살펴들 가시게나."

두 사람이 떠났다. 부관이 문을 닫았다. 앨먼트 총독이 눈을 비비고 고개를 저으며 중얼거렸다.

"하느님 맙소사."

존이 물었다.

"이제 좀 쉬시겠습니까, 각하?"

앨먼트 총독이 대답했다.

"그래. 쉬어야겠어."

자리에서 일어선 그는 복도를 따라 자신의 침실로 걸어갔다. 도중에 어느 방을 지나칠 때, 금속 욕조에서 물 튀기는 소리와 여자의 웃음소리가 안에서 들렸다. 총독이 존을 바라보았다.

존이 말했다.

"새로 들어온 하녀를 씻기는 중입니다."

앨먼트 총독이 끙 소리를 냈다.

"나중에 저 아가씨를 검사하시겠습니까?"

총독이 대답했다.

"그래, 나중에."

그는 존을 바라보고 잠깐 즐거워했다. 존은 그 소녀가 마녀 재판을 받았다는 사실에 여전히 겁먹은 눈치였다. 총독은 보통 사람들의 두려움이 너무나 강하고 너무나 어리석다고 생각했다.

5

앤 샤프는 욕조의 더운물 속에 느긋하게 누워 우람한 흑인 여자가 화장실 안에서 부산을 떨며 조잘대는 소리를 듣고 있었다. 영어로 말하는 것 같긴 한데 그 여자가 하는 말을 좀처럼 알아듣기가 어려웠다. 노래 같은 억양과 특이한 발음이 너무나 이상했다. 그 흑인 여자는 앨먼트 총독이 아주 친절한 사람이라는 말을 하고 있었다. 앤 샤프는 앨먼트 총독의 친절 따위에는 관심이 없었다. 그녀는 이미 어린 나이에 남자 다루는 법을 터득했다.

눈을 감자 흑인 여자의 노래 같은 말소리가 앤의 머릿속에서 교회 종소리로 바뀌었다. 앤은 런던에서 끊임없이 들리던 그 단조로운 소리를 몹시 싫어했다.

앤은 은퇴한 선원의 세 아이 중 막내딸이었는데, 그녀의 아버지는 와핑(템스 강변의 마을)에서 돛을 만들어 팔았다. 흑사병이 창궐한 크리스마스 무렵에 그녀의 두 오빠는 감시원으로 일했다. 환자가 있는 집의 문 앞에 서서 그 집에 사는 사람들을 어떤 이유로도 나오지 못하게 하는 것이 그들의 일이었다. 앤은 여러 부유한 집안의 간병인 노릇을 했다.

몇 주가 지나는 동안 앤이 본 섬뜩한 광경들은 점점 그녀의 기억 속에 녹아들었다. 교회 종이 밤낮으로 울렸다. 묘지란 묘지는 전부 시신으로 넘쳤다. 오래지 않아 무덤이 모자라자 깊은 구덩이에 시신을 수십 구씩 밀어 넣고 하얀 석회 가루와 흙으로 황급히 덮었다. 시신을 가득 실은 수

레들이 거리에 돌아다니고, 교회의 일꾼들이 집집마다 들러 소리쳤다.

"시신 내오쇼!"

사방에서 오염된 공기 냄새가 났다.

두려움도 마찬가지였다. 앤은 길에 쓰러진 한 남자의 두툼한 지갑이 동전 소리를 내면서 옆으로 떨어지는 광경을 본 적이 있었다. 수많은 사람들이 그 시신을 지나쳐 갔지만 누구 하나 지갑을 주울 엄두를 내지 못했다. 나중에 시신이 수레에 실려 간 뒤에도 지갑은 아무도 건드리지 않은 채 계속 남아 있었다.

모든 시장에서는 식료품 가게 주인들과 정육점 주인들이 상품 옆에 식초 그릇을 놓아두었다. 손님들은 식초에 동전을 떨어뜨렸으며, 동전을 손으로 주고받는 일은 결코 없었다. 그러다 보니 잔돈을 정확히 거슬러 받기가 여간 어렵지 않았다.

흑사병을 몰아내기 위한 부적과 장신구, 약, 주문 따위가 넘쳐났다. 앤도 흑사병을 피하게 해 준다는 냄새 고약한 약초가 담긴 로켓(작은 물건을 넣어서 목걸이에 다는 작은 금속 상자)을 사서 늘 목에 걸고 다녔다.

그래도 사람들은 계속 죽어 나갔다. 앤의 큰오빠도 흑사병으로 죽었다. 어느 날 앤은 거리에서 큰오빠를 보았다. 부어오른 목에 커다란 혹들이 나 있고, 잇몸에서 피가 흐르고 있었다. 그 후로 앤은 큰오빠를 다시는 보지 못했다.

작은오빠는 여느 감시원들과 비슷한 최후를 맞이했다. 하루는 어느 집을 감시하고 있었는데, 안에 감금되어 있던 사람들이 흑사병으로 인한 정신착란 때문에 미쳐 버려서 밖으로 뛰쳐나왔다. 그렇게 달아나는 와중에 총을 쏴서 앤의 작은오빠를 죽인 것이다. 앤은 오빠의 죽음을 소식으로만 들었을 뿐 직접 확인하지는 못했다.

결국 앤도 슈얼 가족의 집에 갇히게 되었다. 앤은 그 집의 주인인 슈얼

씨의 노모를 간병했는데, 슈얼 씨가 먼저 몸이 부어오르면서 쓰러졌다. 그 집은 격리되었다. 앤은 환자들을 성심껏 돌봐주었다. 하지만 슈얼 가족은 차례차례 죽었다. 시신이 계속 수레에 실려 갔다. 마침내 집 안에 홀로 남은 앤은 기적적으로 병에 걸리지 않았다.

얼마 후 그녀는 금붙이 몇 점과 약간의 동전을 찾아내 챙긴 다음 야음을 틈타 이 층 창문으로 탈출해 런던의 지붕들을 타고 몰래 도망쳤다. 하지만 이튿날 아침에 순경에게 붙잡히고 말았다. 어린 아가씨가 그렇게 많은 금을 소지한 까닭을 캐묻던 순경은 결국 금은 자기가 갖고 앤을 브라이드웰 교도소에 가두었다.

앤은 거기서 몇 주를 보내며 야위어 갔다. 그러던 어느 날 사회 문제에 관심이 많은 신사인 앰브리턴 경이 교도소를 순시하다가 앤을 발견했다. 앤은 자신의 외모가 남자들에게 인기가 있다는 사실을 오래전부터 알고 있었다. 앰브리턴 경도 예외가 아니었다. 그는 앤을 자신의 마차에 태우고 자기가 좋아하는 방식으로 잠시 희롱한 뒤, 앤을 신세계로 보내 주겠다고 약속했다.

머지않아 앤은 플리머스(잉글랜드 남동부의 항구 도시)로 보내졌고, 얼마 후 갓스피드 호에 승선했다. 혈기왕성한 젊은이였던 모턴 선장은 자메이카로 오는 동안 앤을 좋아하게 되었다. 그래서 앤을 선장실로 데려와 신선한 고기와 갖가지 요리를 먹였고, 앤도 맛있는 식사가 좋아서 거의 매일 저녁 선장과 단둘이 있었다.

지금 이 새로운 곳에서는 모든 것이 이상하고 낯설었다. 하지만 앤은 두렵지 않았다. 지금껏 다른 남자들이 그녀를 좋아하고 보살펴 준 것처럼 총독도 자기를 좋아해 줄 거라고 믿었기 때문이다.

목욕이 끝나자 흑인 여자가 염색한 양모 드레스와 면 블라우스를 입혀 주었다. 지난 석 달간 앤이 입은 옷 중에서 가장 좋은 옷이었다. 보드라운 양모가 살갗에 닿는 느낌 덕분에 잠깐이나마 행복했다. 흑인 여자가 문을 열더니 따라오라고 손짓했다.

"어디 가는 거죠?"

"총독님한테."

앤은 흑인 여자를 따라 크고 넓은 복도를 걸어갔다. 바닥은 나무로 되어 있었지만 면이 고르지 않았다. 총독처럼 중요한 사람이 이렇게 조악한 집에서 산다니 이상했다. 런던에서는 웬만한 신사들이 여기보다 더 잘 지은 집에서 살았다.

흑인 여자가 문을 똑똑 두드리자, 심술궂어 보이는 스코틀랜드 남자가 문을 열어주었다. 보아하니 내부는 침실이었다. 총독이 잠옷 차림으로 침대 옆에 서서 하품을 하고 있었다. 스코틀랜드 남자가 앤에게 들어오라고 고갯짓을 했다.

총독이 말했다.

"아, 샤프 양. 목욕 덕분에 외모가 한결 좋아졌군."

앤은 총독이 무슨 꿍꿍이인지는 잘 몰랐지만, 그가 즐거워한다면 같이 즐거워해 주기로 했다. 그녀는 엄마한테 배운 대로 공손히 인사했다.

"리처즈, 그만 가 보게나."

스코틀랜드 남자가 고개를 끄덕이고 문을 닫았다. 이제 방 안에는 앤과 총독만 남았다. 앤은 그의 눈을 빤히 쳐다보았다.

총독이 다정한 목소리로 말했다.

"겁내지 마라. 겁먹을 거 하나도 없어. 이리 오너라, 앤. 창가가 환하단다."

앤은 시키는 대로 했다.

총독이 한동안 말없이 앤을 바라보았다. 마침내 그가 입을 열었다.

"네가 마녀 재판을 받았다는 건 알고 있지?"

"네, 각하. 하지만 그건 사실이 아니에요."

"물론 나도 아니라고 믿는다, 앤. 하지만 네 몸에 악마와 거래한 흔적이 있다더구나."

앤은 처음으로 불안감을 느끼며 말했다.

"맹세해요. 저는 악마와 아무 상관이 없어요."

총독이 빙그레 웃으며 대꾸했다.

"그 말 믿어 주마, 앤. 하지만 정말로 흔적이 있는지 확인하는 게 나의 의무란다."

"정말이에요. 맹세해요."

"난 널 믿는다. 하지만 너는 옷을 벗어야 해."

"지금요?"

"그래, 지금."

앤은 조금 의심 어린 표정으로 방 안을 두리번거렸다.

"옷은 침대 위에 놓아도 된다, 앤."

"네, 각하."

총독은 앤이 옷을 벗는 모습을 물끄러미 지켜보았다. 앤은 총독의 눈빛이 변하는 것을 알아차렸다. 더 이상 두렵지 않았다. 공기는 따뜻했다. 옷을 벗으니 편했다.

"몸이 아름답구나, 앤."

"고맙습니다."

앤은 알몸으로 서 있었다. 총독이 더 가까이 다가왔다. 도중에 안경을 쓰고는 앤의 어깨를 바라보았다.

"천천히 돌아서라."

앤은 시키는 대로 돌아섰다. 총독이 앤의 살갗을 응시했다.

"두 팔을 머리 위로 들어라."

앤이 두 팔을 들었다. 총독이 앤의 양쪽 겨드랑이를 살펴보고 말했다.

"악마의 흔적은 대개 겨드랑이나 가슴에 있지. 아니면 외음부에 있거나."

그가 빙그레 웃으며 덧붙였다.

"지금 내가 무슨 말을 하는지 모르겠지?"

앤이 고개를 끄덕였다.

"침대에 누워 보거라, 앤."

앤이 침대에 누웠다. 총독이 진지하게 말했다.

"이제 마지막 검사를 하자꾸나."

그가 손으로 앤의 거웃을 헤집으면서 앤의 음부에 코를 바짝 대고 살갗을 살펴보는 동안, 앤은 총독이 화낼까 봐 애써 참으면서도 너무 간지럽고 우스워서 그만 웃음을 터뜨리고 말았다.

처음에는 총독이 성난 표정으로 앤을 노려보았지만, 이윽고 그도 웃기 시작하더니 곧이어 잠옷을 벗기 시작했다. 그는 안경을 쓴 채 앤을 안았다. 앤은 자신의 귀가 안경테에 눌리는 것을 느꼈다. 그녀는 총독이 마음대로 하도록 내버려 두었다. 오래가지는 않았다. 일을 끝낸 총독은 만족스러워 보였고, 그래서 앤도 만족했다.

침대에 함께 누워 있는 동안 총독은 앤에게 이것저것 물었다. 그녀의 삶과 런던에서의 경험, 자메이카로의 항해 등등. 앤은 배 안에서 여자들이 대부분 자기들끼리 즐기거나 선원들과 놀아났지만 자기는 그러지 않았다고 말했다. 물론 그녀도 모턴 선장과 함께 있었지만 추잡한 짓은 하지 않았으니 아주 틀린 말은 아니었다. 그리고 서인도 제도를 발견하자마자 폭풍을 만난 일도 이야기했다. 그 폭풍 때문에 이틀 동안 발이 묶였다고 말했다.

보아하니 총독은 앤의 이야기에 별로 관심을 기울이지 않는 눈치였다. 눈빛이 다시 우스꽝스럽게 멍해져 있었다. 그래도 앤은 계속 이야기했다. 폭풍이 걷히고 하루가 지났을 때 항구와 요새가 있는 섬을 발견했으며, 항구에 정박해 있는 커다란 스페인 선박도 보았다고 말했다. 그리고 모턴 선장이 스페인 전함의 공격을 받을까 봐 전전긍긍했다는 말도 했다. 하지만 그 전함은 틀림없이 갓스피드 호를 봤는데도 항구 밖으로 나오지 않았다고 했다.

"뭐라고?"

앨먼트 총독이 비명을 지르듯 소리치며 침대 밖으로 나왔다.

"왜 그러세요?"

"스페인 전함이 너희를 보고도 공격하지 않았단 말이냐?"

앤이 대답했다.

"네. 덕분에 저희는 가슴을 쓸어내렸어요."

"가슴을 쓸어내려?"

앨먼트 총독이 소리쳤다. 그는 자신의 귀를 믿을 수가 없었다.

"가슴을 쓸어내렸다고? 하느님 맙소사. 그게 언제 벌어진 일이냐?"

앤이 어깨를 으쓱했다.

"사나흘 전이었어요."

"요새가 있는 항구였다고 했지?"

"네."

"요새가 어느 쪽에 있었느냐?"

앤은 당황한 표정으로 고개를 저었다.

"모르겠어요."

앨먼트 총독이 부랴부랴 옷을 입으며 말했다.

"네가 그 섬과 항구를 바라봤을 때 그 요새가 항구의 오른쪽에 있었느냐, 왼쪽에 있었느냐?"

앤은 자신의 오른팔을 가리키며 대답했다.

"이쪽이요."

"높은 산봉우리가 있는 섬이었지? 아주 푸르고 작은 섬이었지?"

"네, 바로 그 섬이었어요."

앨먼트 총독이 탄식하며 소리쳤다.

"하느님 맙소사. 리처즈! 리처즈! 당장 헌터를 불러와!"

총독은 벌거벗은 앤을 침대에 내버려 둔 채 방에서 뛰쳐나갔다. 앤은 자기 때문에 총독이 화가 났구나 싶어서 울기 시작했다.

6

문에서 노크 소리가 들렸다. 헌터가 침대 위에서 몸을 돌렸다. 열린 창문으로 햇살이 쏟아져 들어오고 있었다. 그가 웅얼거렸다.

"꺼져."

헌터 옆에 누운 여자는 몸만 뒤척일 뿐 눈을 뜨지는 않았다.

다시 노크 소리가 들렸다.

"망할 자식, 꺼지라니까."

문이 열리더니 덴비 부인이 안으로 고개를 들이밀었다.

"죄송해요, 헌터 선장님. 총독 관저에서 전령이 왔어요. 총독님이 선장님을 저녁식사에 초대하셨대요. 전령한테 뭐라고 할까요?"

헌터는 눈을 비볐다. 오후의 햇살 속에서 졸린 눈을 끔뻑였다.

"지금 몇 시죠?"

"다섯 시예요, 선장님."

"참석할 거라고 전령한테 말해 줘요."

"그러죠, 헌터 선장님. 참, 선장님?"

"뭐죠?"

"흉터 있는 그 프랑스 남자가 아래층에서 선장님을 기다리고 있어요."

헌터가 끙 소리를 냈다.

"알았어요, 덴비 부인."

문이 닫혔다. 헌터가 침대에서 나왔다. 여자는 시끄럽게 코를 골면서 여전히 자고 있었다. 헌터는 작고 비좁은 방을 둘러보았다. 침대 하나, 방 구석에는 그의 소지품이 담긴 항해 상자가 있고, 침대 밑에는 요강, 침대 옆에는 세숫대야가 있었다. 헌터는 기침을 하고 옷을 입기 시작했다. 도중에 창문 아래 거리로 오줌을 갈겼다. 밑에서 고함과 욕설이 들려왔다. 헌터가 싱글거리면서 계속 옷을 입었다. 그가 항해 상자에서 고른 옷은 유일하게 멀쩡한 더블릿과 터진 곳이 몇 군데밖에 없는 호즈였다. 마지막으로 단검이 달린 금빛 혁대를 차더니, 문득 생각이 난 듯 권총을 꺼내 화약을 재고 총신 속에 총알을 쑤셔 넣어 단단히 고정시킨 다음 혁대에 꽂았다.

그것이 매일 저녁 해질녘에 일어나는 찰스 헌터 선장의 평소 옷차림이었다. 헌터는 까다로운 남자가 아니라서 옷 입는 데 몇 분 걸리지 않았다. 청교도처럼 엄격하지도 않았다. 그는 침대 위의 여자를 다시 한 번 보고 방문을 닫은 다음, 좁고 삐걱거리는 나무 층계를 따라 덴비 여관의 로비로 내려갔다.

넓고 천장이 낮은 로비에는 여러 개의 나무 테이블이 흙바닥 위에 길게 늘어서 있었다. 헌터가 걸음을 멈췄다. 덴비 부인의 말대로 레바쇠르가 한쪽 구석에 앉아서 그로그(럼주에 물을 탄 술) 술잔을 앞에 놓고 웅크려 있었다.

헌터가 로비를 가로질러 문으로 걸어갔다.

"헌터!"

레바쇠르가 술에 취한 걸쭉한 목소리로 소리쳤다. 헌터가 돌아서서 짐짓 놀란 표정으로 대꾸했다.

"어이, 레바쇠르. 자네가 있는 줄은 몰랐는걸."

"헌터, 이 우라질 영국 개자식."

헌터가 햇살 밖으로 나오며 맞받아쳤다.

"레바쇠르, 이 염병할 프랑스 후레자식. 여긴 어쩐 일이야?"

레바쇠르가 테이블에서 일어서더니 거무스레한 물건을 집어 들었다. 헌터에게는 그가 잘 보이지 않았다. 하지만 두 남자는 삼십 피트가량 떨어져 있었다. 권총을 쏘기에는 너무 멀었다.

"헌터, 내 돈 돌려줘."

"난 너한테 빚진 돈 없어."

헌터의 말은 사실이었다. 포트 로열의 사략선 선원들은 빚을 지면 곧바로 전부 갚았다. 빚을 갚지 못하거나 전리품을 공평히 나누지 않는 자는 사람 취급도 받지 못했다. 선박이나 마을을 습격할 때 전리품의 일부를 숨기려 한 자는 무조건 사형이었다. 헌터도 전리품을 훔친 선원을 총으로 쏴 죽이고 일말의 죄책감도 없이 배 밖으로 시체를 걷어찬 적이 여러 번 있었다.

레바쇠르가 말했다.

"넌 카드게임에서 나를 속였어."

"곤드레만드레 취했던 놈이 그걸 어떻게 알아?"

"넌 날 속였어. 내 돈 오십 파운드를 따 갔잖아. 당장 돌려줘."

헌터는 주위를 둘러보았다. 불행히도 증인이 되어 줄 사람이 없었다. 증인도 없이 레바쇠르를 죽이기는 싫었다. 그에게는 적이 너무 많았다.

"내가 널 어떻게 속였다는 거야?"

헌터는 그렇게 물으면서 레바쇠르에게 살짝 다가갔다.

"어떻게? 니미럴, 알게 뭐야? 어쨌거나 넌 날 속였어, 개자식아."

레바쇠르가 술잔을 들어 입에 댔다.

바로 그때 헌터가 돌진했다. 그는 술잔 바닥을 밀어 레바쇠르의 얼굴을 쳤다. 그러자 레바쇠르의 뒤통수가 뒷벽에 부딪쳤다. 꾸르륵 소리를 내며 주저앉은 레바쇠르의 입에서 피가 뚝뚝 떨어졌다. 헌터는 술잔을 집어 들고 레바쇠르의 머리통을 후려갈겼다. 프랑스 사내가 의식을 잃고 쓰러졌다.

헌터는 손을 흔들어 손가락에 묻은 술을 털어낸 다음, 돌아서서 덴비 여관 밖으로 걸어 나갔다. 거리의 진창이 발목까지 차올랐지만 신경 쓰지 않았다. 그는 술 취한 레바쇠르를 생각하고 있었다. 적을 기다리면서 저렇게 고주망태가 되어 있다니, 한심한 놈.

다시 출격할 때가 됐구나. 헌터는 속으로 중얼거렸다. 선원들이 모두 물렁해지고 있었다. 헌터 자신도 그간 밤마다 항구의 여자들과 술에 찌들어 지냈다. 다시 바다에 나가야 한다.

헌터는 높은 창문에서 그를 향해 소리치는 창녀들에게 손을 흔들어 주고 진창길을 걸으며 총독 관저로 향했다.

"다들 그러더군요. 흑사병이 창궐하기 전날 런던 하늘에 혜성이 보였다고 말입니다. 1656년에 흑사병이 창궐하기 전에도 혜성이 나타났지요."

모턴 선장이 와인을 홀짝이며 말했다. 그러자 앨먼트 총독이 대꾸했다.

"그랬군. 하지만 1659년에 나타난 혜성은 뭐지? 내가 기억하기로 그해는 흑사병이 돌지 않았는데."

해클릿이 대답했다.

"바로 그해에 아일랜드에서 천연두가 창궐했죠."

앨먼트 총독이 콧방귀를 뀌었다.

"아일랜드에서는 늘 천연두가 창궐해. 해마다."

헌터는 아무 말도 하지 않았다. 실은 총독 관저에서 이토록 따분한 식사에 참석하기는 처음이라 저녁식사 내내 거의 말이 없었다. 새로운 얼굴들에게 잠깐 호기심을 느꼈을 뿐이다. 갓스피드 호의 선장 모턴과 신임 총독 비서 해클릿이 그들이었는데, 해클릿은 얼굴이 오종종하고 툭하면

잘난 체하는 멍청이였다. 그리고 날씬하고 가무잡잡한 해클릿 부인은 프랑스 여인의 피가 흐르는 듯 음탕하고 도발적인 기운을 풍겼다.

이날 저녁 헌터가 가장 흥미를 느낀 순간은 새로운 하녀가 나타났을 때였다. 맛깔스러워 보이는 금발의 어린 아가씨가 종종 식당을 들락거렸다. 헌터는 줄곧 그녀와 눈길이 마주치려고 했다. 그 모습을 눈치 챈 해클릿이 못마땅한 표정으로 헌터를 노려보았다. 이날 저녁 그는 여러 차례 헌터를 못마땅하다는 듯이 노려보았다.

그 아가씨가 식탁을 돌면서 술잔을 다시 채워주자 해클릿이 말했다.

"헌터 씨는 취향이 고상하시군요. 하녀를 넘보시니 말입니다."

헌터는 태연히 대답했다.

"예쁜 여자일 때는 그렇죠. 그럼 선생의 취향은 추녀입니까?"

해클릿은 얼굴을 몹시 붉히고 자기 접시를 바라보며 말했다.

"양고기가 훌륭하군요."

앨먼트 총독이 끙 소리를 내고는 그날 초대한 손님들이 최근에 이용한 대서양 항로에 대한 이야기로 화제를 돌렸다. 모턴 선장은 마치 인류 역사상 최초로 바다를 본 사람인 양 들떠서 과장된 말투로 적도의 폭풍을 묘사했다. 해클릿은 몇 가지 섬뜩한 이야기를 덧붙였고, 해클릿 부인은 뱃멀미로 몹시 고생했다고 시인했다.

헌터는 점점 더 따분해졌다. 어느덧 그의 술잔이 비었다.

모턴이 계속 이야기했다.

"그 끔찍하기 짝이 없는 폭풍이 이틀 만에 걷히자 사흘째 되던 날에는 완벽하게 맑고 장엄한 아침이 찾아오더군요. 수마일 너머까지 훤히 보였고, 북쪽에서 순풍이 불어왔습니다. 하지만 마흔여덟 시간 동안 바람에 날려 표류한 터라 위치를 알 수가 없었죠. 그러다 육지를 발견하고 그곳으로 향했습니다."

실수했군. 헌터는 속으로 혀를 찼다. 모턴은 경험이 일천한 자가 틀림없었다. 스페인이 패권을 쥐고 있는 바다에서 영국 선박은 육지를 발견해도 누구의 땅인지 확실히 모르면 절대로 다가가지 않았다. 십중팔구 스페인의 식민지일 테니까.

"우리는 그 섬의 반대편으로 돌아갔는데, 놀랍게도 항구에 정박해 있는 전함이 보이지 뭡니까. 작은 섬이었지만 분명히 스페인 전함이 있었습니다. 틀림없어요. 우린 그 배가 추격해 올 줄 알았습니다."

헌터는 별로 관심 없는 말투로 물었다.

"그래서 어떻게 됐습니까?"

모턴이 웃으며 대답했다.

"그 배는 항구를 떠나지 않았습니다. 더 흥미진진한 이야기를 들려드리지 못해 아쉽지만, 그 전함은 우리를 쫓아오지 않았습니다. 항구를 떠나지 않더군요."

헌터는 점점 흥미를 느끼며 물었다.

"물론 스페인 전함이 당신 배를 봤겠죠?"

"분명히 그랬을 겁니다. 우리 배가 돛을 전부 펴고 있었으니까요."

"섬에는 얼마나 가까이 다가갔습니까?"

"기껏해야 이삼 마일 거리였죠. 거기는 우리 해도에 없는 섬이었습니다. 아마 너무 작아서 지도에 그리지 않았겠죠. 항구가 하나 있고, 한쪽에 요새가 있었습니다. 정말이지 구사일생이었다니까요."

헌터는 천천히 고개를 돌려 앨먼트 총독을 보았다. 총독은 그를 빤히 쳐다보며 살짝 미소 지었다.

"이 사건이 흥미로운가, 헌터 선장?"

헌터가 다시 모턴을 바라보았다.

"항구 옆에 요새가 있었다고 하셨죠?"

"네. 상당히 막강해 보이는 요새였습니다."

"항구의 북쪽 해안에 있었습니까, 남쪽 해안에 있었습니까?"

"글쎄요, 어느 쪽이었더라…… 북쪽 해안이었습니다. 왜 그러시죠?"

헌터는 대답 대신 다시 물었다.

"그 배를 본 것이 며칠 전입니까?"

"사나흘 전입니다. 아니, 사흘 전이겠네요. 섬을 벗어나마자 곧장 포트로열로 달려왔으니까요."

헌터가 손가락으로 식탁을 두드리기 시작했다. 빈 술잔을 보고는 눈살을 찌푸렸다. 잠시 침묵이 흘렀다.

앨먼트 총독이 헛기침을 했다.

"헌터 선장, 자네 이 이야기에 흠뻑 빠진 것 같군."

헌터가 대꾸했다.

"흥미롭습니다. 총독님도 저 못지않게 관심이 많으신 것 같은데요."

앨먼트 총독이 말했다.

"아마 지금쯤 국왕께서도 관심을 보이셨을 걸세."

해클릿이 뻣뻣한 자세로 앉아서 물었다.

"각하, 현재 상황의 의미를 저희에게 설명해 주시겠습니까?"

앨먼트 총독은 짜증스럽게 손을 저으며 대답했다.

"잠깐 기다려."

그러고는 헌터를 뚫어져라 보면서 물었다.

"조건이 뭔가?"

헌터가 대답했다.

"우선 동등한 분배를 원합니다."

"친애하는 헌터 선장, 동등한 분배는 국왕께서 가장 언짢아하실 조건이라네."

"친애하는 총독 각하, 동등한 분배 없는 원정은 선원들이 가장 언짢아할 조건입니다."

앨먼트 총독이 씩 웃었다.

"자네도 알겠지만 이번 일은 전리품이 어마어마해."

"잘 압니다. 또한 그 섬이 난공불락이라는 사실도요. 작년에 각하의 명을 받은 에드먼즈가 부하 삼백 명을 데리고 그곳에 가지 않았습니까. 결국 돌아온 자는 한 명뿐이었죠."

"에드먼즈가 지략가가 아니라고 자네 입으로 말하지 않았나."

"하지만 카살라는 분명히 지략가입니다."

"그렇겠지. 하지만 내가 보기에 자네는 카살라를 만나고 싶어 하는 것 같구먼."

"동등한 분배 없이는 만나지 않겠습니다."

총독은 여유로운 미소를 지으며 말했다.

"하지만 원정대를 꾸리려면 국왕의 도움이 필요하고, 그 비용은 전리품 분배 이전에 지불해야만 하네. 동의하나?"

해클릿이 끼어들었다.

"잠깐만요. 각하, 지금 이자와 거래를 하시는 겁니까?"

"무슨 소리. 신사협정을 맺고 있는 걸세."

"목적이 뭡니까?"

"마탄세로스의 스페인 전초기지를 파괴하기 위한 원정대를 조직하는 거야."

모턴이 물었다.

"마탄세로스가 뭐죠?"

"자네가 지나온 그 섬의 이름이라네, 모턴 선장. 마탄세로스. 스페인은 두 해 전 그곳에 요새를 세우고 카살라라는 흉포한 자를 사령관으로 앉혔다네. 그자의 이름은 아마 자네도 들어 봤을 거야. 모른다고? 카살라는 서인도 제도에서 악명 높은 자라네. 사람이 죽을 때 내는 비명을 들어야 기분이 좋아지고 평온해지는 놈이라더군."

앨먼트 총독은 손님들의 얼굴을 둘러보았다. 해클릿 부인의 얼굴이 몹시 창백했다.

"카살라가 다스리는 마탄세로스 요새는 단 하나의 목적을 위해 지어졌다네. 바로 스페인령의 동쪽 최전방 전초기지로서 보물선 함대의 안전한 귀국을 도모하는 것이지."

긴 침묵이 흘렀다. 손님들은 불안한 표정이었다. 앨먼트 총독이 말을 이었다.

"다들 이 지역의 경제가 어떻게 돌아가는지 모르나 보군. 해마다 펠리페 4세는 스페인 카디스 항에서 이곳으로 보물선 함대를 보낸다네. 그 배들은 카리브 해로 오는 길에 남쪽으로 첫 섬을 발견하고 거기서 흩어져 여러 항구로 들어가 보물을 싣지. 뉴스페인(스페인이 지배하고 있던 중앙아메리카 지역) 연안의 카르타헤나, 베라크루스, 포르토벨로가 그런 항구라네. 아바나에서 다시 모인 보물선 함대는 동쪽으로 항로를 돌려 스페인으로 돌아간다네. 사략선의 습격으로부터 서로를 보호하려고 함께 다니는 거지. 이해가 가나?"

모두 고개를 끄덕였다. 앨먼트 총독이 계속 이야기했다.

"이 함대는 허리케인이 몰려오기 시작하는 늦여름에 출항한다네. 이따금 항해 초기에 몇몇 배들이 선단에서 떨어져 나가는 경우가 발생하지. 스페인은 그런 배들을 보호할 강력한 항구가 필요했던 거야. 오로지 그 이유 때문에 마탄세로스에 요새를 만들었다네."

해클릿이 입을 열었다.

"그것만으로는 이유가 충분하지 않습니다. 제 생각으로는 도무지……."

앨먼트 총독이 대뜸 말허리를 잘랐다.

"그거면 충분하고도 남아. 하던 이야기 계속하지. 공교롭게도 몇 주 전에 스페인 보물선 두 척이 폭풍에 휘말려 길을 잃었다네. 우리가 그 사실을 알게 된 건 사략선 한 척이 그들을 발견했기 때문이야. 그 사략선은 보물선들을 공격했지만 나포에는 실패했다네. 마탄세로스를 향해 남쪽으로 달아나는 모습이 마지막으로 보였다더군. 그중 한 척은 심각한 손상을 입었지. 모턴 선장 자네가 스페인 전함이라고 부른 배는 아마도 그 보물선들 중 하나일 걸세. 그 배가 정말로 전함이었다면 이 마일쯤은 쉽게 쫓아와 자네 배를 나포했을 테고, 지금쯤 자네는 허파가 찢어져라 비명을 지르며 카살라를 즐겁게 해 주고 있겠지. 그 배가 갓스피드 호를 추격하지 않은 건 안전한 항구를 벗어날 엄두가 나지 않았기 때문이야."

모턴이 물었다.

"그 배가 거기 얼마나 오래 머물까요?"

"당장이라도 떠날지 몰라. 아니면 다음 함대가 오는 내년까지 기다릴 수도 있고. 어쩌면 스페인 전함이 와서 본국까지 호위해 주길 기다릴지도 모르지."

모턴이 다시 물었다.

"그 배를 나포할 수 있을까요?"

"누구라도 그 생각을 할 걸세. 그 배에 실린 보물의 총 값어치는 오십만 파운드에 달한다네."

다들 놀라서 입도 뻥긋하지 못했다.

앨먼트 총독이 싱글거리며 말했다.

"헌터 선장이 이 정보에 흥미를 느낄 것 같군."

그러자 해클릿이 물었다.

"이자가 사략선 선장이란 말씀입니까?"

앨먼트 총독이 웃으며 대답했다.

"집요하고 욕심 많은 선장이지. 안 그런가, 헌터?"

"칭찬으로 듣겠습니다, 각하."

"이런 작자에게 그런 중대한 일을 맡길 수는 없습니다!"

앨먼트 총독이 대꾸했다.

"함부로 말하지 말게나. 헌터 선장은 매사추세츠 만(灣) 영국 식민지에서 활약하는 에드워드 헌터 소령의 둘째 아들이야. 사실 태어난 곳도 이곳 신세계이고, 대학 교육까지 받은 지성인이라네. 그 대학 이름이 뭐더라……."

헌터가 거들었다.

"하버드입니다."

"그래, 하버드. 헌터 선장은 지난 사 년간 우리와 함께 지냈고, 사략선 선장으로서 이곳 사회에서 탄탄한 입지를 구축했지. 이 정도면 소개가 충분한가, 헌터 선장?"

헌터가 빙그레 웃으며 대답했다.

"그럼요. 충분합니다."

해클릿이 따지고 들었다.

"이자는 깡패입니다. 흔해빠진 깡패라고요."

하지만 그의 아내는 호기심 어린 눈길로 헌터를 바라보기 시작했다.

앨먼트 총독이 차분하게 말했다.

"말조심해. 이 섬에서 결투는 불법이지만 아무리 금지해도 끊임없이 벌어지고 있어. 안타깝게도 나로서는 그런 관례를 막을 도리가 없다네."

해클릿은 한층 더 성난 표정으로 말했다.

"저도 이자의 소문은 들었습니다. 이자는 에드워드 헌터 소령의 아들이 아닙니다. 기껏해야 첩이 낳은 자식 정도죠."

헌터는 수염을 만지작거리며 대꾸했다.

"그래요?"

해클릿이 말했다.

"그렇게 들었습니다. 더구나 살인자라는 소문도 있더군요. 이자는 불한당이자 색골, 해적입니다."

'해적' 이라는 말에 헌터가 식탁 너머로 순식간에 팔을 뻗어 해클릿의 머리끄덩이를 잡고 그의 얼굴을 반쯤 먹은 양고기에 처박았다. 그 상태로 한동안 누르고 있었다.

앨먼트 총독이 혀를 차며 말했다.

"이런, 이런. 더 일찍 경고해 줄 걸 그랬군. 이보게, 해클릿. 사략선 선원은 명예로운 직업이라네. 반면 해적은 무법자지. 자네 정말로 헌터 선장이 무법자라고 생각하나?"

해클릿이 웅얼거렸지만 얼굴이 음식에 파묻혀서 잘 들리지 않았다.

앨먼트 총독이 말했다.

"무슨 말인지 못 들었네, 해클릿."

해클릿이 말했다.

"아니라고 했습니다."

"그렇다면 신사답게 헌터 선장에게 사과하는 것이 옳다고 생각하지 않나?"

"사과드립니다, 헌터 선장님. 모욕할 생각은 없었습니다."

헌터는 사내의 머리를 놓아주었다. 해클릿이 의자에 기대어 앉아 냅킨으로 얼굴에 묻은 고깃국물을 닦았다.

앨먼트 총독이 말했다.

"자, 불쾌한 순간이 지나갔구먼. 이제 디저트를 먹을까요?"

헌터는 식탁을 둘러보았다. 해클릿은 여전히 얼굴을 닦고 있었다. 모턴은 놀란 표정으로 해클릿을 멍하니 바라보고 있었다. 그리고 해클릿 부인은 헌터를 보고 있었다. 그와 눈길이 마주치자 자기 입술을 핥았다.

저녁식사가 끝난 뒤 헌터와 앨먼트 총독은 관저 서재에서 단둘이 앉아 브랜디를 마셨다. 헌터는 어쩌다 저런 자식이 새 비서로 들어왔냐며 안쓰러워했다.

앨먼트 총독이 혀를 찼다.

"그 친구 때문에 내 인생이 꼬이게 생겼네. 자네도 마찬가지일까 봐 걱정이구먼."

"그자가 우리를 음해하는 서신을 런던에 보낼 거라고 생각하십니까?"

"아마 그럴 걸세."

"국왕께서는 자신의 식민지에서 무슨 일이 벌어지는지 잘 아실 겁니다."

앨먼트 총독은 가볍게 손사래를 치며 말했다.

"그건 우리 생각일 뿐이야. 한 가지는 분명해. 왕의 금고에 돈이 쌓이게만 해 주면 사략선에 대한 지원은 앞으로도 계속될 걸세."

헌터가 재빨리 대꾸했다.

"동등한 분배가 전제되어야 합니다. 다시 말씀드리지만, 그건 필수 조건입니다."

"하지만 본국에서 자네가 쓸 선박들과 무기, 선원을 마련해 주면……."

헌터가 말을 가로챘다.

"아뇨. 그런 것들은 필요 없습니다."

"필요 없다고? 이보게, 헌터. 자네 마탄세로스가 어떤 곳인지 알잖나. 대규모 스페인 군대가 거기 진을 치고 있어."

헌터는 고개를 저었다.

"정면 공격으로는 절대 성공할 수 없습니다. 에드먼즈의 원정대가 그 증거입니다."

"하지만 달리 무슨 수가 있나? 마탄세로스의 요새는 항구 어귀를 지키고 있다네. 그 요새부터 점령하지 않으면 보물선을 갖고 탈출할 수 없어."

"맞습니다."

"그럼 어쩔 셈인가?"

"소규모 부대로 요새의 내륙 쪽을 기습할 생각입니다."

"주둔군 전체를 상대로? 병력이 최소 삼백은 될 텐데? 성공할 수 없어."

헌터가 대꾸했다.

"반대로 생각해 보십시오. 만약 우리가 성공하지 못하면, 카살라는 자신의 대포로 보물선을 포격해 항구에 정박한 채로 가라앉힐 겁니다."

"그 생각은 미처 못 했군."

앨먼트 총독이 브랜디를 홀짝이며 말했다.

"자네 계획을 좀 더 들려주게나."

7

얼마 후 헌터가 총독 관저를 나서려 할 때, 해클릿 부인이 홀에 나타나 그에게 다가왔다.

"헌터 선장님."

"네, 해클릿 부인."

"제 남편의 무례하기 짝이 없는 행동에 대해 사과드리고 싶어요."

"사과하실 필요 없습니다."

"그렇지 않아요, 선장님. 반드시 사과드려야 해요. 오늘 그이는 촌스럽고 멍청하게 굴었어요."

"부인의 남편은 신사답게 스스로 사과했습니다. 따라서 이미 끝난 일입니다."

헌터가 부인에게 살짝 고개 숙여 인사했다.

"안녕히 가십시오."

"헌터 선장님."

"말씀하십시오."

"선장님은 정말 매력적인 남자예요."

"부인은 매우 아름다우십니다. 다음에 또 뵐 기회가 있으면 좋겠군요."

"저도요, 선장님."

헌터는 해클릿이 자기 아내를 감시하는 게 좋을 거라고 생각하며 걸어갔다. 그는 여자의 타락을 본 적이 있었다. 잉글랜드의 시골 상류층 가문에서 곱게 자랐지만 결국 왕실에서 쾌락에 눈뜬 여자. 십중팔구 해클릿 부인도 그랬으리라. 남편이 한눈을 파는 사이에. 틀림없이 해클릿은 한눈을 팔았을 것이다. 하물며 영국에서 멀리 떨어진 이곳, 계급과 관습의 굴레에서 멀리 떨어진 서인도 제도에서라면 그녀는……. 헌터는 그런 경우를 익히 봐 왔다.

그는 자갈길을 따라 내려가며 관저에서 멀어졌다. 도중에 지나친 부엌 안에서 하인들이 아직도 환히 불을 밝힌 채 일하고 있었다. 포트 로열의 모든 건물은 부엌을 별채로 따로 두었는데, 더운 날씨 때문에 그래야만 했다. 열린 창문을 통해 아까 저녁식사 때 시중을 들던 금발 아가씨의 모습이 보였다. 헌터가 그녀에게 손을 흔들었다.

그녀도 손을 흔들어 화답하고는 돌아서서 일을 하러 갔다.

덴비 여관 밖에서는 사람들이 곰을 괴롭히고 있었다. 헌터는 아이들이 그 불쌍한 짐승에게 돌을 던지는 모습을 지켜보았다. 아이들이 웃고 떠들면서 소리치는 동안 곰은 억센 사슬에 묶인 채 으르렁거렸다. 창녀 두 명은 막대기로 곰을 때렸다. 헌터는 그들을 지나쳐 여관으로 들어갔다.

트렌처가 모퉁이에 앉아서 하나 남은 멀쩡한 팔로 술을 마시고 있었다. 헌터가 그를 불러 한쪽으로 데려갔다.

트렌처가 기대 어린 표정으로 물었다.

"뭡니까, 선장님?"

"나 대신 동료 몇 명을 물색해 줘."

"누굴 찾아야 하는지 말씀하세요, 선장님."

"라쥐, 엔더스, 샌슨. 그리고 무어."

트렌처가 빙그레 웃었다.

"이리로 데려올까요?"

"아니. 그들이 어디 있는지만 알아봐. 찾아가는 건 내가 할 테니까. 자, 위스퍼는 어디 있지?"

트렌처가 대답했다.

"블루 고트에 있습니다. 골방에 처박혀 있죠."

"그럼 블랙 아이는 패로 가(街)에 있나?"

"그럴 겁니다. 그 유대인도 필요하신 겁니까?"

헌터가 대답 대신 말했다.

"난 자네의 혀를 믿어. 앞으로 입단속 잘해."

"저도 데려가실 겁니까, 선장님?"

"내가 시키는 대로만 하면."

"염려 놓으십시오, 선장님. 주님의 상처에 맹세합니다."

"그럼 서둘러."

헌터는 여관에서 나와 다시 진창길로 들어섰다. 낮에 그랬던 것처럼 밤공기도 덥고 잔잔했다. 부드럽게 기타 치는 소리가 들리고, 어디선가 술 취한 웃음소리와 총성도 한 번 들렸다. 그는 리지 가(街)를 따라 블루 고트로 향했다.

항구로부터 퍼지면서 발달한 포트 로열은 크게 세 지역으로 나뉘었다. 부두에서 가장 가까운 지역에는 술집과 매음굴, 도박장이 늘어서 있었다. 소란스럽고 활기찬 부둣가에서 멀어지면 거리는 한결 조용해졌다. 그곳에서는 식료품 상인과 제빵사, 가구장이와 선구상(船具商), 대장장이와 은장이를 볼 수 있었다. 거기서 더 들어간 만(灣)의 남쪽 지역에는 훌륭한 여관과 개인 주택이 조금 있었다. 블루 고트는 그런 여관 중 하나였다.

안으로 들어선 헌터는 테이블에서 술을 마시는 신사들에게 살짝 고개 숙여 인사했다. 그는 가장 뛰어난 육지 의사인 퍼킨스와 의회의 일원인 피커링, 브라이드웰 교도소의 소장을 비롯해 여러 유력 인사들을 알아보았다.

대개 블루 고트에서는 사략선 선원을 달가워하지 않지만 헌터만은 환대를 받았다. 이는 사략선들이 꾸준히 가져오는 전리품이 이 항구 도시의 경제 기반이라는 간단한 논리 때문이었다. 노련하고 대담한 선장인 헌터는 이 지역 사회의 중요한 일원이었다. 작년에는 세 차례에 걸친 그의 약탈 덕분에 이십만 개가 넘는 피스톨과 더블룬(스페인의 옛 금화)이 포트 로열로 유입되었다. 그 돈은 대부분 이곳에 모인 신사들의 호주머니로 들어갔으며, 그들은 그 돈에 걸맞게 헌터를 반겼다.

블루 고트를 운영하는 위컴 부인은 그렇게 호의적이지 않았다. 과부로 지내다 몇 년 전에 위스퍼와 살림을 차린 그녀는 여관에 들어선 헌터를 보자마자 그가 자신의 새서방을 만나러 왔다는 걸 알아차렸다. 그래서 엄지손가락으로 골방 쪽을 가리키며 퉁명스레 말했다.

"저기 있어요."

"고맙습니다, 위컴 부인."

헌터는 곧장 골방으로 가서 노크를 했지만, 아무 대답이 없어서 문을 열어 보았다. 방 안은 양초 하나만 켜져 있어서 어두웠다. 헌터는 눈을 몇 번 끔뻑이고 나서야 어둠에 눈이 익었다. 율동적으로 끽끽거리는 소리가 들렸다. 마침내 방구석에서 흔들의자에 앉아 있는 위스퍼가 보였다. 그는 장전된 권총을 들고 헌터의 배를 겨냥하고 있었다.

"잘 있었나, 위스퍼?"

나직하고 목쉰 소리가 들렸다.

"안녕하쇼, 헌터 선장. 혼자요?"

"그렇다네."

뱀처럼 쉭쉭거리는 목소리가 다시 들렸다.

"그럼 들어오쇼. 킬-데빌('악마를 죽이는 술'이라는 뜻으로 럼주의 별명)

한 잔 하겠소?"

위스퍼가 자기 옆에 놓인 나무통을 가리켰다. 식탁으로 쓰는 그 나무통 위에는 술잔들과 작은 럼주 단지가 놓여 있었다.

"고맙네, 위스퍼."

위스퍼는 유난히 크고 창백한 손을 가진 우람하고 다부진 사내였다. 그의 진짜 이름은 아무도 몰랐다. 위스퍼(whisper)는 '속삭임'이라는 뜻을 가진 그의 별명이다. 그도 한때는 사략선 선장으로 승승장구했다. 그러다 에드먼즈와 함께 마탄세로스 섬에 갔다. 위스퍼는 유일한 생존자였다. 카살라가 그를 생포하고 목을 벤 다음 죽게 내버려 두었다. 위스퍼는 용케 살아났지만 목소리를 거의 잃고 말았다. 쉰 목소리와 턱 밑의 크고 허연 반원 모양 흉터가 그의 과거를 말해 주는 뚜렷한 증거였다.

포트 로열로 돌아온 후로 위스퍼는 줄곧 골방에 숨어 지냈다. 강하고 우람한 사내이지만 용기가 없었다. 패기가 사라진 것이다. 그는 두려움에 사로잡혀 있었다. 손에서 무기를 놓은 적이 없고, 옆구리에도 항상 무기를 차고 다녔다. 의자에 앉아서 건들거리는 지금도 손만 뻗으면 닿는 바닥에 번쩍이는 단도 한 자루가 놓여 있었다.

"무슨 일로 왔소, 선장? 마탄세로스 때문이오?"

헌터가 놀란 표정을 지었는지 위스퍼가 웃음을 터뜨렸다. 위스퍼의 웃음소리를 들으니 소름이 끼쳤다. 증기가 새는 주전자처럼 날카롭게 빽빽거리는 소리였다. 고개를 뒤로 젖히고 웃어서 하얀 흉터가 훤히 드러났다.

"놀랐소, 선장? 내가 알고 있어서 놀란 거요?"

헌터가 대답 대신 물었다.

"위스퍼, 다른 사람도 알고 있나?"

위스퍼가 뱀이 쉭쉭거리는 듯한 소리로 대답했다.

"몇 명은. 혹은 어렴풋이 의심하거나. 하지만 그건 막연한 짐작일 뿐이지. 난 모턴의 항해 이야기를 들었소."

"아."

"갈 거요, 선장?"

"마탄세로스에 대해 알려 주게나, 위스퍼."

"지도가 필요하쇼?"

"물론이지."

"십오 실링 내겠소?"

"좋아."

헌터는 나중에 어느 누가 찾아와도 말하지 않을 침묵과 우정의 대가까지 포함해서 이십 실링을 주기로 마음먹었다. 더 준 오 실링에 담긴 의무의 뜻은 위스퍼도 알 터였다. 또한 마탄세로스에 관해 누구에게라도 말하면 헌터의 손에 죽는다는 것도 알 터였다.

위스퍼가 유포(기름을 먹여 만든 방수용 천) 조각과 작은 숯을 꺼내더니, 유포를 무릎에 올려놓고 잽싸게 그림을 그렸다. 이윽고 그가 나직이 말했다.

"마탄세로스 섬에 가는 건 스페인의 아가리 속으로 죽으러 가는 거요. 그 섬은 U자 모양을 하고 있소. 항구의 입구가 대서양을 향해 동쪽으로 나 있지. 이 지점은……."

그가 U의 왼쪽을 톡톡 두드리면서 말을 이었다.

"푼타 마탄세로스요. 카살라가 요새를 세운 곳이지. 여기는 저지대요. 이 요새가 서 있는 곳의 높이는 기껏해야 해발 오십 보라오."

헌터는 고개를 끄덕이고 기다렸다. 위스퍼가 킬-데빌을 한 모금 꿀꺽 마셨다.

"이 요새는 팔면으로 이루어져 있소. 담장의 재질은 돌이고 높이는 삼십 피트요. 담장 안에는 스페인 수비대가 있고."

"병력은 얼마나 되나?"

"이백이라는 사람도 있고, 삼백이라는 사람도 있지. 사백이라는 사람도 있었지만 신빙성은 없소."

헌터는 고개를 끄덕였다. 삼백으로 마음에 새겨 두었다.

"포대는?"

위스퍼가 쌕쌕거리며 말했다.

"요새의 두 면에만 있소. 하나는 정동 방향으로 대서양을 바라보고, 또 하나는 항구 입구를 가로질러 정남 방향을 바라보고 있지."

"어떤 대포를 사용하나?"

위스퍼가 섬뜩한 웃음소리를 냈다.

"그게 참 흥미롭다오, 선장. 청동을 주조해서 만든 이십사 파운드 포 '쿨레브리나'요."

"몇 기나 있지?"

"열 기. 어쩌면 열두 기."

흥미롭군. 헌터는 속으로 중얼거렸다. 영어로는 '컬버린'이라고 부르는 쿨레브리나는 가장 막강한 종류의 대포가 아니고 더 이상 함포로도 인기가 없었다. 요즘은 짧고 두툼한 대포가 전 세계 전함 대포의 표준이 되었다.

컬버린은 오래된 대포였다. 무게가 이 톤이 넘고, 포신의 길이가 십오 피트나 되었다. 그렇게 포신이 길면 장거리 포격이 아주 정확해졌다. 또한 무거운 포탄을 쏠 수 있고 장전도 빨랐다. 숙련된 포대원들이 다루면 일 분에 한 번씩 발사할 수도 있었다.

헌터가 고개를 끄덕였다.

"만만치 않겠군. 포술장(砲術長)은 누구지?"

"보스케."

"그자의 소문은 들었어. 리나운 호를 침몰시킨 자지?"

위스퍼가 대답했다.

"맞소."

그렇다면 포대원들은 잘 훈련되어 있을 터였다. 헌터가 얼굴을 찡그리고 물었다.

"위스퍼, 그 컬버린들이 고정되어 있는지 혹시 아나?"

위스퍼는 한동안 앞뒤로 흔들거리다가 입을 열었다.

"당신 미쳤군, 선장."

"왜 그렇게 생각하지?"

"당신은 육지로의 공격을 계획하고 있잖소."

헌터가 고개를 끄덕였다.

위스퍼는 자기 무릎에 놓인 지도를 두드리며 말했다.

"그건 절대로 성공할 수 없소. 에드먼즈도 같은 생각을 했지만 섬을 보고 포기했단 말이오. 여길 봐요. 당신이 서쪽 해안으로 배를 대면……."

그는 U의 곡선 부분을 가리키고 말을 이었다.

"이곳에 있는 작은 항구를 이용할 수는 있소. 하지만 육로를 따라 마탄세로스의 동쪽 항구로 건너가려면 레레스 산을 넘어야 하지. 그래야 맞은편으로 갈 수 있소."

헌터는 초조한 몸짓을 했다.

"그 능선을 오르기가 어려운가?"

위스퍼가 대답했다.

"불가능하지. 보통 사람은 할 수 없소. 이곳 서쪽 후미(바닷가가 안으로 휘어져 들어간 곳)에서 시작되는 땅은 오백 피트 정도까지 완만한 비탈을 이루며 올라가지만, 곳곳에 늪이 도사리고 있는 덥고 울창한 밀림 지대요. 마실 물도 없소. 더구나 순찰대가 돌아다닐 거요. 만약 순찰대에게 들키지 않고 열병으로 죽지 않으면 능선 아래 기슭에 다다르게 되는데, 레레스 산의 서사면은 삼백 피트 높이의 수직 암벽이오. 새도 앉지 못하는 가파른 비탈이지. 더구나 돌풍처럼 거센 바람이 끊임없이 분다오."

헌터가 다시 물었다.

"만약 거길 오른다면 그 다음은?"

위스퍼가 대답했다.

"동쪽 비탈은 완만해서 전혀 어렵지 않소. 하지만 장담하건대 동사면에는 절대로 도달할 수 없어요."

헌터가 고집스럽게 물었다.

"만약 해낸다면 마탄세로스 포대들에 들킬까?"

위스퍼는 어깨를 살짝 으쓱했다.

"그들은 바다를 바라보고 있소, 헌터 선장. 카살라는 바보가 아니오. 육지 쪽에서 공격받을 일이 없다는 걸 알고 있지."

"언제나 방법은 있기 마련이라네."

오랫동안 말없이 의자에 앉은 채로 흔들거리던 위스퍼가 마침내 중얼거렸다.

"늘 그런 건 아니지. 늘 그런 건 아냐."

블랙 아이라고도 불리고 그냥 유대인이라고도 불리는 돈 디에고 데 라마노가 패로 가(街)의 가게에서 작업대 위에 웅크리고 있었다. 그는 왼손의 엄지와 검지로 쥐고 있는 진주를 살펴보면서 근시처럼 눈을 끔뻑거렸다. 그의 왼손에 남은 손가락은 그것들뿐이었다. 그가 진주를 헌터에게 돌려주며 말했다.

"품질이 뛰어나군. 나라면 팔지 않겠네."

돈 디에고가 빠르게 눈을 깜빡거렸다. 그의 눈은 기운이 없고 토끼 눈처럼 불그레했다. 거의 끊임없이 눈물이 흘러내렸다. 이따금 그는 눈물을 닦아냈다. 그의 오른쪽 눈동자 근처에는 크고 검은 점이 있었다. 블랙 아이라는 그의 별명은 거기서 따온 것이었다.

"물론 이 말을 들으려고 날 찾아온 건 아니겠지, 헌터."

"네, 돈 디에고."

유대인이 고개를 끄덕이고 벤치에서 일어났다. 좁은 가게를 가로질러 문으로 다가간 그는 거리로 나 있는 문을 닫았다. 그러고는 창의 덧문을 닫고 헌터에게로 돌아섰다.

"용건이 뭔가?"

"건강은 어떠십니까, 돈 디에고?"

"건강이라, 건강이라……."

돈 디에고는 두 손을 벙벙한 겉옷 호주머니에 깊숙이 꽂고 중얼거렸다. 그는 부상당한 왼손에 대해 예민했다.

"건강이야 늘 그냥 그렇지. 이것도 자네가 진짜 듣고 싶어 하는 말은 아니야."

"가게는 잘 되나요?"

헌터는 가게 안을 둘러보며 물었다. 조악한 테이블 위에 금붙이 장신구가 진열되어 있었다. 유대인이 이 가게에서 장사를 한 지는 거의 이 년이 다 되었다.

돈 디에고가 자리에 앉았다. 그는 헌터를 쳐다보고 자신의 수염을 쓰다듬다가 눈물을 닦았다.

"헌터, 짜증 나게 말 돌리지 말고 속내를 털어놔."

헌터가 말했다.

"요즘도 화약을 다루시는지 궁금했습니다."

"화약? 화약?"

유대인이 가게 저편을 바라보면서, 마치 그 낱말의 뜻을 몰라 화가 나는 듯 눈살을 찌푸렸다. 그가 말했다.

"아니. 화약은 다루지 않아. 이 꼴을 당한 후로는."

그는 검은 점이 있는 자기 눈을 가리키고 말을 이었다.

"그리고 이 꼴을 당한 후로는."

이번에는 손가락이 둘뿐인 왼손을 들고 말을 이었다.

"더 이상 화약은 다루지 않아."

"그 생각이 바뀔 수 있을까요?"

"영원히 안 바뀌어."

"영원은 긴 시간입니다."

"아무리 길어도 안 바뀐다네, 헌터."

"카살라를 공격하려는데도 안 바뀔까요?"

유대인이 끙 소리를 내고는 침울하게 말했다.

"카살라는 마탄세로스에 있으니 아무도 공격할 수 없어."

헌터가 조용히 대꾸했다.

"제가 할 생각입니다."

"에드먼즈 선장도 그랬지. 바로 작년에."

돈 디에고는 옛 기억에 얼굴을 찡그렸다. 그는 그 원정대에 투자했던 오십 파운드를 결국 날렸다.

"마탄세로스는 난공불락이야, 헌터. 허영심에 사로잡혀 이성을 잃지 말게나. 그 요새를 이길 수는 없어."

그는 뺨에 흐르는 눈물을 닦고 덧붙였다.

"더구나 거기에는 아무것도 없어."

헌터가 대꾸했다.

"요새에는 아무것도 없죠. 하지만 항구도 그럴까요?"

"항구? 항구?"

유대인이 다시 허공을 응시하다가 말을 이었다.

"항구에 뭐가 있는데? 아, 팔월의 폭풍에 휩쓸려 길을 잃은 보물선이 있겠군. 그렇지?"

"그들 중 하나죠."

"자네가 그걸 어떻게 알지?"

"그냥 압니다."

"보물선 한 척?"

유대인이 한층 더 빨리 눈을 끔빽거렸다. 그는 다친 왼손의 집게손가락으로 코를 긁었다. 생각에 잠겼다는 확실한 징표였다. 그가 침울하게 말했다.

"아마 담배와 계피가 가득할 거야."

헌터가 말했다.

"아마 금과 진주가 가득할 겁니다. 그렇지 않다면 나포를 겁내지 않고 곧장 스페인으로 갔겠죠. 배에 실린 엄청난 보물 때문에 나포가 두려워서 마탄세로스로 간 겁니다. 다른 이유는 없습니다."

"그래, 어쩌면 그럴지도……."

헌터는 유대인을 유심히 지켜보았다. 유대인은 연기력이 대단했다. 마침내 그가 말했다.

"자네 말이 옳을 수도 있지. 그래도 난 관심 없어. 마탄세로스 항구에 있는 배는 카디스에 정박한 배와 다름없이 안전해. 막강한 요새가 지켜주니까. 그 요새를 점령하는 건 불가능해."

헌터가 대꾸했다.

"옳은 말씀입니다. 하지만 항구를 감시하는 포대를 파괴할 수는 있습니다. 당신이 건강하고, 다시 화약을 다룬다면 말입니다."

"나한테 아부하는 건가?"

"절대로 아닙니다."

"내 건강이 이 일과 무슨 상관이지?"

헌터가 대답했다.

"제 계획에는 육체적 고통이 따르거든요."

돈 디에고가 얼굴을 찡그렸다.

"내가 자네랑 같이 가야 한다는 소린가?"

"물론이죠. 그럼 뭔 줄 아셨습니까?"

"난 자네가 돈을 원하는 줄 알았지. 내가 같이 가길 바라나?"

"반드시 그래야 합니다, 돈 디에고."

유대인이 벌떡 일어서더니 갑자기 흥분한 표정으로 웅얼거렸다.

"카살라를 공격한다……."

그가 앞뒤로 서성이기 시작했다.

"난 지난 십 년간 그자가 죽는 광경을 꿈꿔 왔네, 헌터. 난 지금껏……."

그가 걸음을 멈추고 헌터를 바라보았다.

"자네도 나름의 이유가 있겠지."

헌터가 고개를 끄덕였다.

"물론입니다."

"하지만 그게 성공할 수 있을까? 정말로?"

"정말로 가능합니다, 돈 디에고."

유대인이 몹시 흥분한 얼굴로 말했다.

"그렇다면 계획에 대해 더 듣고 싶군. 자네가 어떤 화약을 원하는지도 알고 싶고."

헌터가 대답했다.

"새로운 화약을 원합니다. 지구상에 존재하지 않는 것을 만들어 주셔야 합니다."

유대인이 눈물을 닦으며 말했다.

"말해 보게나. 말해 봐."

이발사이자 외과의사이며 항해사인 엔더스가 환자의 목에 거머리를 조심스레 붙였다. 의자에 누워 수건으로 얼굴을 덮고 있던 사내는 달팽이 같은 생물이 살에 닿자 끙 하고 신음했다. 곧바로 거머리가 피를 빨아 먹어 부풀기 시작했다.

조용히 흥얼거리던 엔더스가 말했다.

"자, 이제 조금만 있으면 기분이 한결 나아질 겁니다. 저를 믿으세요. 숨 쉬기가 훨씬 편해질 테고, 여자들 앞에서도 더욱 당당해질 겁니다."

그는 수건 밑의 뺨을 토닥이면서 덧붙였다.

"잠깐 나가서 바람 좀 쐬고 금방 돌아오겠습니다."

엔더스는 가게를 나섰다. 밖에서 손짓하는 헌터를 보았기 때문이다. 엔더스는 키는 작지만 동작이 빠르고 섬세한 남자였다. 걷는다기보다 춤을 추는 것처럼 보였다. 그는 항구에서 그럭저럭 장사를 잘 꾸려 나갔는데, 다른 의사들과 달리 그의 시술로 살아난 환자가 많았기 때문이다. 하지만 그가 지닌 가장 뛰어난 기술, 그가 정말로 좋아하는 일은 돛을 펴고 배를 모는 것이었다. 진정한 항해 예술가인 엔더스는 보기 드문 존재이자 완벽한 키잡이였으며, 자신이 모는 배와 교감하는 것처럼 보이는 사내였다.

그가 헌터에게 물었다.

"면도하러 오셨습니까, 선장님?"

"선원이 필요해."

엔더스가 대꾸했다.

"그럼 의사는 찾으셨군요. 어떤 항해입니까?"

헌터가 빙긋이 웃으며 대답했다.

"로그우드(서인도 제도에 자생하는 작은 교목) 베어 오기라네."

엔더스가 말했다.

"저는 늘 로그우드 베기를 좋아하죠. 그런데 누구의 로그우드입니까?"

"카살라."

헌터의 대답을 듣자마자 엔더스의 얼굴에서 웃음기가 싹 가셨다.

"카살라라고요? 마탄세로스에 가시려는 겁니까?"

헌터는 주위를 두리번거리며 대답했다.

"목소리 낮춰."

"선장님, 선장님. 자살은 신의 뜻을 거스르는 짓입니다."

"나한테는 자네가 필요해."

"하지만 삶은 달콤합니다, 선장님."

"금도 마찬가지야."

엔더스는 입을 다물고 눈살을 찌푸렸다. 마탄세로스의 요새에 금이 없다는 건 그도 알고, 유대인도 알고, 포트 로열의 모두가 알고 있었다.

"설명은 해 주실 겁니까?"

"안 하는 게 나아."

"언제 출항합니까?"

"이틀 뒤."

"그럼 불 베이에서는 이유를 듣게 될까요?"

"약속하지."

엔더스가 말없이 손을 내밀자 헌터가 그 손을 잡고 흔들었다. 가게 안에서 환자가 몸부림치고 끙끙대는 소리가 들렸다.

"오, 이런. 저 가엾은 양반을 깜빡했구먼."

엔더스가 중얼거리면서 가게 안으로 뛰어 들어갔다. 피를 잔뜩 먹어 퉁

퉁 불은 거머리가 나무 바닥에 빨간 핏방울을 뚝뚝 흘리고 있었다. 엔더스가 거머리를 떼어내자 환자가 비명을 질렀다.

"자, 자, 진정하세요, 각하."

"네놈도 우라질 해적 나부랭이일 뿐이야!"

제임스 앨먼트 총독이 얼굴에서 수건을 치우고 거머리에게 물린 목을 비비며 소리쳤다.

라쥐는 라임 로드에 있는 갈봇집에서 깔깔대는 여자들에게 둘러싸여 있었다. 라쥐는 프랑스인이었다. 그 이름은 믿기 힘들 정도로 시력이 좋고 눈이 커서 붙은 별명인 '레 죄('눈[目]'이라는 뜻)'를 엉터리로 바꿔 부른 것이었다. 캄캄한 밤에 라쥐보다 잘 보는 사람은 없었다. 헌터의 배도 라쥐가 앞갑판에 서서 길을 찾아 준 덕분에 암초와 여울을 벗어난 적이 많았다. 또한 이 호리호리하고 고양이 같은 선원은 탁월한 저격수이기도 했다.

라쥐가 풍만한 여자를 한 팔로 안고 소리쳤다.

"헌터! 헌터! 이리 와서 같이 놉시다."

여자들이 키득거리면서 머리카락을 만지작거렸다.

"조용히 이야기할 게 있어, 라쥐."

"따분한 양반 같으니."

라쥐가 여자들에게 차례차례 키스를 하고 말했다.

"금방 돌아올게, 아가씨들."

그러고는 헌터와 함께 후미진 구석으로 갔다. 한 아가씨가 킬-데빌 단지와 술잔 두 개를 가져다주었다.

헌터는 라쥐의 어깨까지 늘어진 헝클어진 머리와 수염 없는 얼굴을 바라보았다.

"취했나, 라쥐?"

라쥐는 귀에 거슬리는 소리로 웃으며 대답했다.

"별로 안 취했습니다, 선장. 말씀하세요."

"난 이틀 뒤에 출항할 거야."

"그래요?"

갑자기 라쥐가 말짱해진 것 같았다. 크고 주의 깊은 두 눈이 헌터를 뚫어져라 바라보았다.

"목적지가 어디죠?"

"마탄세로스."

라쥐가 웃음을 터뜨렸다. 낮게 우르르 울리는 웃음소리였다. 그토록 가녀린 몸에서 그런 소리가 나오니 이상했다.

"마탄세로스는 스페인어로 학살이라는 뜻이죠. 제가 들은 온갖 소문에 비춰 보면 아주 잘 지은 이름입니다."

헌터가 대꾸했다.

"상관없어."

"명분이 좋아야 합니다."

"물론이지."

라쥐가 헌터의 얼굴을 살폈다.

"이번 항해에 여자가 필요한가요?"

"그래서 내가 여기 온 거야."

라쥐가 다시 웃었다. 그녀는 작은 가슴을 무심코 긁었다. 남자처럼 옷을 입고 남자처럼 싸우지만 라쥐는 여자였다. 그녀의 사연을 아는 자는 극히 드물었는데, 헌터가 그중 하나였다.

라쥐는 브르타뉴의 한 선원의 아내가 낳은 딸이었다. 남편이 바다에 나간 동안 아내는 자신이 임신한 것을 알게 되었고, 얼마 후 아들을 낳았다.

하지만 남편은 영영 돌아오지 않았고 소식도 완전히 끊겼다. 몇 달 뒤 아내는 두 번째 임신 사실을 알게 되었다. 추문을 두려워한 그녀는 다른 마을로 이사 가서 딸을 낳았는데, 그 아이가 바로 라쥐였다.

일 년 뒤 아들이 죽었다. 그 사이 엄마는 돈이 떨어져서 고향으로 돌아가 부모와 함께 살아야 할 처지에 놓였다. 그녀는 동네 사람들의 손가락질을 피하려고 딸을 아들로 변장시켰는데, 그 눈속임이 너무나 완벽해서 마을 사람들은 물론이요 아이의 조부모까지 진실을 의심하지 않았다. 사내아이로 큰 라쥐는 열세 살에 어느 시골 귀족의 마부가 되었다. 나중에는 프랑스 육군에 들어가 여러 해 동안 군대 생활을 하면서도 들키지 않았다. 결국 그녀는 젊고 잘생긴 기병 장교와 사랑에 빠져 그에게 자신의 비밀을 털어놓았다. 적어도 라쥐가 한 이야기에 따르면 그랬다. 두 사람은 열정을 불태웠지만 결혼하지는 못했으며, 그와 헤어진 라쥐는 서인도제도로 건너와 다시 남자 노릇을 하기 시작했다.

포트 로열 같은 도시에서 그런 비밀은 오래가지 못했다. 사실 라쥐가 여자라는 사실을 모르는 사람은 없었다. 어찌 됐건 사략선을 몰고 약탈에 나설 때면 그녀는 적에게 당혹감과 두려움을 주려고 젖가슴을 드러내곤 했다. 하지만 항구에서는 으레 남자 취급을 받았으며, 어느 누구도 그것에 대해 왈가왈부하지 않았다.

라쥐가 웃었다.

"당신 미쳤군요, 헌터. 마탄세로스를 공격하려 하다니."

"따라올 거야?"

라쥐가 또 웃었다.

"그보다 더 좋은 일이 없으니 갈 수밖에요."

그러고는 저쪽 테이블에서 깔깔대는 창녀들에게로 돌아갔다.

헌터는 옐로 스캠프라는 도박장에서 무어를 발견했다. 그는 이른 아침부터 네덜란드 해적 두 놈과 글리크(16세기부터 인기를 끈 영국의 전통 카드 게임)를 한 판 벌이고 있었다.

바사라고도 불리는 무어는 덩치가 우람하고 머리가 거대했다. 어깨와 가슴은 판판한 돌덩이 같은 근육질이었고, 묵직한 팔에 달린 손이 워낙 두툼해서 손에 쥔 카드가 앙증맞아 보였다. 그가 무어라고 불리는 까닭은 오래전에 잊혔다. 그리고 설령 그가 자신의 출생지를 말하고 싶다 해도 그럴 수가 없었다. 히스파뇰라 섬에서 스페인 농장주에게 혀가 잘렸기 때문이다. 다만 그가 무어인과 전혀 무관하며 누비아라고 불리는 아프리카 지역에서 왔다는 것은 모두가 알고 있었다. 나일 강을 따라 펼쳐진 그 사막 지역에는 흑인들이 엄청나게 많이 살고 있었다.

그의 별명인 바사는 이따금 노예 상인들이 들르는 기니 해안의 항구 이름이지만, 다들 무어가 거기서 왔을 리는 없다고 생각했다. 그곳 원주민은 하나같이 허약하고 피부색이 훨씬 옅었기 때문이었다.

무어가 벙어리여서 몸짓으로 대화해야 한다는 사실은 그의 신체적 인상을 더욱 강하게 했다. 가끔 이 항구에 처음 온 방문자들은 무어가 벙어리여서 머리도 나쁠 거라고 지레짐작했다. 카드 게임을 지켜보던 헌터는 이번에도 그런 일이 벌어지겠구나 생각했다. 그는 술잔을 들고 옆 테이블로 가서 의자에 등을 기댄 채 느긋하게 지켜보았다.

네덜란드 사내들은 수를 놓은 실크 튜닉과 고급 호즈를 근사하게 차려입은 멋쟁이들이었다. 그들은 줄기차게 술을 마셔댔지만 무어는 술을 한 방울도 마시지 않았다. 사실 평소에도 술은 입에도 대지 않았다. 그가 술을 멀리하게 된 데는 사연이 있었는데, 언젠가 술에 취해 맨손으로 다섯 사람을 죽이고서야 정신이 든 적이 있었다고 했다. 그 이야기가 사실인지 아닌지는 알 수 없지만, 무어가 자신의 혀를 자른 농장주를 죽이고 그의 아내와 가족 절반을 죽인 다음 히스파뇰라 서쪽 해안의 해적 항구로 도망쳐 거기서 포트 로열로 건너온 것만은 틀림없는 사실이었다.

헌터는 네덜란드 사내들이 돈을 거는 모습을 지켜보았다. 그들은 흥겹게 웃고 농담을 주고받으며 무모한 도박을 하고 있었다. 무어는 앞에 금화를 쌓아 놓고 차분히 앉아 있었다. 글리크는 순식간에 끝날 수 있는 게임이라 함부로 배팅하는 것은 금물이었다. 아니나 다를까, 헌터가 지켜보는 가운데 무어가 같은 카드 세 장을 뽑아 네덜란드 사내들에게 보여주고는 그들의 돈을 쓸어 갔다.

잠시 말없이 쳐다보던 그들은 갖가지 언어로 '사기다!'라고 소리쳤다. 무어는 거대한 머리통을 침착하게 흔들고 돈을 주머니에 넣었다.

네덜란드 사내들은 한 판 더 하자고 요구했지만, 무어는 손짓으로 그들에게 돈이 한 푼도 남지 않았다는 걸 알려 주었다.

그러자 네덜란드 사내들이 무어에게 고함을 지르고 삿대질을 하면서 싸움을 걸어 왔다. 무어는 여전히 침착했고, 시중드는 소년이 다가오자 금화 한 닢을 주었다.

네덜란드 사내들은 무어가 도박장에 입힐 손해를 미리 변상했다는 걸 모르는 눈치였다. 시중드는 소년은 동전을 받아 들고 안전한 곳으로 멀리 달아났다.

네덜란드 사내들은 이제 일어서서 무어에게 욕을 퍼붓기 시작했고, 무어는 여전히 테이블에 앉아 있었다. 그의 표정은 온화했지만, 눈은 빠르게 두 사내를 번갈아 살피고 있었다. 네덜란드 사내들이 점점 더 성질을 부리면서 손을 내밀더니 돈을 돌려달라고 요구했다.

무어는 고개를 저었다.

그 순간 네덜란드 사내들 중 한 놈이 혁대에서 단검을 뽑아 들고 무어의 코앞에 바짝 들이댔다. 하지만 무어는 여전히 차분했다. 그는 두 손을 테이블 위에 포개 놓은 채 꿈쩍도 않고 앉아 있었다.

나머지 네덜란드 놈이 혁대에서 권총을 뽑기 시작했다. 그 순간 무어가 반격에 나섰다. 그의 크고 검은 손이 획 뻗어 나와 네덜란드 놈의 손에 들려 있는 단검을 움켜잡고 칼날을 테이블에 삼 인치 깊이로 박았다. 이어서 두 번째 네덜란드 놈의 배를 주먹으로 갈겼다. 사내가 권총을 떨어뜨리고 몸을 숙인 채 기침을 해댔다. 무어가 그의 얼굴을 걷어차자 사내가 바닥에 나동그라졌다. 이어서 무어는 첫 번째 네덜란드 놈에게 돌아섰다. 사내는 겁에 질려 눈이 휘둥그레졌다. 무어가 그의 몸을 머리 위로 들어 올리고는 문으로 걸어가 공중으로 내던졌다. 거리로 날아간 사내는 팔다리를 쫙 벌린 채 대자로 진창에 처박혔다.

테이블로 돌아온 무어는 칼을 뽑아 자기 혁대에 꽂은 다음, 방을 가로질러 헌터의 테이블로 와서 맞은편 자리에 앉았다. 그제야 무어의 얼굴에 웃음이 피었다.

헌터가 말했다.

"신참들이군."

무어가 싱글거리며 고개를 끄덕였다. 그러고는 얼굴을 찡그리고 헌터를 가리켰다. 궁금해하는 표정이었다.

"자넬 만나러 왔어."

무어가 어깨를 으쓱했다.

"이틀 뒤에 출항할 거야."

무어가 입술을 오므리고 입 모양으로 낱말 하나를 말했다.

'우?(어디로?)'

"마탄세로스."

헌터의 대답에 무어가 언짢은 표정을 지었다.

"관심 없어?"

무어가 씩 웃고는 집게손가락으로 목을 긋는 시늉을 했다. 헌터가 말했다.

"장담하건대, 할 수 있어. 혹시 높은 데 두려워해?"

무어는 두 손으로 잡고 올라가는 시늉을 하면서 고개를 저었다. 헌터가 대꾸했다.

"배에 설치된 밧줄 말고 절벽 말이야. 높은 절벽. 삼사백 피트 정도 되는."

무어가 이마를 긁적이고 천장을 쳐다보았다. 절벽의 높이를 상상하는 것 같았다. 마침내 그가 고개를 끄덕였다.

"할 수 있겠어?"

무어가 다시 고개를 끄덕였다.

"바람이 거센데도? 좋아. 그럼 자넨 우리랑 같이 가는 거야."

헌터가 일어서려고 하자 무어가 그를 자리에 눌러 앉혔다. 그러고는 주머니의 동전을 잘그락거리면서 궁금해하는 표정으로 헌터를 가리켰다.

헌터가 대답했다.

"걱정 마. 보상은 두둑할 테니까."

무어가 싱긋 웃었다. 헌터가 도박장을 나섰다.

그가 상송을 만나러 간 곳은 퀸즈 암즈 이 층 객실이었다. 헌터는 문을 두드리고 기다렸다. 키득거리는 소리와 한숨 소리가 들리자 다시 문을 두드렸다.

놀라울 정도로 날카로운 고함 소리가 들렸다.

"염병할 자식, 썩 꺼져!"

헌터는 망설이다가 다시 노크했다. 방 안에서 목소리가 들렸다.

"빌어먹을, 누구야?"

"헌터."

"이런, 젠장. 들어오게나, 헌터."

헌터는 문을 열었다. 문이 활짝 열렸지만 그는 들어가지 않았다. 잠시 후 오줌이 담긴 요강이 문밖으로 날아왔다.

방 안에서 나직이 낄낄대는 소리가 들렸다.

"늘 조심하는군, 헌터. 세상에서 제일 오래 살겠어. 들어와."

헌터는 방으로 들어갔다. 하나만 켜 놓은 양초 불빛 속에서 침대 위에 앉아 있는 상송이 보였다. 그의 옆에는 금발 아가씨가 있었다. 상송이 말했다.

"한참 좋았는데 자네가 초를 쳤어. 만약 시시한 일이면 가만두지 않을 거야."

헌터가 대꾸했다.

"중요한 일이야."

두 남자가 서로를 노려보는 동안 불편한 침묵이 흘렀다. 상송이 자신의 검고 무성한 수염을 만지며 물었다.

"자네가 여기 온 이유를 내가 맞혀 볼까?"

헌터는 아가씨를 힐끔 쳐다보고 대답했다.

"아니."

"아."

상송이 눈치를 챘다. 그는 아가씨를 보면서 말했다.

"내 어여쁜 귀염둥이……."

그러고는 아가씨의 손가락에 키스를 하고 손으로 건너편의 문을 가리켰다.

아가씨가 벌거벗은 채로 후다닥 침대에서 벗어나 허둥지둥 옷을 집어 들고 방에서 뛰쳐나갔다.

상송이 말했다.

"참 즐거운 계집이야."

헌터가 문을 닫았다. 상송이 그에게 물었다.

"저 아가씨는 프랑스인이라네. 잠자리에서는 프랑스 여자가 최고지. 안 그런가?"

"창녀로는 확실히 최고지."

상송이 웃었다. 크고 육중한 사내인 그는 어둠에 휩싸인 듯한 인상을 풍겼다. 검은 머리, 코 위에 일자로 늘어선 검은 눈썹, 검은 수염, 검은 피부. 하지만 그의 목소리는 놀랍도록 날카로운데, 특히 웃을 때 그랬다.

"나는 프랑스 여자가 영국 여자보다 낫다고 보는데, 자네 생각은 어떤가?"

"질병 퍼뜨리는 데는 선수지."

상송은 호탕하게 웃었다.

"헌터, 자네 유머 감각이 아주 뛰어나구먼. 나랑 와인 한 잔 하겠나?"

"좋지."

상송이 침대 옆 탁자에 놓인 술병을 들어 술을 따랐다. 헌터가 술잔을 받아 들고 위로 쳐들면서 건배했다.

"자네의 건강을 위해."

상송이 대꾸했다.

"자네의 건강도."

두 남자는 술을 마셨다. 둘 다 서로에게서 눈을 떼지 않았다.

솔직히 헌터는 상송을 신뢰하지 않았다. 사실 별로 데려가고 싶지 않았지만, 이번 임무 성공엔 이 프랑스 사내가 꼭 필요했다. 비록 오만하고, 허영심 많고, 뻐기기 좋아하는 놈이지만, 프랑스 사형 집행인 집안에서 태어난 상송은 카리브 해를 통틀어 가장 무자비한 킬러였다.

공교롭게도 '소리 없이'를 뜻하는 그의 이름은 마치 그의 은밀한 살인 방식을 예견하고 지은 듯했다. 모두가 그를 알고 있었고 늘 두려워했다. 그의 아버지 샤를 상송은 디에프에서 왕의 사형 집행인이었다고 한다. 소문에 따르면 상송은 리에주에서 잠깐 동안 신부 생활을 했는데, 인근 수녀원의 수녀들과 놀아나다 발각돼서 결국 프랑스를 떠났다. 그것이 자신에게 이롭다고 생각한 것이다.

하지만 포트 로열은 타인의 과거에 관심을 기울이지 않는 도시였다. 이곳에서 상송은 사브르(펜싱에서 사용하는 검)와 권총, 그가 좋아하는 무기인 석궁의 달인으로 명성이 자자했다.

상송이 다시 웃었다.

"자, 친구. 무슨 고민이지 말해 봐."

"난 이틀 뒤에 떠나. 마탄세로스로."

상송은 웃지 않았다.

"나더러 마탄세로스에 같이 가자는 건가?"

"그래."

상송이 술을 더 따르고 말했다.

"난 싫어. 미친놈이 아니고서야 거길 가고 싶을 리가 없지. 자넨 왜 마탄세로스에 가려는 건가?"

헌터는 아무 말도 하지 않았다.

상송은 침대 발치로 뻗은 자기 발을 보고 눈살을 찌푸렸다. 발을 흔들면서도 계속 얼굴을 찡그렸다. 마침내 그가 입을 열었다.

"그 갤리언(15세기에서 18세기 사이에 사용된 스페인 범선)들 때문이로군. 폭풍에 휘말려 길을 잃고 마탄세로스로 들어간 갤리언들 말이야. 맞지?"

헌터가 어깨를 으쓱했다. 상송이 말했다.

"조심, 또 조심……. 좋아, 그럼 내가 이 정신병자 원정대에 가담하는 대가는 뭔가?"

"자네한테 전리품의 사 퍼센트를 주지."

"사 퍼센트? 이제 보니 구두쇠로구먼, 헌터 선장. 자존심 상하는걸. 자네가 보기에 나의 가치가 고작 사 퍼센트……."

"오 퍼센트."

헌터는 체념하는 듯한 말투로 제안했다.

"오 퍼센트? 팔 퍼센트로 하고 협상 끝내."

"오 퍼센트로 하고 협상 끝내지."

"헌터. 시간도 늦었는데 짜증 나게 그러기야? 좋아, 칠 퍼센트. 됐지?"

"육 퍼센트."

"맙소사, 자네 진짜 좀생이로군."

헌터가 다시 말했다.

"육 퍼센트."

"칠 퍼센트. 술이나 한 잔 더 해."

헌터는 상송을 물끄러미 보다가 이런 말다툼은 무의미하다고 판단했다. 상송이 거래를 잘했다고 느끼면 다루기가 더 쉽겠지만 부당한 대우를 받았다고 생각하면 까다로워지고 심통을 부릴 터였다.

헌터가 말했다.

"좋아, 칠 퍼센트."

"이 친구 협상할 줄 아는구먼."

상송이 손을 내밀고 한마디 덧붙였다.

"이제 어떻게 공격할 생각인지 말해 봐."

한마디 말도 없이 계획을 경청하던 상송이 헌터의 이야기가 끝나자 자기 넓적다리를 탁 치고 말했다.

"옛말 틀린 거 하나 없군. 스페인 놈은 게으르고, 프랑스 놈은 우아하고, 영국 놈은 영리하다더니."

헌터가 말했다.

"이 계획은 틀림없이 성공할 거야."

상송이 대꾸했다.

"난 눈곱만큼도 의심하지 않아."

헌터가 그 작은 방에서 나왔을 때는 포트 로열의 거리 위로 새벽 기운이 번지고 있었다.

8

물론 원정 계획을 계속 비밀에 부칠 수는 없었다. 사략선 원정에 따라 가려고 안달이 난 선원이 너무 많았고, 헌터의 슬루프(돛대를 세 개 세운 비교적 작은 범선)인 카산드라 호에 물자를 공급하고 싶어 하는 상인과 농부 또한 너무 많았다. 이른 아침부터 포트 로열 전체가 헌터의 다가올 원정에 대해 수군거리기 시작했다.

헌터가 캄페체(멕시코 남동부의 항구 도시)를 공격할 거라는 소문이 돌았다. 마리카이보(베네수엘라 북서부에 있는 항구 도시)를 약탈할 거라는 소문도 있었다. 심지어 칠십 년 전쯤 드레이크(스페인의 무적함대를 무찌른 영국의 해군 제독)가 그랬던 것처럼 대담하게 파나마를 공격할 거라는 이야기까지 나돌았다. 하지만 그런 장거리 항해를 하려면 엄청나게 많은 식량을 비축해야 하는데 헌터는 아주 적은 양의 물자만 싣고 있었다. 그래서 이번 습격의 목표가 아바나라는 소문이 힘을 얻었다. 지금껏 사략선이 아바나를 공격한 적은 한 번도 없던 터라 다들 미친 짓으로 여겼다.

이상한 일은 또 있었다. 유대인 블랙 아이가 부둣가를 돌아다니며 아이들과 부랑자들에게서 쥐를 사들이기 시작했다. 유대인이 쥐를 원하는 까닭은 그 어떤 선원도 짐작할 수가 없었다. 그가 돼지 창자를 구입했다는 이야기도 들렸다. 돼지 창자는 점을 칠 때 쓰이곤 하지만, 유대인이 그런 걸로 점을 칠 리는 없었다.

그 사이 유대인의 금은방은 자물쇠가 걸리고 널판으로 막혔다.

돈 디에고는 내륙의 산속 어딘가로 떠났다. 동이 트기 전에 황과 질산칼륨, 석탄을 잔뜩 갖고 사라졌다.

유대인의 기행 못지않게 카산드라 호의 물자 공급도 이상했다. 소금에 절인 돼지고기는 제한된 양만 주문하면서 물은 아주 많이 실었다. 그리고 통 제조업자 롱글리에게 특별히 주문하여 만든 작은 통도 여러 개 실렸다. 휘트스털의 밧줄 가게는 억센 밧줄을 천 피트 이상 주문받았는데, 슬루프에 사용하는 밧줄치고는 너무 억센 밧줄이었다. 돛 제작자 네들리는 주둥이에 고정용 고리가 달린 커다란 범포 자루를 여러 개 만들어 달라는 부탁을 받았다. 대장장이 카버는 형태가 특이한 갈고리를 만들었다. 작고 납작하게 접히도록 갈고리 이빨에 경첩이 달려 있었다.

징조도 있었다. 오전에 어부들이 거대한 귀상어를 잡아 바다거북들이 알을 낳으러 오는 초콜라타 홀 근처 부두로 올려다 놓았다. 그 상어는 길이가 십이 피트가 넘고, 넓은 주둥이와 납작한 양쪽 돌출부에 자리 잡은 눈 때문에 아주 못생겨 보였다. 어부들과 구경꾼들이 그 짐승에게 권총을 쏴댔지만 눈에 띄는 효과는 없었다. 상어는 부둣가 널판 위에서 거의 정오 때까지 퍼덕거리고 몸부림쳤다.

상어의 아랫배를 가르자 끈적이는 내장이 쏟아져 나왔다. 금속의 번쩍임이 느껴져서 내장을 잘라 보니, 스페인 병사의 갑옷 일습이었다. 가슴받이, 가운데가 솟은 투구, 무릎 보호대가 고스란히 남아 있었다. 그걸 보고 사람들은 그 귀상어가 운 나쁜 병사를 통째로 삼켜 살은 소화시켰지만 갑옷은 창자를 빠져나가지 못한 거라고 추측했다. 이는 스페인이 곧 포트로열을 공격한다는 징조이거나 헌터가 스페인을 공격할 거라는 소문의 증거라는 등 다양하게 해석되었다.

제임스 앨먼트 총독은 징조 따위에 신경 쓸 겨를이 없었다. 총독은 그날 아침 스페인 브릭을 나포해 항구로 몰고 들어온 롤로네라는 이름의 프랑스 악당을 심문했다. 롤로네는 사략 허가서(민간선의 무장을 허가하여 전시 상태에 상대국 함선을 공격 및 약탈할 수 있도록 하는 강제 나포 면허장)를 갖고 있지 않았으며, 어쨌거나 영국과 스페인은 현재 공식적으로는 평화로운 관계였다. 더욱 심각한 문제는 그 브릭이 입항할 당시 배 안에 값나가는 물건이 전혀 없었다는 사실이었다. 가죽 몇 점과 담배 약간이 선창에서 발견된 전부였다.

비록 악명 높은 약탈자이긴 하지만 롤로네는 아둔하고 무식한 자였다. 물론 아주 영리하지 않아도 나포는 누구나 할 수 있었다. 적당한 위도에서 기다리다가 만만한 배가 나타날 때 공격하면 그만이었다. 지금 총독 집무실에서는 롤로네가 두 손으로 모자를 쥐고 서서 어린애처럼 순진한 표정으로 믿기 어려운 이야기를 늘어놓고 있었다. 그는 자신이 발견한 나포선이 이미 버려진 배였다고 주장했다. 승객이 한 명도 없었고, 정처 없이 떠다니고 있었다는 것이었다.

롤로네가 말했다.

"정말이라니까요. 아마 역병이 돌았거나 재난이 닥쳤을 겁니다. 하지만 배는 아주 좋았어요. 그래서 국왕께 바치려고 항구로 끌고 온 겁니다, 나리."

"승객이 한 명도 없었다고?"

"살아 있는 건 하나도 없었습니다."

"배 안에 시신은 없었나?"

"예, 나리."

"무슨 일이 벌어졌는지 알려 줄 단서도 없었고?"

"하나도 없었습니다, 나리."

"그리고 화물은……."

"여기 조사관들이 본 대로입니다, 나리. 저희는 손도 안 댔어요. 정말입니다."

앨먼트 총독은 롤로네가 그 상선의 갑판을 비우려고 무고한 사람들을 얼마나 많이 죽였을까 생각했다. 그리고 이 도적놈이 어디에 들러 값비싼 화물을 숨겨 놓았을지 궁금했다. 카리브 해 전역에는 그런 목적에 이용할 크고 작은 섬이 무수히 많았다.

총독의 손가락들이 책상을 두드리기 시작했다. 롤로네가 거짓말을 하는 건 분명했지만 증거가 필요했다. 포트 로열의 거친 환경 속에서도 영국의 법은 살아 있었다.

마침내 총독이 말했다.

"좋다. 나는 국왕께서 이 나포에 대해 몹시 언짢아하심을 공식적으로 언급하는 바이다. 따라서 국왕의 몫은 오분의 일이며……."

"네? 오분의 일이라고요?"

당시 나포선에 대한 왕의 몫은 대개 십분의 일이었고, 십오분의 일일 때도 있었다.

총독은 차분히 말했다.

"그렇다. 국왕 폐하의 몫은 오분의 일이다. 그리고 한 가지 더 공식적으로 언급하겠다. 만약 너의 비겁 행위에 대한 증거가 내 귀에 들어오면 너는 재판을 받고 해적이자 살인자로서 교수형에 처해질 것이다."

"나리, 정말이지 저는……."

총독이 손을 들어 말을 가로막았다.

"그만. 일단은 가도 좋다. 하지만 내 말을 명심하도록."

롤로네가 공손히 인사하고 집무실 밖으로 나갔다. 앨먼트 총독이 종을 울려 부관을 불렀다.

"존, 자네가 롤로네의 선원들을 만나 술을 사 주고 정보를 캐내 봐. 그자가 어떻게 그 배를 나포했는지 알아내야겠어. 죄를 입증할 확실한 증거를 확보해."

"분부대로 하겠습니다, 각하."

"그리고 존, 왕의 몫으로 십분의 일을 떼어 놓게. 십분의 일은 총독의 몫이니까."

"예, 각하."

"이만 가 보게."

존이 허리 숙여 인사했다.

"각하, 헌터 선장님이 서류 문제로 와 계십니다."

"그럼 들여보내."

잠시 후 헌터가 성큼성큼 들어왔다. 앨먼트 총독이 일어서서 그와 악수했다.

"기분이 좋아 보이는군, 선장."

"그렇습니다, 각하."

"준비는 잘 돼 가나?"

"물론입니다, 각하."

"비용은 얼마나 들었지?"

"오백 더블룬입니다, 각하."

앨먼트 총독이 예상한 금액이었다. 그는 책상에서 동전 자루를 꺼냈다.

"이거면 충분할 걸세."

헌터는 고개 숙여 인사하고 돈을 받았다. 총독이 말했다.

"방금 로그우드 벌목 허가서를 작성했네. 이제 자네가 원하면 어디서든 나무를 벨 수 있어."

그는 헌터에게 허가서를 건넸다.

1665년에 영국은 로그우드 벌목을 합법적인 사업으로 간주했지만, 스페인은 로그우드 거래를 독점하려 했다. 학명이 헤마톡실린 캄파이치움인 로그우드의 목재는 붉은색 염료와 몇몇 약을 만드는 데 사용되었다. 그래서 담배만큼이나 귀한 자원이었다.

앨먼트 총독이 느릿느릿 말했다.

"충고 하나 하지. 우리는 상대가 도발하지 않은 경우에는 그 어떤 스페인 식민지에 대한 공격도 지지할 수 없다네."

헌터가 대답했다.

"알겠습니다."

"상대의 도발이 있을 거라고 생각하나?"

"아마 없을 겁니다, 각하."

"그렇다면 자네가 마탄세로스를 공격하는 것은 해적 행위가 될 걸세."

"각하, 우리의 가련한 슬루프 카산드라 호는 무장도 가볍고 상선임을 입증하는 허가서도 있습니다. 그런데도 마탄세로스 포대의 공격을 받는다면 반격은 할 수 있지 않겠습니까? 합당한 이유 없이 민간 선박에 포격을 가하는 것은 부당한 행위니까요."

총독이 대꾸했다.

"물론 그렇지. 난 자네가 군인답고 신사답게 행동하리라 믿어 의심치 않네."

"각하의 신뢰를 저버리지 않겠습니다."

헌터가 가려고 돌아서자 총독이 말했다.

"마지막으로 하나만 더 말하지. 카살라는 펠리페 4세의 총애를 받는 자야. 카살라의 딸은 펠리페의 오른팔인 부수상과 결혼했고. 만약 마탄세로스에서 벌어지는 사건을 자네의 진술과 다르게 설명하는 서신이 스페인에 전해지면 찰스 국왕 폐하께서 몹시 난처해지실 걸세."

헌터가 대꾸했다.

"카살라가 서신을 보내는 일은 없을 겁니다."

"바로 그게 중요하다네."

"바다 밑바닥에서 편지를 보낼 순 없는 일이니까요."

총독이 흡족한 얼굴로 말했다.

"암, 그렇고말고."

두 남자는 악수를 나누었다.

헌터가 총독 관저를 나서려 할 때 흑인 하녀가 그에게 편지를 건네고는 말없이 돌아서서 가 버렸다. 헌터는 층계를 내려가면서 편지를 읽었다. 여자의 글씨체였다.

친애하는 선장님,

최근에 좋은 정보를 얻었어요. 자메이카 섬의 내륙에 크로퍼드 골짜기라고 불리는 곳이 있는데, 거기 아름답고 맑은 샘이 있대요. 제가 살아갈 이 섬이 얼마나 즐거운 곳인지 알아보려고, 오늘 오후에 그 샘으로 소풍 갈 생각이에요. 그곳이 저의 기대만큼 근사한 곳이면 좋겠어요.

애정을 담아서
에밀리 해클릿

헌터는 그 편지를 호주머니에 넣었다. 지금이 평범한 상황이라면 해클릿 부인의 글에 담긴 유혹에 마음이 흔들리지 않았을 것이다. 오늘은 카산드라 호의 출항 전날이라서 할 일이 많았다. 하지만 어차피 돈 디에고를 만나러 내륙으로 들어가야 했다. 만약 시간이 좀 나면……. 헌터는 어깨를 으쓱하더니 말을 타러 마구간으로 갔다.

9

유대인 돈 디에고는 항구 동쪽 서터즈 베이에 숨어 있었다. 헌터는 멀리서도 그의 위치를 알 수 있었다. 푸른 숲 위로 매캐한 연기가 피어오르고 이따금 폭약 터지는 소리가 들렸기 때문이다.

말을 타고 작은 빈터로 들어선 헌터는 기괴한 장면 한가운데 있는 돈 디에고를 발견했다. 온갖 종류의 동물 시체가 사방에 널린 채 뜨거운 정오의 햇살 속에서 악취를 풍기고 있었다. 한쪽에는 질산칼륨과 숯, 황이 담긴 나무 궤짝 세 개가 놓여 있었다. 높다란 풀숲 속에서는 깨진 유리 조각들이 반짝이고 있었다. 돈 디에고는 옷과 얼굴이 피와 화약 검댕으로 얼룩진 채 열심히 무언가를 만들고 있었다.

헌터가 말에서 내려 주위를 둘러보며 말했다.

"맙소사, 뭘 하고 계신 겁니까?"

유대인이 싱긋 웃으며 대답했다.

"자네가 부탁한 걸 만들고 있었지. 아마 실망하지 않을 거야. 자, 내가 보여 주지. 우선 자넨 천천히 오래 타는 도화선을 만들어 달라고 했어. 맞지?"

헌터가 고개를 끄덕였다. 유대인은 차근차근 명쾌하게 설명했다.

"일반적인 도화선은 쓸모가 없다네. 화약을 줄처럼 길게 뿌려 도화선으로 쓰면 너무 빨리 타 버리지. 반면 질산칼륨 용액에 적신 끈이나 실을 사용하면 너무 느리게 타는 데다, 종종 불꽃이 너무 약해서 최종 폭약을 점화시키지 못해. 내 말 이해하나?"

"물론이죠."

"그럼 계속 이야기하겠네. 화약에 들어가는 황의 비율을 높이면 불꽃이 세지고 타는 속도가 빨라져. 하지만 그런 화약은 안정성이 몹시 떨어진다네. 불꽃이 퍽퍽 튀다가 꺼져 버리지. 그래서는 안 돼."

"그렇죠."

"끈과 심지와 천을 질산칼륨 용액에 적셔서 써 봤지만 소용이 없더군. 죄다 신뢰성이 떨어져서 말이야. 그러다 문득 화약을 넣은 도화선을 만들면 어떨까 하는 생각이 들었지. 그래서 화약이 담길 도화선으로 이걸 골랐네."

그는 가늘고 하얀 끈처럼 생긴 물건을 들고 행복한 미소를 지으며 말을 이었다.

"쥐의 창자야. 따뜻한 석탄 위에서 살짝 말리면 체액과 물기만 증발하고 유연성은 그대로야. 그러고 나서 창자 속에다 화약을 넣으면 우리가 원하는 도화선이 된다네. 내가 보여 주지."

유대인이 긴 창자 한 줄을 가져왔다. 길이는 십 피트 정도인데, 겉은 희끄무레하고 속은 거무스레한 화약으로 가득 차 있었다. 그것을 땅바닥에 늘어놓고 한쪽 끝에 불을 붙였다.

도화선이 조용히 타들어갔다. 불꽃이 퍽퍽 튀지 않고 속도도 느렸다. 일 분에 겨우 일 내지 이 인치씩 타들어갔다.

유대인이 활짝 웃었다.

"봤지?"

헌터가 대꾸했다.

"자랑스러워하실 만하군요. 이 도화선을 옮길 수 있겠죠?"

유대인이 대답했다.

"물론이지. 다만 시간이 문제라네. 창자가 너무 말라 버리면 딱딱해져서 부러질 수 있거든. 하루 정도 지나면 그렇게 될 거야."

"그렇다면 쥐를 아주 많이 가져가야겠군요."

"그렇겠지. 이제 자네가 요청하지 않은 또 다른 깜짝 선물을 보여 줘야겠군. 어쩌면 자네한테는 쓸모가 없을지 모르지만, 내가 보기에는 더없이 훌륭한 무기라네."

그가 잠시 사이를 두고 말을 이었다.

"자네 '그러나도'라고 불리는 프랑스 무기에 대해 들어 본 적 있나?"

헌터는 고개를 저었다.

"아뇨. 독 과일인가요?"

'그러나도'는 프랑스어로 석류 열매라는 뜻이고, 독살은 요즘 프랑스 왕실에서 인기가 많았다.

유대인이 살짝 미소를 지으며 대답했다.

"그렇게 볼 수도 있지. 씨앗이 잔뜩 들어 있는 석류 열매를 닮았으니까. 이 무기에 대해서는 전부터 익히 들었는데, 위험해서 만들기가 어려웠다네. 하지만 결국 해냈어. 질산칼륨의 비율이 관건이야. 내가 보여 주지."

유대인은 목이 짧은 빈 유리병 하나를 들고 헌터가 지켜보는 가운데 새 사냥용 산탄 한 줌과 약간의 금속 조각을 병 속에 부었다. 그러면서 헌터에게 말했다.

"난 자네가 날 나쁘게 생각하지 않길 바라네. 혹시 콤플리시다드 그란데('거대한 음모'라는 뜻)에 대해 아나?"

"조금밖에 모릅니다."

유대인은 그러나도를 만들면서 얼굴을 찡그리고 말했다.

"내 아들이 그 시작이었어. 1639년 8월이었지. 당시 내 아들은 이미 오래전에 유대교를 버린 상태였네. 그 녀석은 페루의 수도 리마와 뉴스페인에서 살았고, 그 녀석의 집안은 번성했어. 덕분에 적이 많이 생겼지."

유대인이 유리병 속에 산탄을 더 부으면서 말을 이었다.

"내 아들은 8월 11일에 체포되었네. 유대인인 사실을 숨기고 살았다는 게 죄목이었지. 토요일에 장사를 하지 않고 아침에 베이컨을 먹지 않는다는 이유로 말일세. 그 녀석은 유대인의 낙인이 찍히고 고문을 당했어. 시뻘겋게 달아오른 무쇠 신을 맨발에 신겨서 살갗이 지글지글 탔지. 결국 자백했다네."

유대인은 유리병에 화약을 채우고 녹은 밀랍으로 입구를 봉했다. 그가 계속 이야기했다.

"그 녀석은 여섯 달 동안 옥살이를 했네. 1640년 1월에 열한 명이 말뚝에 묶여 화형당했지. 거기서 죽지 않은 일곱 명 중 하나가 내 아들이었어. 그 오토 다 페(Auto da Fe: 영어로는 Act of Faith이며, 신앙을 입증하기 위해 스스로를 희생하는 행위를 일컫는 말)의 시행을 감독한 주둔군 사령관이 바로 카살라였네. 내 아들의 재산은 몰수되었고, 그 녀석의 아내와 자식들은…… 사라졌어."

유대인은 헌터를 힐끗 쳐다보고 눈에서 눈물을 닦아냈다.

"난 슬퍼하지 않네. 하지만 어쩌면 자넨 이것의 의미를 이해할 거야."

그가 그러나도를 쳐들고 짧은 도화선을 꽂은 다음 말했다.

"자넨 저 수풀 뒤에 숨는 게 좋아."

헌터가 숨어서 지켜보는 가운데, 유대인이 바위 위에 병을 올려놓고 도화선에 불을 붙인 다음 미친 듯이 수풀로 달려왔다. 두 남자는 병을 지켜보았다.

헌터가 물었다.

"무슨 일이 벌어지죠?"

유대인이 처음으로 싱긋 웃으며 대답했다.

"보면 알아."

잠시 후 병이 폭발했다. 유리 조각과 금속 조각이 사방으로 날아갔다. 헌터와 유대인은 바닥에 엎드린 채 머리 위로 파편들이 나뭇잎을 관통하는 소리를 들었다.

다시 고개를 쳐든 헌터는 창백한 얼굴로 말했다.

"하느님 맙소사."

유대인이 대꾸했다.

"신사적인 무기는 아니지. 살보다 단단한 것에는 별 피해를 주지 못한다네."

헌터는 호기심 어린 눈길로 유대인을 바라보았다. 유대인이 말했다.

"카살라에게 줄 선물이지. 자네가 보기에 그러나도가 어떤가?"

헌터는 잠시 생각에 잠겼다. 너무나 비인간적인 무기여서 본능적으로 거부감이 들었다. 하지만 그는 고작 육십 명을 데리고 적의 요새에 있는 보물선을 나포하러 가는 처지였다. 병사 삼백 명이 우글거리는 요새와 육십 명의 대결. 그리고 뭍에 오른 선원들을 합치면 이삼백 명은 더 있을 터였다.

헌터가 말했다.

"열 개쯤 만들어 주십시오. 배에 실어야 하니 상자에 담아 주시고요. 그리고 아무한테도 말하지 마세요. 우리 둘만의 비밀입니다."

아들 잃은 유대인이 빙그레 웃었다. 헌터가 다시 말했다.

"복수하시게 될 겁니다, 돈 디에고."

그러고는 말을 타고 떠났다.

10

말을 타고 북쪽으로 블루 산맥 기슭의 푸른 수풀을 따라 기분 좋게 삼십 분쯤 달리자 크로포드 골짜기가 나타났다. 골짜기가 내려다보이는 높은 능선에 다다른 헌터는 졸졸 흐르는 개울 옆에 매여 있는 말들을 발견했다. 해클릿 부인과 하녀 두 명이 타고 온 말들이었다. 개울은 골짜기 동쪽 가장자리의 바위로 둘러싸인 웅덩이에서 흘러나오고 있었다. 바닥에 펼쳐져 있는 소풍 담요와 그 위에 놓인 음식도 보였다.

헌터가 말들 쪽으로 다가가서 자기가 타고 온 말을 매어 놓았다. 그러고는 곧바로 두 흑인 하녀들에게 일 실링을 뇌물로 주고 손가락을 입술에 댔다. 두 여자는 키득거리면서 조용히 사라졌다. 그들이 은밀한 만남에 대해 입을 다물고 뇌물을 받은 것은 이번이 처음도 아니었다. 헌터는 전혀 걱정하지 않았다. 그들이 방금 본 것을 아무한테도 말하지 않을 테니까.

물론 그들이 금세 덤불 사이로 두 백인을 훔쳐보며 낄낄대는 것까지 막을 수는 없었다. 헌터는 웅덩이 주변의 바위들을 따라 작은 폭포 기슭 쪽으로 조용히 걸어갔다. 해클릿 부인은 웅덩이 속에서 물장구를 치고 있었다. 아직 헌터의 존재를 알아차리지 못했다.

해클릿 부인은 하녀가 여전히 근처에 있는 줄 알고 중얼거렸다.

"사라, 너 그 헌터 선장 아니? 항구에 있는 남자 말이야."

"으흠."

헌터는 여자처럼 새된 소리로 대답했다. 그러고는 해클릿 부인의 옷가지 옆에 앉았다.

그녀가 말했다.

"로버트는 그 사람이 흔해빠진 불량배이자 해적이래. 하지만 로버트는 나한테 너무 무관심해. 왕의 사랑을 한 몸에 받던 나한테 말이야. 물론 바람둥이 왕이긴 하지. 하지만 그 헌터 선장은 진짜 미남이야. 그 남자 이곳 여자들한테 인기가 많을까? 너 혹시 아니?"

헌터는 대답하지 않고 해클릿이 물장구치는 모습을 지켜보았다.

"아마 그럴 거야. 돌덩이 같은 마음도 녹이는 눈빛을 지닌 남자니까. 게다가 강하고 용감해 보여. 그건 여자라면 누구나 알 수 있어. 그리고 손가락이랑 코가 어찌나 길고 멋진지. 인기가 많은 것도 당연해. 포트 로열에 그 남자 애인이 있니, 사라?"

헌터는 대답하지 않았다.

"국왕 폐하도 손가락이 길지. 그걸 침실에서 얼마나 잘 쓰는지 몰라. 내가 미쳤지. 사라 너한테 이런 말까지 하다니."

그녀가 키들거렸다. 헌터는 여전히 말이 없었다.

"사라?"

그녀가 고개를 돌렸다. 바위에 앉아 싱글거리는 헌터가 보였다.

헌터가 말했다.

"이렇게 찬물에 목욕하면 감기 드실 텐데요?"

그녀가 성난 얼굴로 물을 튀기며 소리쳤다.

"당신에 대한 소문은 전부 사실이군요. 비겁하고, 천박하고, 정말 몹쓸 남자예요. 신사는 절대 아니에요."

"오늘 여기 신사를 만나러 오셨습니까?"

해클릿 부인이 계속 물을 튀겼다.

"몰래 다가와 훔쳐보는 변태를 기대하진 않았죠. 당장 꺼져요. 나 옷 좀

입게."

헌터가 말했다.

"여기 정말 근사한 곳이군요."

"안 갈 거예요?"

그녀는 몹시 화가 났다. 물이 맑아서 그녀의 몸매가 보였다. 작은 가슴과 깡마른 몸, 오종종한 얼굴. 헌터의 취향은 아니었다. 그녀가 화내는 소리에 멍해 있던 그가 정신을 차리고 대답했다.

"어쩌죠? 가기 싫은데."

"그럼 내가 사람을 잘못 봤군요. 난 당신이 불리한 처지에 놓인 여자에게 예의를 지키고 친절을 베푸는 남자인 줄 알았어요."

헌터가 물었다.

"어째서 당신이 불리한 처지죠?"

"홀랑 벗은 상태니까요."

"그렇군요."

"그리고 이 샘은 차가워요."

"그래요?"

"정말이라고요."

"그걸 이제 알았습니까?"

"한 번 더 부탁드리죠. 당장 이 무례한 짓을 중단하고 내가 물기를 닦고 옷을 입을 수 있게 해 주세요."

대답 대신 헌터는 물가로 걸어가 그녀의 손을 잡고 바위로 이끌었다. 햇살이 따사로운데도 그녀는 바위 위에서 물을 뚝뚝 흘리며 와들와들 떨었다. 그녀가 헌터를 노려보았다.

헌터는 당황한 그녀를 보면서 싱글거렸다.

"이러다 감기 걸려 돌아가시겠습니다."

"그렇게 걱정되면 같은 처지가 되어 보세요."

여자가 갑자기 그를 밀쳤다. 헌터는 옷을 다 입은 채로 물에 빠졌다.

첨벙 소리를 내며 물에 빠진 그는 얼음처럼 차가운 물이 몸에 닿자 흠칫 놀랐다. 그 바람에 숨을 헐떡였다. 헌터가 허우적대는 동안 그녀는 바위 위에 서서 그를 보며 웃어댔다.

헌터가 버둥거리며 애원했다.

"부인, 부인, 제발 살려 주세요."

그녀는 계속 웃기만 했다. 헌터가 다시 말했다.

"부인, 저는 수영을 못 해요. 제발 도와주……."

그의 머리가 잠깐 동안 물속으로 잠겼다. 여자가 더 크게 웃었다.

"뱃사람이 수영을 못 한다는 게 말이 돼요?"

"부인……."

물위로 나온 헌터는 그 말만 하고 다시 가라앉았다. 잠시 후 그가 미친 듯이 허우적대고 발버둥치면서 간신히 물위로 올라오자, 이제는 그녀도 그를 걱정스럽게 바라보았다. 그녀가 한 손을 내밀자, 헌터는 발을 버둥거리고 물을 뱉으면서 부인 쪽으로 다가갔다.

헌터는 손을 잡자마자 힘껏 끌어당겼다. 그의 머리 위로 날아간 여자가 요란하게 비명을 지르면서 철퍽 소리와 함께 등으로 물에 부딪혔다. 물속으로 가라앉으면서 또 비명을 질렀다. 헌터는 수면으로 올라온 그녀를 보고 웃어댔다. 그리고 그녀를 물에서 끌어내 따뜻한 바위로 데려갔다.

그녀가 캑캑거리며 물을 뱉었다.

"당신은 불한당에 악랄하기 짝이 없는 인간 망종 쓰레기예요."

"좋을 대로 생각하십시오."

그 말과 함께 헌터가 해클릿 부인에게 키스했다.

그녀가 그를 밀쳤다.

"그리고 너무 뻔뻔해요."

"너무 뻔뻔하죠."

그 말과 함께 헌터가 다시 키스했다.

"당신은 지금 나를 흔한 창녀 대하듯 강간하려는 거예요."

"그럴 필요도 없습니다."

헌터는 자신의 젖은 옷을 벗기 시작했다.

그의 말대로 굳이 강간할 필요도 없었다.

"이런 대낮에?"

그녀는 놀란 표정을 지었지만 반항하지는 않았다. 그 후 그녀의 입에서는 알아들을 수 없는 말만 새어나왔다.

11

그날 정오에 로버트 해클릿이 당혹스러운 소식을 가지고 제임스 앨먼트 총독과 마주했다.

"도시 전체에 소문이 무성합니다. 어제 우리와 저녁식사를 함께했던 그 남자, 헌터 선장이 스페인 영토를 공격할 해적단을 조직하고 있다더군요. 심지어 아바나를 노린다는 말까지 나돕니다."

앨먼트 총독이 차분하게 물었다.

"자넨 그런 이야기를 믿나?"

해클릿이 대답했다.

"각하, 헌터 선장이 항해를 목적으로 자신의 슬루프 카산드라 호에 식량을 비축하고 있다는 것은 명백한 사실입니다."

앨먼트 총독이 말했다.

"그럴지도 모르지. 그게 죄의 증거라도 된다는 건가?"

해클릿이 대답했다.

"각하, 이런 말씀드리기는 심히 송구스럽지만, 소문에 따르면 각하께서 이번 원정을 용인하셨을 뿐만 아니라 금전적 지원까지 하셨을 거라고 합니다."

앨먼트 총독은 조금 짜증스럽게 물었다.

"내가 그 원정에 돈을 댔다는 소린가?"

"대충 그런 뜻입니다, 각하."

총독이 한숨을 내쉬고 말했다.

"해클릿, 자네가 여기서 조금만 더 지내면, 그래, 한 일주일만 더 있으면, 내가 사략선의 원정을 용인하고 돈까지 댄다는 소문이 날마다 돈다는 걸 알게 될 걸세."

"근거 없는 소문이란 말씀입니까?"

"짐작 가는 바는 있지. 내가 헌터 선장에게 어디서나 로그우드를 벌목할 수 있도록 허가서를 내준 일 때문일 거야. 쓸데없이 확대 해석한 게지."

"그럼 그자가 어디서 로그우드를 벌목합니까?"

앨먼트 총독이 대답했다.

"나야 모르지. 아마 온두라스의 모스키토 연안일 거야. 대개 거기서 벌목을 하니까."

해클릿이 집요하게 따졌다.

"각하, 송구하지만 우리나라와 스페인이 평화로운 관계인 이 시기에 로그우드 벌목이 괜한 불화를 야기할 수 있다는 점을 상기시켜 드려도 될까요?"

앨먼트 총독이 대꾸했다.

"얼마든지 상기시켜 주게. 하지만 내가 보기에 자네 생각은 틀렸어. 스페인은 카리브 해의 수많은 섬에 대해 영토권을 주장하지만 그 섬들은 대부분 무인도야. 거기에는 도시도, 식민지도, 시민도 없다네. 그러니 영토의 증거도 없는 곳에 대한 로그우드 벌목을 불허할 이유가 없지."

해클릿이 말했다.

"물론 각하의 지혜로운 말씀은 인정하지만, 로그우드 벌목을 목적으로 시작한 항해가 해적질로 쉽사리 변질될 수 있다고 생각하지 않으십니까?"

"쉽사리? 쉽지 않네, 해클릿."

주님의 은총을 입으신 신앙의 수호자이자

대(大)브리튼과 아일랜드의 주인이신 거룩한 국왕 찰스 폐하께

국왕 폐하의 땅인 서인도 제도 자메이카의 총독 부관이 삼가 청원드리옵니다. 국왕 폐하의 가장 충성스러운 신하로서, 서인도 제도의 해적 행위에 대한 왕실의 근심과 분노를 알리라는 국왕 폐하의 명을 받은 저는, 그리고 앞서 언급한 자메이카 섬의 총독 제임스 앨먼트 경에게 서신 전달과 구두 전언으로 왕실의 근심과 분노를 알린 저는, 이 지역에서 해적 행위를 진압하고 근절하기 위한 노력이 거의 이뤄지고 있지 않음을 보고드리는 바이옵니다.
오히려 제임스 경 스스로 온갖 종류의 불한당과 악당을 부추기는 형국이옵니다. 안타깝지만 사실이옵니다. 그는 말과 행동과 돈으로 스페인 영토에 대한 비겁하고 잔인한 습격을 지지하고 장려하고 있사옵니다. 또한 그는 살인자들과 무뢰한들이 포트 로열을 불법적으로 취득한 재화의 처리와 만남의 장소로 이용하는 것을 용인하며, 그런 행위들에 대해 후회하지도 않고 장차 중지할 기미도 보이지 않사옵니다.
따라서 건강도 좋지 않고 해이한 도덕관을 지닌 그는 고위 관리로서 부적격한 자이옵니다. 그는 국왕 폐하의 이름으로 온갖 비리와 악행을 묵과하고 있사옵니다. 이 모든 사유와 증거를 바탕으로 저는 국왕 폐하께서 이자를 해임하여 주시옵기를, 또한 국왕 폐하의 위대한 지혜로, 날마다 왕실을 조롱하지 않을 올바른 후임자를 골라 주시옵기를 간곡히 청원하고 탄원하옵니다. 부디 이 보잘것없는 청원에 대해 국왕 폐하께서 승인하여 주시옵기를 간원하오며, 온 마음을 다하여 기도하겠사옵니다.

가장 진실하고 믿음직스러운 충복
로버트 해클릿 배상

해클릿은 편지를 한 번 더 읽고 만족한 표정을 짓고는 종을 울려 하인을 불렀다. 앤 샤프가 그의 부름에 답했다.

해클릿이 말했다.

"애야, 이 편지를 다음 영국행 배로 본국에 보내거라."

그러고는 앤에게 동전 한 닢을 주었다.

앤은 살짝 인사를 하며 대답했다.

"알겠습니다."

해클릿이 엄한 표정을 지으며 말했다.

"조심해서 다뤄야 한다."

앤이 동전을 블라우스 속에 넣고 물었다.

"혹시 더 원하시는 건 없나요?"

"뭐?"

그는 조금 놀랐다. 건방진 계집애가 혀로 입술을 핥으면서 그를 향해 싱글거리고 있었다.

해클릿은 쌀쌀맞게 대답했다.

"없어. 이제 가 봐."

앤이 나갔다.

그가 한숨을 쉬었다.

12

헌터는 횃불을 들고 밤늦게까지 물자 선적을 감독했다.

포트 로열은 부두 사용료가 비쌌다. 일반 상선은 화물을 싣거나 내릴 때 겨우 몇 시간 배를 매어 두는 것도 감당하기 어려웠다. 하지만 헌터의 소형 슬루프 카산드라 호는 열두 시간 내내 계선주(선박을 매어 두기 위해 부두나 잔교에 세워 놓은 기둥)에 묶여 있으면서도 땡전 한 푼 내지 않았다. 오히려 부두의 소유주 사이러스 피트킨이 기꺼이 헌터에게 자리를 제공하겠다며 호들갑을 떨었고, 자신의 관대한 제안을 받아들이게 하려고 물통을 다섯 통이나 공짜로 제공했다.

헌터는 예를 갖춰 호의를 받아들였다. 물론 피트킨이 정말로 너그러워서 그러는 게 아니라는 것쯤은 알고 있었다. 카산드라 호가 돌아올 때 선물을 가져다주길 기대하는 것이었다. 당연히 선물을 받게 될 것이다.

피트킨과 마찬가지로 이 섬의 농부 오츠에게서는 소금에 절인 돼지고기를 한 통 받았다. 그리고 총포 제작자 렌프루에게서는 화약을 한 통 받았다. 헌터는 이 모든 것을 제대로 예의를 갖춰 받았으며, 받은 물건과 줄 선물의 값어치를 예리한 눈썰미로 가늠했다.

이렇게 아부의 선물을 받는 사이사이, 헌터는 모든 선원을 빠짐없이 면담했다. 그리고 엔더스에게 지시하여 그들의 몸이 건강한지 검사한 다음에야 승선시켰다. 또한 모든 식량을 일일이 검사했다. 돼지고기와 물이 담긴 통을 차례차례 열어 냄새를 맡아 본 다음 손을 넣어 바닥까지 내용물이 차 있는지 확인했다. 물통의 물도 일일이 맛보았다. 그리고 딱딱한 비스킷이 신선하고 벌레 먹지 않았는지 살펴보았다.

장거리 항해를 하는 동안에는 선장이 손수 이런 검사를 할 수가 없었다. 대양을 건너려면 승객이 먹고 마실 식량과 물이 정말로 몇 톤씩 필요했다. 그리고 고기는 대부분 꽥꽥거리고 음매음매 하는 채로 실었다.

하지만 사략선은 사정이 달랐다. 대개 크기가 작은 사략선은 선원들로 붐벼서 식량을 조금만 비축했다. 그래서 선원들은 항해하는 동안 잘 먹기가 어려웠다. 사실 아예 식량을 싣지 않을 때도 있는데, 그런 배는 다른 배나 마을을 습격해서 식량을 확보할 생각으로 출항했다.

사략선은 무장도 가벼웠다. 길이 칠십 피트의 슬루프인 카산드라 호는 선수와 선미에 회전식 대포인 세이커(컬버린보다 조금 작은 대포)를 네 기 탑재했다. 이 배에 무기라고는 그 대포들뿐이었는데, 5급 전함이나 6급 전함(영국의 전함은 등급 전함과 등급외 전함으로 나뉘며, 1급에서 6급까지 있는 등급 전함은 정식 함장이 모는 전함이다)에조차 어울리지 않는 대포들이었다. 대신 사략선은 속도와 기동성이 뛰어나고 흘수선(선체가 물에 잠기는 한계선)이 낮아서 위험한 적함을 따돌리기가 용이했다. 또한 큰 전함보다 역풍을 더 잘 탔고, 바닥이 얕은 항구와 해협을 누빌 수 있어서 큰 배의 추격을 쉽게 따돌렸다.

카리브 해에서는 산호초로 이루어진 얕은 바다로 둘러싸인 섬이 근처에 늘 한두 곳은 보이기 때문에 사략선이 마음 놓고 돌아다녔다.

헌터는 거의 동이 틀 때까지 선적 작업에 매달렸다. 이따금 호기심 많은 구경꾼들이 모여들면 헌터가 조심스럽게 그들을 돌려보냈다. 포트 로열은 스파이가 우글거리는 곳이었다. 스페인 식민지들은 습격 정보를 미리 알려 주는 자에게 보수를 두둑이 줬다. 그 때문이 아니더라도 헌터는 사람들의 관심이 거추장스러웠다. 특별한 물품을 싣고 있었기 때문이다.

유난히 굵은 밧줄과 특수 갈고리, 그리고 돈 디에고가 상자에 담아서 가져온 이상한 유리병들.

사실 유대인의 상자들은 유포 자루에 담아 선원들조차 보지 못하도록 갑판 아래 넣어 두었다. 헌터가 그에게 말했듯이 그것들은 '두 사람만의 작은 비밀'이었다.

동이 트기 시작할 무렵, 여전히 활기찬 엔더스가 명랑한 걸음걸이로 깡충거리며 헌터에게 다가와 말했다.

"죄송합니다만 선장님, 외다리 거지 하나가 저 창고 근처에서 거의 밤새 어슬렁거리고 있습니다."

헌터는 이른 아침의 흐린 햇빛 속에서 여전히 어둑한 창고를 바라보았다. 부두는 거지에게 수지맞는 장소가 아니었다.

"자네가 아는 자인가?"

"아뇨, 선장님."

헌터가 눈살을 찌푸렸다. 지금 같은 상황이 아니라면 총독에게 사람을 보내 저 거지를 마셜시 교도소에 몇 주 정도 감금하라고 요청했을 것이다. 하지만 너무 이른 시간이었다. 곤히 자는 총독을 깨우면 좋아할 리가 없었다.

"바사."

무어의 거대한 형체가 헌터 옆에 나타났다.

"목발 짚은 저 거지 보이지?"

바사가 고개를 끄덕였다.

"죽여."

바사가 곁에서 사라졌다. 헌터가 엔더스를 돌아보았다. 엔더스가 한숨을 내쉬고 말했다.

"그게 최선일 겁니다, 선장님."

그러고는 옛 금언을 읊었다.

"피로 끝나는 항해보다는 피로 시작하는 항해가 낫지요."

"어쩌면 우린 두 항해를 모두 겪을지 몰라."

삼십 분 뒤 카산드라 호가 돛을 펴자, 뱃머리의 라쥐가 흐릿한 아침 햇빛 속에서 펠리컨 곶의 여울을 살피는 동안 헌터는 부두와 항구를 한 번 돌아보았다. 도시는 평화롭게 잠들어 있었다. 점등부들은 부두의 횃불을 끄고 있었다. 몇몇 사람들은 카산드라 호를 위해 행운을 빌고 작별인사를 한 다음 하나둘 돌아섰다.

그때 엎드린 자세로 물위에 떠 있는 시체가 보였다. 외다리 거지였다. 파도 때문에 시체가 앞뒤로 흔들리고, 목발이 계선주에 가볍게 부딪쳤다.

헌터는 그것이 좋은 징조거나 나쁜 징조일 거라고 생각했다. 어느 쪽인지는 확신이 서지 않았다.

13

제임스 앨먼트 총독이 웅얼웅얼 편지를 읽었다.

"'온갖 종류의 불한당과 악당을 부추기는 형국이옵니다…… 스페인 영토에 대한 비겁하고 잔인한 습격을 지지하고 장려하고 있사옵니다.' 하느님 맙소사. 비겁하고 잔인한 습격? 이 자식 미쳤군. '살인자들과 무뢰한들이 포트 로열을 불법적으로 취득한 재화의 처리와 만남의 장소로 이용하는 것을 용인하며…… 고위 관리로서 부적격한 자이옵니다…… 온갖 비리와 악행을 묵과하고 있사옵니다…….' 망할 자식!"

여전히 잠옷을 입고 있던 총독이 편지를 손에 쥐고 흔들며 말했다.

"빌어먹을 불한당에 우라질 악당 같은 놈. 그자가 너한테 이걸 언제 주었느냐?"

앤 샤프가 대답했다.

"어제였습니다. 저는 각하께서 그 편지를 원하실 거라고 생각했어요."

"암, 원하고말고."

앨먼트 총독이 앤의 노고를 치하하는 뜻으로 동전 한 닢을 주었다.

"그리고 앞으로 이런 편지를 더 가져다주면 더 큰 보상을 내리겠다, 앤."

그는 앤이 아주 영리한 아이라고 생각하며 물었다.

"혹시 그 자식이 집적대더냐?"

"아뇨, 각하."

"내가 예상한 대로군. 흠, 아무래도 해클릿의 음모를 분쇄할 방법을 찾아야겠다. 두 번 다시 까불지 못하도록."

그는 침실 창가로 걸어가서 밖을 내다보았다. 이른 아침의 희부연 빛 속에서 카산드라 호가 라임 섬의 곶을 돌아 중앙돛(돛대의 맨 아래 달리는 가장 큰 돛)을 올리고 동쪽을 향해 속도를 높이고 있었다.

여느 사략선과 마찬가지로 카산드라 호는 우선 포트 로열에서 몇 마일 떨어진 작은 만(灣)인 불 베이로 갔다. 거기서 엔더스가 배를 정지시키자, 남실바람(나뭇잎이 살랑거리고 해면에 잔물결이 이는 정도의 바람)에 돛이 펴덕거리는 가운데 헌터 선장의 연설이 시작되었다.

이는 선원 모두가 아는 의례적인 절차였다. 먼저 헌터가 자신을 이 배의 선장으로 삼을 것인지에 대한 표결을 요구했다. 곧바로 '예, 선장님!'의 합창이 터져 나왔다. 이어서 그는 항해의 규칙을 알려 주었다. 음주 금지, 간음 금지, 선장이 지시하지 않은 노략질 금지. 이 규칙을 어긴 자는 사형. 이는 통상적인 규칙이었으며, 구두 표결은 요식 행위였다.

곧이어 그는 전리품 분배에 대해 설명했다. 선장인 헌터의 몫은 13퍼센트였다. 상송의 몫은 7퍼센트였는데, 이에 대해 불평하는 소리가 들렸다. 엔더스의 몫은 1.5퍼센트, 라쥐의 몫은 1.25퍼센트였다. 블랙 아이의 몫도 1.25퍼센트였다. 나머지는 선원들이 공평하게 나눠 갖기로 했다.

선원 하나가 일어섰다.

"선장님, 우릴 마탄세로스로 데려가시는 겁니까? 거긴 위험한데요."

헌터가 대답했다.

"물론 위험하다. 하지만 전리품이 엄청나다. 다들 호주머니가 두둑해질 것이다. 너무 위험하다고 생각하는 자는 누구든 이 만(灣)의 해변에 내려 줄 것이며, 나는 그를 비난하지 않을 것이다. 대신 그자는 내가 그곳의 보물에 대해 알려 주기 전에 떠나야 한다."

그는 기다렸다. 아무도 움직이거나 말하지 않았다.

헌터가 말했다.

"좋다. 마탄세로스 항구에는 스페인 보물선이 정박해 있다. 우리는 그 배를 나포하러 간다."

말이 끝나기가 무섭게 선원들 사이에서 환호성이 터져 나왔다. 몇 분이 지나고서야 헌터가 그들을 진정시킬 수 있었다. 다시 그를 바라보는 선원들의 눈빛은 황금에 대한 욕심으로 반짝거렸다. 헌터가 소리쳤다.

"나를 따르겠는가?"

선원들은 함성으로 화답했다.

"그렇다면 마탄세로스로 출발하자."

2
검은 배

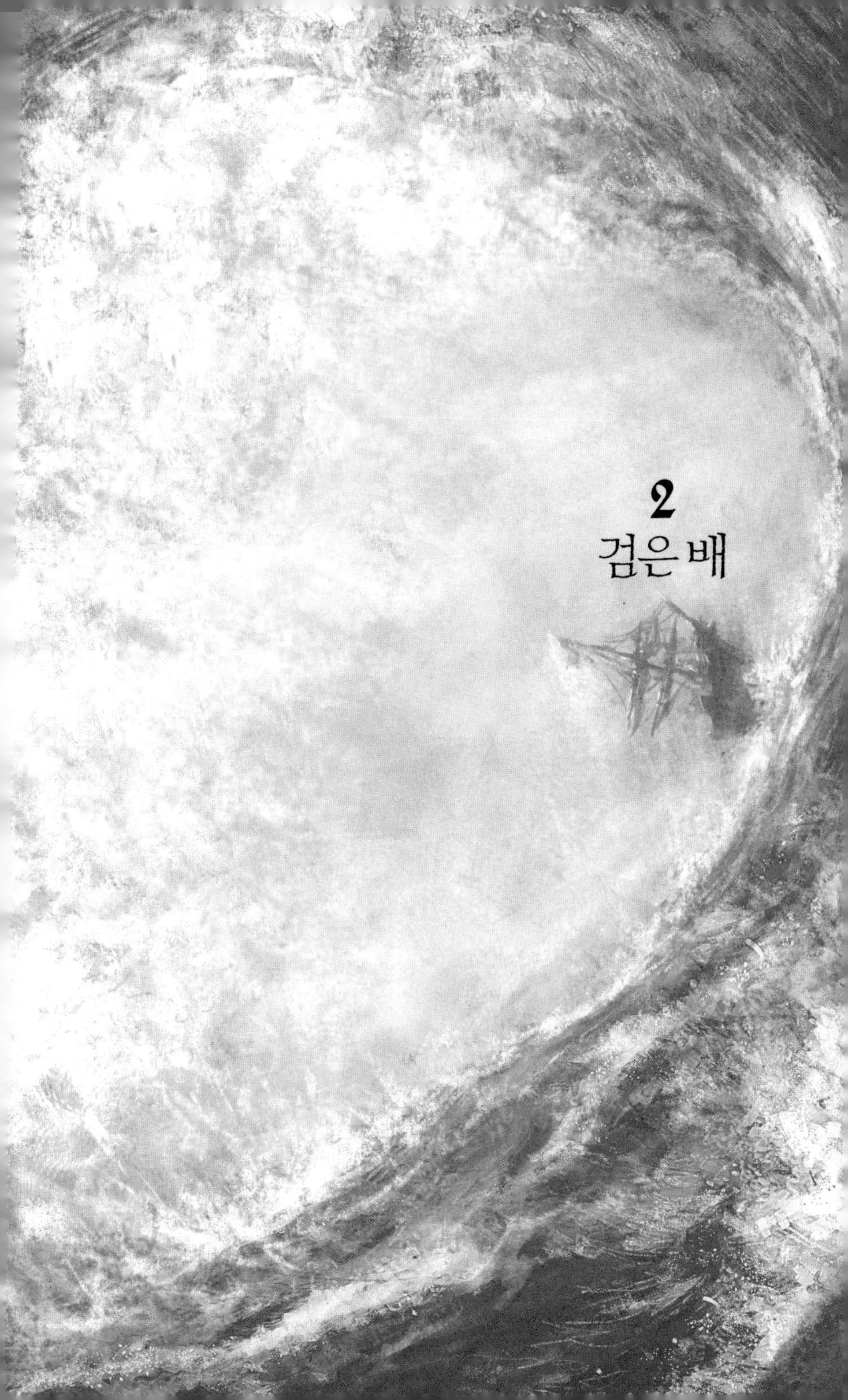

PIRATE
LATITUDES

14

멀리서 보면 카산드라 호의 모습은 근사한 장관이었다. 아침 바람 속에서 돛이 팽팽하게 부풀어 있고, 선체가 살짝 기운 채 쉭쉭 소리를 내면서 맑고 파란 바다를 빠르게 가르고 있었다.

하지만 배 위에는 사람이 붐벼서 불편했다. 지저분하고 냄새나는 호전적인 사내들 육십 명이 공간을 차지하려고 서로 밀치면서 쪼그려 앉고, 노름을 하고, 땡볕에서 잠을 잤다. 또한 예의 따위는 내팽개치고 뱃전 너머로 일을 보았다. 그래서 종종 바람그늘(바람이 불어 가는 방향) 뱃전 너머로 대여섯 쌍의 엉덩이들이 늘어선 꼴사나운 광경이 선장의 눈앞에 펼쳐졌다.

음식과 물은 배급되지 않았다. 첫날에는 아무것도 배급되지 않았다. 선원들은 이럴 줄 알고 있었기에 항구에서의 마지막 날 왕창 먹고 마셨다.

헌터는 그날 저녁에 닻을 내리지 않았다. 대개 사략선은 선원들을 뭍에서 재우려고 안전한 후미로 들어가는 것이 관례였지만, 첫날 헌터는 밤새도록 배를 몰았다. 그가 서두르는 이유는 두 가지였다. 첫째, 스파이들이 마탄세로스에 가서 카산드라 호의 출항을 요새에 알릴까 봐 두려웠다. 그리고 둘째, 더 이상 시간을 주고 싶지 않았다. 보물선이 당장이라도 마탄세로스의 항구를 떠날지도 모르니까.

둘째 날이 저물어 갈 무렵, 카산드라 호는 히스파놀라 섬과 쿠바 섬 사이의 위험한 해협을 향해 북동쪽으로 항진하기 시작했다. 이곳은 헌터의 선원들이 잘 아는 지역인데, 오래전부터 해적의 요새인 토르투가 섬이 고작 하루 거리에 있었기 때문이다.

셋째 날도 계속 달렸다. 그리고 그날 저녁 뭍에 올라 지친 선원들을 쉬게 해 주었다. 다음 날부터는 이나구아 섬을 지나 마탄세로스까지 기나긴 항해가 시작될 터였다. 앞으로는 마음 놓고 상륙할 곳이 없었다. 위도 이십 도를 넘어서는 순간 위험한 스페인의 바다에 들어서게 될 테니까.

선원들은 모닥불에 둘러앉아 웃고 농담을 지껄이며 즐거워했다. 지난 사흘 동안 이상해진 선원은 한 놈뿐이었다. 그는 악귀들이 기어 다니는 환영에 시달리곤 했는데, 이따금 럼주를 마시지 않은 상태에서도 그랬다. 지금은 그자도 한결 차분해져서 더 이상 와들와들 떨지 않았다.

마음이 느긋해진 헌터는 눈앞의 모닥불을 물끄러미 바라보았다. 상송이 다가와 그의 옆에 앉았다.

"무슨 생각을 하나?"

"별 생각 안 해."

"카살라 생각하나?"

헌터는 고개를 저었다.

"아니."

상송이 말했다.

"난 그자가 자네 형을 죽인 걸 알아."

"그래, 그자 때문에 죽긴 했지."

"그런데도 화가 나지 않나?"

헌터가 한숨을 쉬었다.

"이젠 안 나."

상송이 흔들리는 불빛 속에서 헌터를 빤히 쳐다보았다.

"자네 형이 어떤 식으로 죽었지?"

헌터는 무덤덤하게 대답했다.

"그건 중요하지 않아."

상송은 잠시 말없이 앉아 있다가 입을 열었다.

"내가 들은 바로는 자네 형은 상선을 타고 가다가 카살라에게 붙잡혔어. 카살라가 자네 형을 손수 목매달고 불알을 잘라 입에 쑤셔 넣어 질식시켜 죽였다더군."

헌터는 한참 동안 대답하지 않았다. 마침내 그가 말했다.

"그 이야기는 나도 들었어."

"자넨 그걸 믿나?"

"응."

상송이 헌터의 얼굴을 살펴보았다.

"의뭉스런 영국인 같으니. 분노는 어디다 뒀나, 헌터?"

헌터가 대답했다.

"내 안에 있지."

상송이 고개를 끄덕이고 일어섰다.

"카살라를 만나면 재빨리 죽여. 증오 때문에 판단력 잃지 말고."

"그럴 일은 없어."

"그래. 그런 것 같군."

상송이 자리를 떴다. 헌터는 그 후로도 오랫동안 모닥불을 바라보았다.

이튿날 아침에 카산드라 호는 쿠바와 히스파뇰라 사이의 위험한 바다인 윈드워드 해협으로 들어섰다. 풍향이 수시로 바뀌고 파도가 거셌지만 카산드라 호는 이 고난을 훌륭히 이겨냈다. 그날 밤에는 히스파뇰라 섬의 서쪽 끄트머리인 시커먼 르 몰 곶이 우현으로 지나갔다. 새벽 무렵에는 육지의 윤곽이 나뉘면서 북동 해안을 따라 토르투가 섬이 드러났다.

카산드라 호는 계속 항진했다.

다섯째 날에는 탁 트인 바다가 펼쳐졌지만, 날씨가 좋고 가벼운 파도만 일었다. 오후 늦게 좌현으로 이나구아 섬이 눈에 띄었고, 곧이어 라쥐가 전방 수평선 위로 레 카이크 군도의 형체를 발견했다. 이것은 중요한 발견이었다. 레 카이크 남쪽에는 얕고 위험한 모래톱이 몇 마일에 걸쳐 뻗어 있기 때문이었다.

헌터는 아직 보이지 않는 투르크 군도가 있을 동쪽으로 선회하라고 지시했다. 날씨는 여전히 좋았다. 선원들은 햇살 속에서 흥얼거리고 꾸벅꾸벅 졸았다.

하늘에서 해가 점점 낮아질 무렵, 라쥐의 고함에 졸린 선원들이 화들짝 놀랐다.

"선박 출현!"

헌터가 벌떡 일어섰다. 수평선을 살펴보았지만 아무것도 보이지 않았다. 항해사 엔더스가 망원경을 눈에 대고 사방을 둘러보았다.

"제기랄."

그가 헌터에게 망원경을 건네며 말했다.

"뱃전 쪽에 있습니다, 선장님."

헌터가 망원경으로 뱃전 너머를 바라보았다. 둥그런 무지갯빛 고리들 한가운데 하얀 직사각형이 수평선 위로 언뜻 보였다. 그가 지켜보는 동안 하얀 직사각형이 하나 더 생겨 두 사각형이 겹쳐 보이기 시작했다.

엔더스가 물었다.

"어떻게 생각하십니까?"

헌터가 고개를 저으며 대답했다.

"내 생각은 자네도 알 거야."

너무 멀어서 다가오는 선박의 국적을 알 길은 없지만, 여기는 분명 스페인 영해였다. 헌터는 수평선을 둘러보았다. 이나구아 섬은 멀리 뒤쪽에 있었다. 거기로 가려면 다섯 시간은 달려야 하는 데다 그 섬에는 숨을 곳도 거의 없었다. 북쪽의 레 카이크 군도로 가면 좋겠지만 바람이 북동쪽에서 불어오고 있었고, 맞바람이 너무 거세서 속도를 내기가 어려웠다. 동쪽의 투르크 섬은 아직 보이지 않았다. 더구나 그쪽에서는 정체불명의 선박이 다가오고 있었다.

결단을 내려야 했다. 하지만 모든 선택이 절망적으로 보였다. 마침내 헌터가 말했다.

"항로 변경해. 레 카이크로 가자."

엔더스가 입술을 깨물고 고개를 끄덕인 다음 소리쳤다.

"선회 준비!"

그러자 선원들이 부리나케 뛰어가 마룻줄(돛이나 활대, 깃발 따위를 올리거나 내리려고 돛대에 매어 놓는 밧줄)을 잡았다. 카산드라 호가 바람을 가르면서 북쪽으로 선회하기 시작했다.

헌터가 돛을 올려다보며 말했다.

"선회 중지. 속도 올려."

엔더스가 대답했다.

"알겠습니다, 선장님."

하지만 곧 못마땅한 듯 얼굴을 찡그렸다. 그럴 만도 한 것이, 저 멀리 수평선 위로 솟은 돛이 이제는 맨눈으로도 또렷이 보였다. 그 배가 점점 따라붙고 있었다. 이제 꼭대기돛(밑에서 세 번째 돛대에 달리는 돛)이 수평선 위로 완전히 솟았고, 앞돛(맨 앞에 있는 돛대의 맨 아래 달리는 돛)마저 시야에 들어오고 있었다.

망원경으로 바라보니 돛대머리가 세 개 보였다. 국적이 어디건 간에 세

대박이 범선은 전함이 거의 확실했다.

"젠장!"

그가 지켜보는 동안 세 개의 돛이 하나의 직사각형으로 합쳐졌다가 다시 셋으로 나뉘었다.

헌터가 말했다.

"저 배가 선회하고 있어. 우린 곧 장거리포 사정권에 들어가."

엔더스가 타륜 손잡이를 움켜진 채 초조하게 살짝 발을 굴렀다.

"이 항로로는 저 배를 따돌릴 수 없습니다, 선장님."

헌터가 침울하게 대꾸했다.

"어떤 항로로도 마찬가지야. 바람이 멎길 비는 수밖에."

이제 적함과의 거리는 오 마일 미만이었다. 바람이 이대로 계속 불면 그 배가 카산드라 호를 따라잡는 것은 불을 보듯 빤했다. 그들의 유일한 희망은 바람이 멎는 것뿐이었다. 그러면 무게가 가벼운 카산드라 호가 노를 저어 달아날 수 있으니까.

이따금 일몰 무렵이면 바람이 죽곤 하는데, 오늘은 오히려 더 거세졌다. 금세 더 강한 바람이 헌터의 뺨을 후려쳤다.

엔더스가 말했다.

"오늘은 운이 없군요."

이제 쫓아오는 배의 중앙돛이 보였다. 강풍 때문에 완전히 부푼 돛이 노을에 물들어 분홍빛을 띠고 있었다.

레 카이크까지는 여전히 아득했다. 미치고 팔짝 뛸 만큼 멀리 떨어진 안전한 은신처. 그곳에 닿을 가망은 없었다.

엔더스가 물었다.

"방향을 돌려 달아날까요, 선장님?"

헌터는 고개를 저었다. 순풍 속에서는 카산드라 호가 더 빨라지겠지만,

그래 봐야 필연을 조금 늦출 수 있을 뿐이었다. 속수무책이었다. 무기력한 분노에 사로잡힌 헌터는 두 주먹을 불끈 쥐었다. 쫓아오는 배의 돛이 점점 더 크게 보였다. 이제 선체의 윗부분도 보이기 시작했다.

엔더스가 말했다.

"전열함이 틀림없습니다. 뱃머리는 정확히 안 보이지만요."

뱃머리의 형태를 보면 국적을 확실히 알 수 있었다. 스페인 전함은 영국 전함이나 네덜란드 전함과 달리 뱃머리가 뭉뚝했다.

상송이 타륜 쪽으로 돌아와서 물었다.

"싸울 건가?"

대답 대신 헌터는 적함을 가리켰다. 이제 선체가 수평선 위로 훤히 드러났다. 흘수선의 길이가 백삼십 피트가 넘고 포열 갑판이 두 개였다. 열린 포문 밖으로 뭉툭한 대포 주둥이들이 튀어나와 있었다. 헌터는 수를 세어 볼 생각도 하지 않았다. 우현에만 최소 이십 문이 보이고, 어쩌면 삼십 문일 수도 있었다.

상송이 말했다.

"내 눈에는 스페인 전함으로 보이는군."

헌터가 동의했다.

"맞아."

"싸울 텐가?"

"저 배와 싸우자고?"

그가 말하는 동안 적함이 뱃머리를 돌려 카산드라 호에 첫 포격을 가했다. 아직 거리가 너무 멀었다. 포탄이 아무 해도 입히지 못하고 카산드라 호의 좌현 너머 바다에 빠졌다. 하지만 이건 시작일 뿐이었다. 앞으로 천 야드만 더 가면 적함의 사정권에 들어갈 터였다.

헌터가 한숨을 쉬고 나직이 말했다.

"바람 불어오는 쪽으로 배 돌려."

엔더스가 대꾸했다.

"다시 말씀해 주십시오, 선장님."

"바람 불어오는 쪽으로 배 돌리고 마룻줄 모두 풀라고."

엔더스가 대답했다.

"알겠습니다, 선장님."

상송이 헌터를 노려보고 씩씩대며 앞으로 갔다. 헌터는 신경 쓰지 않았다. 그가 지켜보는 가운데 작은 슬루프의 뱃머리가 바람 불어오는 쪽으로 돌고 마룻줄들이 풀렸다. 돛이 맞바람을 받아 요란하게 퍼덕거렸다. 이윽고 배가 정지했다. 헌터의 선원들은 좌현 난간에 늘어서서 전함이 다가오는 모습을 지켜보았다. 선체는 금장식을 제외하면 완전히 새까맣게 칠해져 있고, 화려한 선미에는 펠리페의 두 팔을 상징하는 날뛰는 사자들이 번쩍거렸다. 스페인 전함이 틀림없었다.

엔더스가 말했다.

"저들이 우리 배로 넘어올 때 한바탕 싸울 수 있습니다. 명령만 내리십시오, 선장님."

헌터가 대답했다.

"아냐."

저렇게 큰 배라면 선원이 최소한 이백 명은 있을 테고, 갑판 위에도 그만큼의 병사가 있을 터였다. 초라한 슬루프에 타고 있는 육십 명으로 대형 전함에 타고 있는 사백 명과 싸운다고? 헌터 일행이 조금이라도 저항하면 스페인 전함은 그냥 뒤로 물러나 일제 포격으로 카산드라 호를 침몰시킬 수도 있었다.

엔더스가 씩씩거렸다.

"로마 교황의 올가미에 목이 매달려 죽거나 스페인 놈들의 우라질 화형장에서 발가락이 꼬부라져 죽느니 내 손에 칼을 들고 죽겠습니다."

헌터가 말했다.

"기다려."

"뭘 기다리죠?"

헌터는 대답하지 못했다. 그가 지켜보는 가운데 적함이 바짝 다가오자 카산드라 호의 중앙돛 그림자가 그 배의 뱃전을 가로질렀다. 점점 짙어지는 어둠 속에서 스페인 놈들이 딱딱 끊어지는 말투로 고래고래 명령을 내렸다.

헌터는 자기 배를 살펴보았다. 상송이 부랴부랴 권총을 장전하고 혁대에 꽂았다. 헌터가 그에게 다가갔다.

상송이 말했다.

"난 싸울 거야. 네놈들은 겁쟁이 계집들처럼 항복해. 난 싸우겠어."

불현듯 헌터에게 좋은 수가 떠올랐다.

"그럼 이렇게 해."

그가 상송의 귀에 무언가 속삭였다. 잠시 후 프랑스 사내가 살금살금 기어서 어디론가 사라졌다.

스페인 놈들이 계속 함성을 지르면서 카산드라 호 쪽으로 밧줄을 던졌다. 카산드라 호의 선원들 위로 적함의 주갑판에 소총을 든 병사들이 한 줄로 죽 늘어서서 작은 슬루프를 겨냥했다. 스페인 병사들이 하나둘 카산드라 호로 내려왔다. 헌터와 그의 선원들은 차례차례 소총에 밀려 강제로 밧줄 사다리를 타고 적함으로 올라갔다.

15

카산드라 호에서 복작거리며 여러 날을 보낸 그들에게는 스페인 전함이 거대해 보였다. 주갑판이 어찌나 넓은지 눈앞에 광야가 펼쳐진 것만 같았다. 병사들에게 떠밀려 중앙돛대 주변에 모인 헌터의 선원들도 슬루프에서는 넘칠 것처럼 많아 보이더니 여기서는 보잘것없고 하찮아 보였다. 헌터는 부하들의 얼굴을 살펴보았다. 다들 서로 눈길을 피하고 딴전만 부렸다. 분노와 좌절, 실망감이 뒤섞인 표정들이었다.

머리 위에서 바람에 펄럭이는 거대한 돛들이 어찌나 시끄러운 소리를 내던지 가무잡잡한 스페인 장교가 헌터 앞에서 고함을 질러야 했다.

"네가 선장이냐?"

헌터가 고개를 끄덕였다.

"뭐라고 부르냐?"

헌터가 소리쳐 대답했다.

"헌터."

"영국인?"

"그렇다."

"선장 너는 이리 가라."

장교의 말이 끝나자, 무장한 병사 두 명이 헌터를 아래로 데려갔다. 이 배의 함장에게로 데려가는 것 같았다. 헌터는 어깨 너머로 고개를 돌려 돛대 주변에 버려진 자신의 선원들을 마지막으로 바라보았다. 이미 그들의 손은 뒤로 묶이고 있었다. 이 전함의 선원들은 능동적이었다.

헌터는 좁은 층계를 따라 포열 갑판으로 내려갔다. 길게 늘어선 대포들과 그 옆에 서 있는 포대원들을 쳐다보던 그는 곧 병사들에게 떠밀려 선미로 갔다. 열린 포문들을 지나칠 때는 포문 밖으로 전함에 묶여 있는 그의 작은 슬루프가 보였다. 스페인 병사들이 카산드라 호의 갑판에 우글거리고 있었고, 나포선 회항원들은 밧줄과 장비를 점검하면서 돛을 펼 준비를 하고 있었다.

헌터가 바라보느라 머뭇거리자 뒤에서 소총이 그의 등을 밀었다. 마침내 도착한 문 앞에는 험상궂게 생긴 보초 두 명이 중무장한 채 서 있었다. 헌터는 그들이 군복 차림이 아닌 데다 몹시 거만한 분위기를 풍긴다는 걸 알아차렸다. 그들은 동정 어린 경멸의 눈빛으로 헌터를 바라보았다. 그중 하나가 문을 두드리고 스페인어로 빠르게 몇 마디 했다. 음 하는 대답이 들리자 보초들이 문을 열고 헌터를 안으로 밀었다. 보초 한 명도 안으로 들어와 문을 닫았다.

함장실은 놀랍도록 크고 화려하게 장식되어 있었다. 넓고 호화로운 느낌을 주는 것들이 사방에 보였다. 고급 리넨 천이 깔린 식탁 위에는 저녁 식사를 위한 금접시들이 놓여 있고 한쪽에 촛불이 켜져 있었다. 편안해 보이는 침대에는 금빛 레이스가 달린 문양 이불이 덮여 있었다. 대포가 내밀어져 있는 열린 포문 위의 한 구석에는 십자가에 매달린 예수를 묘사한 화려한 유화가 걸려 있었다. 다른 구석에 매달린 랜턴은 따스한 금색 불빛으로 방 안을 밝히고 있었다.

함장실 뒤쪽에 테이블이 또 있었다. 그 위에는 지도가 덮여 있었다. 테이블 뒤의 빨간색 공단 의자에는 함장이 앉아 있었다.

그는 헌터 쪽으로 등을 돌린 채 크리스털 술병에 담긴 와인을 따르고 있었다. 헌터는 그 남자가 매우 우람하다는 것만 알 수 있었다. 그의 등이 황소 등짝처럼 널찍했다.

함장이 유창한 영어로 말했다.

"자, 나랑 같이 이 훌륭한 클라레를 한 잔 하겠나?"

헌터가 대답하기도 전에 함장이 뒤돌아섰다. 헌터는 그의 이글거리는 눈을 뚫어져라 응시했다. 코가 억세 보이고 새까만 수염을 기른 음침한 얼굴이었다. 헌터의 뜻과 상관없이 입에서 말이 튀어나왔다.

"카살라!"

스페인 함장이 껄껄 웃었다.

"찰스 왕이라도 기대했나?"

헌터는 할 말을 잃었다. 입술이 움직이는 것 같긴 한데 소리가 나오지 않았다. 그와 동시에 수천 가지 질문이 머릿속에 떠올랐다. 마탄세로스에 있어야 할 카살라가 어째서 여기 있지? 그럼 보물선이 떠난 건가? 아니면 유능한 부관에게 요새를 맡기고 왔나?

어쩌면 더 높은 권력자의 명을 받고 출항했는지도 모른다. 이 전함의 목적지가 아바나일 수도 있었다.

그런 질문들이 마음속에 넘쳐나는 동안 헌터는 싸늘한 두려움에 사로잡혔다. 그가 할 수 있는 일은 떨지 않고 똑바로 서서 카살라를 바라보는 것뿐이었다.

카살라가 말했다.

"어이, 영국인 친구. 자네가 긴장하는 걸 보니 내가 우쭐해지는군. 미안하게도 나는 자네 이름조차 모르는데 말이야. 편히 앉게나."

헌터는 움직이지 않았다. 따라 들어왔던 보초가 그를 거칠게 밀어 카살라 맞은편의 의자에 앉혔다.

카살라가 말했다.

"한결 낫군. 이제 클라레 한 잔 하겠나?"

그는 헌터에게 술잔을 내밀었다.

헌터는 손을 떨지 않으려고 필사적으로 기를 쓰면서 카살라가 내민 술잔을 받았다. 하지만 술은 마시지 않았다. 곧바로 테이블에 내려놓았다. 카살라가 씩 웃었다.

"영국인 친구, 자네의 건강을 위해."

그가 술을 마시고 다시 말했다.

"자네의 건강을 위해 건배할 수 있는 것도 잠시뿐이라네. 함께 하지 않겠나? 싫어? 사양하지 말게나, 영국인 친구. 하바나 주둔군 사령관 각하도 이렇게 훌륭한 클라레는 못 마시니까. 오-브리앙이라고 불리는 프랑스 와인이야. 마셔 봐."

그가 잠시 사이를 두고 말했다.

"마셔."

헌터는 술잔을 들고 조금 마셨다. 정신이 아득할 정도로 황홀한 기분이었다. 하지만 클라레의 맛이 이 순간의 마법을 깨뜨렸다. 단순히 술잔을 들어 입술에 대고 마시는 동작이 그의 평정심을 되찾아 주었다. 놀란 가슴이 진정된 헌터는 수많은 사소한 것들을 인지하기 시작했다. 뒤에 있는 병사의 숨소리가 들렸다. 두 걸음쯤 뒤에 있는 것 같았다. 단정치 못한 카살라의 수염을 보니 바다에서 며칠 지냈음을 알 수 있었다. 카살라가 앞으로 몸을 숙이고 말할 때 그의 숨결에서 마늘 냄새가 났다.

"자, 영국인 친구. 말해 보게. 이름이 뭔가?"

"찰스 헌터."

헌터는 스스로도 차마 기대하지 못했던 강하고 자신만만한 목소리로 대답했다.

"그래? 들어 본 이름인걸. 지난 계절에 콘셉시온 호를 나포한 헌터가 바로 자넨가?"

헌터가 대답했다.

"그렇소."

"히스파뇰라의 몬테 크리스토를 습격해 농장주 라모나를 납치하고 몸값을 요구한 일당의 우두머리 헌터가 바로 자넨가?"

"그렇소."

카살라가 웃었다.

"라모나 그 자식은 돼지야. 안 그런가? 그리고 과들루프에 정박해 있던 더 라위터의 노예선을 나포한 헌터도 자넨가?"

"그렇소."

"그렇다면 나는 자넬 만나게 돼서 더없이 기쁘다네, 영국인 친구. 혹시 자네의 값어치를 아나? 몰라? 흠, 해마다 값어치가 올랐지. 아마 최근에 또 올랐을 거야. 내가 마지막으로 들은 자네 현상금은 펠리페 왕이 제시한 금액이었네. 자네에게 이백 더블룬, 자네 선원들에게 사백 더블룬을 걸었지. 누구든 체포에 도움을 준 자에게 지급한다고 했어. 아마 지금쯤 더 늘었을 거야. 법령은 변하게 마련이고, 그밖에도 많은 것들이 변하지. 과거에는 우리가 해적을 세비야로 보내면 종교 재판소가 죄와 이단을 동시에 회개할 기회를 줬다네. 하지만 그건 너무 지루해. 요즘은 머리통만 보내지. 그래야 선창에 더 많은 상품을 실을 수 있거든."

헌터는 아무 말도 하지 않았다. 카살라가 계속 이야기했다.

"아마 자네는 이백 더블룬이 너무 평범한 액수라고 생각할 거야. 자네도 짐작하겠지만, 난 지금 이 순간 자네의 불만에 공감한다네. 하지만 자네가 카리브 해에서 가장 값나가는 해적이란 사실은 영예로운 일이야. 그게 기쁘지 않나?"

헌터가 대답했다.

"사실 그대로를 받아들일 뿐이오."

카살라가 빙그레 웃었다.

"자넨 타고난 신사로군. 자네가 신사의 품위를 잃지 않고 교수대에 매달리도록 내가 힘써 주지. 약속하네."

헌터는 의자에 앉은 채로 살짝 고개 숙여 인사했다. 그가 지켜보는 가운데 카살라가 자기 책상 위로 팔을 뻗어 딱 맞는 뚜껑이 달린 작은 유리그릇에 손을 넣었다. 그 그릇 안에는 폭이 넓은 초록색 나뭇잎들이 있었다. 카살라가 그중 하나를 꺼내 씹으면서 생각에 잠겼다.

"어리둥절한 표정이로군. 이런 광경 처음 보나? 뉴스페인의 인디언들은 이걸 코카 잎(코카인의 원료)이라고 불렀지. 코카나무는 고지대에서 자란다네. 이 잎을 씹으면 활력과 기운이 샘솟지. 여자들에게는 엄청난 욕정을 불러일으킨다네."

그가 키득거리면서 덧붙였다.

"자네도 맛보겠나? 싫어? 호의를 계속 거절하는구먼, 영국인 친구."

카살라는 잠깐 동안 말없이 잎을 씹으면서 헌터를 노려보았다. 마침내 그가 말했다.

"우리 전에 만난 적 있나?"

"없소."

"자네 얼굴이 묘하게 낯익군. 어쩌면 과거에, 자네가 어릴 때 만난 게 아닐까?"

헌터는 가슴이 쿵쾅거리는 것을 느꼈다.

"그럴 리 없소."

"물론 자네 말이 맞겠지."

카살라는 골똘한 표정으로 맞은편 벽에 걸린 그림을 쳐다보았다.

"나한테는 영국인들이 다 똑같아 보인다네. 누가 누군지 구별할 수가 없어."

그가 다시 헌터를 바라보며 물었다.

"하지만 자넨 날 알아봤어. 어떻게 된 일이지?"

"당신의 외모와 성품은 영국 식민지에 널리 알려져 있소."

카살라는 나뭇잎에 라임 조각을 곁들여 씹으면서 싱긋 웃고는 낄낄댔다.

"물론 그렇겠지. 암, 그렇고말고."

갑자기 그가 의자에 앉은 채로 빙글 돌더니 손으로 테이블을 내리쳤다.

"잡담은 이제 됐어. 할 일이 있으니까. 자네 배의 이름은 뭔가?"

헌터가 대답했다.

"카산드라 호."

"선주는 누구지?"

"내가 선주이자 선장이오."

"어디서 출항했나?"

"포트 로열."

"그럼 무슨 이유로 항해에 나섰지?"

헌터는 여기서 멈칫했다. 그럴싸한 이유를 생각해낼 수 있다면 당장 말했을 것이다. 하지만 자신의 배가 이 바다에 있는 까닭을 설명하기는 쉽지 않았다. 마침내 그가 대답했다.

"이 바다에 오면 기니에서 오는 노예선을 발견할 수 있다는 말을 들었소."

카살라가 피식 웃으면서 고개를 저었다.

"영국인 친구, 지금 나더러 그 말을 믿으라는 건가?"

헌터는 절대 말하지 않겠다는 시늉을 하다가 입을 열었다.

"우리는 아우구스티네로 가는 중이었소."

아우구스티네는 플로리다의 스페인 식민지에서 가장 안정된 마을이었다. 딱히 부유한 곳은 아니지만, 적어도 영국 사략선이 공격할 정도는 되는 곳이었다.

카살라는 손가락들로 테이블을 두드리며 물었다.

"이상한 항로를 골랐군. 빙 돌아가는 항로인데. 어째서 쿠바를 돌아 서쪽으로 바하마 해협을 지나지 않았지?"

헌터는 어깨를 으쓱했다.

"그 해협에 스페인 전함들이 있다고 믿을 만한 근거가 있었소."

"그럼 여기는 없고?"

"이쪽의 위험도가 낮았을 뿐이오."

카살라는 헌터의 이야기를 한참 동안 생각했다. 그러면서 요란하게 잎을 씹어대고 와인을 홀짝였다.

"아우구스티네에는 늪과 뱀밖에 없어. 더구나 위험을 무릅쓰고 윈드워드 해협을 건널 이유가 없지. 그리고 이 근처에는……."

그가 어깨를 으쓱하고 말을 이었다.

"모든 마을의 방어가 튼튼하게 돼 있어. 워낙 튼튼해서 자네의 작은 배와 허약한 선원들로는 언감생심이야."

그가 눈살을 찌푸리고 물었다.

"영국인 친구, 여긴 뭐 하러 왔나?"

헌터가 대답했다.

"난 사실대로 말했소. 우리는 아우구스티네로 가는 중이었소."

카살라가 콧방귀를 뀌었다.

"그 사실이 나를 납득시키지 못하는구먼."

그때 문에서 노크 소리가 들리더니 선원 하나가 함장실 안으로 머리를 들이밀고 스페인어로 빠르게 말했다. 헌터는 스페인어를 전혀 모르지만 프랑스어는 조금 알고 있어서 그 지식을 바탕으로 선원의 말뜻을 추측했다. 선원은 카살라에게 나포선 회항원들이 출발 준비를 마쳤다고 말하는 듯했다. 카살라가 고개를 끄덕이고 일어서서 말했다.

"이제 출발이로군. 자네도 나랑 같이 갑판으로 나가세나. 아마 자네 선원들 중에는 자네와 달리 진실을 숨기지 않는 자들이 있을 걸세."

16

사략선 선원들은 양손이 뒤로 묶인 채 삐뚤삐뚤하게 두 줄로 서 있었다. 카살라는 그들 앞에서 왔다 갔다 했다. 한 손에 나이프를 들고 다른 손의 손바닥으로 칼날의 옆면을 두드렸다. 잠깐 동안 그의 손가락들이 쇠를 두드리는 율동적인 소리 말고는 완벽한 정적이 흘렀다.

헌터는 눈길을 돌리고 전함의 밧줄을 살펴보았다. 배는 동쪽으로 항진하고 있었다. 투르크 군도 남쪽에 있는 안전한 호크스 네스트 정박지로 향하는 듯했다. 해가 져서 어둑어둑한 가운데 카산드라 호의 모습이 보였다. 커다란 배 뒤로 조금 떨어져서 같은 항로로 따라오고 있었다.

카살라가 헌터의 상념을 방해했다. 그가 큰 소리로 말했다.

"너희 선장은 목적지를 말하지 않으려 한다. 아우구스티네가 목적지라는데, 글쎄."

그는 몹시 빈정거리는 말투로 계속 이야기했다.

"아우구스티네라. 차라리 어린애 거짓말을 믿겠다. 하지만 명심해라. 나는 너희의 목적을 알아낼 것이다. 너희 중 누가 앞으로 나와서 말하겠느냐?"

카살라는 두 줄로 늘어선 선원들을 바라보았다. 그들은 멍한 얼굴로 카살라를 쳐다보았다.

"내가 꼭 지목해야겠느냐? 에?"

카살라가 한 선원에게 다가섰다.

"너. 네가 말할 테냐?"

선원은 움직이지도 않고, 말하지도 않고, 눈도 끔뻑이지 않았다. 잠시 후 카살라가 다시 서성이기 시작했다.

"입을 다무는 건 아무 도움이 안 돼. 너희는 모두 이교도에 도둑놈이니 조만간 밧줄 끝에 매달릴 것이다. 그날까지 편하게 지낼 수도 있고 그러지 못할 수도 있다. 사실대로 말하는 자는 처형 날까지 편히 지낼 것이며, 이는 나의 준엄한 약속이다."

여전히 아무도 움직이지 않았다. 카살라가 걸음을 멈췄다.

"멍청한 놈들. 내 의지를 과소평가하는군."

이제 그는 트렌처 앞에 섰다. 트렌처는 사략선 선원 중에서 가장 어린 선원이었다. 그는 부들부들 떨면서도 고개를 꼿꼿이 쳐들었다.

카살라가 부드러운 목소리로 말했다.

"이봐, 젊은 친구. 넌 이 불한당들과 한패가 아니지? 자, 말해 봐. 너희 항해의 목적이 뭔지."

트렌처가 입을 벌렸다가 다시 닫았다. 입술이 떨렸다.

카살라가 부드럽게 말했다.

"말해. 괜찮으니까 말해……."

하지만 그 순간은 지나갔다. 트렌처의 입은 굳게 다물어져 있었다.

카살라가 잠시 트렌처를 노려보다가 손에 든 나이프로 잽싸게 한 번에 목을 벴다. 너무 삽시간에 벌어진 일이라 헌터는 그 장면을 보지 못했다. 빨간 종잇장처럼 피가 쏟아져 소년의 셔츠를 적셨다. 겁에 질린 트렌처가 눈을 휘둥그레 뜨고는, 믿지 못하겠다는 듯 천천히 고개를 저었다. 이윽고 무릎을 꿇더니 잠시 그 상태로 고개를 숙인 채 자기 피가 나무 갑판으로, 카살라의 장화 신코로 뚝뚝 떨어지는 모습을 지켜보았다. 스페인 함장이 욕을 하며 뒤로 물러섰다.

트렌처가 무릎을 꿇고 있던 짧은 시간이 영원처럼 느껴졌다. 이윽고 그가 고개를 들더니 잠깐 동안 고통스럽게 헌터의 눈을 응시했다. 애원과 당황과 공포가 서린 표정이었다. 잠시 후 눈이 뒤집히고 갑판에 쓰러진 몸뚱이가 맹렬히 떨기 시작했다.

모든 선원이 트렌처의 죽음을 지켜보고 있었지만 아무도 움직이지 않았다. 그의 몸뚱이가 요동치고, 신발이 나무 갑판에 쓸리는 소리가 났다. 피가 퍼져 그의 얼굴 주위로 커다란 웅덩이를 이루었다. 잠시 후 마침내 트렌처가 잠잠해졌다.

카살라는 죽음의 고통을 아주 열심히 지켜보았다. 그러더니 앞으로 걸어가 한쪽 발로 죽은 소년의 목을 밟고 힘껏 눌렀다. 뼈 부러지는 소리가 났다.

그가 두 줄로 늘어선 선원들을 보면서 말했다.

"나는 진실을 알아낼 것이다. 장담하건대, 반드시 알아낼 것이다."

그러고는 일등 항해사에게로 돌아섰다.

"저들을 밑으로 데려가서 가둬."

이번에는 턱짓으로 헌터를 가리키며 말했다.

"저자도 함께 데려가."

말을 마친 카살라는 성큼성큼 함장실로 걸어갔다. 헌터는 양손이 묶인 뒤 다른 선원들과 함께 밑으로 끌려갔다.

이 스페인 전함은 갑판이 다섯 개였다. 위의 두 갑판은 포열 갑판이었다. 몇몇 선원들은 거기서 잤는데, 대포들 사이에 걸어 놓은 해먹에서 잤다. 그 다음 갑판에는 병사들의 숙소가 있었다. 네 번째 갑판은 포탄과 음식, 각종 도르래, 항해 장비, 비축 물품, 가축을 저장하는 데 쓰였다. 맨 아래 다섯 번째 갑판은 갑판이라고 할 수도 없었다. 육중한 들보로 만들어진 천장에서 바닥까지 겨우 사 피트였고, 흘수선 아래 있는 갑판이라

환기구도 없었다. 그래서 공기가 눅눅하고 똥오줌과 썩은 물 냄새가 진동했다.

카산드라 호의 선원들이 이곳에 가두어졌다. 그들은 거친 바닥에 앉아 서로에게서 조금씩 떨어져 있었다. 병사 스무 명이 구석마다 보초를 서고 있었고, 이따금 랜턴을 들고 돌아다니면서 선원들의 손목에 묶인 끈이 헐거워지지 않았나 확인했다.

말을 해서도, 잠을 자서도 안 되었다. 둘 중 하나라도 시도하는 자는 병사의 장화에 무자비하게 걷어차였다. 더구나 움직일 수도 없었기 때문에 똥이나 오줌이 마려우면 앉은자리에서 싸야 했다. 선원 예순 명과 보초 스무 명이 모여 있는 좁고 환기도 안 되는 공간은 금세 답답해지고, 더워지고, 악취가 진동했다. 보초들마저 땀으로 흠뻑 젖었다.

그곳에는 시간의 경과를 알려 주는 것이 하나도 없었다. 들리는 소리라고는 위 갑판에 실린 가축들이 움직이면서 내는 둔중한 발소리와 배가 전진하면서 발생하는 단조로운 물소리뿐이었다. 헌터는 구석에 앉아 물소리에 정신을 집중하면서 그 소리가 그치기를 기다렸다. 자신의 처지가 얼마나 절박한지는 생각하지 않으려고 애썼다. 그와 선원들은 지금 막강한 전함의 배 속 깊숙이 묻힌 채, 수백 명의 적병들에게 둘러싸여 언제 죽을지 모르는 처지였다. 이날 밤 카살라가 배를 정박시키지 않으면 그들은 모두 죽은 목숨이었다. 헌터의 유일한 기회는 이 전함이 밤새 정선(停船)하느냐에 달려 있었다.

시간이 흘러갔다. 그는 기다렸다.

마침내 물소리에 변화가 느껴지고, 밧줄의 끽끽거리는 소리도 달라졌다. 헌터는 일어나 앉아서 유심히 귀를 기울였다. 틀림없었다. 배의 움직임이 느려지고 있었다.

병사들도 그걸 느끼고 한데 모여 조용히 웅성거렸다. 잠시 후 물소리가 완전히 사라지더니, 닻사슬을 밖으로 내보내느라 절그럭거리는 소리가 들렸다. 닻이 요란하게 첨벙 하면서 물에 빠졌다. 헌터는 자신이 뱃머리 근처에 있음을 감지했다. 그렇지 않다면 첨벙 소리가 그렇게 또렷이 들릴 턱이 없었다.

시간이 더 흘렀다. 정박한 전함이 부드럽게 흔들렸다. 바다가 이렇게 잔잔하다면 이곳은 주위가 막혀 바람이 불지 않는 후미가 틀림없었다. 하지만 이 배는 흘수(선체가 물에 잠기는 정도)가 깊기 때문에 카살라는 자신이 잘 아는 항구가 아니면 밤에 다가가지 않을 터였다.

헌터는 여기가 어디일지 궁금했으며, 투르크 군도 근처의 후미이길 바랐다. 그곳에는 이만한 크기의 배가 들어갈 만큼 깊은 바람그늘 쪽 후미가 여러 군데 있었다.

정박해 있는 전함의 흔들림이 잠잠해졌다. 헌터도 몇 번이나 졸다가 깼다. 병사들은 선원들을 계속 걷어차고 깨우느라 바빴다. 밑바닥 갑판의 침침한 어둠 속에서 헌터 일행은 번번이 발길질을 당하고 신음 소리를 냈다.

헌터는 자신의 계획을 곰곰이 생각했다. 지금 어떻게 되어 가는 거지?

시간이 한참 더 흘렀을 때, 스페인 병사 한 명이 내려와서 소리쳤다.

"모두 일어서! 함장님의 명령이다! 모두 일어서!"

병사들의 발길질 때문에 마지못해 하나둘씩 일어선 선원들은 공간이 좁아서 허리를 굽혔다. 고통스럽고 불편한 자세였다.

시간이 더 흘렀다. 보초가 바뀌었다. 새로운 병사들은 코를 잡고 들어와 냄새에 대해 농담을 했다. 이미 오래전에 냄새를 맡지 못하게 된 헌터에게는 그들이 이상해 보였다.

새로운 보초들은 더 젊고 근무 태도가 느슨했다. 그 스페인 병사들은 헌터 일행이 말썽을 부리지 않을 거라고 믿는 것 같았다. 새로운 보초들은 금세 카드놀이를 하기 시작했다. 헌터는 눈길을 돌리고 자기 땀방울이 바닥에 떨어지는 모습을 지켜보았다. 가엾은 트렌처 생각이 났지만 화도, 분노도, 심지어 두려움조차 일지 않았다. 그는 마비된 상태였다.

새로운 병사가 도착했다. 장교로 보이는 그는 젊은 병사들의 느슨한 태도가 못마땅한 눈치였다. 그가 매섭게 호통치며 명령하자 병사들이 황급히 카드를 치웠다.

새로운 장교는 갑판을 돌면서 사략선 선원들의 얼굴을 둘러보았다. 마침내 그가 선원 한 명을 끌어냈다. 걸으라고 명령했지만 그 사내는 다리가 풀려서 쓰러지고 말았다. 병사들이 그를 부축해 밖으로 끌고 갔다.

문이 닫혔다. 보초들은 잠시 긴장한 척하다가 다시 늘어졌다. 하지만 카드놀이는 하지 않았다. 잠시 후 병사 두 명이 누가 더 멀리 오줌을 갈기나 시합하기로 했다. 목표는 구석에 있는 선원이었다. 이 장난을 멋진 스포츠로 여긴 보초들은 웃음을 터뜨리면서 거액을 거는 시늉을 했다.

헌터는 이런 짓들을 어렴풋이 느낄 뿐이었다. 너무 지쳐 있었다. 피로 때문에 두 다리가 타는 듯하고 등이 욱신거렸다. 항해의 목적을 카살라에게 말할걸 그랬다는 생각이 들기 시작했다. 부질없는 짓을 한 것 같았다.

바로 그때 다른 장교가 내려와 고함을 질러 헌터의 생각을 방해했다.

"헌터 선장!"

곧이어 헌터는 갑판 밖으로 끌려 나갔다.

해먹에 누워 흔들거리며 자는 선원들의 갑판을 지나는 동안, 그는 보초들에게 밀리고 찔리면서도 배 안 어딘가에서 들려오는 기묘하고 애처로운 소리를 똑똑히 들었다.

여자의 울음소리였다.

17

헌터는 등을 떠밀려 황급히 주갑판으로 올라오느라 그 이상한 소리의 의미를 생각할 겨를이 없었다. 갑판에 올라와 보니, 별들과 말아 놓은 돛들 아래로 달이 낮게 떠 있었다. 새벽까지 몇 시간 남지 않았다는 뜻이었다.

절망의 격통이 밀려들었다.

"영국인 친구, 이리 오게나!"

헌터가 주위를 둘러보니 카살라가 중앙돛 근처에 둥그렇게 모인 횃불들 한가운데 서 있었다. 그의 발 앞에는 아까 끌려온 선원이 팔다리를 쫙 펴고 누워 갑판에 단단히 묶여 있었다. 스페인 병사 여럿이 둘러서서 활짝 웃고 있었다.

카살라도 몹시 들뜬 표정이었다. 숨결이 빠르고 거칠었다. 코카 잎을 열심히 씹고 있었다.

그가 빠르게 말했다.

"어이, 영국인 친구. 이제 막 재밌는 놀이를 하려던 참인데 마침 잘 왔군. 우리가 자네 배를 수색한 거 아나? 몰라? 음, 수색했다네. 그리고 흥미로운 것들을 많이 찾아냈지."

헌터는 생각했다. 오, 하느님. 안 돼…….

"밧줄이 많더군, 영국인 친구. 그리고 우스꽝스럽게 생긴 접히는 갈고리도 찾았고, 용도를 알 수 없는 이상한 물건들이 담긴 자루도 발견했지.

하지만 가장 이해하기 어려운 건 이거라네."

헌터의 가슴이 쿵쾅거렸다. 만약 이자들이 그러나도를 발견했다면 모든 것이 끝장이었다.

하지만 카살라가 내민 것은 쥐 네 마리가 들어 있는 상자였다. 쥐들이 이리저리 움직이면서 미친 듯이 찍찍거렸다.

"자네가 배에 쥐를 실은 걸 발견하고 우리가 얼마나 놀랐는지 상상이 가나, 영국인 친구? 우리끼리 이렇게 물었다네. 이게 무슨 짓이지? 저 영국인이 왜 쥐를 갖고 아우구스티네로 가는 걸까? 쥐는 아우구스티네에도 있는데. 아주 토실토실한 플로리다 쥐. 이상하지? 그래서 궁리했다네. 이걸 어떻게 설명하면 좋을까?"

헌터가 지켜보는 가운데 한 병사가 갑판에 묶여 있는 선원의 얼굴에 무언가를 하기 시작했다. 처음에 헌터는 무슨 일이 벌어지는지 몰랐다. 병사는 선원의 얼굴을 손으로 문지르고 톡톡 두드렸다. 잠시 후 헌터는 알아차렸다. 그들은 선원의 얼굴에 치즈를 바르고 있었다.

카살라가 상자를 공중에서 흔들며 말했다.

"자네는 친구들에게 다정하지 않더군. 이 쥐들 말이야. 몹시 굶주려 있다네. 먹을 걸 원하지. 이놈들이 흥분한 거 보이나? 음식 냄새를 맡았어. 그래서 흥분한 거야. 당연히 먹을 걸 줘야겠지?"

카살라가 상자를 내려 선원의 얼굴에 바짝 댔다. 쥐들이 치즈를 먹으려고 철망 틈으로 주둥이를 내밀면서 날뛰었다.

"내 말뜻 알겠나, 영국인 친구? 자네 쥐들은 몹시 굶주려 있어. 우리가 이놈들에게 먹이를 줘야 하지 않겠나?"

헌터는 쥐들을 바라보고, 움직이지 못하는 선원의 겁먹은 눈을 내려다보았다.

카살라가 말했다.

"여기 있는 자네 친구가 말을 하려나 모르겠군."

선원은 쥐들에게서 눈을 떼지 못했다.

"아니면 선장 자네가 대신 말할 텐가?"

헌터는 지친 목소리로 대답했다.

"싫소."

카살라가 선원에게로 몸을 숙이고 그의 가슴을 툭툭 쳤다.

"그럼 네가 말할 테냐?"

카살라는 나머지 손으로 쥐 우리 문의 빗장을 만졌다.

선원이 그 빗장에서 눈길을 떼지 못하는 동안, 카살라는 아주 조금씩 천천히 빗장을 들어 올렸다. 마침내 빗장이 풀렸다. 카살라는 손가락 하나로 문을 막고 있었다.

"마지막 기회라네, 친구……."

선원이 고래고래 소리쳤다.

"농! 주 파를! 주 파를!(안 돼! 말할게! 말한다고!)"

"봉(좋아)."

카살라가 자연스럽게 프랑스어로 바꿔 말했다. 선원이 소리쳤다.

"마탄세로스."

그러자 카살라의 얼굴이 분노로 납빛이 되었다.

"마탄세로스! 멍청이, 내가 그 말을 믿을 것 같나? 마탄세로스를 공격한다니!"

갑자기 그가 우리 문에서 손가락을 뗐다.

쥐들이 얼굴로 달려들자 선원이 섬뜩한 비명을 질렀다. 그가 머리를 흔들어댔지만, 털 짐승 네 마리가 그의 뺨과 머릿가죽, 턱의 살을 물고 늘어졌다. 쥐들이 깩깩대고 찍찍거렸다. 한 놈이 날아갔지만, 곧 돌아와 선원의 들썩이는 가슴을 가로질러 목을 물었다. 겁에 질린 선원은 쉴 새 없이 비명을 질렀다. 단조로운 소리가 반복되었다. 마침내 선원이 쇼크로 정신을 잃고 뻗어버리자, 쥐들이 찍찍거리면서 계속 그의 얼굴을 갉아 먹었다.

카살라가 일어서서 말했다.

"네놈들은 모두 나를 바보로 아는 거냐? 어이, 영국인 친구. 내 장담하지. 너희 항해의 진실을 반드시 알아내겠어."

그는 보초들을 돌아보았다.

"저자를 밑으로 데려가."

헌터는 등을 떠밀리면서 갑판 아래로 내려갔다. 보초들에게 밀려 좁은 층계로 내려가던 그는 전함에서 몇 야드 떨어진 곳에 정박해 있는 카산드라 호의 난간을 언뜻 보았다.

18

작은 슬루프인 카산드라 호는 갑판이 없는 배와 거의 다를 바가 없었다. 하나뿐인 주갑판은 비바람에 노출되어 있고, 선미와 선수에 작은 창고가 있었다. 이 배에 올라탄 병사들과 회항원들은 오후 내내 그 창고들을 수색했다. 회항원들은 비축 물품을 비롯해 카살라가 아리송하게 여긴 특별한 장비를 전부 찾아냈다.

갑판 위에 모인 병사들은 배를 아주 철저히 수색했다. 심지어 선미와 선수에 있는 해치를 들춰 랜턴으로 갑판 밑까지 살펴보았다. 거의 갑판까지 차오른 물을 본 그들은 해적들이 너무 게을러서 배에 찬 물도 버리지 않는다고 조롱했다.

카산드라 호가 바람 없는 후미로 들어와 스페인 전함의 그늘에 정선하자, 회항원 열 명은 횃불 옆에서 몇 시간 동안 술을 마시며 웃고 떠들었다. 마침내 그들은 새벽 무렵 갑판 위에 담요를 깔고 누워 따뜻한 밤공기 속에서 잤다. 럼주를 워낙 많이 마셔서 깊이 잠들었다. 불침번을 세우라는 명령을 받았지만 신경 쓰지 않았다. 근처에 있는 전함이 잘 지켜 줄 테니까.

그래서 갑판 위에 쓰러져 있는 선원들은 어느 누구도 밑에서 나직이 뽀글뽀글 소리가 나는 것을 느끼지 못했으며, 기름지고 냄새나는 물속에서 갈대를 입에 문 남자가 떠오르는 것도 보지 못했다.

추워서 와들와들 떠는 상송은 지난 몇 시간 동안 소중한 그러나도가 들어 있는 유포 자루 옆에 나란히 누워 있었다. 상송도 자루도 발견되지 않았다. 지금 그는 고인 물의 수면 위로 간신히 턱을 들 수 있었다. 고개를 들면 이마가 갑판에 닿았다. 사방이 캄캄해서 방향감각이 없었다. 그는 등을 대고 누운 채로 손과 발을 이용해 선체의 곡선을 느껴 보았다. 자신이 배의 좌현 쪽에 있다고 판단하자, 느릿느릿 조용히 중앙선 쪽으로 이동했다. 그런 다음 아주 섬세하게 천천히 선미 쪽으로 움직였다. 마침내 그의 머리가 선미 해치의 직사각형 틀에 살짝 부딪혔다. 위를 보니 해치의 격자무늬 틈으로 빛의 조각들이 보였다. 하늘의 별도 보였다. 선원이 코 고는 소리 말고는 아무 소리도 들리지 않았다.

상송은 심호흡을 하고 고개를 들었다. 해치가 위로 몇 인치 움직였다. 갑판이 보였다. 잠든 선원의 얼굴이 일 피트도 안 되는 거리에 정면으로 보였다. 그 사내가 시끄럽게 코를 골았다.

상송은 다시 해치를 내리고 물이 고인 뱃바닥을 따라 앞쪽으로 이동했다. 등을 대고 누워 두 손으로 밀면서 카산드라 호의 선수 해치와 선미 해치 사이의 오십 피트를 이동하는 데 거의 십오 분이 걸렸다. 그는 새로운 해치 뚜껑을 올리고 다시 주위를 둘러보았다. 반경 십 피트 안에는 잠든 선원이 한 명도 없었다.

상송은 해치 뚜껑을 살며시 천천히 치우고 갑판 위에 내려놓았다. 그러고는 물 밖으로 나와 일어서서 상쾌한 밤공기를 마셨다. 젖은 몸이 바람 때문에 추웠지만 신경 쓰지 않았다. 그의 마음은 온통 갑판 위에 잠들어 있는 회항원들에게 쏠려 있었다.

상송이 세어 보니 열 명이었다. 적당한 인원이구나 싶었다. 위급 상황에는 세 명이면 카산드라 호를 몰 수 있었다. 다섯 명이면 편하게 조종할 수 있었다. 열 명이면 차고 넘칠 정도였다.

그는 갑판 위에 널브러진 자들의 위치를 살펴보고 어떤 순서로 죽일지 궁리했다. 조용히 죽이기는 쉽지만, 아무 소리도 나지 않게 죽이는 건 그리 간단하지 않았다. 열 명 중에서 처음 네댓 명이 가장 중요했다. 그중 하나라도 소리를 내면 죄다 깰 테니까.

상송은 혁대로 사용하던 가느다란 끈을 풀어 두 손으로 꼰 다음 양쪽으로 힘껏 잡아당겼다. 끈이 튼튼한 것에 만족한 상송은 딱딱한 나무로 만든 고정 말뚝(밧줄 따위를 고정시킬 때 쓰는 작은 말뚝)을 집어 들고 앞으로 나아갔다.

첫 번째 병사는 코를 골지 않았다. 상송은 그의 상체를 들어서 앉은 자세로 해 놓았다. 병사가 잠결에 투덜거리자 상송이 고정 말뚝으로 그의 머리를 내리쳤다. 매서운 일격이었지만 머릿가죽 덕분에 둔탁한 소리만 났다. 상송이 선원을 갑판에 도로 눕혔다.

어둠 속에서 그는 사내의 머리를 만져 보았다. 움푹 들어간 자리가 있었다. 그 일격으로 죽은 것 같긴 했지만 상송은 철두철미했다. 끈을 사내의 목에 감고 힘껏 조였다. 곧이어 사내의 가슴에 손을 대고 심박을 느껴 보았다. 잠시 후 맥박이 멈췄다.

상송은 그림자처럼 갑판을 가로지르면서 다음 사내에게 다가갔다. 그리고 같은 과정을 되풀이했다. 배 위의 병사를 모두 죽이기까지 십 분도 걸리지 않았다. 물론 자고 있던 위치에 그대로 눕혀 놓았다.

마지막으로 죽은 자는 술에 취해 타륜 손잡이 위로 쓰러져 있던 보초였다. 상송은 그의 목을 베고 뱃전 너머로 밀었다. 그가 바다에 빠지면서 가볍게 물 튀는 소리가 났다. 그 소리를 전함 갑판에 있던 초병이 들었다. 그가 뱃전 너머로 몸을 내밀고 슬루프를 바라보며 소리쳤다.

"케스타 스타 베네?(별일 없지?)"

상송은 보초가 선미에 서 있던 자리에서 전함을 향해 손을 흔들었다. 몸에선 물이 떨어지고 군복도 입지 않았지만 너무 어두워서 전함의 초병에게 보일 리가 없었다.

"스타 베네.(별일 없어.)"

상송이 졸린 목소리로 말했다.

"바세라.(수고해.)"

초병이 돌아서서 사라졌다.

상송은 잠시 기다렸다가 전함 쪽으로 눈길을 돌렸다. 그 배는 몇백 야드 떨어져 있었다. 이 정도 거리면 그 큰 배가 바람이나 조수가 바뀔 때 정선 상태로 선회해도 카산드라 호를 공격할 수는 없었다. 상송은 스페인 놈들이 포문 닫기를 게을리해서 포문이 여전히 열려 있는 것을 보고 기뻐했다. 아래쪽 포열 갑판의 열린 포문을 통해 배 안으로 들어가면 주갑판 보초들의 눈을 피할 수 있었다.

그는 살며시 뱃전 너머 바다로 들어가 재빨리 전함 쪽으로 헤엄쳐 갔다. 그러는 동안 스페인 놈들이 밤새 바다에 음식 쓰레기를 버리지 않았기를 빌었다. 음식 쓰레기가 있으면 상어가 몰려들기 때문이었다. 상어는 상송이 이 세상에서 두려워하는 몇 안 되는 생물 중 하나였다. 하지만 다행히 아무 일 없이 전함에 도착했다. 곧이어 그는 물에 뜬 채로 전함 선체에 바짝 붙었다.

아래쪽 포문들은 그에게서 십이 피트 위에 있었다. 주갑판에서 초병들이 농담을 주고받는 소리가 들렸다. 밧줄 사다리는 여전히 뱃전에 걸려 있었지만 그걸 이용할 엄두가 나지 않았다. 거기 매달리면 밧줄이 움직이고 끽끽거려서 갑판 위의 초병들에게 들킬 터였다.

대신 그는 조용히 전진해 닻줄을 잡고 올라가 제일사장(뱃머리 앞쪽으로 비스듬히 뻗은 돛대의 첫 번째 돛대)에서 뻗어 나온 밧줄들을 밟고 섰다. 그 밧줄들은 선체 표면에서 고작 사 인치 돌출되어 있었지만, 상송은 그것들을 간신히 밟고 앞돛의 밧줄 쪽으로 갔다. 거기서는 손쉽게 밧줄에 매달려 앞쪽 포문을 들여다볼 수 있었다.

유심히 귀를 기울이자 이내 초병들이 규칙적으로 걸어 다니는 소리가 들렸다. 발소리로 미루어 짐작하건대 초병 한 명이 갑판 가장자리를 따라 끊임없이 도는 듯했다. 상송은 그 초병이 지나가기를 기다렸다가 포문으로 살며시 들어가서 대포 그늘에 납작 엎드렸다. 힘들고 흥분돼서 숨이 찼다. 사백 명의 적군 한가운데 혼자 있는 것은 상송에게도 가슴이 벌렁거리는 일이었다. 물론 그중 절반은 상송 앞에 늘어선 해먹에 누워 살며시 흔들리고 있었다. 그는 기다리면서 다음 작전을 궁리했다.

헌터는 냄새나는 선창 속에서 기다렸다. 공간이 비좁아 구부정한 자세로 서 있었다. 녹초가 되어 기진맥진한 상태였다. 상송이 빨리 오지 않으면 다들 너무 지쳐서 탈출하지 못할 터였다. 지금 보초들은 하품을 하고 다시 카드놀이를 하면서 포로들에게는 완전히 무관심했다. 그 모습을 보면서 헌터는 초조하고 화가 났다. 주위의 병사들이 잠들어 있는 동안 부하들을 탈출시켜야만 가망이 있었다. 언제라도 보초가 바뀔 수 있었고 새벽이 되어 전함 선원들이 일어나면 전혀 가망이 없었다.

새로운 스페인 병사가 들어오는 순간, 헌터는 참담한 절망을 느꼈다.

보초가 바뀌면 모든 희망이 사라졌다. 잠시 후, 그는 자신의 생각이 틀렸음을 깨달았다. 새로 온 병사는 한 명뿐이고 장교가 아니었으며, 보초들은 심드렁하게 그를 맞이했다. 몹시 거만한 분위기를 풍기는 새 보초가 선창 안을 돌아다니면서 사략선 선원들의 손목에 묶인 끈을 검사했다. 헌터는 그자의 손이 자신의 손목에 묶인 밧줄을 잡아당기는 것을 느꼈다. 그런데 무언가 차가운 것, 칼날이 느껴지더니 밧줄이 잘렸다.

헌터의 뒤에서 그 사내가 나직이 속삭였다.

"이번 일로 나한테 이 퍼센트 더 줘야겠어."

상송이었다. 그가 소곤댔다.

"약속해."

헌터는 고개를 끄덕였다. 분노와 환희가 동시에 밀려들었다. 하지만 아무 말도 하지 않았다. 그냥 상송이 하는 짓을 지켜보았다. 상송은 선창 안을 돌아다니다가 문 앞에 멈춰 서서 문을 가로막았다.

그가 선원들을 향해 아주 조용히 영어로 말했다.

"조용히 해치워. 조용히."

스페인 보초들이 깜짝 놀라며 고개를 들자, 사략선 선원들이 그들에게 달려들었다. 삼 대 일로 머릿수에서 우세한 선원들이 이겼다. 싸움은 순식간에 끝났다. 곧바로 선원들이 병사들의 군복을 벗겨서 입기 시작했다. 상송이 헌터에게 다가갔다.

"약속한다는 말 못 들었어."

헌터는 자기 손목을 어루만지며 고개를 끄덕였다.

"약속해. 이 퍼센트 더 주지."

"좋아."

곧이어 상송이 문을 열고 손가락을 입에 댄 다음 선원들을 데리고 선창 밖으로 나갔다.

19

카살라가 죽어 가는 예수의 얼굴을 물끄러미 바라보며 와인을 마셨다. 그 시련에 대해, 육체의 고통에 대해 생각했다. 아주 어렸을 때부터 카살라는 그 고통의 형상들을 보아 왔다. 살이 찢기는 아픔, 늘어진 근육과 움푹 파인 눈, 옆구리의 상처에서 쏟아져 나오는 피, 손과 발에 박힌 못에서 뚝뚝 떨어지는 피.

함장실에 걸려 있는 그림은 펠리페 4세가 직접 준 선물이었다. 지금은 죽고 없는 벨라스케스라는 이름의 왕실 화가가 그린 작품이었다. 그 그림을 받는다는 것은 상당한 존경의 표시였기 때문에 카살라는 벅찬 감격에 사로잡혔다. 그래서 어딜 가든 항상 그것을 갖고 다녔다. 카살라에게는 가장 소중한 보물이었다.

벨라스케스는 예수의 형상 주위에 후광을 그려 넣지 않았다. 그리고 몸뚱이를 시체처럼 회백색으로 그렸다. 지극히 사실적이긴 했지만, 카살라는 종종 후광이 없는 것을 아쉬워했다. 그는 펠리페 4세처럼 신앙심 깊은 왕이 후광을 넣으라고 지시하지 않았다는 것에 놀랐다. 어쩌면 펠리페 4세는 그 그림을 싫어했을지도 모른다. 어쩌면 그래서 그걸 뉴스페인의 식민지 사령관 중 한 명에게 줘 버렸는지도 모른다.

캄캄한 밤에 카살라는 이런저런 상념에 잠겼다. 그는 스페인 왕실의 화려한 삶과 식민지에서 금은보화를 보내 왕의 향락을 떠받쳐 주는 자들의 고단한 삶이 얼마나 다른지 너무나 잘 알고 있었다. 언젠가 다시 왕실로 돌아가서 노년에 부자가 되리라 다짐했다. 이따금 조정 대신들이 그를 비웃을 거라는 생각이 들었다. 가끔은 꿈속에서 피 튀기는 분노의 대결로 그들을 모조리 죽였다.

카살라의 몽상이 배의 흔들림 때문에 깨졌다. 썰물 때가 되었구나 싶었다. 새벽이 머지않았다는 뜻이었다. 곧 날이 밝으면 출항하게 될 터였다. 영국 해적도 죽여야 했다. 카살라는 자신이 원하는 진실을 알 때까지 놈들을 차례차례 죽일 생각이었다.

배가 계속 움직였다. 하지만 움직임이 어딘가 이상했다. 카살라는 본능적으로 그것을 느꼈다. 배가 선수 닻줄 주위로 흔들리는 것이 아니었다. 옆으로 움직이고 있었다. 무언가 크게 잘못되었다고 느끼는 순간, 나직이 우두둑 소리가 들리더니 배가 떨리다가 멈췄다.

카살라는 욕을 내뱉고 주갑판으로 뛰쳐나갔다. 갑판에 올라와서 보니 야자수 이파리들이 눈앞에서 흔들리고 있었다. 섬의 해변에 줄지어 늘어선 야자수들이었다. 배가 해변으로 떠밀려 올라온 것이다. 격노한 그는 고래고래 소리를 질렀다. 당황한 선원들이 함장 주위로 모여들었다.

일등 항해사가 와들와들 떨면서 뛰어왔다.

"함장님, 놈들이 닻줄을 끊었습니다."

카살라가 소리쳤다.

"놈들이라니?"

그는 화가 나면 여자처럼 새되고 가는 목소리가 났다. 그가 맞은편 난간으로 달려가서 바라보니, 카산드라 호가 순풍을 받으면서 살짝 기운 채 앞바다로 나아가고 있었다.

"놈들이라니?"

창백해진 일등 항해사가 대답했다.

"해적들이 달아났습니다."

"뭐야? 놈들이 어떻게 달아났지?"

"모르겠습니다, 함장님. 보초들이 모두 죽었습니다."

카살라가 얼굴에 주먹을 날리자 일등 항해사가 갑판 위에 나동그라졌다. 카살라는 너무 분해서 생각조차 할 수 없었다. 떠나가는 슬루프를 망연히 바라보면서 같은 말만 계속 중얼거렸다.

"어떻게 달아난 거지? 빌어먹을, 어떻게 달아난 거야?"

보병대장이 다가왔다.

"함장님, 배가 모래 위에 얹혔습니다. 선원들을 데리고 내려가서 배를 밀까요?"

카살라가 대답했다.

"물이 빠지고 있잖아."

"그렇습니다, 함장님."

카살라가 큰 소리로 욕을 했다.

"멍청한 놈. 다시 밀물이 들어올 때까지는 물에 뜨지 못해."

앞으로 모래시계가 열두 번 뒤집혀야 했다. 여섯 시간 뒤에야 이 거대한 배를 빼낼 수 있었다. 만약 배가 깊이 박혔다면 밀물이 들어와도 뜨지 않을 수 있었다. 지금은 달이 멀어지는 계절이었다. 따라서 조수의 힘이 점점 더 약해졌다. 만약 다음 밀물 때, 혹은 그 다음 밀물 때 빠져나가지 못하면 앞으로 삼 주 이상 처박혀 있어야 했다.

카살라가 소리쳤다.

"멍청이들!"

저 멀리서 카산드라 호가 남쪽으로 부드럽게 선회해 시야에서 사라졌다. 남쪽?

"놈들은 마탄세로스로 가고 있어."

카살라가 말했다. 그는 통제할 수 없는 분노에 몸을 떨었다.

헌터는 카산드라 호의 선미에 앉아서 항로를 고민하고 있었다. 이틀 동안 한숨도 못 잤건만 놀랍게도 이제는 전혀 피곤하지 않았다. 그의 주위에는 선원들이 거의 무너지듯 널브러져 있고, 대부분 깊은 잠에 빠져 있었다.

상송이 그들을 보면서 말했다.

"훌륭한 녀석들이야."

헌터가 대꾸했다.

"맞아."

"말한 놈 있었나?"

"하나 있었지."

"카살라가 그자를 믿던가?"

"전혀. 하지만 나중에 생각이 바뀔 수도 있어."

상송이 말했다.

"그래도 최소한 여섯 시간은 우리가 놈들보다 앞섰어."

헌터가 고개를 끄덕였다.

"운이 좋으면 열여덟 시간."

마탄세로스는 맞바람 항해로 이틀 거리였다. 이런 식으로 출발하면 그 전함보다 먼저 요새에 도착할 수도 있었다.

헌터가 말했다.

"도착할 때까지 밤에도 계속 달려야겠어."

상송이 고개를 끄덕였다.

엔더스가 외쳤다.

"뱃머리 삼각돛 당겨! 힘껏!"

돛이 팽팽해지자 카산드라 호가 동쪽에서 불어오는 흔들바람(초속 8~10.7미터의 강한 바람)을 받으며 파도를 가르고 새벽빛을 향해 나아갔다.

3
마탄세로스

PIRATE LATITUDES

20

오후가 되자 하늘에 듬성듬성 구름이 끼더니 해넘이 무렵에는 어두운 잿빛으로 바뀌었다. 바람도 습하고 불쾌해졌다. 그때 라쥐가 바다에 떠다니는 목재를 처음 발견했다.

그 후로 카산드라 호는 부러진 돛대 조각 수십 개와 각종 난파선 잔해 사이를 지나갔다. 선원들이 밧줄을 던져 그중 일부를 건져 올렸다.

빨간색과 파란색이 칠해진 윗고물보(배의 뒷부분인 고물을 떠받치는 가로들보 중에서 위에 설치하는 고물보) 조각을 갑판으로 끌어올리자 상송이 말했다.

"영국 선박 같은데."

헌터가 고개를 끄덕이며 대꾸했다.

"오래되지 않았어."

제법 큰 배가 침몰한 것이었다. 헌터는 수평선을 둘러보며 생존자를 찾아 보았지만 한 명도 없었다.

"우리 스페인 친구들이 사냥을 하고 다녔군."

그 후로 십오 분 동안 나무 조각들이 계속 선체에 쿵쿵 부딪쳤다. 선원들은 불안해했다. 원래 뱃사람들은 그런 침몰의 흔적을 보는 걸 좋아하지 않았다. 또 다시 고물보를 건져 올리자, 그걸 본 엔더스는 그 배가 상선이고, 브릭이나 프리깃(5급이나 6급 전함에 해당하는 중형 범선)이며, 길이가 백오십 피트쯤 될 거라고 추측했다.

선원의 흔적은 찾을 수 없었다.

밤이 되자 바람이 점점 거세지면서 스콜(열대 지방의 소나기)이 몰려왔다. 어둠 속에서 따뜻한 비가 카산드라 호의 나무 갑판을 두드렸다. 선원들은 흠뻑 젖은 채 울적한 밤을 보냈다. 하지만 새벽에는 비가 걷혀 하늘이 맑아졌고, 날이 새자 그들의 목적지가 바로 정면 수평선 위에 나타났다.

멀리서 보니 마탄세로스 섬의 서쪽은 전혀 매력적이지 않았다. 화산 지형이 몹시 험준하고 거칠었으며, 해안을 따라 늘어선 낮은 수풀 말고는 섬 전체가 건조하고 칙칙하고 황량해 보였다. 불그레한 회색 바위들도 여기저기 드러나 있었다. 이 섬은 강수량이 적은 데다 카리브 해의 동쪽 끄트머리에 있어서 대서양의 바람이 이곳의 유일한 산을 끊임없이 휘감고 지나갔다.

마탄세로스가 다가오는 모습을 지켜보는 카산드라 호의 선원들은 들뜬 기색이 전혀 없었다. 키를 잡고 있는 엔더스가 얼굴을 찡그리고 빈정거렸다.

"지금은 구 월입니다. 참 푸르고 아늑해 보이는 섬이네요."

헌터가 말했다.

"그래. 낙원은 아니지. 하지만 동쪽 해안에는 숲도 있고 물도 많아."

엔더스가 대꾸했다.

"로마 교황의 소총 부대도 많죠."

헌터가 말했다.

"로마 교황의 금도 많다네. 육지까지는 얼마나 걸리겠나?"

"순풍이 불어 주면 늦어도 정오면 도착합니다. 틀림없습니다."

"저 후미로 배를 몰아."

헌터가 손가락으로 해안을 가리켰다. 이미 서쪽 해안의 유일한 후미가 보이고 있었다. 그곳은 '장님의 후미'라고 불리는 좁은 내포(內浦)였다.

헌터는 자신의 소규모 상륙 팀이 가져갈 물품을 챙기러 갔다. 유대인 돈 디에고는 이미 갑판에 장비를 늘어놓고 있었다. 그가 말했다.

"고맙게도 스페인 놈들이 배를 뒤졌지만 다 가져가지는 못했어."

"쥐는 가져갔죠."

"작은 짐승만 있으면 만들 수 있다네, 헌터. 주머니쥐 같은 작은 놈들 말이야."

헌터가 대꾸했다.

"그래야겠죠."

상송은 뱃머리에 서서 레레스 산의 봉우리를 바라보고 있었다. 멀리서 보면 깎아지른 듯 험준해 보였고, 불그레한 암벽으로 이루어진 찌그러진 반원 같았다.

상송이 물었다.

"돌아가는 길은 없나?"

헌터가 대답했다.

"유일한 우회로는 적이 지키고 있을 거야. 우린 산을 넘어가야 해."

상송이 살짝 미소를 지었다. 헌터는 다시 선미로 가서 엔더스 옆에 섰다. 그는 상륙 팀이 바닷가에 내리면 카산드라 호를 남쪽의 라모나스 섬으로 몰고 가라고 지시했다. 그 섬의 작은 후미에 들어가면 식수도 있고 적의 공격으로부터 안전하다고 했다.

"자네 그 섬 알지?"

엔더스가 대답했다.

"그럼요. 알다마다요. 몇 년 전 애꾸눈 루이셤 선장 밑에서 일할 때 거기서 일주일간 처박혀 있었습니다. 좋은 섬이죠. 거기서·저희가 얼마나 기다리면 됩니까?"

"나흘. 넷째 날 오후에 후미에서 나와 바다에 정박해. 그러다 밤이 되면 출발해서 다섯째 날 새벽 직전에 마탄세로스로 와."

"그런 다음에는요?"

"새벽에 항구로 들어와서 그 갤리언에 선원들을 승선시켜."

"요새 포대 앞을 지나가란 말씀입니까?"

"다섯째 날 아침에는 포대를 신경 쓰지 않아도 될 거야."

엔더스가 말했다.

"저는 신자가 아니지만 지금은 기도하고 싶군요."

헌터가 엔더스의 어깨를 두드렸다.

"겁낼 거 없어."

엔더스는 섬 쪽을 바라보았다. 그는 웃지 않았다.

정오 무렵 한낮의 열기 속에서 헌터와 상송, 라쥐, 무어, 돈 디에고는 좁은 백사장 위에 서서 카산드라 호가 떠나는 모습을 지켜보았다. 그들의 발 앞에는 백이십 파운드나 나가는 장비들이 놓여 있었다. 밧줄, 갈고랑쇠, 범포로 만든 슬링(암벽을 등반할 때 몸에 묶는 끈), 소총, 물통.

그들은 잠시 말없이 서서 뜨거운 공기를 한껏 들이마셨다. 이윽고 헌터가 돌아서며 말했다.

"가자."

그들은 물가를 벗어나 수풀 쪽으로 걸어갔다.

해변 너머에 길게 늘어선 야자수와 얽히고설킨 맹그로브의 숲은 뚫고 지나갈 수 없는 돌담처럼 보였다. 헌터 일행은 잎과 가지를 베어내는 식으로 이 장벽을 통과할 수 없다는 걸 과거의 모진 경험으로 알고 있었다. 하루 종일 죽어라 칼질을 해도 고작 몇백 야드 전진할 뿐이었다. 섬의 내부로 들어가는 일반적인 방법은 개울을 찾아 상류로 올라가는 것이었다.

그들은 이곳에 그런 개울이 반드시 있다고 믿었다. 후미가 있다는 것은 곧 개울이 있다는 뜻이기 때문이었다. 바깥쪽 모래톱이 끊기는 것도 후미가 생기는 부분적인 원인인데, 모래톱이 끊겼다는 것은 육지에서 민물이 쏟아져 나온다는 뜻이었다. 해변을 따라 걷던 헌터 일행은 한 시간 뒤 수풀 사이로 가느다란 물길을 내면서 쫄쫄 흘러나오는 실개울을 발견했다. 개울 바닥이 너무 좁아서 그 위로 자란 식물들이 비좁고 더운 터널을 만들어 놓았다. 그 개울을 따라 올라가기는 쉽지 않아 보였다.

상송이 물었다.

"더 큰 개울을 찾아야 할까?"

돈 디에고가 고개를 저었다.

"이곳에는 비가 거의 오지 않아. 더 큰 개울이 있을 리 없어."

다들 수긍하는 눈치였다. 결국 그 개울을 따라 올라가면서 바다로부터 멀어졌다. 터널로 들어서자 곧바로 참기 힘든 더위가 느껴졌다. 공기가 뜨겁고 역했다. 라쥐의 말마따나 코로 천을 들이마시는 기분이었다.

처음 몇 분이 지나자, 다들 말할 기운도 아끼려고 입을 다문 채 올라갔다. 들리는 소리라고는 칼로 수풀을 베는 소리와 그들 머리 위의 나무들 사이에 앉아 있는 작은 짐승들과 새들의 울음소리뿐이었다. 전진은 더뎠다. 하루가 저물어 갈 무렵 어깨 너머로 뒤돌아보니, 실망스럽게도 저 아래 파란 바다가 멀지 않아 보였다.

그들은 계속 나아가면서 식량을 구할 때만 멈춰 섰다. 석궁의 달인 상송은 화살로 새를 여러 마리 잡았다. 개울 바닥 근처에서 야생 멧돼지의 똥을 발견하자 다들 기운이 났다. 라쥐는 먹을 수 있는 식물을 채집했다.

밤이 되었을 때 그들은 바다와 레레스 산의 암벽 사이의 밀림을 반쯤 지났다. 비록 바람은 서늘해졌지만, 울창한 숲에 갇힌 그들에게는 밤도 낮과 다름없이 더웠다. 게다가 모기도 들끓었다.

모기는 결코 만만치 않은 적이었다. 손에 잡힐 만큼 촘촘히 뭉쳐서 짙은 구름처럼 몰려와 그들 모두의 주변 시야를 흐려 버렸다. 헌터 일행의 주위를 에워싸고 왱왱거리면서 온몸 구석구석에 들러붙고 귀와 코와 입으로 들어갔다. 진흙과 물을 몸에 덕지덕지 발라도 별 소용이 없었다. 그들은 불을 피울 엄두가 나지 않아서 잡은 고기를 날로 먹었으며, 밤에는 나무에 기댄 채 자면서도 귓가에서 윙윙대는 모기 때문에 자다 깨다를 반복했다.

아침에 일어나 보니 뻣뻣해진 몸에 들러붙은 진흙이 굳어서 떨어졌다. 그들은 서로를 보고 웃었다. 밤새 모기에게 물어뜯겨서 얼굴이 시뻘겋게 부어오른 탓에 전혀 다른 사람 같았다. 헌터는 남은 물을 확인했다. 가져온 물의 사분의 일이 줄었다. 그는 앞으로 물을 아껴 마셔야 한다고 말했다. 모두 굶주린 상태로 멧돼지가 나타나길 바라면서 계속 전진했지만, 한 마리도 보이지 않았다. 머리 위로 하늘을 가린 나뭇잎들 사이에서 깩깩대는 원숭이들이 조롱하는 것만 같았다. 울음소리는 들렸지만 상송은 원숭이를 한 마리도 명중시키지 못했다.

둘째 날 오후에 바람 소리가 들려오기 시작했다. 처음에는 멀리서 희미하게 나직이 윙윙거렸다. 하지만 밀림 가장자리에 다가가자 나무가 듬성듬성 있어서 걷기가 한결 수월했고, 바람 소리는 점점 더 커졌다. 이윽고 바람이 느껴지기 시작했다. 하지만 바람이 반가우면서도 그들은 서로를 걱정스럽게 바라보았다. 레레스 산의 절벽에 다가갈수록 바람이 강해진다는 것을 알고 있었기 때문이다.

오후 늦게 마침내 바위투성이 절벽 기슭에 다다랐다. 이제 바람은 절규하는 악마처럼 날뛰면서 옷을 잡아당기고 후려쳤으며, 그들의 얼굴을 때리고 귀청을 찢었다. 소리치지 않으면 말을 알아들을 수가 없었다.

헌터가 눈앞의 암벽을 올려다보았다. 멀리서 본 모습과 다름없이 험준

했으며, 예상했던 것보다 더 높았다. 암벽이 사백 피트 높이로 치솟아 있고, 강한 바람에 떨어져 나온 크고 작은 돌 조각들이 계속 쏟아져 내렸다.

헌터가 무어에게 손짓하자 무어가 다가왔다. 헌터는 그 거대한 사내에게 입을 바짝 대고 소리쳤다.

"밤에는 바람이 덜 불까?"

바사가 어깨를 으쓱하고는 엄지와 검지로 꼬집는 모양을 만들었다. '조금 나아질 거야'라는 뜻이었다.

"밤에 여길 올라갈 수 있겠어?"

바사가 고개를 저었다. '아니'라는 뜻. 그러고는 두 손으로 작은 베개를 만들고 그 위에 머리를 기댔다.

"아침에 올라가고 싶어?"

바사가 고개를 끄덕였다. 상송이 한마디 했다.

"그 친구 말이 옳아. 피로가 풀릴 아침까지 기다려야 해."

헌터가 대꾸했다.

"기다려도 될지 모르겠어."

그는 북쪽으로 눈길을 돌렸다. 몇 마일 밖의 고요한 바다 너머 수평선 위에 넓은 잿빛 띠가 보였다. 그리고 그 위로 성난 먹구름이 보였다. 몇 마일 길이의 폭풍이 그들 쪽으로 서서히 다가오고 있었다.

상송이 헌터에게 소리쳤다.

"더더욱 올라가면 안 되겠어. 폭풍이 지나갈 때까지 기다려야 해."

헌터가 돌아섰다. 그들이 서 있는 절벽 기슭은 해발 오백 피트 높이였다. 남쪽으로는 삼십 마일쯤 너머에 라모나스 섬이 보였다. 카산드라 호는 보이지 않았다. 이미 안전한 후미를 발견하고 숨었을 것이다.

헌터는 다시 폭풍을 바라보았다. 밤새 자고 나면 폭풍이 지나갈 수도 있었다. 하지만 만약 폭풍이 크고 느려서 그들이 하루를 잃는다면 타이밍을 놓치게 될 터였다. 그로부터 사흘 뒤에 카산드라 호는 선원 오십 명을 태우고 불을 보듯 빤한 죽음이 기다리는 마탄세로스로 들어갈 것이다.

헌터가 말했다.

"지금 올라가자."

그가 무어 쪽으로 돌아섰다. 무어는 고개를 끄덕이고 밧줄을 가지러 갔다.

무어가 절벽을 기어 올라가는 동안 헌터는 두 손에 쥔 밧줄이 이따금 움찔거리고 흔들리는 것을 느끼면서 '정말 이상한 기분인걸' 하고 생각했다. 그가 잡고 있는 밧줄은 두께가 1.5인치였지만 저 높은 곳에서는 가느다란 실처럼 얇아졌고, 무어의 거대한 몸뚱이도 점으로 바뀌어 흐릿한 햇빛 속에서 알아보기가 어려웠다.

상송이 다가와 헌터의 귀에 소리쳤다.

"자넨 미쳤어. 이러다 우리 모두 살아남지 못해."

헌터가 고함을 지르며 물었다.

"두렵나?"

상송은 자기 가슴을 두드리며 말했다.

"난 아무것도 두렵지 않아. 하지만 저들을 보라고."

헌터가 동료들을 보았다. 라쥐는 떨고 있었다. 돈 디에고는 시체처럼 창백했다.

상송이 소리쳤다.

"저들은 해내지 못해. 저들 없이 어쩔 셈이야?"

헌터가 대답했다.

"저들은 해낼 거야. 해내야 해."

그는 점점 다가오는 폭풍을 바라보았다. 이제 겨우 일이 마일 너머에 있었다. 바람 속에서 습기가 느껴졌다. 갑자기 헌터가 쥐고 있는 밧줄이 움찔하더니, 잠시 후 다시 획 당겨졌다.

헌터가 말했다.

"무어가 해냈어."

그가 위를 쳐다보았지만 무어는 보이지 않았다. 헌터가 소리쳤다.

"어서! 장비와 물품을 가져와!"

그들은 이미 물건을 담아 둔 범포 자루들을 밧줄에 묶고 한 번 잡아당겨 신호했다. 자루들이 이리저리 튕기면서 절벽을 따라 올라가기 시작했다. 한두 번 강한 바람에 날려 절벽에서 오 내지 십 피트 멀어지기도 했다.

상송이 그 모습을 보고 탄식했다.

"맙소사."

헌터는 라쥐를 바라보았다. 그녀는 긴장한 표정이었다. 그가 허리를 굽히고 범포 슬링을 그녀의 어깨에 매 준 다음, 두 번째 슬링을 엉덩이에 매주었다.

라쥐는 단조로운 목소리로 중얼거렸다.

"주의 어머니시여, 주의 어머니시여, 주의 어머니시여."

밧줄이 다시 내려오자 헌터가 소리쳤다.

"잘 들어. 긴 밧줄을 잡고 있으면 바사가 끌어올려 줄 거야. 암벽만 보고 밑은 내려다보지 마."

"주의 어머니시여, 주의 어머니시여……."

헌터가 다시 소리쳤다.

"내 말 들었지? 밑을 내려다보지 마."

라쥐는 계속 중얼거리면서 고개를 끄덕였다. 잠시 후 그녀가 슬링에 묶인 채 절벽 위로 끌려 올라가기 시작했다. 잠깐 동안은 몸을 뒤틀고 다른 밧줄을 잡으면서 허둥댔다. 하지만 이내 제대로 자세를 잡고 무사히 절벽을 올라갔다.

다음은 유대인 돈 디에고 차례였다. 그는 헌터가 요령을 알려 주는 동안 멍한 눈으로 헌터를 바라보았다. 듣고 있지도 않은 것 같았다. 마치 몽유병 환자처럼 슬링에 들어가 위로 올려졌다.

다가오는 폭풍의 첫 빗방울들이 떨어지기 시작했다.

상송이 소리쳤다.

"다음엔 자네가 가!"

헌터가 대답했다.

"아니, 난 마지막이야."

이제 비가 줄기차게 쏟아지기 시작했다. 바람도 강해졌다. 다시 절벽 아래로 내려온 슬링은 흠뻑 젖어 있었다. 상송이 슬링에 들어간 다음 밧줄을 잡아당겨 끌어올리라고 신호했다. 올라가기 시작한 그가 헌터에게 소리쳤다.

"자네가 죽으면 자네 몫은 내 차지야."

그의 웃음소리가 바람 속에서 흐려졌다.

폭풍이 도착하자 잿빛 안개가 절벽 꼭대기를 휘감았다. 상송은 곧 시야에서 사라졌다. 헌터는 기다렸다. 아주 긴 시간이 흐른 것만 같았다. 그때 근처 땅바닥에 슬링이 떨어지면서 축축한 소리를 냈다. 헌터가 그리로 걸어가서 슬링에 몸을 끼웠다. 그가 밧줄을 잡아당기고 올라가기 시작하자 비바람이 그의 얼굴과 몸을 때렸다.

평생 잊지 못할 등반이었다. 어두운 잿빛 세계에 둘러싸여 있어서 위치 감각이 전혀 없었다. 보이는 거라고는 몇 인치 앞의 절벽뿐이었다. 바람이 그를 잡아당겨 이따금 절벽에서 멀리 떼어 놓으면, 다시 돌아온 그는 절벽에 부딪혔다. 밧줄과 바위, 모든 것이 축축하고 미끄러웠다. 그는 인도 밧줄을 두 손으로 잡고 절벽만 보려고 애썼다. 가끔 발을 헛디뎌 몸이 돌아가면 머리와 어깨가 바위에 부딪혔다.

영영 끝날 것 같지 않았다. 반쯤 올라왔는지, 아니면 조금밖에 못 올라왔는지, 혹은 거의 다 왔는지 알 길이 없었다. 헌터는 꼭대기에 있는 동료들의 목소리를 들으려고 귀를 쫑긋 세웠지만, 미친 듯이 절규하는 바람소리와 절벽을 두드리는 빗소리밖에 들리지 않았다.

문득 견인 밧줄이 진동하는 느낌이 들었다. 규칙적이고 율동적인 떨림이었다. 헌터가 몇 피트 올라가다가 멈췄다. 다시 몇 피트 올라가다 또 멈췄다. 다시 조금 올라가다 말았다.

갑자기 그 패턴이 바뀌었다. 더 이상 올라가지 않았다. 밧줄의 진동도 바뀌었다. 범포 슬링을 따라 떨림이 그의 몸으로 전해졌다. 처음에는 착각한 것이려니 생각했지만, 이내 사태를 간파했다. 절벽을 따라 거칠게 다섯 번 오간 밧줄이 닳아서 지금 서서히 늘어지고 있었다.

헌터는 마음의 눈으로 밧줄이 얇아지는 모습을 보았다. 그 순간 인도 밧줄을 꽉 잡았다. 그와 동시에 슬링 밧줄이 끊어졌다. 곧이어 무겁고 축축한 밧줄이 뱀처럼 구불거리고 뒤틀리면서 그의 머리와 어깨를 지나 떨어졌다.

인도 밧줄을 잡은 손에 힘이 빠지자 그가 밑으로 몇 피트 떨어졌다. 정확히 얼마나 떨어졌는지는 알 수 없었다. 헌터는 상황을 파악하려고 애썼다. 지금 그는 절벽에 배를 대고 납작 엎드려 있었으며, 젖은 슬링이 두 다리에 걸려 무거운 짐처럼 매달려 있었다. 그 바람에 벌써부터 팔이 아팠다. 슬링에서 벗어나려고 두 다리를 버둥거렸지만 떼어낼 수가 없었다. 끔찍했다. 슬링 때문에 다리병신이나 다름없었다. 두 발로 절벽을 밟을 수가 없었다. 이대로 매달려 있다가 결국 지쳐서 밧줄을 놓고 바닥으로 추락할 것 같았다. 손목과 손가락은 이미 고통으로 타오르고 있었다. 인도 밧줄이 살짝 당겨지는 느낌이 들었다. 하지만 동료들은 그를 끌어올리지 않았다.

헌터가 다시 필사적으로 다리를 버둥거렸다. 그때 갑자기 돌풍이 불어 그를 절벽에서 떼어 놓았다. 우라질 슬링이 마치 돛처럼 바람을 받으며 그를 잡아당겼다. 절벽에서 십 피트, 이십 피트 멀어지자 절벽이 안개 속으로 사라졌다.

그가 또 다리를 버둥거렸다. 그러자 갑자기 몸이 가벼워졌다. 슬링이 떨어져 나간 것이다. 그의 몸이 절벽 쪽으로 되돌아가기 시작했다. 충격에 대비해 마음의 준비를 했지만, 막상 부딪히자 허파의 바람이 다 빠져나갔다. 그는 자기도 모르게 비명을 지르고 절벽에 매달린 채 헐떡거렸다.

이윽고 헌터는 최후의 발악을 했다. 두 손으로 밧줄을 잡고 손이 가슴에 닿을 때까지 몸을 끌어올렸다. 그러고는 잠시 밧줄에 발을 감고 두 팔을 쉬게 했다. 숨이 진정되었다. 그는 발로 절벽을 밟고 두 손으로 밧줄을 번갈아 잡으며 올라갔다. 발이 미끄러졌다. 무릎이 바위에 부딪혔다. 하지만 위로 꽤 올라갔다.

다시 했다.

다시 했다.

다시 했다.

정신의 기능이 멈춰 버렸다. 몸이 제멋대로 저절로 움직였다. 주변 세상이 고요해지자 빗소리도, 절규하는 바람 소리도, 그 어떤 소리도, 심지어 자신의 헐떡이는 숨소리조차 들리지 않았다.

억센 팔들이 겨드랑이에 끼워지는 것도 느끼지 못했다. 곧이어 위로 끌어올려진 그는 판판한 돌바닥에 털썩 엎드렸다. 그에게는 목소리가 들리지 않았다. 아무것도 보이지 않았다. 나중에 동료들에게 들은 바에 따르면 그는 땅에 엎드린 뒤에도 몸을 구부렸다 펴고, 구부렸다 펴기를 되풀이하면서, 피가 흐르는 얼굴을 돌바닥에 댄 채 계속 앞으로 기어갔다. 결국 동료들이 그의 몸을 잡고 움직이지 못하게 했다. 하지만 그는 아무것도 몰랐다. 심지어 자신이 죽지 않았다는 것도 몰랐다.

헌터는 경쾌한 새소리에 정신을 차렸다. 눈을 뜨자 환한 햇살 속의 푸른 나뭇잎들이 보였다. 그는 꼼짝 않고 누워서 눈알만 움직였다. 암벽이 보였다. 동굴이었다. 그는 동굴 입구 근처에 있었다. 음식을 요리하는 냄새가 났다. 형언하기 어려울 만큼 맛있는 냄새였다. 그가 일어나 앉기 시작했다.

격렬한 통증이 온몸 구석구석에서 일었다. 그는 신음하면서 다시 쓰러졌다.

"천천히 해, 이 친구야. 아주 천천히."

뒤에서 상송의 목소리가 들렸다. 그가 허리를 굽히고 헌터를 똑바로 앉혀 주었다.

헌터가 처음 본 것은 그의 옷이었다. 바지가 알아보기 어려울 만큼 너덜너덜해져 있었다. 구멍들 사이로 보이는 살갗도 비슷한 상태였다. 팔과 가슴도 마찬가지였다. 그는 이상하고 낯선 물건을 조사하듯 자기 몸을 바라보았다.

상송이 웃으며 말했다.

"자네 얼굴도 썩 곱지 않아. 뭐 좀 먹을 수 있겠어?"

헌터는 말을 하려 했다. 얼굴이 뻣뻣했다. 가면을 쓴 것 같은 기분이었다. 볼에 손을 대자 두꺼운 피딱지가 만져졌다. 그는 고개를 저었다.

"못 먹겠어? 그럼 물이라도 마셔."

상송이 물병을 내밀고 헌터에게 물을 먹여 주었다. 다행히도 삼키는 것은 아프지 않았지만 물병이 닿은 입술에 감각이 없었다.

"너무 많이 마시면 안 돼. 조금만 마셔."

나머지 동료들이 다가왔다.

돈 디에고는 활짝 웃고 있었다.

"여기 풍경을 좀 보게나."

헌터는 문득 환희를 느꼈다. 풍경이 보고 싶었다. 그가 아픈 팔 한 짝을 들어 상송에게 내밀자, 상송이 그를 부축해 일으켜 세웠다. 발이 땅을 밟는 첫 순간은 몹시 고통스러웠다. 현기증이 일고 다리와 등에 짜릿한 통증이 일었다. 하지만 곧 괜찮아졌다. 그는 상송에게 기댄 채 얼굴을 찡그리면서 한 걸음 내디뎠다. 갑자기 앨먼트 총독이 생각났다. 마탄세로스 습격에 관해 앨먼트 총독과 협상하던 날 저녁 일이 생각났다. 그 자리에서 헌터는 아주 자신만만하고 느긋하고 대담무쌍한 모험가였다. 그 기억에 후회의 미소를 짓기 시작했다. 웃는 것도 아팠다.

하지만 눈앞에 풍경이 펼쳐지자 앨먼트 총독도, 고통도, 욱신거리는 몸뚱이도 싹 잊어버렸다.

작은 동굴 입구에 서 있는 그들은 지금 레레스 산의 동사면 꼭대기에 있었다. 그들 밑으로 화산의 푸른 비탈이 구부러져 내려가고, 천 피트 저 아래에는 울창한 열대 우림이 펼쳐져 있었다. 산기슭의 넓은 강이 흘러가는 곳에 푼타 마탄세로스의 요새와 항구가 보였다. 햇살이 항구의 고요한 바다에 반사되자, 요새의 보호 범위 안에 정박해 있는 보물선 주위가 눈부시게 빛났다. 그 모든 것이 눈앞에 펼쳐져 있었다. 헌터는 세상에 이보다 더 아름다운 광경은 없을 거라고 생각했다.

21

상송이 물통에 담긴 물을 다시 헌터에게 먹여 주었다. 이윽고 돈 디에고가 말했다.

"자네가 봐야 할 것이 있네, 선장."

헌터 일행은 전날 밤에 올라온 절벽의 가장자리를 향해 비탈을 올라갔다. 그들은 걸음을 내디딜 때마다 괴로워하는 헌터를 생각해 천천히 이동했다. 맑고 구름 한 점 없는 하늘을 올려다본 헌터는 다른 종류의 고통을 느꼈다. 폭풍이 부는 동안 억지로 절벽을 오른 것은 심각하고 거의 치명적인 실수였다. 기다렸다가 다음 날 아침에 올라왔어야 했다. 그가 어리석게도 과욕을 부린 것이었다. 헌터는 이런 실수를 저지른 자신이 원망스러웠다.

절벽 가장자리에 가까워지자 돈 디에고가 쭈그리고 앉아서 조심스레 서쪽 해안을 내려다보았다. 나머지 동료들도 똑같이 했고, 상송이 헌터를 도와주었다. 헌터는 그들이 왜 그렇게 조심하는지 이해할 수가 없었다. 깎아지른 벼랑 아래 밀림 너머 후미를 내려다보고서야 그 이유를 알았다.

후미에 카살라의 전함이 있었다.

헌터가 나직이 탄식했다.

"빌어먹을."

옆에 웅크린 상송이 고개를 끄덕였다.

"우린 운이 좋았어, 친구. 저 배는 새벽에 후미로 들어왔거든. 그 후로 줄곧 저기 있었지."

이윽고 병사들을 태운 롱보트 한 척이 해안으로 다가오는 모습이 보였다. 빨간 군복 차림의 스페인 병사 십여 명이 해변을 수색하기 시작했다. 노란 튜닉을 입은 카살라가 거칠게 손짓을 하면서 명령하는 모습도 또렷이 보였다.

상송이 말했다.

"놈들이 해변을 수색하고 있어. 우리의 계획을 짐작한 거야."

헌터가 대꾸했다.

"하지만 폭풍이……."

"그래, 폭풍이 우리의 흔적을 모조리 씻어 버렸겠지."

헌터는 자기 발에서 떨어진 범포 슬링을 생각했다. 지금쯤 절벽 기슭에 널브러져 있을 터였다. 하지만 병사들이 그걸 찾아내기는 어려웠다. 절벽에 다다르려면 꼬박 하루 동안 힘겹게 수풀을 헤치고 와야 했다. 헌터 일행이 해변에 상륙했다는 증거를 찾지 못하면 그들은 그런 고생을 할 리가 없었다.

헌터가 지켜보는 동안, 두 번째 롱보트가 병사들을 싣고 전함에서 출발했다.

돈 디에고가 말했다.

"아침 내내 병사들을 상륙시키는구먼. 이제 해변에 백 명은 있겠어."

헌터가 대꾸했다.

"병사들을 두고 갈 생각인가 보죠."

돈 디에고가 고개를 끄덕이자 헌터가 말했다.

"우리한테는 오히려 잘됐습니다. 아예 천 명을 두고 가면 좋겠네요."

섬의 서쪽에 있는 군대는 마탄세로스 요새에서 싸울 수 없을 테니까.

동굴 입구로 돌아온 돈 디에고는 헌터에게 먹일 죽을 만들었다. 그 사이 상송은 작은 모닥불을 껐고, 라쥐는 망원경을 눈에 대고 전방을 살폈다. 그녀는 옆에 앉은 헌터에게 풍경을 설명해 주었다. 헌터에게는 저 아래 바다 근처의 건물들이 작은 윤곽으로만 보였다. 따라서 라쥐의 뛰어난 시력에 의지하는 수밖에 없었다.

헌터가 말했다.

"우선 요새에 있는 대포들에 대해 알려 줘."

망원경을 들여다보는 라쥐의 입술이 말없이 수를 셌다. 마침내 그녀가 대답했다.

"열두 기예요. 세 기로 이루어진 포대 둘은 동쪽 바다를 겨냥하고 있어요. 여섯 기로 이루어진 포대 하나는 항구 어귀의 남쪽으로 향해 있고요."

"컬버린인가?"

"포신이 길어요. 컬버린 같아요."

"오래돼 보이나?"

라쥐는 잠시 말이 없다가 대답했다.

"너무 멀어요. 나중에 밑으로 내려가면 확실히 알 수 있을 거예요."

"어떻게 설치되어 있지?"

"포가(砲架)에요. 바퀴가 네 개 달린 나무 포가 같아요."

헌터가 고개를 끄덕였다. 일반적인 함포 포가를 해안 포대로 옮겨 왔으리라 짐작했다.

돈 디에고가 죽을 들고 다가와서 말했다.

"나무 포가라니 기쁘군. 돌 위에 설치했을까 봐 걱정했는데. 그랬다면 더 까다로울 테니까."

헌터가 물었다.

"포가를 날려 버릴 셈입니까?"

돈 디에고가 대답했다.

"물론이지."

컬버린은 한 대의 무게가 이 톤이 넘었다. 따라서 포가가 파괴되면 쓸모가 없었다. 조준할 수도 없고 발사할 수도 없었다. 설령 마탄세로스 요새에 예비 포가가 있다 해도, 열두 기를 모두 새로운 포가에 얹으려면 수십 명이 달려들어 몇 시간씩 낑낑대야 할 터였다.

돈 디에고가 싱긋 웃으며 말했다.

"하지만 우선 포미(砲尾)를 망가뜨릴 거야."

헌터는 그 생각을 한 번도 해 보지 않았지만 금세 그 의미를 알아차렸다. 컬버린은 여느 대포와 마찬가지로 전장식(前裝式)이었다. 포대원들은 우선 화약 자루를 대포 주둥이 속으로 쑤셔넣고, 이어서 포탄을 집어넣었다. 그런 다음 포미에 있는 점화구를 통해 뾰족한 꼬챙이로 화약자루를 뚫고, 불붙은 도화선을 삽입했다. 점화구를 통해 도화선이 타들어 가서 화약을 점화시키면 대포가 발사되었다.

점화구가 벌어지지만 않으면 이 발포 방식은 상당히 안정적이었다. 하지만 여러 차례 발사하고 나면 불붙은 도화선과 폭발 가스로 인해 점화구가 부식돼서 넓어지기 때문에, 오히려 팽창된 가스를 누출시키는 밸브 노릇을 했다. 그 상태가 되면 대포의 사정거리가 급격히 줄어들고, 결국 포탄이 아예 발사되지 않았다. 그리고 그런 대포는 너무 위험해서 사용할 수 없었다.

이 필연적인 열화(劣化)를 해결하기 위해 대포 제작자들은 한쪽 끝이 다른 쪽 끝보다 넓은 탈착식 금속 플러그를 포미에 달았다. 그 플러그는 대포 안쪽에서 끼워 넣었는데, 그러면 매번 발사할 때마다 화약의 팽창 가스가 플러그를 더 단단히 눌러 주었다. 점화구가 너무 커졌을 때는 금속 플러그를 제거하고 새 것을 끼우면 그만이었다.

하지만 이따금 플러그가 통째로 날아가 포미에 아주 커다란 구멍이 생기곤 했다. 돈 디에고는 그렇게 되게 할 생각이었다. 그럼 새로운 플러그를 끼울 수 있도록 고치기 전까지는 대포가 무용지물이었다. 수리를 하려 해도 몇 시간은 걸렸다.

돈 디에고가 말했다.

"날 믿어. 우리가 일을 끝내고 나면 저 대포들은 상선 선창의 밸러스트로밖에 못 쓸 테니까."

헌터는 다시 라쥐를 바라보았다.

"요새 안에는 뭐가 보이지?"

"텐트. 텐트가 많아요."

"그건 막사일 거야."

신세계는 기후가 거의 일 년 내내 온화해서 군대 막사가 아주 튼튼하고 영구적일 필요가 없었으며, 마탄세로스처럼 좀처럼 비가 오지 않는 섬에서는 더욱 그러했다. 물론 어젯밤에는 폭풍 때문에 병사들이 진창에서 잤을 것이다. 헌터는 그들이 얼마나 당황했을지 상상해 보았다.

"화약고는 보이나?"

"담장 안 북쪽에 목조 건물이 있어요. 아마 저기일 거예요."

"좋아."

헌터는 요새 안으로 들어가자마자 화약고를 찾느라 시간을 낭비하고 싶지 않았다. 그가 말했다.

"담장 바깥에는 경비가 있나?"

라쥐가 아래쪽 지대를 살펴보았다.

"아무것도 안 보이는데요."

"좋아. 배는 어떤 상태지?"

라쥐가 대답했다.

"선원이 별로 없네요. 마을 근처 해변에 묶여 있는 롱보트들 위에 대여섯 명이 보여요."

헌터도 이미 그 마을을 보았다. 놀라웠다. 조악한 목조 건물들이 요새에서 조금 떨어진 해변에 줄줄이 늘어서 있었다. 십중팔구 갤리언의 선원들을 수용하려고 지은 집들이었으며, 이는 선원들이 한동안 마탄세로스에 머물 계획이라는 증거였다. 어쩌면 보물 함대가 출항하는 내년까지 머물 수도 있었다.

"마을에 병사들이 있나?"

"빨간 군복이 몇 개 보이네요."

"롱보트에 보초는 있고?"

"없어요."

헌터가 말했다.

"놈들이 우리 일을 수월하게 해 주는군."

상송이 대꾸했다.

"아직까지는."

헌터 일행은 동굴에 머문 흔적을 남김없이 지우면서 장비를 챙겼다. 그러고는 비탈진 언덕 아래로 마탄세로스를 향해 긴 도보 여행을 시작했다.

내려가는 동안 그들은 이틀 전에 밀림에서 겪은 문제와는 정반대의 문제에 부딪혔다. 레레스 산의 동쪽 비탈 고지대에는 수풀이 거의 없어서 몸을 숨기기가 곤란했다. 촘촘한 가시덤불 뒤에 숨어 있다가 다음 가시덤불로 이동해야 했으며, 그러다 보니 전진이 더뎠다.

정오에 그들은 깜짝 놀랐다. 카살라의 시커먼 전함이 항구 어귀에 나타나 돛을 말면서 요새 근처에 정박하고 있었다. 전함에서 롱보트 한 척이 출발했다. 망원경을 보던 라쥐가 그 배의 선미에 카살라가 있다고 말했다.

"다 끝났군."
헌터가 전함의 위치를 살피며 투덜거렸다. 그 배는 해변과 평행으로 서 있어서 항구 어귀에 뱃전 포격을 가할 수 있었다.
상송이 물었다.
"저 배가 계속 저대로 있으면 어쩌지?"
헌터도 바로 그걸 고민하고 있었다. 생각할 수 있는 답은 하나뿐이었다.
"불태워야지. 계속 정박해 있으면 저 배에 불을 질러야 해."
"해변에서 롱보트에 불을 붙여 저 배로 떠내려 보낼 생각인가?"
헌터가 고개를 끄덕였다. 상송이 웅얼거렸다.
"가능성이 희박해."
그때 줄곧 망원경을 보고 있던 라쥐가 말했다.
"여자가 있어요."
헌터가 말했다.
"뭐?"
"롱보트 위에요. 카살라 옆에 여자가 있어요."
"어디 좀 봐."
헌터가 호기심 어린 표정으로 망원경을 건네받았다. 하지만 그의 눈에는 카살라 옆에서 선미에 앉아 있는 이지러진 하얀색 형체만 보였다. 세세한 부분은 알아볼 수 없었다. 그가 망원경을 라쥐에게 돌려주었다.
"여자의 외모를 설명해 줘."
"하얀 드레스 차림에 양산을 들었어요. 어쩌면 커다란 모자나 덮개 따위로 머리를 가린 건지도 몰라요. 얼굴이 가무잡잡하네요. 흑인 같아요."
"정부인가?"
라쥐가 고개를 저었다. 지금 롱보트는 요새 근처에 묶이고 있었다.
"여자가 배에서 내리고 있어요. 몸부림을 치면서……."

"균형을 잃어서 비틀거리는 거겠지."

라쥐가 단호히 말했다.

"아니에요. 반항하는 거예요. 남자 셋이 그녀를 잡고 있어요. 강제로 요새 안으로 데려가고 있어요."

헌터가 다시 물었다.

"그 여자 피부가 까맣다고 했지?"

아리송한 일이었다. 카살라가 여자를 납치했을 수도 있지만, 몸값을 요구할 값어치가 있으려면 당연히 금발 백인이어야 했다.

라쥐가 대답했다.

"네, 까매요. 하지만 더 자세히는 보이지 않아요."

헌터가 말했다.

"나중에 알게 되겠지."

다들 어리둥절한 표정으로 계속 비탈을 내려갔다.

세 시간 뒤, 오후가 가장 더워졌을 즈음, 헌터 일행은 아카라 가시덤불 무리 사이에서 걸음을 멈추고 물을 나눠 마셨다. 라쥐는 아까 그 롱보트가 요새에서 출발하는 것을 보았다. 이번에는 그 배에 '엄격해 보이고, 아주 호리호리하고, 매우 당당하고 꼿꼿한' 남자가 타고 있다고 했다.

"보스케로군."

헌터가 말했다. 이 요새의 부사령관인 보스케는 조국을 배신한 프랑스인이며, 냉정하고 무자비한 지휘관으로 알려져 있었다.

"카살라도 함께 있나?"

라쥐가 대답했다.

"아뇨."

롱보트가 전함 옆에 묶이고 보스케가 전함에 승선했다. 잠시 후 선원들이 롱보트를 들어올리기 시작했다. 그것이 뜻하는 바는 하나뿐이었다.

상송이 말했다.

"출항하려는 거야. 자네 운이 아직 다하지 않았구먼, 친구."

헌터가 대답했다.

"아직은 알 수 없어. 저 배가 라모나스로 갈 수도 있어. 확인해야 해."

그 섬에는 카산드라 호와 선원들이 숨어 있었다. 카산드라 호가 얕은 바다에 있어서 전함이 공격할 수는 없겠지만, 보스케가 그 사략선을 후미 안에 가둬 놓을 수는 있었다. 그리고 카산드라 호 없이 마탄세로스를 공격하는 것은 무의미했다. 카산드라 호의 선원들이 있어야 보물선을 항구 밖으로 몰고 나갈 수 있기 때문이었다.

전함이 항구를 떠나 남쪽으로 향했지만, 깊은 바다로 나가려면 처음에는 그래야 했다. 항구 어귀를 빠져나간 배는 계속 남진했다.

상송이 중얼거렸다.

"빌어먹을."

헌터가 대꾸했다.

"아냐, 그냥 속력을 내려는 것뿐이야. 기다려."

그가 말하는 동안 전함이 우현으로 뱃머리를 돌리고 맞바람 속에서 북진하기 시작했다. 헌터가 고개를 저으며 안도했다.

상송이 말했다.

"벌써 금덩이가 내 손 안에 들어온 기분인걸."

한 시간 뒤, 검은 배가 시야에서 사라졌다.

땅거미가 질 무렵, 이제 헌터 일행과 스페인 진영의 거리는 사분의 일 마일도 안 되었다. 이곳에는 몸을 숨길 덤불이 훨씬 많았다. 그들은 울창한 마야구아나 나무들 사이에서 밤을 보내기로 했다. 불은 피우지 않았으며, 익히지 않은 푸성귀만 조금 먹은 다음 축축한 땅에 누웠다. 다들 피곤

했지만, 멀지 않은 곳에서 스페인 병사들이 떠드는 소리가 들리고 스페인 음식 냄새가 흘러온다는 사실에 흥분했다. 그들이 별빛 아래 누워 있는 동안, 그 소리와 냄새가 이제 곧 전투가 벌어질 것임을 상기시켜 주었다.

22

헌터는 무언가 이상하다는 강렬한 기분에 눈을 떴다. 스페인 병사들의 목소리가 이제는 가까이서 들렸다. 너무 가까웠다. 곧이어 발소리와 나뭇잎 부스럭거리는 소리도 들렸다. 그는 일어나 앉으면서 찌릿한 통증에 오만상을 지었다. 몸이 오히려 어제보다 더 욱신욱신 쑤셨다.

주위의 동료들을 둘러보았다. 상송은 이미 일어나 야자수 이파리들 사이로 스페인 병사들의 목소리가 들려오는 쪽을 노려보고 있었다. 무어도 조용히 일어나고 있었다. 몸은 바짝 긴장되어 있고, 동작은 지극히 조심스러웠다. 돈 디에고는 한쪽 팔꿈치로 땅을 짚고 상체를 들면서 눈이 휘둥그레져 있었다.

라쥐만 여전히 누워 있었다. 꼼짝도 하지 않았다. 헌터가 엄지손가락으로 쿡쿡 찔러 일어나라고 했다. 라쥐가 살짝 고개를 저으면서 입모양으로 '안 돼'라고 말했다. 그녀는 움직일 생각이 없었다. 얼굴이 땀에 젖어 번들거렸다. 헌터가 그녀에게 다가가기 시작했다.

"조심해요!"

라쥐가 긴장된 목소리로 속삭였다. 헌터가 걸음을 멈추고 그녀를 바라보았다. 라쥐는 두 다리를 살짝 벌린 채 누워 있었다. 팔다리가 이상하게 경직되어 있었다. 그때 빨간색, 검은색, 노란색으로 이루어진 줄무늬 꼬리가 라쥐의 바짓가랑이 속으로 사라지는 모습이 보였다.

산호뱀이었다. 라쥐의 체온이 뱀을 끌어들인 것이다. 헌터는 그녀의 얼굴을 바라보았다. 마치 엄청난 고통을 견디듯 팽팽히 긴장한 표정이었다.

헌터의 뒤에서 스페인 병사들의 목소리가 점점 더 크게 들려왔다. 여러 병사가 함께 수풀을 헤치며 다가오는 소리였다. 헌터가 라쥐에게 기다리라고 손짓하고 상송에게 다가갔다.

상송이 나직이 말했다.

"여섯 명이야."

헌터도 스페인 병사 여섯 명을 보았다. 그들은 침구와 음식을 들고 소총으로 무장한 채 헌터 일행 쪽으로 언덕을 올라오고 있었다. 하나같이 젊고, 소풍 나온 듯 즐거운 표정이었다. 그들은 웃으면서 농담을 주고받았다.

상송이 소곤거렸다.

"순찰대는 아니야."

헌터가 말했다.

"지나가게 내버려 둬."

상송이 그를 매섭게 노려보았다. 헌터는 여전히 땅에 뻣뻣이 누워 있는 라쥐를 가리켰다. 상송은 금세 상황을 파악했다. 그들이 지켜보는 가운데 스페인 병사들이 그들을 지나쳐 계속 언덕을 올라갔다. 곧이어 헌터와 상송이 라쥐에게로 돌아왔다.

헌터가 물었다.

"지금 뱀이 어디 있지?"

라쥐가 나직이 대답했다.

"무릎."

"올라가고 있어?"

"네."

돈 디에고가 옆에서 주위를 두리번거리며 말했다.

"높은 나무. 높은 나무를 찾아야 해. 저기 있다!"

그가 무어를 툭툭 쳤다.

"나랑 같이 가세나."

두 남자는 몇 야드 떨어져 있는 마야구아나 나무들 쪽으로 달려갔다. 헌터는 라쥐를 바라보고, 이어서 스페인 병사들을 쳐다보았다. 언덕 위로 백 야드 거리에 병사들이 또렷이 보였다. 한 놈이라도 뒤돌아보면 헌터 일행이 들킬 상황이었다.

상송이 말했다.

"짝짓기하기에는 너무 늦은 철이야."

그는 라쥐를 바라보면서 눈살을 찌푸렸다.

"하지만 운이 좋으면 새끼 새 하나쯤은 구해 오겠지."

그는 고개를 돌려 무어를 바라보았다. 무어는 나무에 오르고 있었고, 돈 디에고는 아래에 남아서 기다렸다.

헌터가 물었다.

"지금은 뱀이 어디 있지?"

"무릎을 지났어요."

"긴장 풀어."

라쥐가 눈을 희번덕거리며 투덜거렸다.

"다 이 망할 놈의 원정 때문이야. 당신들 모두 재수 없어."

헌터가 그녀의 바짓가랑이를 보았다. 바지 속에서 뱀이 위로 기어가는 움직임이 언뜻 보였다.

라쥐가 눈을 감고 중얼거렸다.

"주의 어머니시여……."

상송이 헌터에게 속삭였다.

"저 친구들이 새끼 새를 못 찾으면, 우리가 이 여자를 일으켜 세워 흔들어야 할지도 몰라."

"그랬다가는 뱀한테 물려."

둘 다 그 결과가 어떨지 알고 있었다.

사략선 선원은 강하고 거친 자들이었다. 그들은 전갈이나 흑거미, 물뱀 따위에게 물리는 것을 성가신 일쯤으로 여겼다. 사실 그들은 동료의 장화 속에 전갈을 넣어 두는 장난을 몹시 좋아했다. 하지만 두 종류의 독사만은 모두에게 존경과 공포의 대상이었다. 풀살모사는 결코 장난거리가 아니었다. 그리고 산호뱀은 최악의 독사였다. 이제껏 놈에게 물리고 살아난 자가 없었다. 살짝만 물려도 황천길이었다. 헌터는 독사의 치명적인 일격을 알려 줄 따끔한 느낌을 기다리는 라쥐의 공포를 상상할 수 있었다. 그들 모두 필연적인 결말을 알고 있었다. 우선 땀을 뻘뻘 흘리고, 이어서 부들부들 떨다가, 섬뜩한 마비 증세가 온몸에 퍼질 것이다. 그리고 해넘이 전에 죽을 것이다.

"지금은 어디 있어?"

"높이, 아주 높이."

라쥐의 목소리가 너무 작아서 잘 들리지 않았다.

헌터가 그녀의 바지를 보았다. 사타구니 부근의 천이 살짝 흔들렸다.

"오, 하느님."

라쥐가 신음했다.

그때 나지막이 짹짹거리는 소리가 들렸다. 헌터가 뒤를 보니, 돈 디에고와 무어가 돌아오고 있었다. 둘 다 활짝 웃었다. 동그랗게 오므린 무어의 두 손에 무언가가 담겨 있었다. 작은 아기 새였다. 깃털 달린 보드라운 몸뚱이로 날개를 퍼덕이며 짹짹거렸다.

돈 디에고가 말했다.

"어서! 끈이 필요해!"

헌터가 기다란 실을 꺼내 아기 새의 다리에 동여맸다. 그러고는 아기 새를 라쥐의 바짓부리 앞에 묶어 땅에 내려놓자, 아기 새가 계속 짹짹거리면서 몸을 뒤틀었다.

다들 기다렸다.

"느낌이 와?"

헌터가 물었다.

"아뇨."

그들은 아기 새를 바라보았다. 그 작은 생명체가 애처롭게 몸부림치면서 지쳐 가고 있었다.

헌터가 다시 라쥐를 보았다. 그녀가 말했다.

"전혀."

그때 갑자기 그녀의 눈이 휘둥그레졌다.

"꿈틀거려요……."

모두 그녀의 바지를 바라보았다. 움직임이 있었다. 바지 속에서 뱀이 천천히 구부러졌다가 이내 펴졌다.

라쥐가 말했다.

"내려가고 있어요."

그들은 기다렸다. 갑자기 아기 새가 몹시 흥분하면서 한층 더 요란하게 짹짹거렸다. 산호뱀의 냄새를 맡은 것이다.

돈 디에고가 권총을 꺼내서 흔들어 총알과 장약(총포의 약실에 재는 화약)을 뺀 다음, 총신을 움켜잡고 망치처럼 치켜들었다.

그들은 기다렸다. 이제 뱀이 무릎을 지나 정강이를 따라서 느릿느릿 내려오는 것이 보였다. 감질나게 오래 걸렸다.

그때 갑자기, 뱀이 대가리를 내밀고 혀를 날름거렸다. 아기 새는 두려움에 사로잡혀 발작하듯 짹짹거렸다. 산호뱀이 앞으로 나아가자, 돈 디에고가 달려들어 권총 개머리판으로 뱀 대가리를 땅바닥에 내리쳤다. 그와 동시에 라쥐가 벌떡 일어나더니 비명을 지르면서 뒤로 펄쩍 뛰었다.

돈 디에고가 계속 내리치자 뱀 대가리가 흙 속에 처박혔다. 라쥐는 돌아서서 맹렬히 토했다. 하지만 헌터는 그 쪽에 신경도 쓰지 않았다. 그녀가 비명을 지르는 순간, 헌터는 고개를 돌려 스페인 병사들이 있는 언덕 위를 올려다보았다.

상송과 무어도 같은 행동을 했다.

헌터가 물었다.

"놈들이 들었을까?"

상송이 대답했다.

"확인해 봐야지. 그냥 갈 수는 없어."

긴 침묵이 흐르는 동안 라쥐의 구역질 소리만이 정적을 깼다.

"아까 보니까 놈들은 식량과 침구를 들고 있었어."

헌터가 고개를 끄덕였다. 놈들의 목적은 명백했다. 그들은 섬에 상륙하려는 해적을 감시하고 본부에 경고하기 위해 카살라가 보낸 부대였다. 또한 수평선을 살피면서 카산드라 호의 접근을 감시하는 것도 그들의 임무였다. 그들이 소총 한 발만 쏘면 아래쪽 요새가 경계 태세에 돌입할 터였다. 또한 그들의 위치에서는 수마일 밖의 카산드라 호를 볼 수 있었다.

상송이 살짝 미소 지으며 말했다.

"내가 처리하지."

헌터가 대꾸했다.

"무어를 데려가."

두 남자는 스페인 병사들을 쫓아 언덕 위로 조용히 올라갔다. 헌터가 라쥐를 돌아보았다. 그녀는 창백한 표정으로 입을 닦고 있었다.

그녀가 말했다.

"갈 준비 됐어요."

헌터, 돈 디에고, 라쥐는 장비를 어깨에 짊어지고 다시 비탈을 따라 내려갔다.

이제 그들은 항구 쪽으로 뻗은 강을 따라갔다. 처음 봤을 때는 좁은 개울에 불과해서 한 걸음에 쉽사리 건널 수 있었다. 하지만 금세 넓어져 강이 되었고, 강둑을 따라 자란 밀림이 점점 깊고 울창해졌다.

오후 늦게 그들은 조직적인 순찰대와 처음으로 마주쳤다. 무장한 스페인 병사 여덟 명이 탄 롱보트가 조용히 상류로 올라가고 있었다. 언제든 싸울 준비가 되어 있는 진지하고 험악한 전투병들이었다. 밤이 되자 강가의 높다란 나무들이 청록색으로 바뀌었고, 수면이 검게 변한 강은 이따금 악어가 일으키는 잔물결 말고는 잔잔했다. 하지만 이제 사방에서 순찰대가 횃불을 들고 주기적으로 돌아다녔다. 다른 롱보트 세 척이 병사들을 싣고 상류로 올라오자, 그들의 횃불이 길게 늘어선 반짝이는 점들처럼 보였다.

상송이 중얼거렸다.

"카살라는 바보가 아냐. 우리가 올 걸 알고 있어."

이제 그들과 마탄세로스 요새의 거리는 겨우 몇백 야드였다. 높다란 석벽이 저 앞에 보였다. 요새의 안팎이 몹시 분주했다. 병사 스무 명으로 이루어진 무장 순찰대가 요새 둘레를 계속 돌았다.

헌터가 말했다.

"그자가 알건 모르건 우린 계획대로 해야 해. 오늘 밤 공격한다."

23

이발사이자 외과의사이며 항해사인 엔더스가 카산드라 호의 키를 잡고 서서 좌현으로 백 야드 떨어진 바턴스 케이의 암초에 부서지는 가벼운 은빛 파도를 지켜보았다. 전방에서는 시커먼 레레스 산이 수평선 위로 점점 솟아오르고 있었다.

선원 하나가 살며시 선미로 와서 말했다.

"모래시계가 뒤집혔습니다."

엔더스가 고개를 끄덕였다. 어제 해가 진 이후로 모래시계가 열다섯 번 뒤집혔다. 새벽 두 시가 가까워졌다는 뜻이었다. 동쪽에서 십 노트의 강한 바람이 불어오고 있었다. 배가 바람을 잘 타고 있어서 한 시간이면 그 섬에 도착할 터였다.

엔더스는 레레스 산의 윤곽을 훑어보았다. 마탄세로스의 항구는 보이지 않았다. 그 섬의 남쪽 곶을 돌아야만 요새가 보일 터였다. 그리고 그가 여전히 항구에 정박해 있길 바라는 보물선도.

그때쯤 헌터 일행이 마탄세로스의 포대를 처리하지 않았다면 카산드라 호는 대포의 사정권으로 들어서게 될 터였다.

엔더스는 카산드라 호의 갑판에 서 있는 선원들을 바라보았다. 아무도 말하지 않았다. 다들 눈앞에서 점점 커지는 섬을 묵묵히 지켜볼 뿐이었다. 다들 이번 일의 보상과 위험을 알고 있었다. 몇 시간 안에 이들 모두 상상을 초월하는 부자가 되거나 죽은 목숨이 될 터였다.

엔더스는 헌터 일행이 어떻게 되었는지, 그들이 어디 있는지 궁금했다. 그 생각을 이날 밤 벌써 백 번째 했다.

마탄세로스 요새의 석벽 그늘 속에서 상송이 스페인 금화를 깨물고 라쥐에게 건넸다. 라쥐도 금화를 깨문 다음 무어에게 주었다. 헌터는 이 말없는 의식을 지켜보았다. 사략선 선원들은 습격 전에 이렇게 하면 행운이 찾아온다고 믿었다. 마침내 금화가 헌터에게 도달했다. 그도 금화를 깨물었다. 금이 말랑한 느낌이었다. 이어서 모두가 지켜보는 가운데 헌터가 동전을 자신의 오른쪽 어깨 뒤로 던졌다.

이들 다섯 사람은 말없이 다른 방향으로 흩어졌다.

헌터와 돈 디에고는 갈고랑쇠와 밧줄을 어깨에 짊어진 채 요새 둘레를 따라 북쪽으로 기어가면서, 종종 순찰대가 나타나면 잠시 정지하고 그들이 지나가기를 기다렸다. 헌터가 마탄세로스 요새의 높다란 석벽을 올려다보았다. 석벽 위쪽은 반들반들했는데, 갈고랑쇠가 걸리지 않도록 모서리가 둥글게 만들어져 있었다. 하지만 스페인 놈들의 석공술은 그런 아이디어가 효과를 볼 만큼 뛰어나지 못했다. 헌터는 갈고랑쇠가 걸릴 거라고 확신했다.

바다에서 가장 먼 북쪽 벽에 도착한 그들은 잠시 기다렸다. 십 분 뒤, 고요한 밤공기 속에서 순찰대가 갑옷과 무기를 절그럭거리며 지나갔다. 헌터와 돈 디에고는 병사들이 시야에서 사라질 때까지 기다렸다.

이윽고 헌터가 앞으로 달려가 갈고랑쇠를 담장 너머로 던졌다. 갈고랑쇠가 석벽 안쪽에 떨어지자 쨍 하는 소리가 희미하게 들렸다. 그가 밧줄을 잡아당기자 갈고랑쇠가 다시 넘어와 땅바닥에 떨어졌다. 헌터는 욕을 하고 귀를 기울이면서 기다렸다.

아무 소리도 들리지 않았다. 갈고랑쇠 소리를 아무도 듣지 못한 듯했다. 헌터가 갈고랑쇠를 다시 던지고는, 담장 너머로 높이 날아가는 갈고랑쇠를 지켜보았다. 다시 잡아당겼다. 이번에는 되돌아온 갈고랑쇠를 피해야 했다.

세 번째로 던지자 이번에는 갈고랑쇠가 걸렸다. 하지만 거의 동시에 새로운 순찰대의 소리가 들렸다. 헌터는 잽싸게 벽을 기어오르면서 숨을 헐떡였다. 무장 병사들이 다가오는 소리에 마음이 급했다. 담장 꼭대기에 다다른 그는 반대쪽으로 내려서서 밧줄을 끌어올렸다. 돈 디에고는 이미 덤불 속으로 후퇴했다.

순찰대가 헌터 아래로 지나갔다.

그가 밧줄을 내려뜨리자 돈 디에고가 밧줄을 잡고 기어오르면서 스페인어로 웅얼웅얼 욕을 했다. 돈 디에고는 힘이 세지 않아서 올라오는 속도가 너무 느렸다. 하지만 마침내 그가 꼭대기에 다다르자 헌터가 그를 안전한 곳으로 끌어당겼다. 그리고 밧줄을 끌어올렸다. 두 남자는 차가운 돌바닥에 엎드린 채 주위를 둘러보았다.

마탄세로스는 어둠 속에서 고요했으며, 줄줄이 늘어선 막사 안에는 수백 명의 병사가 잠들어 있었다. 이렇게 많은 적과 가까이 있으니 묘한 스릴이 느껴졌다.

돈 디에고가 속삭였다.

"보초는 봤나?"

헌터가 대답했다.

"세 명밖에 못 봤습니다."

요새의 맞은편 석벽 위에 두 사람이 대포 옆에 서 있었다. 하지만 그들은 수평선에 배가 나타나는지 살펴보는 바다 감시병이었다.

돈 디에고가 고개를 끄덕였다.

"화약고에는 보초가 있을 거야."

"그렇겠죠."

두 남자는 라쥐가 화약고일 거라고 짐작한 목조 건물 근처에 있었다. 하지만 그들이 엎드린 곳에서는 그 건물의 문이 보이지 않았다.

돈 디에고가 말했다.

"저기부터 먼저 가야 해."

그들은 화약 없이 도화선만 갖고 왔다. 화약은 요새의 화약고에서 꺼내 쓸 생각이었다.

어둠 속에서 조용히 헌터가 땅으로 내려가자, 돈 디에고가 흐린 불빛 속에서 눈을 껌뻑이며 따라갔다. 그들은 빙 돌아서 화약고 입구로 갔다.

보초가 보이지 않았다.

돈 디에고가 소곤소곤 물었다.

"안에 있나?"

헌터가 어깨를 으쓱하고 문으로 다가가 잠시 귀를 기울인 다음, 장화를 벗고 살며시 문을 밀어서 열었다. 뒤를 돌아보니 돈 디에고도 장화를 벗기 시작했다. 곧이어 헌터가 안으로 들어갔다.

화약고의 내부는 사방이 동판으로 덮여 있고, 보호 덮개를 잘 씌워 놓은 양초 몇 자루가 따스하고 불그레한 빛을 방 안에 퍼뜨리고 있었다. 화약통이 줄줄이 늘어서 있고 화약 자루가 가득 쌓여 있는데도 묘하게 아늑했다. 모든 화약통과 화약 자루에는 빨간색으로 표시된 딱지가 붙어 있었다. 헌터는 동판이 깔린 바닥을 소리 없이 가로질렀다. 사람은 보이지 않는데 화약고 어디선가 코 고는 소리가 들렸다.

헌터는 그자를 찾으려고 화약통들 사이를 살금살금 돌아다녔다. 결국 화약통에 기대고 앉아 잠들어 있는 병사를 발견했다. 헌터가 그의 머리를 힘껏 후려쳤다. 병사는 콧소리를 내면서 쓰러져 뻗어 버렸다.

돈 디에고가 안으로 들어와 화약고를 둘러보고는 소곤거렸다.

"훌륭하군."

그들은 곧 작업에 착수했다.

요새가 고요히 잠들어 있는 반면, 갤리언의 선원들이 사는 초라한 판자촌은 시끌벅적했다. 상송과 무어, 라쥐는 살그머니 그 마을을 가로질렀다. 노란 랜턴 불빛 속에서 술을 마시고 노름을 하는 병사들이 창문을 통해 보였다. 술에 취한 한 병사가 비틀거리며 나오더니 상송과 부딪히자 사과를 하고는 나무 벽에다 토했다. 세 사람은 강가의 롱보트 선착장으로 계속 이동했다.

낮에는 선착장에 보초가 없었는데 지금은 병사 셋이 어둠 속에서 조용히 잡담을 나누며 술을 마시고 있었다. 선착장 끝에 앉아서 물속에 발을 담근 그들의 나직한 목소리가 계선주에 부딪쳐 찰랑거리는 물소리와 뒤섞여 들렸다. 그들은 상송 일행에게 등을 돌리고 있었지만, 선착장의 나무 널판들 때문에 조용히 다가가기는 불가능했다.

"이건 내가 할게요."

라쥐가 블라우스를 벗으며 말했다. 그녀는 허리 위로 알몸인 채 단검을 등 뒤로 숨기고 휘파람으로 명랑한 노래를 부르며 선착장으로 걸어갔다.

셋 중 한 병사가 고개를 돌리더니 랜턴을 쳐들고 물었다.

"케 파사 사?(거기 누구야?)"

그는 눈앞의 광경에 놀라서 눈이 휘둥그레졌다. 가슴을 드러낸 여자가 태연히 걸어오고 있었다. 그에게는 허깨비로 보였다.

"마드레 데 디오스.(주의 어머니시여.)"

병사가 중얼거리자 여자가 그를 보고 싱긋 웃었다. 그가 미소에 화답하려는 순간 단검이 그의 갈비뼈를 뚫고 심장에 꽂혔다.

나머지 병사들은 피투성이 단검을 든 여자를 멍하니 바라보았다. 너무 놀라서 반항조차 못 하고 그녀에게 죽임을 당했다. 그들의 피가 그녀의 맨가슴 위로 쏟아졌다.

상송과 무어가 달려와서 세 병사들의 시체를 내려다보았다. 라쥐는 자신의 튜닉을 다시 입었다. 상송은 보트로 올라가자마자 갤리언의 선미 쪽으로 몰기 시작했다. 무어는 나머지 보트들의 밧줄을 끊고 항구 쪽으로 밀어 물에 띄워 보냈다. 곧이어 무어와 라쥐가 보트에 올라타고 갤리언의 뱃머리로 향했다. 아무도 말하지 않았다.

라쥐는 튜닉을 더 꽉 당겼다. 옷에 스며든 병사들의 피 때문에 추웠다. 그녀가 롱보트에 서서 다가오는 갤리언을 바라보는 동안, 무어는 빠르고 힘차게 노를 저었다.

그 갤리언은 길이가 백사십 피트 정도인 큰 배였지만, 켜 놓은 횃불이 많지 않아서 윤곽이 뚜렷하지 않고 대부분 거무스레했다. 라쥐가 오른쪽을 보니, 상송이 갤리언의 선미 쪽으로 노를 저어 다가가고 있었다. 소란스러운 해변 판자촌의 불빛 때문에 상송의 윤곽만 보였다. 라쥐가 왼쪽으로 고개를 돌려 요새의 기다란 회색 담장을 바라보았다. 그녀는 헌터와 돈 디에고가 안으로 들어갔는지 궁금했다.

헌터가 지켜보는 가운데 유대인이 주머니쥐 창자에 화약을 조심스레 넣고 있었다. 도무지 끝날 것 같지가 않았다. 하지만 유대인은 서두르려는 기미가 없었다. 화약고 한가운데 주저앉아 열린 화약 자루를 옆에 끼고 나직이 흥얼거리며 일했다.

헌터가 물었다.

"얼마나 더 기다려야 합니까?"

"금방 끝나, 금방."

유대인은 더없이 느긋해 보였다. 그가 말했다.

"아주 멋질 거야. 기다려. 진짜 아름다울 테니까."

창자에 화약을 다 채우자, 그는 창자를 다양한 길이로 잘라서 자기 호주머니에 넣고 말했다.

"좋아. 이제 시작해도 돼."

잠시 후 두 남자가 어깨에 짊어진 묵직한 화약 자루들 때문에 구부정한 자세로 화약고에서 나왔다. 그들은 요새 연병장을 유령처럼 가로질러 대포들이 놓여 있는 두꺼운 석벽 아래 멈춰 섰다. 감시병 두 명은 여전히 거기 있었다.

돈 디에고가 화약을 갖고 기다리는 동안, 헌터가 석벽으로 올라가서 감시병들을 죽였다. 한 놈은 소리 없이 죽었고, 나머지 놈은 조용히 신음하면서 바닥으로 떨어졌다.

헌터가 나직이 소리쳤다.

"디에고!"

유대인이 석벽으로 올라와 대포들을 둘러보았다. 그러고는 꽂을대(총포에 화약을 재거나 총열 청소에 쓰는 쇠꼬챙이)로 포신 속을 쑤셔 보았다.

그가 소곤거렸다.

"이렇게 기쁠 수가! 놈들이 이미 화약 자루를 넣어 놨군. 특별한 잔치가 벌어지겠는걸. 자, 나 좀 도와줘."

유대인은 새로운 화약 자루를 대포 주둥이 속으로 밀어 넣고 말했다.

"이제 포탄을 넣어 주게."

헌터가 눈살을 찌푸렸다.

"하지만 놈들이 발포하기 전에 포탄을 넣을 텐데요."

"물론 그러겠지. 화약 두 자루와 포탄 두 발. 이 대포들은 놈들 눈앞에서 박살날 거야."

그들은 잽싸게 컬버린 대포들을 차례차례 손보았다. 유대인이 화약 자루를 쑤셔 넣으면 헌터가 포탄을 굴려 넣었다. 포탄이 대포 주둥이 속으로 굴러 들어갈 때 우르르 소리가 났지만 듣는 사람은 없었다.

일이 끝나자 유대인이 말했다.

"이제 난 할 일이 있네. 자네가 모든 대포에 모래를 넣어 주게나."

석벽에서 땅으로 내려온 헌터가 요새의 성긴 모래를 두 손으로 퍼서 대포마다 한 줌씩 부어 넣었다. 돈 디에고는 영리했다. 설령 운 좋게 대포가 발사된다 해도, 포신 속의 모래가 대포를 파괴할 터였다. 모래 때문에 내부가 심하게 깎인 대포는 다시는 정확한 포격을 할 수 없었다.

일을 마친 헌터는 돈 디에고가 포가 위에 웅크리고 포신 밑에 무언가를 설치하는 모습을 지켜보았다. 마침내 그가 일어서며 말했다.

"이게 마지막이야."

"뭘 하신 겁니까?"

"포신에 도화선을 대 놨지. 발포로 포신이 뜨거워지면 밑에 놓아 둔 화약 자루의 도화선에 불이 붙을 걸세."

그가 어둠 속에서 빙그레 웃었다.

"멋질 거야."

바람이 바뀌자 갤리언의 선미가 상송 쪽으로 돌아갔다. 그는 금빛 고물보 밑에 보트를 대고 함장실을 향해 후방 격벽을 올라가기 시작했다. 도중에 스페인어로 부르는 나직한 노랫소리가 들렸다. 음탕한 가사가 또렷이 들렸지만 어디서 흘러나오는지는 알 수 없었다. 모호하고 희미하게 허공에 떠다니는 노래 같았다.

상송은 함장실 포문을 통해 안으로 들어갔다. 비어 있었다. 밖으로 나가 포열 갑판을 지나서 계단을 따라 숙소 갑판으로 내려갔다. 한 사람도 보이지 않았다. 배의 움직임에 맞춰 살며시 흔들리는 해먹들도 비어 있었다. 해먹이 수십 개나 되는데 선원은 코빼기도 안 보였다.

상송은 이런 상황이 달갑지 않았다. 보초가 없는 배는 보물이 없는 배였다. 이제 그는 모두가 두려워했지만 아무도 말하지 않았던 것이 두려워졌다. 적들이 이미 이 배의 보물을 꺼내서 다른 곳, 즉 요새에 보관해 놓았을지도 모른다는 것 말이다. 정말 그렇다면 이번 계획은 모두 허사였다.

그래서 상송은 선원과 보초가 어느 정도 있기를 바랐다. 선미 취사실로 들어갔을 때는 희망이 생겼다. 그곳에 사람은 없었지만 최근에 요리한 흔적이 있었다. 커다란 솥에 담긴 송아지 스튜와 채소 약간, 나무 조리대 위에서 앞뒤로 흔들리는 레몬 조각이 보였다.

그는 취사실에서 나와 다시 전진했다. 멀리서 고함 소리가 들렸다. 라쥐와 무어가 다가오는 것을 보고 갑판 초병이 소리를 지른 것이었다.

라쥐와 무어는 갤리언 선체의 중앙 사다리 옆에 보트를 댔다. 갑판 초병이 밑으로 몸을 내밀고 손을 흔들며 소리쳤다.

"케스타 페르?(무슨 일이야?)"

라쥐가 나직한 목소리로 대답했다.

"럼주를 가져왔어. 함장님이 보내신 거야."

"함장님이?"

"오늘 생신이시거든."

"브라보, 브라보."

초병이 웃으면서 뒤로 물러서자 라쥐가 갑판으로 올라왔다. 그녀를 바라보던 초병은 튜닉과 머리에 묻은 피를 보고 순간 겁을 먹었다. 그때 단검이 허공을 가르면서 그의 가슴에 꽂혔다. 초병은 놀라서 칼자루를 잡았다. 말을 하려는 눈치였다. 하지만 곧 앞으로 고꾸라져 갑판에 쓰러졌다.

배에 오른 무어는 카드놀이를 하는 병사 네 명 쪽으로 살금살금 걸어갔다. 라쥐는 그가 무얼 하는지 보지 않고 밑으로 내려갔다. 앞쪽 선실에 병사 열 명이 자고 있었다. 라쥐는 조용히 문을 닫고 빗장을 걸었다.

옆 선실에서는 병사 다섯 명이 술을 마시면서 노래를 부르고 있었다. 라쥐가 선실 안을 훔쳐보니 다들 총을 지니고 있었다. 그녀의 권총은 혁대에 꽂혀 있었다. 불가피한 상황이 아니면 쏘지 않을 생각이었다. 그녀는 선실 밖에서 기다렸다.

잠시 후 무어가 라쥐 옆으로 다가왔다.

그녀가 방 안을 가리켰다. 그는 고개를 저었다. 그들은 계속 문 옆에 서 있었다.

얼마 후 병사 하나가 방광이 터지겠다면서 밖으로 나왔다. 선실에서 나오는 그의 머리를 무어가 고정 말뚝으로 내리쳤다. 병사가 선실에서 겨우 몇 발짝 떨어진 곳에 쓰러져 털썩 하고 갑판에 부딪쳤다.

안에 있던 나머지 병사들이 그 소리 쪽으로 고개를 돌렸다. 선실 안의 불빛 때문에 사내의 발이 보였다.

"후안, 왜 그래?"

쓰러진 사내는 움직이지 않았다.

"술을 너무 많이 마셨군."

누군가가 말하자, 그들은 다시 카드놀이에 열중했다. 하지만 이내 그들 중 한 놈이 후안을 걱정하면서 상태를 확인하러 나왔다. 라쥐가 그의 목을 베고 무어가 선실로 뛰어들어 고정 말뚝을 붕붕 휘둘렀다. 병사들은 소리도 내지 못하고 쓰러졌다.

갤리언의 선미 쪽에서는 취사실을 나온 상송이 앞으로 가다가 스페인 병사 한 명과 부딪혔다. 잔뜩 취한 그 사내는 한 손에 럼주 단지를 덜렁덜렁 든 채 어둠 속의 상송을 보고 웃어댔다.

병사가 스페인어로 말했다.

"자네 때문에 놀랐잖아. 아무도 없는 줄 알았는데."

그는 상송의 험상궂은 얼굴을 가까이서 보고도 상황을 알아차리지 못했다. 그가 잠시 어리둥절해하는 사이, 상송의 두 손이 그의 목을 졸랐다.

상송은 또 다른 층계를 따라 숙소 갑판 아래로 내려갔다. 선미 저장실로 가 보니 전부 단단히 잠긴 채 빗장이 걸려 있었다. 모든 자물쇠에 증인(證印)이 찍혀 있었다. 어둠 속에서 허리를 굽혀 살펴보았다. 틀림없이 노란 밀랍에 찍힌 리마 조폐창의 왕관과 닻 증인이 보였다. 그렇다면 이 배에 뉴스페인의 은이 있는 것이었다. 상송의 심장이 벌렁거렸다.

다시 갑판으로 올라온 그는 선미의 타륜 쪽으로 걸어갔다. 그때 희미한 노랫소리가 또 들렸다. 이번에도 역시 어디서 들리는지 알 수가 없었다. 그는 가만히 서서 귀를 기울였다. 갑자기 노래가 멈추더니 불안감이 서린 목소리가 들렸다.

"케 파사? 케 에스타 부?(무슨 일이야? 넌 뭐야?)"

상송이 고개를 들었다. 역시 그랬군! 중앙돛대의 망루에서 한 사내가 밑을 내려다보고 있었다. 그가 다시 물었다.

"케 에스타 부?(넌 뭐야?)"

상송은 자신이 그자에게 잘 보이지 않는다는 것을 알고 있었다. 그는 뒤로 물러나 그늘 속으로 들어갔다.

사내가 어리둥절한 표정으로 물었다.

"케?(뭐야?)"

어둠 속에서 상송이 석궁을 꺼내 시위를 당기고 화살을 잰 다음 눈높이로 쳐들었다. 스페인 사내가 신경질적으로 욕을 하면서 밧줄을 잡고 내려오는 모습이 보였다.

상송이 그에게 활을 쐈다.

화살에 맞은 사내는 그 충격으로 밧줄을 놓쳤다. 그의 몸뚱이가 어두운 공간을 가르며 십여 야드 날아가 바닷물에 빠지자 가볍게 첨벙 소리가 났다. 다른 소리는 들리지 않았다.

상송은 텅 빈 선미 갑판을 서성이다가 마침내 자기밖에 없다는 사실에 만족하고 두 손으로 타륜을 잡았다. 잠시 후 뱃머리 근처 갑판 위로 라쥐와 무어가 올라오는 모습이 보였다. 그들이 뒤를 보고 그에게 손을 흔들었다. 싱글거리고 있었다.

이 배는 그들의 것이었다.

헌터와 돈 디에고는 화약고로 돌아와 있었다. 지금은 화약통들 쪽으로 긴 도화선을 설치하는 중이었다. 포대에서 돌아올 때 머리 위의 하늘이 이미 창백한 파란색으로 밝아 오고 있었기에 서둘러야 했다.

돈 디에고가 화약통들을 몇 개씩 무리지어 화약고 안에 띄엄띄엄 배치하면서 나직이 말했다.

"이렇게 놔야 해. 안 그러면 한꺼번에 다 터질 테니까. 우린 그런 폭발을 원치 않아."

유대인이 화약통 두 개를 깨서 검은 화약 가루를 바닥에 뿌렸다. 마침내 만족한 그는 도화선에 불을 붙였다.

그 순간 바깥의 요새 연병장에서 고함이 들리더니 이어서 또 들렸다.

디에고가 물었다.

"왜 저러지?"

헌터가 눈살을 찌푸렸다.

"감시병들의 시신이 발견되었나 보군요."

잠시 후 연병장에서 고함 소리가 커지고, 뛰어다니는 발소리가 들렸다. 이제 같은 말 한마디가 계속 들려왔다.

"피라타! 피라타!(해적이다! 해적이다!)"

"우리 배가 항구 어귀로 들어온 겁니다."

헌터는 화약고 한쪽 구석에서 불통을 튀기며 타들어가는 도화선을 물끄러미 바라보았다.

디에고가 물었다.

"도화선의 불을 끌까?"

"아뇨. 그냥 두세요."

"여기서 나가야 해."

"몇 분 후면 요새 전체가 공황 상태에 빠질 겁니다. 그때 탈출하죠."

디에고가 중얼거렸다.

"그 몇 분이 길지 않아야 할 텐데."

연병장의 고함이 더 커졌다. 주둔군 전체가 쏟아져 나오자 정말로 수백 개의 발이 뛰어다니는 소리가 들렸다.

디에고가 불안한 목소리로 말했다.

"놈들이 화약고를 조사할 거야."

헌터가 고개를 끄덕였다.

"결국에는 그러겠죠."

바로 그때, 문이 활짝 열리면서 카살라가 한 손에 칼을 들고 화약고 안으로 들어왔다. 그가 헌터 일행을 보았다.

헌터가 벽을 따라 늘어선 무기 거치대에서 십여 개의 칼 중 하나를 빼들고 속삭였다.

"가세요, 디에고."

카살라의 칼날이 헌터의 칼날과 부딪치는 동안, 디에고는 문 밖으로 달아났다. 헌터와 카살라는 화약고 안을 빙빙 돌며 싸웠다.

헌터가 밀리고 있었다. 카살라가 웃으며 말했다.

"영국인 친구, 자네 몸뚱이를 토막 내서 내 개들한테 먹여 주지."

헌터는 대꾸하지 않았다. 칼의 무게가 낯설고 휘두르는 느낌도 달라서 칼의 균형을 잡으며 상대의 공격을 받아냈다.

카살라의 말이 이어졌다.

"그리고 내 애인이 드실 요리는 자네 불알이라네."

그들은 신중하게 화약고 안을 돌았다. 헌터는 불똥이 튀는 도화선을 들키지 않으려고 카살라를 화약고 밖으로 유인하고 있었다. 카살라는 그걸 눈치 채지 못했다.

"겁먹었나, 영국인 친구?"

헌터가 거의 문까지 물러났다. 카살라가 찌르기를 시도했다. 헌터가 공격을 받아넘기고 계속 물러났다. 카살라가 다시 찔렀다. 그 동작과 함께 그가 화약고 밖으로 나왔다.

"자넨 형편없는 겁쟁이야, 영국인 친구."

이제 두 사람 모두 연병장에 있었다. 헌터가 제대로 맞붙기 시작하자 카살라가 웃으며 즐거워했다. 한동안 그들은 말없이 싸웠고, 헌터는 계속 화약고에서 멀어졌다.

그들 주위에서는 병사들이 뛰어다니며 고래고래 소리쳤다. 그들 중 아무나 당장이라도 뒤에서 헌터를 죽일 수 있었다. 지극히 위험한 상황이었다. 문득 카살라가 헌터의 속셈을 눈치 챘다. 그가 칼싸움을 멈추고 뒤로 물러나더니 화약고를 바라보았다.

"이 썩어 문드러질 영국 돼지 자식……."

카살라가 화약고 쪽으로 달려가자, 때마침 첫 번째 화약통이 터지면서 하얀 연기와 열기가 화약고를 삼켜 버렸다.

좁은 항구 어귀로 들어오고 있던 카산드라 호의 선원들이 화약고의 폭발을 보고 환호성을 질렀다. 하지만 키를 잡은 엔더스는 눈살을 찌푸렸다. 마탄세로스의 포대가 여전히 멀쩡했기 때문이다. 석벽의 포구 밖으로 튀어나온 긴 대포들이 보였다. 화약고에서 시뻘건 불길이 치솟는 가운데, 포격을 준비하는 포대원들의 모습도 또렷이 보였다.

"주여, 굽어 살피소서."

엔더스가 중얼거렸다. 이제 카산드라 호는 해안 포대 바로 앞에 있었다. 엔더스가 소리쳤다.

"모두 조심해! 오늘 스페인 놈들의 포탄을 먹게 생겼다!"

갤리언의 앞갑판에 있던 라쥐와 무어도 폭발을 보았다. 그리고 항구 어귀로 들어와 요새 앞을 지나가는 카산드라 호의 모습도 보았다.

라쥐가 중얼거렸다.

"맙소사. 선장과 유대인이 대포를 처리하지 못했어. 대포를 처리하지 못한 거야."

디에고는 요새 밖으로 나와 물가로 달려가고 있었다. 화약고가 무시무시한 굉음과 함께 폭발할 때도 멈추지 않았다. 헌터가 여전히 요새 안에 있는지 궁금해하지도 않았다. 아무것도 생각하지 않았다. 숨이 차서 가슴이 아팠지만, 고래고래 소리 지르며 물가로 달려갔다.

헌터는 요새 안에 갇혀 있었다. 밖에 있던 스페인 순찰대들이 서쪽 문으로 쏟아져 들어와서 그리로는 탈출할 수 없었다. 카살라의 모습은 어디에도 보이지 않았다. 헌터는 화약고 동쪽에 있는 낮은 석조 건물을 향해 달려갔다. 지붕으로 올라가서 담장 너머로 뛰어내릴 생각이었다.

그곳에 도착하자 병사 넷이 그에게 달려들었다. 그들의 칼에 건물 문 쪽으로 밀린 헌터는 잽싸게 안으로 들어가 문을 잠갔다. 묵직한 원목 문이었다. 병사들이 몸으로 부딪쳤지만 소용없었다.

헌터는 돌아서서 방 안을 둘러보았다. 물품이 풍족하게 갖춰져 있는 카살라의 숙소였다. 머리가 까만 여자가 침대에 누워 있었다. 그녀는 겁먹은 표정으로 헌터를 보면서 이불을 턱까지 끌어당겼다. 헌터가 방을 가로질러 뒤 창문으로 달려갔다. 그가 창문 밖으로 반쯤 나갔을 때, 영어로 말하는 여자의 목소리가 들렸다.

"당신은 누구죠?"

헌터가 놀라서 멈칫했다. 그녀의 억양은 또렷하고 귀족적이었다.

"그러는 당신은 대체 누굽니까?"

여자가 대답했다.

"저는 새러 앨먼트예요. 얼마 전에 영국에서 왔어요. 지금 이곳에 포로로 잡혀 있죠."

헌터의 입이 딱 벌어졌다. 이윽고 그가 말했다.

"자, 옷을 입어요."

그 순간 다른 창문의 유리가 박살나면서 카살라가 칼을 들고 방바닥에 내려섰다. 화약고 폭발 때문에 온통 시커멓고 잿빛이었다. 여자가 비명을 질렀다.

"어서 옷 입어요."

헌터가 말했다. 그의 칼과 카살라의 칼이 부딪쳤다. 그 사이 여자는 고급스러워 보이는 하얀색 드레스를 황급히 입었다.

카살라는 숨을 헐떡이며 싸웠다. 그에게서 필사적인 분노와 더불어 또 다른 무언가가 느껴졌다. 두려움일 수도 있었다.

"어이, 영국인 친구."

카살라가 다시 약을 올리려고 입을 열었다. 그때 헌터가 카살라를 향해 칼을 던졌다. 그 칼은 카살라의 목을 꿰뚫었다. 그가 캑캑거리면서 뒤로 물러나더니 자신의 화려한 책상 옆의 의자에 주저앉았다. 그는 앞으로 몸을 숙이고 칼날을 잡아당겼다. 마치 책상 위의 해도를 살펴보는 듯한 자세였다. 피가 해도 위로 뚝뚝 떨어졌다. 카살라가 꺽꺽 소리를 냈다. 결국 털썩 쓰러졌다.

여자가 말했다.

"어서 가요."

헌터는 여자를 창문 밖으로 내보냈다. 카살라의 시체는 돌아보지 않았다.

그는 여자와 함께 북쪽 석벽 위에 섰다. 삼십 피트 아래의 딱딱한 땅에는 관목 덤불이 조금 자라 있었다. 새러 앨먼트가 그를 붙잡고 말했다.

"너무 높아요."

"선택의 여지가 없습니다."

그는 여자를 밀었다. 그녀가 비명을 지르며 떨어졌다. 헌터가 뒤를 돌아보니 항구 어귀로 들어온 카산드라 호가 요새 포대 앞을 지나고 있었다. 포대원들은 발사 준비를 마쳤다. 헌터가 땅으로 뛰어내렸다. 여자는 발목을 잡고 여전히 누워 있었다.

"다쳤습니까?"

"별것 아닐 거예요."

헌터가 그녀를 일으켜 세우고 그녀의 팔을 자기 어깨에 둘렀다. 그러고는 그녀를 부축하면서 물가로 달려갔다. 그때 카산드라 호를 노리는 첫 포성이 들렸다.

마탄세로스의 대포들은 일 초 간격으로 연이어 발사되었다. 그리고 일 초 간격으로 터지면서 뜨거운 화약과 청동 파편을 날렸다. 그러자 겁먹은 포대원들이 밑으로 뛰어내렸다. 대포들은 차례차례 뒤로 반동하고 멈춰 섰다.

서서히 일어난 포대원들이 놀란 표정으로 대포에 다가갔다. 그들은 날아간 점화구를 살펴보면서 자기들끼리 왁자지껄 떠들었다.

그때 포가 밑의 화약이 차례차례 터지자, 나뭇조각이 날아가고 대포들이 바닥에 주저앉았다. 마지막 대포는 아예 석벽 위에서 데굴데굴 굴렀다. 그 바람에 겁먹은 포대원들이 후닥닥 옆으로 피했다.

해안에서 오백 야드도 떨어지지 않은 곳에 있던 카산드라 호는 아무런 공격도 받지 않고 항구로 들어섰다.

돈 디에고가 물가를 서성이며 목청이 터져라 소리치자, 카산드라 호가 그쪽으로 방향을 틀었다. 돈 디에고는 아무도 자기를 보거나 목소리를 듣지 못하면 어쩌나 걱정하며 한순간 두려움에 떨었다. 이윽고 카산드라 호의 뱃머리가 좌현으로 돌더니 억센 손들이 뱃전 너머로 나와 그를 끌어올렸다. 돈 디에고는 물을 뚝뚝 흘리며 갑판에 내려섰다. 선원들이 그의 손에 킬-데빌 술병을 쥐어 주고 그의 등을 두드리면서 웃음을 터뜨렸다.

디에고가 배를 둘러보며 물었다.

"헌터는 어디 있지?"

새벽빛이 번지는 가운데, 헌터와 여자는 마탄세로스 동쪽 곶 해안으로 달려가고 있었다. 지금 그는 요새 석벽 바로 아래 있었다. 그의 위에서는 몇몇 대포들이 이상하고 불규칙한 각도로 쓰러져 있었다.

헌터와 여자는 물가에 멈춰 서서 숨을 헐떡였다.

헌터가 물었다.

"헤엄칠 줄 압니까?"

여자는 고개를 저었다.

"전혀?"

"네. 정말이에요."

헌터는 갤리언 쪽으로 다가가는 카산드라 호의 선미를 바라보았다. 그가 말했다.

"갑시다."

그들은 항구 쪽으로 달려갔다.

항해사 엔더스는 노련한 솜씨로 카산드라 호를 갤리언 옆에 댔다. 그러자 곧 대부분의 선원들이 더 큰 배로 뛰어넘어갔다. 엔더스도 갤리언에 승선했다. 거기서 난간에 서 있는 라쥐와 무어를 보았다. 상송은 타륜을 잡고 있었다.

"어서 오십시오, 나리."

상송이 허리 굽혀 인사하고 엔더스에게 타륜을 넘겼다.

"원한다면 기꺼이 맡아 주지."

엔더스가 말했다. 그러고는 곧바로 위를 올려다보았다. 선원들이 밧줄을 따라 올라가고 있었다.

"앞가운데돛(앞돛대의 밑에서 두 번째 돛대에 걸리는 돛) 올려! 삼각돛도 빨리 펴!"

이윽고 돛들이 펼쳐졌다. 그러자 큰 배가 움직이기 시작했다.

그들 옆에서 카산드라 호에 남은 몇몇 선원들이 슬루프의 뱃머리를 갤리언의 선미에 밧줄로 연결했다. 곧이어 카산드라 호가 빙그르르 돌면서 돛을 퍼덕였다.

엔더스는 그 작은 배를 신경 쓰지 않았다. 그의 관심은 갤리언에 쏠려 있었다.

배가 움직이기 시작하자 선원들이 양묘기(揚錨機)로 닻을 끌어올렸다. 엔더스가 고개를 저으며 투덜거렸다.

"물 젖은 솜이 따로 없군. 암소처럼 느려 터졌어."

상송이 말했다.

"그래도 가긴 가잖아."

"물에 떴으니 가기야 가지."

갤리언은 항구 어귀를 향해 동쪽으로 나아갔다. 엔더스는 헌터를 찾으려고 해변 쪽을 바라보았다.

라쥐가 소리쳤다.

"저기 있다!"

정말로 헌터가 어떤 여자와 함께 해변에 서 있었다.

라쥐가 엔더스에게 물었다.

"배를 세울 수 있어요?"

엔더스는 고개를 저으며 대답했다.

"그랬다가 재수 없으면 바람에 밀려 좌초돼. 밧줄을 던져."

무어가 이미 밧줄을 던졌다. 밧줄은 해변에 떨어졌다. 헌터가 여자와 함께 밧줄을 잡자, 곧바로 땅에서 발이 떨어지고 바다로 끌려 들어갔다.

엔더스가 싱글거리며 말했다.

"익사하기 전에 빨리 끌어올리는 게 좋을 거야."

거의 익사할 뻔했던 여자는 그 후로 몇 시간 동안 기침을 했다. 하지만 보물선의 선장이 되어 카산드라 호와 함께 드넓은 바다로 나가게 된 헌터는 신이 났다.

오전 여덟 시 무렵, 폐허가 된 마탄세로스의 연기가 선미 뒤로 아득히 멀어졌다. 헌터는 진탕 술을 마시면서 드레이크가 파나마를 공격한 이래 가장 어처구니없는 사략선 원정을 성공적으로 이끌었다는 자부심에 흠뻑 취했다.

24

여전히 스페인의 바다에 있던 그들은 펼 수 있는 돛은 모조리 펴고 빠르게 남쪽으로 이동했다. 그들이 나포해 온 갤리언은 본래 천 명은 수용할 수 있고, 선원을 이백 명가량 태울 수 있었다.

헌터에게는 포로까지 합쳐서 칠십 명밖에 없었다. 더구나 스페인 포로들은 대부분 육군 보병이고 선원은 거의 없었다. 믿을 수 없을뿐더러 항해에도 서툰 자들이었다. 결국 돛과 밧줄 다루는 일은 순전히 헌터의 선원들 몫이었다.

헌터는 어눌한 스페인어로 포로들을 심문했다. 정오 무렵에는 지금 지휘하는 배에 관해 많은 것을 알아냈다. 이 배는 나오 누에스타 세뇨라 데 로스 레베스, 산 페르난도 이 산 프란시스코 데 파울라 호이고, 선장은 호세 델 빌라르 데 안드라데, 선주는 마르케스 데 카나다이며, 제노바에서 건조된 구백 톤급 선박이었다. 스페인 갤리언들이 다 그렇듯 장황한 이름을 가진 이 배의 별명은 엘 트리니다드였다. 왜 그런 별명이 붙었는지는 불분명했다.

원래 엘 트리니다드 호는 대포 오십 기를 탑재하도록 설계되었지만, 지난 팔 월에 아바나에서 공식 출항한 이후 쿠바 연안을 따라 기항하면서 화물을 더 싣기 위해 상당수의 대포를 뭍에 내려놓고 왔다. 현재는 십이 파운드 포 서른두 기만 실려 있었다. 배 안을 샅샅이 조사한 엔더스는 이 배가 항해는 가능하지만 너무 더럽다고 보고했다. 그래서 지금 일부 포로

들이 선창에서 쓰레기를 치우고 있었다.

엔더스가 말했다.

"누수도 있습니다."

"심한가?"

"아뇨. 하지만 오래된 배라서 지켜봐야 합니다. 관리를 제대로 하지 않았더군요."

엔더스가 눈살을 찌푸렸다. 겉만 번드르르하고 속은 부실하게 배를 운용하는 스페인의 오랜 관습을 비난하는 눈치였다.

"움직임은 어떤가?"

"새끼 밴 암퇘지 같습니다. 하지만 날씨가 좋고 말썽만 없다면 괜찮을 겁니다. 문제는 일손이 부족하다는 점입니다."

헌터가 고개를 끄덕였다. 그는 갑판을 거닐면서 돛을 쳐다보았다. 엘 트리니다드 호는 최대 열네 개의 돛을 달 수 있었다. 그리고 감겨 있는 가운데돛 펴기처럼 아주 간단한 일에도 힘센 선원 십여 명이 필요했다.

엔더스가 고개를 저으며 말했다.

"만약 바다가 험해지면 앙상한 돛대만으로 달려야 할 겁니다."

그의 말이 옳았다. 이 상태로 폭풍을 만나면 돛을 모두 접고 바람과 파도에 배를 맡기는 수밖에 없었다. 물론 이렇게 큰 배에는 위험한 방법이었다.

하지만 더 걱정스러운 것은 언제 어디서 닥칠지 모를 적의 공격이었다. 공격받는 배는 기동성이 필요했다. 헌터에게는 엘 트리니다드 호를 솜씨 좋게 다룰 선원이 부족했다.

그리고 대포도 문제였다.

이 배에 실려 있는 십이 파운드 포는 최근에 생산된 것으로, 모두 관리 상태가 좋았다. 그 대포 서른두 기의 화력이면 가공할 정도까진 아니어도 단단한 방어가 가능했다. 이는 3급 전열함에 버금가는 화력이며, 상대가 초대형 전함만 아니라면 어디서나 자기 방어가 가능한 수준이었다. 물론 헌터에게 대포를 다룰 선원이 있을 경우의 이야기였다. 현재는 그럴 여력이 없었다.

전투 시에 일 분마다 한 번씩 순조롭게 대포를 장전하고, 포문 밖으로 밀고, 조준하고, 발사하려면 포격 지휘관을 제외해도 열다섯 명의 포대원이 필요했다. 전투 중에 당하는 부상이나 뜨거운 2.5톤짜리 청동을 밀다 보면 금세 지치게 마련이니 그것까지 감안하면 대개 열일곱 명에서 스무 명이 적당했다. 한 번에 전체 대포의 절반만 발포한다 해도 포대원만 이백칠십 명 이상이 필요했다. 하지만 지금은 남는 인원이 한 명도 없었다. 이미 돛을 다루는 선원도 모자라는 형편이었다.

헌터가 직면한 현실을 정리하자면 이렇다. 그에게는 해상 교전에 필요한 인원의 십분의 일밖에 없고, 거대한 폭풍에서 살아남기 위해 필요한 인원의 삼분의 일밖에 없었다. 이것이 뜻하는 바는 명백했다. 교전을 회피하고, 폭풍과 맞닥뜨리기 전에 은신처를 찾아야 한다는 것.

엔더스가 그런 근심을 말로 드러냈다.

"돛을 전부 펼 수만 있어도 좋겠습니다."

그러고는 위를 올려다보았다. 지금 엘 트리니다드 호는 뒷돛(맨 뒤에 있는 돛대의 맨 아래 달린 돛)이나 사장돛(뱃머리 앞쪽으로 비스듬히 뻗은 돛대에 달리는 돛), 꼭대기돛도 없이 달리고 있었다.

헌터가 물었다.

"지금 속도는 얼마지?"

"간신히 팔 노트입니다. 그 두 배는 빨라져야 해요."

헌터가 말했다.

"적함을 따돌리기는 쉽지 않겠군."

엔더스가 대꾸했다.

"폭풍을 피하기도 어렵죠. 혹시 저 슬루프를 버리면 어떨까요?"

그 생각은 헌터도 이미 했다. 하지만 카산드라 호에 타고 있는 선원 열 명이 이 배에 큰 도움을 줄 수는 없었다. 그래 봐야 엘 트리니다드 호에 선원이 부족하기는 마찬가지였다. 더구나 그 슬루프는 소중한 배였다. 헌터가 자기 배를 갖고 있으면 이 스페인 갤리언을 경매에 부쳐 포트 로열의 상인이나 선장에게 팔아 꽤 큰돈을 만질 수 있었다.

마침내 헌터가 말했다.

"아니. 내 배는 버리기 싫어."

엔더스가 대꾸했다.

"그렇다면 이 암퇘지를 가볍게 하는 수밖에 없군요. 여긴 짐이 너무 많습니다. 지금 우리에게 청동 덩어리나 롱보트는 필요 없죠."

헌터가 말했다.

"그건 그래. 하지만 무방비가 되기는 싫은데."

"어차피 지금도 무방비입니다."

"알아. 하지만 당분간은 운에 맡겨 보세나. 우리가 안전하게 돌아갈 거라는 주님의 섭리를 믿어 보자고. 더구나 일단 남쪽 바다에만 나가면 행운은 우리 편이야."

헌터는 소(小)앤틸리스 제도를 따라 내려간 다음 서쪽으로 베네수엘라와 산토도밍고 사이의 광대한 카리브 해로 들어갈 생각이었다. 그렇게 드넓은 바다에서는 스페인 전함과 맞닥뜨릴 가능성이 낮았다.

엔더스가 침울하게 말했다.

"저는 주님의 섭리 따위는 믿지 않습니다만, 지금은 다른 도리가 없네요."

새러 앨먼트는 선미 선실에 있었다. 헌터가 들렀을 때 그녀는 라쥐와 함께 있었다. 라쥐가 순진한 표정으로 정성스레 그녀의 머리를 빗겨 주고 있었다.

헌터가 라쥐에게 잠시 자리를 비켜 달라고 부탁하자 라쥐가 밖으로 나갔다.

문이 닫히자 새러가 투덜거렸다.

"한참 즐거웠는데 너무해요!"

"라쥐가 당신한테 흑심을 품고 있나 보군요."

새러가 대꾸했다.

"아주 친절한 분 같던데요. 손길이 어쩜 그리 섬세하던지."

헌터는 선실 의자에 앉으며 말했다.

"눈에 보이는 것이 항상 진실은 아니죠."

그녀가 대꾸했다.

"맞아요. 저도 오래전에 그걸 깨달았답니다. 저는 찰스 국왕 폐하가 싸움꾼으로 높이 평가하는 티모시 워너 선장이 지휘하는 상선 인트레퍼드호에 타고 있었어요. 그런 워너 선장이 스페인 전함을 만나자 저보다 더 심하게 무릎을 떨지 뭐예요. 제가 얼마나 놀랐을지 상상이 가시죠? 그자는 한마디로 겁쟁이였어요."

"그 배는 어찌 됐습니까?"

"파괴되었어요."

"카살라가 그랬습니까?"

"네, 그자였어요. 저는 전리품 신세가 되었죠. 그 배와 선원들은 스페인 전함의 포격을 받고 침몰했어요."

"모두 죽었습니까?"

헌터의 눈이 휘둥그레졌다. 썩 놀라지는 않았지만, 이 사건은 제임스 경이 마탄세로스 습격을 정당화하기 위해 간절히 바랄 적의 도발이었기 때문이다.

새러가 대답했다.

"직접 보진 못했어요. 하지만 아마 그랬을 거예요. 저는 선실에 갇혀 있었어요. 얼마 후 카살라는 영국 상선을 또 한 척 나포했어요. 그들이 어떻게 되었는지는 저도 몰라요."

헌터는 살짝 고개 숙여 인사하며 말했다.

"아마 잘 탈출했을 겁니다."

"그랬겠죠."

그녀는 헌터의 말뜻을 이해하지 못한 눈치였다.

"이제 어쩔 셈이죠? 보아하니 부랑자들 같은데, 날 어쩔 건가요? 아무래도 내가 해적 무리에게 잡혔나 보네요."

"저는 자유민인 사략선 선장 찰스 헌터입니다. 저희는 포트 로열로 가는 중입니다."

그녀가 한숨을 쉬었다.

"이곳 신세계는 너무 지긋지긋해요. 믿을 만한 사람도 없어요. 제가 당신을 의심했다면 용서하세요."

"별 말씀을 다 하십니다."

헌터는 자신이 목숨을 구해 준 이 신경질적인 여자에게 짜증이 났다. 그의 말이 이어졌다.

"발목은 좀 어떠신지 여쭈러 왔을 뿐입니다."

"많이 좋아졌어요. 고마워요."

"그리고…… 다른 데는 괜찮으신지 궁금해서……."

그녀의 눈빛이 번뜩였다.

"아, 그러세요? 혹시 그 스페인 놈이 나한테 손을 댔다면 당신도 마음

편히 따라 하려고 온 건 설마 아니겠죠?"

"마담(일반적으로 여성에게 쓰는 경칭), 어떻게 그런……."

"한 가지는 분명히 말할 수 있어요. 그 스페인 놈이 나한테 이미 없는 것을 가져가지는 않았다는 사실 말이에요."

그녀는 씁쓸하게 웃고 말을 이었다.

"하지만 자기 방식대로 날 가지더군요."

갑자기 새러가 돌아앉았다. 그녀는 이 배에서 찾아낸 스페인 풍의 드레스를 입고 있었는데, 목덜미 아래로 깊이 파인 옷이었다. 등에 흉측한 채찍 자국이 잇따라 나 있었다.

그녀가 다시 돌아앉아 헌터를 바라보며 말했다.

"이제 당신도 이해할 거예요. 어쩌면 여전히 모를 수도 있겠군요. 채찍 자국 말고도 내가 신세계에서 스페인 왕실과 우연히 만난 일의 기념물은 많아요."

그녀는 드레스 옷깃을 살짝 내려 한쪽 가슴에 찍힌 빨갛고 둥근 표시를 드러냈다. 그 동작이 너무 빠르고 거리낌 없어서 헌터는 흠칫 놀랐다. 그는 왕실에서 온 명문가의 여자가 시정잡배처럼 구는 것에 도무지 적응할 수가 없었다. 대체 요즘 영국이 어떻게 된 거지?

새러가 그 자국을 만지며 말했다.

"지진 자국이에요. 여기 말고도 또 있어요. 이대로 흉터가 되겠죠. 아마 내 남편이 될 남자는 내 과거의 진실을 금세 알아챌 거예요."

그녀는 도전적으로 헌터를 노려보았다.

"마담, 제가 당신을 대신해 그 악당을 처단하게 돼서 기쁩니다."

"남자는 다 똑같아!"

갑자기 새러가 울기 시작했다. 그녀가 흐느끼는 동안 헌터는 어찌할 바를 몰라 일어섰다.

"마담……."

그녀가 훌쩍훌쩍 울면서 말했다.

"난 내 가슴이 가장 자랑스러웠어요. 런던의 모든 규수들이 날 부러워했다고요. 무슨 말인지 모르겠어요?"

"마담, 제발……."

헌터는 손수건을 꺼내려고 주머니를 뒤적였지만 한 장도 없었다. 습격 때 입었던 너덜너덜한 옷을 여전히 입고 있었다. 선실을 둘러보던 그는 테이블 냅킨 한 장을 발견하고 새러에게 건넸다.

그녀는 요란하게 코를 푼 다음 여전히 흐느끼면서 말했다.

"난 죄인처럼 낙인이 찍혔어요. 이제는 런던의 최신 유행 드레스를 영영 입지 못할 거예요. 난 끝났어요."

헌터는 그녀를 이해할 수가 없었다. 지금 그녀는 살아 있고, 안전하고, 숙부에게 돌아가는 중이었다. 대체 왜 우는 거지? 지난 여러 날에 비하면 지금은 훨씬 좋은 상황이었다. 그녀가 고마움을 모르는 이상한 여자라는 생각이 들자, 헌터는 그냥 술병을 들고 술잔에 와인을 따라 그녀에게 건넸다.

"마담, 이런 식으로 자신을 괴롭히지 마십시오."

그녀가 술을 받아 들더니 한 번에 길게 마셔 버렸다. 그러고는 훌쩍이면서 한숨을 쉬었다.

헌터가 한마디 덧붙였다.

"더구나 유행은 변하기 마련입니다."

그 말에 새러가 다시 눈물을 쏟으면서 흐느꼈다.

"남자들, 남자들, 남자들. 이게 다 내가 숙부를 만나러 왔기 때문이야. 가엾은 내 팔자!"

문에서 노크 소리가 들리더니 선원 하나가 고개를 들이밀었다.

"죄송합니다, 선장님. 엔더스 씨가 삼십 분 안에 육지에 도착하면 거기서 저장실의 상자들을 열겠다고 합니다."

"곧 갑판으로 올라가겠네."

헌터가 선실에서 나왔다. 새러는 다시 울음을 터뜨렸다. 헌터는 그녀의 흐느낌을 들으면서 선실 문을 닫았다.

25

그날 저녁 콘스탄티나 베이에 배를 정박하고, 관목이 우거진 어느 작은 섬의 그늘 속에서 선원들이 뽑은 대표 여섯 명과 헌터, 상송이 함께 전리품을 세기 시작했다. 아주 심각하고도 엄숙한 일이었다. 나머지 선원들이 스페인 럼주를 마시며 법석을 떠는 동안에도, 이들 여덟 사람은 계산이 끝날 때까지 말짱한 채로 있었다.

배에는 저장실이 두 곳 있었다. 첫 번째 저장실을 열자 상자 다섯 개가 나왔다. 첫 번째 상자에는 진주가 들어 있었는데, 비록 품질은 고르지 않았지만 아주 값비싼 보물이었다. 두 번째 상자에서 나온 포르투갈 금화는 랜턴 불빛을 받아 뿌옇게 번쩍거렸다. 스페인 선박 백 척 중에 한 척만 금을 싣고 다닐 만큼 금이 귀하던 시절이라 다들 신이 났다. 남은 세 상자에는 멕시코에서 가져온 은괴가 가득 들어 있었다. 헌터는 다섯 상자의 총 값어치가 순은 만 파운드 이상이라고 추정했다.

그들은 몹시 흥분한 상태에서 두 번째 보물 창고를 열었다. 거기서 상자 열 개가 나오자 흥분이 하늘을 찔렀다. 하지만 첫 번째 상자를 열자 사정이 달라졌다. 그 안에는 페루의 왕관과 닻 증인이 찍힌 번쩍이는 은괴가 들어 있었는데, 은괴의 표면이 고르지 않고 색깔도 일정하지 않았다.

상송이 투덜거렸다.

"이거 생김새가 마음에 안 드는걸."

나머지 상자들도 황급히 열었다. 모두 마찬가지로 얼룩덜룩한 은괴가 들어 있었다.

헌터가 말했다.

"유대인을 불러와."

잠시 후 선실의 어둑한 불빛 속에서 돈 디에고가 스페인 킬-데빌 때문에 딸꾹질을 하면서 은괴를 살펴보고 눈살을 찌푸렸다. 그러고는 느릿느릿 말했다.

"느낌이 안 좋아."

그는 저울과 물통을 가져오라고 했다. 그리고 첫 번째 보물 창고에서 은괴도 하나 가져오라고 했다.

필요한 물건이 전부 모이자, 전리품을 세는 사내들이 지켜보는 가운데 유대인이 멕시코 은괴를 저울의 한쪽에 놓고 나머지 한쪽에는 다양한 페루 은괴를 올려 보았다. 마침내 정확히 균형을 이루는 은괴를 찾아냈다.

"이거면 되겠어."

그는 똑같은 무게의 은괴들을 한쪽으로 치워 놓았다. 그런 다음 물통을 앞에 놓고 멕시코 은괴를 먼저 넣었다. 물통 안의 수위가 올라갔다. 유대인은 단검으로 나무에 금을 그어 새로운 수위를 표시했다.

이번에는 멕시코 은괴를 꺼내고 페루 은괴를 물통에 떨어뜨렸다. 방금 표시한 금보다 수위가 더 높았다.

"이게 무슨 뜻입니까, 돈 디에고? 은이 맞나요?"

그가 대답했다.

"일부는 은이지. 하지만 전부는 아니야. 불순물이 섞여 있어. 은보다 무겁지만 색깔은 같은 금속 말이야."

"납인가요?"

"그럴 수도 있지. 하지만 납은 표면이 칙칙한데 이건 그렇지 않아. 아마 이 은괴에는 플라티나가 섞여 있을 거야."

그 말에 다들 신음 소리를 냈다. 백금은 쓸모없는 금속이었다.

"플라티나가 얼마나 들어 있죠?"

"모르지. 정확히 알려면 더 정교한 장비가 필요해. 아마 절반은 백금일 거야."

상송이 툴툴댔다.

"우라질 스페인 놈들. 인디언을 속이는 것도 모자라서 자기들끼리 속이는군. 펠리페도 불쌍한 왕이야. 이렇게 노골적으로 사기당하다니."

헌터가 대꾸했다.

"모든 왕이 다 그래. 원래 왕이 되면 속게 마련이야. 하지만 그래도 이 은괴들은 굉장해. 적게 잡아도 만 파운드니까. 우린 엄청난 보물을 획득했어."

상송이 말했다.

"그건 그래. 하지만 다 진짜였으면 얼마나 좋았을지 생각해 봐."

셈에 넣어야 할 보물은 은괴만이 아니었다. 이 배의 선창에는 온갖 가정용품, 천, 로그우드, 담배, 칠리나 정향 같은 향료가 들어 있었다. 그것들은 전부 포트 로열의 부두에서 경매에 부칠 수 있고, 다 합치면 상당한 액수가 될 터였다. 아마 이천 파운드는 될 것이다.

전리품 확인 작업은 밤까지 줄기차게 이어졌고, 일이 끝나자 그들도 선원들과 어울려 술을 마시면서 노래를 부르고 떠들었다. 헌터와 상송은 선원들과 어울리지 않았다. 대신 선장실에서 단둘이 만났다.

상송이 곧장 요점부터 말했다.

"그 여자는 어때?"

헌터가 대답했다.

"신경질쟁이야. 펑펑 울더군."

"다친 데는 없지?"

"살아 있어."

"그 여자를 왕의 십일조나 총독의 십일조에 포함시켜 계산해야 해."

"총독이 용납하지 않을 거야."

"자네라면 설득할 수 있어."

"어려울걸."

"자넨 그의 하나뿐인 조카를 구했어."

"총독은 공과 사가 분명해. 그에게 돈보다 중요한 건 없어."

"난 자네가 선원 모두를 대신해서 설득해야 한다고 생각해. 그자에게 올바른 사고방식을 알려 주는 거야."

헌터는 어깨를 으쓱했다. 사실 그는 이미 그 생각을 했고, 총독 앞에서 그렇게 요구할 작정이었다.

하지만 상송에게는 아무 약속도 하고 싶지 않았다.

프랑스 사내가 술을 따르면서 진심 어린 표정으로 말했다.

"우린 굉장한 일을 해냈어, 친구. 어떻게 돌아갈 계획인가?"

헌터는 자신의 의도를 대강 설명해 주었다. 남쪽으로 내려간 다음 서쪽의 넓은 바다를 지나 포트 로열로 북상할 거라고.

상송이 말했다.

"보물을 두 배에 나눠 싣고 갈라져서 서로 다른 길로 귀환하는 편이 더 안전할 것 같지 않나?"

"함께 다니는 게 나아. 두 배가 뭉쳐 있으면 멀리서 볼 때 함부로 달려들기 어려워. 하지만 혼자 다니면 공격당해."

"그야 뭐. 하지만 이 해역에는 스페인 전열함 십여 척이 돌아다니잖아. 우리가 둘로 나뉘어 가면 두 배가 모두 전함과 마주칠 가능성은 거의 없어."

"스페인 전함은 겁낼 필요 없어. 우린 합법적인 스페인 상선이니까. 프랑스 전함이나 영국 전함만 우릴 공격할 거야."

상송이 빙그레 웃었다.

"자넨 날 믿지 않는군."

헌터가 미소로 화답했다.

"당연하지. 난 자네를 내 시야에 두고, 저 보물을 내 발밑에 둬야겠어."

"좋을 대로 해."

말은 그렇게 해도 상송의 눈빛엔 음험한 기운이 서려 있었다. 헌터는 그 눈빛을 잊지 않으리라 다짐했다.

26

나흘 뒤, 그들은 괴물을 보았다.

소(小)앤틸리스 제도를 따라 내려오는 동안에는 아무 일도 없었다. 바람도 적당하고 바다는 잔잔했다. 이곳은 마탄세로스에서 남쪽으로 거의 백 마일 지점이었으며, 시간이 지날수록 점점 마음이 놓였다.

헌터의 선원들은 갤리언의 항해 능력을 최대한 이끌어내느라 바빴다. 스페인 포로 선원들은 엘 트리니다드 호를 계속 비참한 상태로 만들었다. 밧줄은 닳아 버리고, 돛은 여기저기 얇아지거나 찢어졌다. 갑판은 지저분하고 선창에는 쓰레기 악취가 풍겼다. 과들루프와 산마리노를 지나 남진하는 동안 할 일이 산더미 같았다.

넷째 날 정오에 줄곧 주위를 살피던 엔더스가 바다의 변화를 감지했다. 그가 우현 너머를 가리키면서 헌터에게 말했다.

"저길 보세요."

헌터가 그 쪽으로 고개를 돌렸다. 작은 파도가 유리처럼 매끈한 수면을 살짝 흔들 뿐, 바다는 잔잔했다. 하지만 백 야드쯤 너머에서 파도 밑이 구물거렸다. 뭔가 커다란 물체가 그들을 향해 믿기 어려운 속도로 다가오고 있었다.

헌터가 물었다.

"지금 우리 속도가 얼마지?"

엔더스가 대답했다.

"십 노트입니다. 하느님 맙소사……."

헌터가 말했다.

"우리가 십 노트면 저건 이십 노트야."

"최소 이십 노트죠."

엔더스는 선원들을 둘러보았다. 아무도 알아차리지 못했다.

헌터가 말했다.

"육지 쪽으로 배를 몰아. 얕은 바다로 가야 해."

엔더스가 말했다.

"크라켄(노르웨이 앞바다에 나타난다는 전설의 괴물)은 여울을 싫어하죠."

"그러길 바라는 수밖에."

물속에 잠긴 형체가 점점 다가오더니 오십 야드쯤 거리를 두고 갤리언을 지나쳐 갔다. 헌터는 시체 같은 회백색과 여러 개의 촉수를 언뜻 보았다. 이윽고 괴물이 사라졌다. 하지만 저만치에서 빙그르르 돌더니 다시 다가오기 시작했다.

엔더스가 자기 뺨을 때리며 중얼거렸다.

"이건 꿈이야. 꿈이 틀림없어. 생시가 아니라고 말해 주세요."

헌터가 대꾸했다.

"생시야."

중앙돛대 망루에서 망을 보던 라쥐가 헌터에게 휘파람을 불었다. 그녀도 괴물을 본 것이다. 헌터가 고개를 쳐들고 그녀를 보면서 고개를 저었다. 입을 다물라는 신호였다.

엔더스가 말했다.

"라쥐가 소리를 안 지른 게 천만다행이군요. 선원들이 알면 난리가 나지 않겠습니까?"

헌터는 엄한 표정으로 말했다.

"여울을 찾아. 서둘러."

그는 구물거리는 물이 다시 다가오는 것을 지켜보았다.

중앙돛대 망루에 서 있는 라쥐는 맑고 파란 바다 위 높은 곳에 있어서 크라켄의 접근을 잘 볼 수 있었다. 심장이 터질 것만 같았다. 뱃사람이 아이들에게 들려주는 이야기나 뱃노래의 소재인 전설의 괴물이 눈앞에 있었다. 지금껏 그 괴물을 본 사람은 거의 없었다. 이 희귀한 경험이 라쥐에게는 달갑지 않았다. 무시무시한 속도로 물살을 가르며 엘 트리니다드 호로 다가오는 괴물을 지켜보고 있자니 심장이 멎어 버릴 것만 같았다.

괴물이 바짝 접근하자 몸통 전체가 또렷이 보였다. 피부가 시체처럼 잿빛이었다. 주둥이는 뾰족하고, 불룩한 몸뚱이의 길이는 최소 이십 피트이며, 메두사의 머리처럼 뒤엉킨 긴 촉수들이 뒤로 늘어져 있었다. 괴물은 선체를 건드리지 않고 배 밑으로 지나갔지만, 놈의 움직임이 일으킨 파도에 갤리언이 흔들렸다. 잠시 후 괴물이 반대편에서 나타나 깊고 푸른 바다 속으로 잠수하는 모습이 보였다. 라쥐는 이마에 맺힌 땀을 닦아냈다.

새러 앨먼트가 갑판으로 올라와 뱃전 너머를 바라보는 헌터를 보고 인사했다.

"안녕하세요, 선장님."

헌터가 뒤를 돌아보고 살짝 고개를 숙였다.

"안녕하십니까, 마담."

"몹시 창백하시네요. 괜찮으세요?"

헌터가 대답도 하지 않고 선미 갑판의 반대쪽 뱃전으로 달려가더니, 다시 뱃전 너머를 바라보았다.

타륜을 잡고 있던 엔더스가 말했다.

"보입니까?"

새러가 물었다.

"뭐가요?"

헌터가 엔더스에게 말했다.

"아니. 잠수했어."

엔더스가 대꾸했다.

"여기 수심은 삼십 패덤(바다의 깊이나 밧줄의 길이 등을 재는 단위로, 1패덤은 6피트에 해당된다)일 겁니다. 그놈에게는 여울이죠."

새러가 예쁘게 쌜쭉거리며 물었다.

"그놈이라뇨?"

헌터가 그녀에게 돌아왔다. 엔더스가 말했다.

"놈이 돌아올지도 모릅니다."

헌터가 말했다.

"그래."

새러는 헌터와 엔더스를 번갈아 보았다. 두 남자 모두 식은땀에 젖어 있었다. 둘 다 몹시 창백했다.

"선장님, 저는 선원이 아니에요. 무슨 이야기를 하시는 거죠?"

엔더스가 참다못해 폭발했다.

"제기랄, 이보쇼. 방금 우리가 본 건……."

"징조입니다."

헌터가 대신 대답하고 엔더스를 쏘아보았다.

"징조요? 미신을 믿으세요, 선장님?"

"그럼요, 미신이라면 사족을 못 쓰는 양반입죠."

엔더스가 수평선 쪽을 바라보며 대답했다. 그러자 새러가 갑판에 발을 구르며 투덜거렸다.

"무슨 일인지 나한테 말해 주지 않을 셈이로군요."

"잘 아시네요."

헌터가 빙긋이 웃으며 말했다. 낯빛이 창백한데도 미소는 매력적이었다. 새러는 약이 단단히 올랐다.

"나도 내가 여자인 거 알아요. 하지만 정말로 이런 무시는……."

그 순간 라쥐가 소리쳤다.

"선박 출현!"

헌터가 망원경에 눈을 대고 배 뒤를 바라보았다. 수평선 위로 가로돛이 올라오고 있었다. 그가 엔더스를 돌아보았지만, 항해사는 이미 엘 트리니다드 호의 모든 돛을 펴라고 고래고래 외치고 있었다. 꼭대기돛들이 풀리고 사장돛이 올라가자 갤리언이 빨라지기 시작했다.

사분의 일 마일 앞서 가는 카산드라 호에 경고 포격이 가해졌다. 곧이어 그 작은 슬루프도 돛이란 돛은 전부 폈다.

헌터가 다시 망원경을 들여다보았다. 수평선 위의 돛들이 더 커지지는 않았지만 작아지지도 않았다.

엔더스가 말했다.

"하느님 맙소사. 괴물 다음에 또 괴물이라니. 어떻게 갈까요?"

헌터가 대답했다.

"현재 항로 유지해."

엔더스가 말했다.

"조만간 이 항로를 벗어나야 합니다."

헌터가 고개를 끄덕였다. 엘 트리니다드 호는 동쪽에서 불어오는 순풍을 받으며 달리고 있었지만, 오른쪽에 모여 있는 섬들을 향해 항로가 너무 서쪽으로 치우쳐 있었다. 곧 바다가 몹시 얕아질 터였다. 항로를 변경해야 했다. 어떤 배라도 항로를 바꾸면 일시적으로 속력이 줄어든다. 더구나 선원이 부족한 갤리언은 아주 느려질 터였다.

헌터가 물었다.

"선회할 수 있겠나?"

엔더스가 고개를 저었다.

"자신 없습니다, 선장님. 우린 선원이 너무 모자랍니다."

새러가 물었다.

"뭐가 문제죠?"

헌터가 말했다.

"입 다물고 선실로 내려가세요."

"싫어요. 저는……."

헌터가 호통을 쳤다.

"내려가세요!"

그녀는 뒤로 물러났지만 선실로 내려가지는 않았다. 조금 떨어진 곳에 서서 기묘한 광경을 지켜보았다. 다정한 남자 라쥐가 고양이처럼 우아하게 밧줄을 따라 내려오고 있었는데, 움직임이 너무나 여성스러웠다. 그때 라쥐의 블라우스가 바람에 눌려 젖가슴의 윤곽이 뚜렷이 보이자 새러가 깜짝 놀랐다. 그 상냥한 남자가 여자였다니! 하지만 새러가 그걸 곰곰이 생각할 겨를도 없이, 헌터와 라쥐와 엔더스가 한자리에 서서 심각한 대화를 나누기 시작했다. 헌터가 라쥐에게 추격해 오는 배를 보여 준 다음, 오른쪽에 늘어선 섬들을 보여 주었다. 이어서 구름 한 점 없는 하늘을 가리키고, 오후가 무르익자 이미 밑으로 떨어지고 있는 해를 가리켰다. 라쥐가 얼굴을 찡그리고 말했다.

"어느 섬으로 갈 거죠?"

엔더스가 남쪽의 커다란 섬을 가리키며 대답했다.

"캣 섬."

라쥐가 물었다.

"몽키 베이에 가려고요?"

엔더스가 대답했다.

"그래. 몽키 베이."

헌터가 물었다.

"자네 거기 알지?"

"네. 하지만 몇 년 전에 봤습니다. 더구나 거긴 바람받이(바람이 불어오는 방향) 항구입니다. 오늘은 어떤 달이 뜨죠?"

헌터가 대답했다.

"하현달."

라쥐가 말했다.

"더구나 구름 한 점 없어요. 유감스럽게도."

그 말에 세 사람 모두 고개를 끄덕이고 몹시 침울하게 고개를 저었다. 라쥐가 말했다.

"선장님 도박 좋아하세요?"

헌터가 대답했다.

"좋아하다마다."

"그럼 항로를 변경하고 저 배를 따돌릴 수 있는지 한번 시험해 보세요. 되면 좋고, 안 되도 다른 길이 있겠죠."

헌터가 말했다.

"난 자네 눈을 믿어."

"어서 하세요."

라쥐가 다시 밧줄을 기어올라 망루로 올라갔다.

새러는 그들의 대화를 전혀 이해하지 못했지만, 긴장감과 불안감은 충분히 느꼈다. 그녀는 여전히 난간에 서서 수평선을 바라보고 있었다. 쫓아오는 배의 돛이 이제는 그녀의 맨눈에도 또렷이 보였다. 헌터가 그녀에게 다가왔다. 결심이 서자 한결 느긋해진 표정이었다.

새러가 말했다.
"저는 한마디도 못 알아들었어요."
헌터가 대꾸했다.
"간단합니다. 저기 따라오는 배 보이죠?"
"네."
"그리고 바람 불어 가는 쪽의 캣 섬도 보이죠?"
"네."
"저곳에 몽키 베이라는 항구가 있습니다. 거기가 우리의 첫 피난처입니다. 갈 수만 있다면요."
새러는 추격해 오는 배에서 캣 섬으로 눈길을 돌렸다.
"하지만 섬이 가까우니 문제없겠네요."
"해가 보입니까?"
"네……."
"지금 해는 서쪽으로 지고 있습니다. 한 시간 뒤에는 햇빛이 물에 반사돼서 눈이 따가울 정도로 환할 겁니다. 그러면 몽키 베이로 가는 동안 배 밑의 암초를 볼 수가 없죠. 이 해역에서는 뱃바닥이 산호에 찢길 각오를 하지 않으면 태양 속으로 항해하지 않습니다.
"하지만 라쥐 씨가 전에 그 항구에 가 봤잖아요."
"네. 하지만 거긴 바람받이 항구입니다. 바람받이 항구는 드넓은 바다의 강한 해류와 폭풍에 노출되어 있어서 계속 변합니다. 모래톱이 며칠이나 몇 주 만에 바뀌죠. 그러니 몽키 베이는 라쥐가 기억하는 모습과 다를 수도 있습니다."
"아."
새러는 잠시 조용하다가 다시 말했다.
"그럼 어째서 항구로 가는 거죠? 지난 사흘간 이 배는 밤에도 멈추지 않았어요. 오늘도 밤새 달려서 캄캄할 때 저 배를 따돌려요."

그녀는 이 방법이 무척 마음에 들었다. 헌터가 침울하게 대꾸했다.

"달이 뜰 겁니다. 하현달이죠. 자정이나 돼야 뜨겠지만, 그 정도면 저 배가 우릴 쫓아올 수 있습니다. 아주 캄캄한 건 고작 네 시간뿐이니까요. 그렇게 짧은 시간 동안 저 배를 따돌릴 수는 없습니다."

"그럼 어쩔 셈이죠?"

헌터는 망원경을 집어 들고 수평선을 살펴보았다. 쫓아오는 배와 이 배의 거리가 서서히 좁혀지고 있었다.

"몽키 베이로 갈 겁니다. 태양 속으로."

"선회 준비!"

엔더스가 소리치자, 이윽고 배가 바람 불어오는 쪽으로 서서히 돌면서 힘겹게 항로를 바꾸었다. 꼬박 십오 분이 지나서야 배가 다시 물살을 가르기 시작했고, 그 사이에 추격해 오는 배의 돛이 훨씬 더 커졌다.

망원경을 들여다보던 헌터는 그 돛이 기분 나쁘게 낯익다는 느낌을 받았다.

"설마 저 배……."

"뭡니까, 선장님?"

"라쥐!"

헌터가 소리를 지르고 수평선을 가리켰다. 위에서 라쥐가 망원경을 눈에 댔다.

"무슨 배 같나?"

라쥐가 밑으로 소리쳤다.

"우리의 옛 친구예요!"

엔더스가 끙 소리를 냈다.

"카살라의 전함 말입니까? 그 검은 배?"

"틀림없어."

엔더스가 물었다.

"지금 누가 지휘하죠?"

"프랑스인 보스케."

헌터는 마탄세로스에서 저 배에 오르던 호리호리하고 침착한 사내를 떠올렸다.

엔더스가 말했다.

"저는 그자를 압니다. 강직하고 유능한 뱃사람이죠. 항해가 뭔지 아는 자입니다."

그가 한숨을 쉬고 덧붙였다.

"키잡이가 스페인 놈이 아니라니 안타깝네요. 그 편이 우리한테 더 좋았을 텐데."

스페인 놈들은 항해술이 형편없기로 유명했다.

"이제 육지까지 얼마나 남았지?"

엔더스가 대답했다.

"족히 한 시간은 걸립니다. 더 걸릴 수도 있고요. 만약 길이 험하면 돛을 조금 줄여야 합니다."

그렇게 하면 속도가 훨씬 더 떨어지겠지만 어쩔 수가 없었다. 좁은 바다에서 배를 조종하려면 돛을 줄여야 했다.

헌터가 추격해 오는 배를 돌아보았다. 그 배도 항로를 바꾸고 있었다. 돛이 기운 채 바람 불어가는 쪽으로 선회했다. 잠시 속력이 줄었지만 곧 전속력으로 전진하기 시작했다.

헌터가 말했다.

"아슬아슬하겠는걸."

엔더스가 말했다.

"그러게요."

망루에서 라쥐가 왼팔을 뻗었다. 엔더스는 그녀가 팔을 내릴 때까지 배를 돌렸다. 이윽고 항로가 고정되었다. 잠시 후 그녀가 오른팔을 구부린 채 들었다.

엔더스가 다시 항로를 수정하면서 우현으로 살짝 방향을 틀었다.

4
몽키 베이

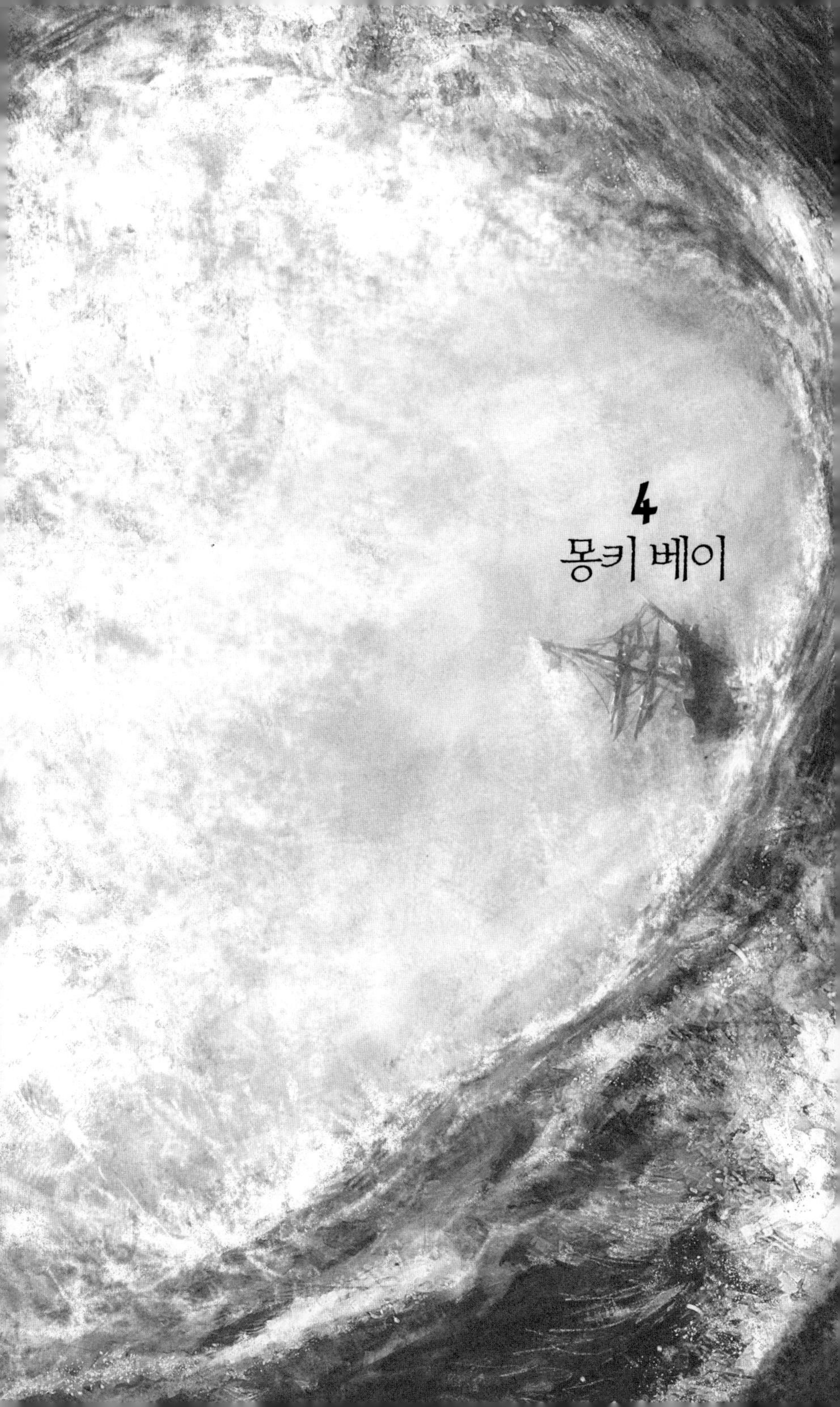

PIRATE
LATITUDES

27

엘 트리니다드 호는 몽키 베이의 후미로 향했다.

카산드라 호에 타고 있던 상송이 그 배의 움직임을 지켜보며 말했다.

"젠장, 육지로 가고 있잖아. 태양 속으로!"

키잡이가 투덜거렸다.

"미친 짓입니다."

상송이 키잡이 쪽으로 돌아서서 말했다.

"자, 내 말 잘 들어. 배를 돌려서 저 스페인 돼지의 항적을 쫓아가. 정확히 따라가야 해. 한 치의 오차도 없이. 우리 뱃머리가 저 배 선미의 물거품을 가르도록 배를 몰아. 안 그러면 네놈의 멱을 따 버리겠어."

키잡이가 투덜거렸다.

"저 사람들은 어떻게 태양 속으로 갈 수가 있죠?"

상송이 대답했다.

"라쥐의 눈이 있으니까. 그거면 충분할 거야."

라쥐는 신중하게 전방을 살폈다. 팔 동작도 신중하게 했다. 무심코 손짓을 했다가는 항로가 바뀔 것이기 때문이었다. 지금은 서쪽을 응시하면서 뱃머리 바로 앞쪽 수면에 반사된 햇빛을 막으려고 왼손을 펴 코밑에 대고 있었다. 그녀는 오로지 육지만 바라보았다. 비탈지고 푸른 캣 섬이 지금은 심도 없이 판판한 윤곽으로만 보였다.

라쥐는 이 배가 조금 더 다가가면 섬의 윤곽이 나뉘고 명확해져 앞쪽 어딘가에 몽키 베이의 입구가 보일 거라고 믿었다. 그때까지는 입구가 있으리라 예상되는 지점으로 가는 가장 빠른 항로를 유지하는 것이 그녀의 일이었다.

높은 위치가 도움이 되었다. 중앙돛대 꼭대기의 망루에서는 수마일 앞쪽의 바다 색깔을 볼 수 있었다. 그곳에는 농도가 다른 파란색들과 초록색들이 복잡하게 뒤섞여 있었다. 라쥐의 마음속에서는 그 색깔들이 깊이로 인식되었다. 그녀는 마치 수심이 표시된 해도를 보듯 그것들을 읽을 수 있었다.

이는 간단한 기술이 아니었다. 카리브 해의 맑은 바다를 아는 평범한 선원이라면 당연히 짙은 파란색은 깊은 바다를 뜻하고 초록색은 더 깊은 바다를 뜻한다고 짐작했을 것이다. 라쥐는 그런 수준이 아니었다. 만약 바닥이 모래이면 물은 옅은 파란색이지만 깊이는 오십 피트였다. 짙은 초록색은 바닥에 해초가 깔린 십 피트 깊이의 얕은 바다를 뜻할 수도 있었다. 그리고 하루 동안 벌어지는 해의 이동은 착시 현상을 일으켰다. 즉, 이른 아침이나 늦은 오후에는 모든 색깔이 더 짙고 어둡게 보인다는 점을 감안해야 했다.

하지만 지금 라쥐의 관심사는 수심이 아니었다. 그녀는 해안선의 색깔들을 살펴보면서 몽키 베이의 입구에 대한 단서를 찾고 있었다. 쓸모 있는 후미들이 대개 그렇듯 몽키 베이도 작은 강의 민물이 쏟아져 나오는 곳이었다. 카리브 해에는 앞바다의 산호초에 틈이 없어서 커다란 배에 안전하지 않은 후미가 많았다. 틈이 생기려면 민물이 쏟아져 나와야 했다. 민물에서는 산호가 자라지 않기 때문이었다.

해안선 부근의 바다를 살펴보던 라쥐는 그 틈이 강 근처에 없을 수도 있다고 생각했다. 민물을 바다로 내보내는 물살의 힘에 따라 산호초의 틈이 실제로는 북쪽이나 남쪽으로 사분의 일 마일 떨어진 곳에 있을 수도 있었다. 그 틈이 있는 곳에서는 종종 물살이 바다를 갈색으로 혼탁하게 해서 수면의 색깔을 변화시켰다.

유심히 살펴보던 라쥐가 마침내 배의 현재 항로 남쪽에서 그것을 발견했다. 그녀는 아래쪽 갑판에 있는 엔더스에게 신호로 항로 수정을 지시했다. 엘 트리니다드 호가 점점 다가가는 동안 라쥐는 이제 곧 닥칠 일을 항해사가 몰라서 다행이라고 생각했다. 산호초의 틈이 얼마나 좁은지 알면 엔더스가 까무러칠 테니까 말이다. 파도에 쓸리는 두 산호초 사이의 공간은 고작 십이 야드였다.

새 항로에 만족한 라쥐는 몇 분 동안 눈을 감고 눈꺼풀에 닿는 핑크빛 햇살을 느꼈다. 배의 움직임이나 돛에 부딪치는 바람, 바다의 냄새는 느끼지 않았다. 오로지 지금 쉬고 있는 두 눈에만 집중했다. 그녀에게 중요한 것은 눈뿐이었다. 라쥐는 천천히 심호흡을 하면서 다가올 고된 노동에 대해 마음의 준비를 하고, 기운을 모으고, 집중력을 강화했다.

그녀는 어떤 일이 벌어질지 알고 있었다. 이는 필연적인 과정이었다. 처음에는 쉽다가 이내 눈이 아파오고, 통증이 커지고, 곧이어 눈물이 나고, 눈이 따갑고, 타는 듯한 느낌이 들 것이다. 그 시간이 끝날 무렵에는 완전히 녹초가 되어 온몸이 축 늘어질 것이다. 마치 일주일 동안 깨어 있던 것처럼 졸음이 몰려올 테고, 아마 갑판에 내려서자마자 쓰러져 버릴 것이다.

지금 라쥐는 다가올 엄청난 노동에 대비하고 있었다. 눈을 감은 채 길고 느리게 호흡하면서.

배를 조종하는 엔더스는 전혀 다른 것에 집중하고 있었다. 눈은 크게 뜨고 있었지만 눈앞의 광경에는 별 관심이 없었다. 엔더스는 두 손에 쥔 타륜을 느꼈다. 그것이 손바닥에 가하는 압력, 발밑 갑판의 경사, 바닷물이 선체를 훑고 가는 소리, 뺨에 부딪치는 바람, 밧줄의 떨림, 배의 균형을 유지하는 모든 복합적인 힘을 느꼈다. 이렇게 완전히 몰입하다 보면 마치 물리적으로 이어진 것처럼 배와 혼연일체가 되었다. 배가 몸통이면 그는 두뇌였으며, 배의 상태를 속속들이 알고 있었다.

그는 배의 속도를 소수점 아래까지 알았다. 돛이 잘못 조절되면 느낌으로 알았다. 선창에서 짐이 움직이는 것도 알고, 어디서 그랬는지도 알았다. 뱃바닥에 물이 얼마나 고였는지도 느꼈다. 배가 언제 부드럽게 나아가고, 언제 최적의 항로로 나아가는지도 알았다. 언제 그 항로를 벗어났는지, 그리고 얼마나 오래 벗어나 있을 수 있는지, 그리고 얼마나 더 배를 밀어붙일 수 있는지도 알았다.

이 모든 것을 눈 감고도 말할 수 있었다. 어떻게 아는지는 말할 수 없지만 그냥 알았다. 지금은 라쥐와 협력하고 있어서 불안했다. 다른 사람에게 자신의 통제력을 일부분 주었기 때문이다. 모든 것을 직접 느낄 수 있는 그에게 라쥐의 신호는 무의미했다. 하지만 그녀를 믿어야 한다는 것을 알기에 맹목적으로 그녀의 지시에 따랐다. 그래도 긴장되고 불안했다. 타륜을 쥔 손에서 땀이 나고, 축축해진 뺨에 부딪치는 바람이 더 강하게 느껴졌다. 엔더스는 라쥐가 뻗는 팔을 보면서 항로를 좀 더 수정했다.

그녀는 배를 남쪽으로 데려가고 있었다. 엔더스는 그녀가 산호초의 틈을 발견하고 그리로 가는 거라고 생각했다. 이 배는 곧 그 틈을 지나가게 될 터였다. 그 생각을 하니 더욱 땀이 났다.

헌터는 다른 문제에 정신이 팔려 있었다. 그는 라쥐와 엔더스 모두 무시한 채 선수와 선미를 분주히 오가며 정신없이 뛰어다녔다. 시간이 갈수록 스페인 전함이 점점 더 가까워졌다. 이제는 중앙돛의 위쪽 가장자리가 수평선 위로 선명히 드러났다. 그 배는 여전히 모든 돛을 편 상태지만, 이제 육지에서 겨우 일 마일 떨어진 엘 트리니다드 호는 돛을 대부분 내렸다.

그 사이 카산드라 호는 항구로 들어가는 항로를 보려고 엘 트리니다드 호의 좌현 뒤쪽으로 처졌다. 꼭 필요한 움직임이었지만, 엘 트리니다드 호의 돛이 카산드라 호의 바람을 먹어 버려서 작은 슬루프가 제대로 속력을 내지 못했다. 사실 카산드라 호는 엘 트리니다드 호의 바로 뒤에 설 때까지 속력을 내면 안 되었다. 이 상태에서는 엘 트리니다드 호에 바짝 붙지 않으면 스페인 전함의 손쉬운 먹이가 될 수 있었다.

진짜 문제는 만(灣)에 들어설 때였다. 두 배가 거의 연이어 좁은 통로를 지나가야 하기 때문이었다. 만약 엘 트리니다드 호가 부드럽게 진입하지 못하면 카산드라 호가 뒤에서 들이받아 두 배 모두 손상을 입을 것이다. 만약 통로 중간에서 그런 일이 벌어지면 두 배 모두 암초에 부딪쳐 침몰하는 최악의 사태가 벌어질 것이다. 헌터는 상송이 그 위험을 알 거라 믿었다. 또한 상송이 너무 멀리 뒤처지는 모험을 하지도 않으리라 믿었다.

아주 까다로운 작전이었다. 뱃머리로 달려간 헌터는 햇빛을 받아 반짝반짝 빛나는 몽키 베이의 바다를 물끄러미 응시했다. 이제는 섬에서 뻗어 나와 만을 보호하는 갈고리처럼 생긴 구부러진 손가락 같은 언덕 지대가 보였다.

산호초의 진짜 틈은 헌터에게 보이지 않았다. 바로 앞에서 반짝이고 번들거리는 수면 어딘가에 있었다.

그가 고개를 들어 중앙돛대를 올려다보니, 라쥐가 엔더스에게 신호를 보내고 있었다. 그녀는 한 손을 들어 손바닥을 펴고 다른 쪽 주먹으로 올려쳤다.

엔더스가 곧바로 돛을 더 내리라고 소리쳐 명령했다. 헌터는 그것이 무엇을 의미하는지 알고 있었다. 산호초 통로에 거의 다다랐다는 뜻이었다. 헌터는 앞쪽의 눈부신 바다로 눈길을 돌렸지만 여전히 아무것도 보이지 않았다.

"측심원! 우현과 좌현으로!"

엔더스가 소리치자 금세 선원 둘이 뱃머리 양쪽에서 번갈아 측정값을 외쳤다. 헌터는 첫 번째 측정값을 듣고 기겁했다.

"오 패덤!"

오 패덤, 즉 삼십 피트면 이미 여울이었다. 엘 트리니다드 호의 흘수가 삼 패덤이기 때문에 여유 공간이 별로 없었다. 얕은 바다에는 으레 물속 산호초가 바닥에서 불규칙한 형태로 십여 피트 높이로 솟아 있었다. 그리고 날카로운 산호초는 나무 선체를 종잇장처럼 찢어 버렸다.

다른 측심원이 소리쳤다.

"생크 에 드미.(오 패덤 반.)"

좀 나았다. 헌터는 기다렸다.

"육 패덤 이상!"

헌터가 살짝 한숨을 돌렸다. 바깥쪽 산호초를 통과한 게 틀림없었다. 섬에는 대개 얕은 안쪽 산호초와 깊은 바깥쪽 산호초가 있었다. 이제 잠시 후 안전한 바다가 끝나고 위험한 안쪽 산호초에 다다를 터였다.

다시 측심원이 소리쳤다.

"므웽 시스!(육 패덤 미만!)"

이미 점점 얕아지고 있었다. 헌터는 다시 돌아서서 중앙돛대 꼭대기의 라쥐를 올려다보았다. 그녀는 몸을 앞으로 기울인 채 무관심해 보일 정도로 느긋했다. 물론 표정은 보이지 않았다.

실제로 라쥐의 몸은 느긋했다. 너무 축 늘어져서 망루 아래로 곤두박질

칠 듯이 위태로울 지경이었다. 그녀는 두 손으로 꼭대기 난간을 가볍게 잡고 앞으로 몸을 기울였다. 어깨는 구부정하고 모든 근육이 축 처졌다.

하지만 얼굴은 팽팽하게 긴장되어 있고, 입은 안으로 오므려 오만상을 지었으며, 이를 앙다문 채 번들거리는 바다를 응시하고 있었다. 아주 오랫동안 실눈을 뜨고 있다 보니 눈꺼풀이 긴장해서 경련을 일으켰다. 거기에 신경이 쓰일 법도 하건만 라쥐는 그걸 느끼지도 못했다. 이미 오래전에 일종의 무아경에 빠졌기 때문이다.

그녀의 세계에는 두 가지 형체밖에 없었다. 앞쪽의 섬과 바로 아래쪽의 뱃머리. 그것들을 갈라놓는 것은 햇빛을 받아 번들거리는 고통스럽게 눈부신 드넓고 판판한 바다였다. 그 바다가 최면을 걸듯 흔들리고 반짝거렸다. 라쥐는 수면의 세세한 부분을 거의 보지 못했다.

이따금 파도에 쓸리며 물위로 솟아 있는 산호초가 언뜻 눈에 띄었다. 눈부시게 하얀 빛 속에서 검은 점이 잠깐 보이는 것 같았다.

때로는 돌풍이 잠잠한 동안 하나같이 불꽃 모양으로 빙빙 도는 소용돌이와 물살의 형상이 잠깐 보였다.

그럴 때를 제외하면 바다는 불투명하고 눈부신 은빛이었다. 라쥐는 오로지 기억만으로 이 번들거리는 바다에서 배를 인도했다. 삼십 분 전쯤 배가 육지에서 멀고 앞쪽의 바다가 또렷이 보일 때 여울과 물위로 솟은 산호초, 모래톱의 위치를 마음속에 새겨 놓은 덕분이었다. 그녀는 해변과 바다의 이정표들을 이용해 마음속에 세세한 지도를 그려 놓았다.

바로 아래에서 선체를 훑고 지나가는 투명한 바다를 내려다보니, 엘 트리니다드 호가 그녀의 마음속 지도에서 어디에 위치하는지 알 수 있었다. 저 밑에서는 커대한 콜리플라워 덩어리를 닮은 둥그런 뇌산호(사람의 뇌 모양으로 생긴 산호)가 좌현으로 지나가고 있었다. 라쥐는 그것이 북쪽으로 방향을 틀라는 뜻이라고 생각했다. 그녀가 오른팔을 뻗었다. 그러고는 뱃머리의 검은 윤곽이 돌아가는 모습을 지켜보면서, 해변에 쓰러져 있는 죽은 야자수와 선체가 나란히 될 때까지 기다렸다가 손을 내렸다. 엔더스가 새로운 항로를 유지했다.

라쥐는 앞을 바라보았다. 좁은 통로의 양쪽에 자리 잡고 파도에 쓸리는 산호초가 보였다. 엘 트리니다드 호는 곧장 그 통로로 향했다. 라쥐는 그 통로에 이르기 전에 우현으로 뱃머리를 살짝 돌려 또 다른 산호초를 피해야 한다는 것을 기억해냈다. 그녀가 오른팔을 뻗었다. 엔더스가 항로를 수정했다.

라쥐가 바로 아래를 내려다보았다. 두 번째 산호초가 위태롭게 선체 근처를 지나쳐 갔다. 돌출된 산호에 닿자 배가 부르르 떨렸지만 이내 벗어났다.

라쥐가 왼팔을 뻗자 엔더스가 다시 항로를 바꿨다. 그녀는 다시 죽은 야자수와 배가 나란히 될 때까지 기다렸다.

엔더스는 산호초가 선체에 닿는 소리에 화들짝 놀랐다. 그 섬뜩한 소리를 또렷이 들으려고 바짝 긴장한 채 촉각을 곤두세우고 타륜을 꽉 잡았다. 하지만 긁히는 소리가 계속 들리면서 진동이 선미 쪽으로 다가오자, 그는 배가 산호초에 스치고 있다는 것을 깨닫고 심호흡을 했다.

선체를 따라 진동이 선미로 다가오는 느낌이 들었다. 마지막 순간, 엔더스가 타륜에서 손을 뗐다. 그는 물속에서 배의 가장 취약한 부분이 키라는 것을 알고 있었다. 한쪽으로 심하게 돌린 키는 뱃바닥이 긁히는 가벼운 충돌에도 부러질 수 있기 때문에 느슨하게 풀어 준 것이다. 곧이어 그가 다시 타륜을 잡고 라쥐의 지시에 따랐다.

"이러다 용골(뱃바닥의 중앙을 받치는 길고 굵은 목재)이 부러지고 말지."

엔더스가 투덜거렸다. 그 사이 엘 트리니다드 호는 몸을 뒤틀어 몽키베이 쪽으로 돌아섰다.

측심원이 소리쳤다.

"사 패덤 미만!"

뱃머리에서 측심줄(납을 매달아 수심을 측정하는 밧줄)을 든 선원 두 명 사이에 있던 헌터는 앞쪽의 번들거리는 바다를 바라보았다. 물 말고는 아무것도 보이지 않았다. 옆을 보니 소름끼치게 수면 가까이 있는 산호 군락이 보였지만, 엘 트리니다드 호는 그것들을 피해가고 있었다.

"트루아 제 드미.(삼 패덤 반.)"

헌터는 이를 악물었다. 수심 이십 피트. 더 얕아지면 끝장이었다. 헌터가 그 생각을 하는 동안, 배가 또 다른 산호 군락에 부딪쳤다. 하지만 이번에는 강한 충격만 한 번 있었을 뿐 아무 일도 없었다. 배가 산호초 대가리를 부러뜨리고 계속 전진한 것이었다.

"삼 패덤 일!"

수심이 일 피트 더 얕아졌다. 배는 반짝이는 바다를 향해 계속 나아갔다.

"메르드!(제기랄!)"

두 번째 측심원이 욕을 하고 선미로 달려갔다. 헌터는 무슨 일인지 눈치 챘다. 측심줄이 산호초에 걸려서 끌려간 것이다. 측심원이 그 밧줄을 빼내려고 낑낑댔다.

"삼 패덤!"

헌터는 눈살을 찌푸렸다. 스페인 포로들이 알려 준 대로라면 지금쯤 배가 좌초되었어야 했다. 그들은 엘 트리니다드의 흘수가 삼 패덤이라고 주장했다. 놈들이 잘못 안 게 틀림없었다. 배는 여전히 섬을 향해 부드럽게 나아가고 있었다. 헌터는 자기 배에 대해서도 모르는 스페인 놈들을 조용히 욕했다.

하지만 실제 흘수도 삼 패덤에서 크게 벗어나지는 않을 터였다. 이만한 배라면 그만큼 잠기는 게 당연했다.

"삼 패덤!"

배는 여전히 움직이고 있었다. 그때 갑자기 산호초의 틈이 보이자 헌터가 흠칫 놀랐다. 파도에 쓸리는 두 산호초 사이에 지독히 좁은 통로가 나 있었다. 천만다행으로 엘 트리니다드 호는 그 통로의 한가운데 있었다. 통로를 지나면서 보니 양쪽의 남는 거리가 오 야드도 안 되었다.

헌터가 선미 쪽으로 고개를 돌려 엔더스를 보았다. 그는 양쪽의 산호초를 보면서 성호를 긋고 있었다.

"오 패덤!"

측심원이 목쉰 소리로 외치자 선원들이 기쁨의 환호성을 질렀다. 산호초 안쪽으로 넘어와 깊은 바다로 들어선 배는 이제 북쪽으로 움직이면서, 만의 바다 쪽을 에워싼 구부러진 손가락 모양의 언덕 지대와 섬의 해변 사이의 안전한 후미로 향했다.

이제 몽키 베이의 전경이 눈앞에 펼쳐졌다. 헌터는 이곳이 정박지로 이상적인 장소가 아니라는 걸 한눈에 알아보았다. 만 어귀의 바다는 깊지만, 안쪽으로 갈수록 수심이 급격히 얕아졌다. 결국 앞바다 쪽으로 노출된 지점에 갤리언을 정박해야 했는데, 이런저런 이유로 헌터는 그것이 못마땅했다.

뒤를 돌아보니 카산드라 호가 안전하게 통로를 지나오고 있었다. 그 배가 헌터의 배에 워낙 바짝 붙어 와서, 카산드라 호의 뱃머리에 있는 측심원의 불안한 표정까지 보였다. 그리고 카산드라 호 뒤로 이 마일도 떨어지지 않은 곳에 스페인 전함이 있었다.

하지만 해가 지고 있었다. 이제 스페인 전함은 밤이 오기 전에 몽키 베이로 들어올 수 없었다. 그리고 만약 보스케가 새벽에 들어오기로 마음먹는다면, 헌터는 그를 맞이할 준비를 할 수 있었다.

엔더스가 소리쳤다.

"닻 투하! 단단히 고정시켜!"

황혼 속에서 엘 트리니다드 호가 부르르 떨며 멈췄다. 카산드라 호는 그 배를 지나쳐 더 깊은 만으로 이동했다. 흘수가 얕은 소형 선박이라서 더 안쪽의 얕은 바다에 들어갈 수 있었다. 잠시 후 상송의 닻이 물속에 첨벙 빠지자, 두 배 모두 자리를 잡았다.

이제 그들은 안전했다. 적어도 한동안은.

28

산호초를 통과하며 긴장했던 두 배의 선원들은 이제 기쁨에 겨워 해넘이 내내 웃고 떠들면서 서로 축하하고 장난으로 욕을 해댔다. 헌터는 자축 분위기에 동참하지 않았다. 그는 갤리언의 선미에 서서 날이 빠르게 어두워지는데도 계속 다가오는 스페인 전함을 지켜보았다.

이제 스페인 전함과 만의 거리는 반 마일 이내였다. 그 배는 산호초 입구 바로 앞에 있었다. 헌터는 보스케가 아주 대담한 자라고 생각했다. 밤이 가까운데 저렇게 가까이 다가오다니. 게다가 매우 위험하고 쓸데없는 짓을 하고 있었다.

옆에서 함께 지켜보던 엔더스가 말없이 눈빛으로 물었다.

'왜 저러죠?'

헌터는 고개를 저었다. 스페인 전함은 닻줄을 내리고 있었으며, 닻이 물을 튀기면서 바다에 빠지는 모습도 보였다.

적함이 워낙 가까이 있어서 스페인어로 고함치며 내리는 명령이 바다 너머에서 들려왔다. 선미가 몹시 분주했다. 두 번째 닻이 바다에 던져지고 있었다.

엔더스가 말했다.

"이해가 안 갑니다. 깊은 바다에 나가서 정박해도 되는데 굳이 사 패덤 바다에 닻을 내리다니요."

헌터는 계속 지켜보았다. 선미 닻이 하나 더 뱃전 너머로 던져지더니,

많은 선원들이 그 닻줄을 잡아당겼다. 전함의 선미가 해변 쪽으로 돌기 시작했다.

엔더스가 말했다.

"맙소사, 설마 저놈들……."

헌터가 대꾸했다.

"맞아. 뱃전 포격을 하려는 거야. 닻 올려."

"닻 올려!"

엔더스의 고함에 선원들이 놀랐다.

"사장돛 전개 준비! 빨리 밧줄 당겨!"

그가 헌터에게로 돌아섰다.

"보나마나 우린 좌초될 겁니다."

헌터가 대꾸했다.

"어쩔 수 없어."

보스케의 속셈은 불을 보듯 빤했다. 그는 엘 트리니다드 호에 뱃전 포격이 닿는 산호초 바로 앞, 만의 어귀에 배를 정박했다. 거기 머물면서 밤새 포격을 퍼부으려는 꿍꿍이였다. 헌터가 여울로 들어갈 위험을 무릅쓰고 사정권에서 벗어나지 않으면, 그의 배들은 아침에 박살이 나 있을 터였다.

정말로 스페인 전함의 포문들이 튕기듯이 열리고 대포 주둥이들이 보이기 시작했다. 곧이어 포탄들이 엘 트리니다드 호의 밧줄을 끊고 주위의 바다에 풍덩풍덩 빠졌다.

헌터가 소리쳤다.

"배를 이동시켜, 엔더스!"

그 말에 대답하듯 스페인 전함이 두 번째 뱃전 포격을 가했다. 이번에는 더 정확했다. 포탄 여러 개가 엘 트리니다드 호에 명중해 선체를 부수고 밧줄을 끊었다.

"제기랄."

엔더스는 마치 자기 몸이 다친 것처럼 고통스러운 목소리로 말했다.

하지만 이제 헌터의 배가 움직여 사정권에서 벗어나자, 다음 포탄들은 아무 해도 입히지 못하고 바다에 빠졌다. 하지만 포탄이 만들어낸 물기둥들이 직선으로 늘어선 점은 인상적이었다.

엔더스가 말했다.

"포술이 뛰어나군요."

헌터가 대꾸했다.

"자넨 훌륭한 포술과 항해술에 너무 집착하는 경향이 있어."

이제 날이 많이 어두워졌다. 그래서 네 번째 뱃전 포격은 전함의 검은 형체에서 뜨겁고 붉은 섬광이 반짝이는 것처럼 보였다. 헌터의 선원들에게는 선미 너머 바다에 포탄이 빠지는 소리만 들릴 뿐 아무것도 보이지 않았다.

이윽고 만을 에워싼 낮고 구부러진 언덕 지대가 적함의 모습을 지워 버렸다.

"닻 투하!"

엔더스가 소리쳤지만 너무 늦었다. 바로 그 순간 나직이 우두둑 하는 소리가 들렸다. 엘 트리니다드 호가 몽키 베이의 모래 바닥에 얹히고 말았다.

그날 밤, 선장실에 홀로 앉은 헌터는 자신이 처한 상황을 따져 보았다. 배가 좌초된 것은 조금도 걱정하지 않았다. 썰물 때 모래 위에 얹힌 터라 몇 시간만 지나면 쉽게 물에 띄울 수 있었다.

한동안 두 배는 안전했다. 이곳이 이상적인 항구는 아니지만 그럭저럭 쓸 만했다. 식수와 식량이 있기 때문에 선원들을 고생시키지 않고 이 주 넘게 버틸 수 있었다. 만약 섬에서 식량과 물을 구할 수 있다면 몇 달 동안 몽키 베이에서 지낼 수도 있었다. 아마 가능할 것이다.

적어도 폭풍이 몰려오기 전까지는 버틸 수 있었다. 폭풍은 재앙이었다. 몽키 베이는 대서양 섬의 바람받이 쪽에 있고 물도 얕았다. 강한 폭풍이 불어 닥치면 그의 배들은 몇 시간 만에 산산조각 날 터였다. 더구나 지금은 허리케인이 발생하는 철이었다. 따라서 오랫동안 폭풍이 오지 않길 바라는 것은 무리였고, 폭풍이 오면 몽키 베이에 머물 수 없었다.

보스케가 그걸 모를 리 없었다. 그자가 끈기 있는 사내라면 그냥 깊은 바다에 머물면서 만을 봉쇄하고 궂은 날씨를 기다리다가, 폭풍 때문에 어쩔 수 없이 갤리언이 항구에서 나오면 그때 공격할 터였다.

하지만 보스케는 끈기 있는 사내가 아닌 듯했다. 오히려 그 반대였다. 수단과 방법을 가리지 않고 대담하게 공격하기를 좋아하는 자였다. 그리고 태풍이 오기 전에 공격하려는 것도 그럴 만한 이유가 있었다.

해상 교전 시에는 날씨가 궂으면 쌍방이 동등해진다. 따라서 약한 쪽은 원하고, 강한 쪽은 피하려는 상황이다. 폭풍은 양쪽 모두를 괴롭히지만, 우월한 배의 효율성을 더 많이 떨어뜨린다. 엘 트리니다드 호와 카산드라 호에 선원이 부족하고 무기가 변변치 않다는 것을 보스케가 모를 리 없었다.

헌터는 선장실에 홀로 앉아서 자신이 한 번도 만난 적 없는 사내의 마음속에 들어가 그의 생각을 읽으려 했다. 그는 보스케가 틀림없이 아침에 공격할 거라고 생각했다.

공격은 지상에서 오거나 바다에서 오거나, 어쩌면 양쪽 모두에서 올 터였다. 보스케의 배에 얼마나 많은 병사가 타고 있고, 그들이 대장을 얼마나 신뢰하느냐에 달려 있었다. 헌터는 그 전함의 선창에서 자신을 감시하던 병사들을 떠올렸다. 죄다 젊고, 전투 경험이 부족하고, 규율도 엉망이었다.

신뢰할 수 없는 자들이었다.

그래, 보스케는 우선 배로 공격할 거야. 헌터는 그렇게 믿었다. 보스케는 갤리언이 시야에 들어올 때까지 몽키 베이로 진입하려 할 것이다. 아마 두 배가 얕은 바다에 있어서 제대로 움직이지 못할 거라고 생각할 것이다.

지금 두 배는 선박의 가장 취약한 부분인 선미를 적에게 드러내고 있었다. 보스케가 만의 입구 안쪽으로만 들어오면 뱃전 포격으로 두 배를 모두 침몰시킬 수 있었다. 더구나 아무 걱정 없이 공격할 수 있었다. 물속에 빠진 갤리언의 보물은 원주민 잠수부들을 데려와 건져 올리면 그만이었다.

헌터는 엔더스를 불러 스페인 포로들을 잘 가둬 놓으라고 지시했다. 그러고는 신체 건강한 선원들을 소총으로 무장시켜 당장 해변에 배치하라고 명령했다.

몽키 베이에 고요한 새벽이 밝아 왔다. 바람만 살살 불고 있었다. 하늘에는 첫새벽의 분홍빛으로 물든 옅은 구름들이 수놓아져 있었다. 스페인 전함의 선원들은 게으르고 산만하게 아침 작업을 시작했다. 수평선 위로 해가 둥실 떠오르고 나서야 돛을 펴고 닻을 올리라는 명령이 내려졌다.

그때, 만의 통로 양쪽 언덕을 따라 숨어 있던 사략선 선원들이 엄청난 총격을 퍼붓기 시작했다. 스페인 선원들은 깜짝 놀란 듯했다. 처음 몇 초 사이에 선수 닻을 감아 올리던 선원들이 모두 죽었다. 선미 닻을 올리던 선원들은 모두 죽거나 다쳤다. 갑판 위에 있던 장교들은 모두 총에 맞았다. 그리고 밧줄에 매달려 있던 선원들은 놀라울 정도로 정확하게 저격당해 비명을 지르면서 갑판으로 떨어졌다.

이윽고 시작할 때와 마찬가지로 갑자기 총격이 그쳤다. 해안의 공중에 피어오르는 매캐한 잿빛 화약 연기 말고는 움직임의 기미도, 수풀이 부스럭거리는 것도, 아무것도 없었다.

손가락처럼 생긴 언덕 지대의 바다 쪽 끄트머리에 자리 잡은 헌터는 망원경으로 전함을 살펴보면서 만족했다. 여기저기서 당황한 고함 소리가 들리고, 반쯤 말아져 있던 돛들이 풀려 바람에 펴덕이고 있었다. 몇 분이 지나자 새로운 선원들이 밧줄로 기어오르고 갑판에서 양묘기로 닻을 끌어올리기 시작했다. 처음에는 조심조심 일했지만, 해안에서 더 이상 총격이 없자 점점 대담해졌다.

헌터는 기다렸다.

그는 자신이 확실히 유리하다는 것을 알고 있었다. 소총의 성능과 소총수의 사격 솜씨가 모두 썩 뛰어나지 않던 시대에 사략선 선원들은 하나같이 뛰어난 사격수였다. 그의 부하들은 흔들리는 배 위에서 적함을 쫓으며 갑판 위의 선원들을 저격할 수 있었다. 그런 그들에게 해안에서의 사격은 애들 장난이었다.

몸 풀기 거리도 못 되었다.

헌터는 닻줄이 움직이기 시작할 때까지 기다렸다가 다시 사격 신호를 했다. 두 번째 일제 사격이 전함에 가해지자, 이번에도 역시 참혹한 광경이 펼쳐졌다. 그리고 다시 정적이 흘렀다.

이제 보스케는 산호초 통로로 들어서는 것, 그러니까 해안으로 다가가는 것이 극도로 위험하다는 사실을 깨달았을 테고, 설령 통로를 지나 만으로 들어선다 해도 수십 명, 어쩌면 수백 명의 부하를 잃게 될 터였다. 더욱 심각한 문제는 이렇게 위험한 바다에서 망루의 선원들을 잃거나, 심지어 키잡이가 총에 맞아 배의 키가 부러질 수도 있다는 것이었다.

헌터는 기다렸다. 고래고래 명령하는 소리가 들리더니 이내 다시 조용해졌다. 그때 선수 닻줄이 끊어져 바다에 빠지는 모습이 보였다. 놈들이 닻을 떼어 버린 것이다. 잠시 후 선미 닻줄도 끊어졌고, 전함은 서서히 산호초에서 멀리 떠내려갔다.

소총 사정권에서 벗어나자 선원들이 다시 갑판에 나타나 밧줄을 기어오르기 시작했다. 돛이 펼쳐졌다. 헌터는 그 배가 뱃머리를 돌려 해안으로 돌아오는지 지켜보았다. 전함은 선회하지 않았다. 대신 북쪽으로 백 야드쯤 가서 새로운 위치에 다시 닻을 내렸다. 돛이 접혔다. 스페인 전함은 만을 보호하는 언덕들 바로 맞은편에 정박한 채 부드럽게 파도를 타고 있었다.

엔더스가 말했다.

"결국 이렇게 됐군요. 스페인 배는 들어오지 못하고 우리는 나가지 못하고."

정오 무렵, 몽키 베이는 타는 듯이 뜨겁고 바람도 없었다. 후끈거리는 갤리언의 갑판을 서성이면서 발밑의 피치(원유나 콜타르를 증류시킨 뒤 남은 검은 찌꺼기로, 배에 물이 스며들지 않도록 갑판 틈새에 바른다)가 녹아 끈적거리는 걸 느끼던 헌터는 자신이 처한 곤경이 참으로 얄궂다고 생각했다. 그는 누구도 상상하지 못할 대담한 사략선 원정을 감행하고 완벽한 성공을 거두었다. 하지만 결국 스페인 전열함 한 척 때문에 찜통처럼 덥고 숨 막히는 후미에 갇히고 말았다.

지금은 헌터에게 난처한 순간이었고, 그의 선원들에게는 훨씬 더 난처한 순간이었다. 선원들은 선장이 새로운 계획으로 자신들을 인도해 주길 고대했지만, 헌터에게 아무 계획도 없다는 것은 너무나 명백했다. 그러자 술을 마시는 놈들이 생겼고, 툭하면 주먹다짐이 벌어졌다. 한번은 말다툼이 결투로 번졌다. 엔더스가 마지막 순간에 말렸다. 헌터는 동료를 죽이는 자는 누구든 자신이 직접 죽이겠다고 공언했다. 그는 선원들이 멀쩡하길 바랐으며, 사적인 다툼은 포트 로열에 도착해서 해결하면 되었다.

엔더스가 몹시 침울한 표정으로 말했다.

"저놈들이 버틸 수 있을지 모르겠습니다."

헌터가 대꾸했다.

"버틸 거야."

그가 새러와 함께 갑판에서 중앙돛대 그늘 속에 서 있을 때, 아래쪽 선실 어딘가에서 또 총성이 들려왔다.

새러가 놀란 얼굴로 물었다.

"무슨 소리예요?"

헌터가 대답했다.

"지옥의 소리죠."

잠시 후 선원 한 명이 거대한 바사의 손에 붙들린 채 버둥거리며 갑판으로 올라왔다. 엔더스가 심란한 표정으로 뒤에서 따라왔다.

헌터는 그 선원을 바라보았다. 나이는 스물다섯 살이고 이름은 로크우드인 꾀죄죄한 사내였다. 헌터도 조금 아는 자였다.

엔더스가 헌터에게 권총을 건네며 말했다.

"이걸로 퍼킨스의 귀를 날려 버렸습니다."

선원들이 느릿느릿 주갑판으로 올라와 뜨거운 태양 아래서 찌무룩하고 험악한 표정을 지었다. 헌터는 혁대에서 자기 권총을 꺼내 장전을 확인했다.

지켜보던 새러가 물었다.

"무슨 짓을 하려는 거예요?"

헌터가 대꾸했다.

"이건 당신이 상관할 바가 아닙니다."

"하지만……."

"고개 돌리세요."

헌터가 권총을 치켜들었다.

바사가 선원을 놓아 주었다. 사내는 그 자리에 서서 고개를 푹 숙인 채 술 냄새를 풍기며 중얼거렸다.

"그 자식이 날 속였어요."

헌터가 그의 머리에 총을 쐈다. 사내의 뇌가 뱃전에 흩뿌려졌다.

"오, 맙소사!"

새러 앨먼트가 소리쳤다.

"배 밖으로 던져 버려."

헌터가 말했다. 바사가 시체를 잡고 질질 끌고 갔다. 한낮의 고요한 갑판 위에서 시체 끌리는 소리가 요란하게 들렸다. 잠시 후 풍덩 소리가 들렸다. 시체는 사라졌다.

헌터가 선원들을 바라보며 큰 소리로 물었다.

"새로운 선장을 뽑고 싶나?"

선원들은 끙 소리를 내면서 돌아섰다. 아무도 말하지 않았다.

곧 갑판이 다시 썰렁해졌다. 선원들이 땡볕을 피하려고 선실로 내려갔기 때문이다.

헌터는 새러를 바라보았다. 그녀는 말없이 비난의 눈길로 노려보고 있었다.

헌터가 말했다.

"저들은 거친 사내들입니다. 그래서 우리 모두가 인정한 규율을 지키며 살죠."

새러는 말없이 돌아서서 걸어갔다.

헌터는 엔더스를 바라보았다. 엔더스가 어깨를 으쓱했다.

오후 늦게 감시병들이 스페인 전함의 갑판에서 새로운 움직임이 시작되었다고 헌터에게 보고했다. 섬에서 보이지 않는 넓은 바다 쪽 뱃전 너머로 롱보트들이 전부 내려졌다는 것이었다. 전함 옆에 매어 놓았는지 한 척도 눈에 띄지 않았다. 전함의 갑판에서는 연기가 뭉게뭉게 피어오르고 있었다. 불을 피우는 것 같긴 한데 목적은 확실치 않았다. 그 상황이 저녁까지 이어졌다.

어둠은 축복이었다. 서늘한 저녁 바람 속에서 헌터는 엘 트리니다드 호의 갑판을 거닐며 길게 늘어선 대포들을 바라보았다. 그것들을 차례차례 지나치면서 손으로 청동 포신을 쓱 문질러 보았다. 한낮의 열기가 채 가시지 않아서 여전히 뜨뜻했다. 그는 깔끔하게 보관되어 있는 장비들을 살펴보았다. 꽂을대, 화약 자루, 포탄 보관대, 점화구 꼬챙이, 그리고 눈금 새긴 물동이에 담긴 도화선.

모두 사용할 준비가 되어 있었다. 이 모든 화력, 이 모든 무기. 헌터는 그것들을 발포할 포대원만 빼고 전부 다 갖고 있었다. 물론 포대원이 없으면 대포도 차라리 없는 편이 나았다.

"생각에 잠기셨군요."

헌터가 고개를 돌리고 흠칫 놀랐다. 새러가 하얀 시프트 드레스 차림으로 서 있었다. 어둠 속에서 마치 속옷을 입은 것처럼 보였다.

"선원들이 있는 데서 그렇게 입고 다니면 안 됩니다."

"너무 더워서 잠이 안 와요. 게다가 불안해요. 오늘 본 것 때문에……."

새러가 말꼬리를 흐렸다.

"그것 때문에 심란한가요?"

"왕실에서도 그렇게 야만적인 광경은 본 적이 없어요. 찰스 왕은 그렇게 잔인하고 독단적이지 않아요."

"찰스 왕의 관심은 다른 데 있죠. 쾌락 말입니다."

"일부러 제 말뜻을 회피하시는군요."

헌터가 말했다.

"마담, 선원들의 사회에서는……."

"사회?"

새러는 한 손으로 배를 가리키고, 갑판에서 자는 선원들을 가리키면서 말을 이었다.

"지금 이걸 사회라고 부르신 거예요?"

"물론입니다. 사람이 모이는 곳에는 어디나 행동의 규율이 있게 마련이니까요. 저들에게는 영국 왕실이나 프랑스 왕실, 심지어 제가 태어난 매사추세츠 식민지와도 다른 규율이 있습니다. 그 규율은 지켜져야 하며, 어길 경우 처벌을 받아야 합니다."

그녀가 어둠 속에서 빈정대는 목소리로 말했다.

"철학자시로군요."

"제가 아는 걸 말씀드리는 겁니다. 만약 영국 왕실에서 당신이 국왕에게 허리 굽혀 인사하지 않았다면 어떻게 되겠습니까?"

새러는 헌터가 무슨 말을 하려는지 눈치 채고 콧방귀를 뀌었다. 그가 계속 이야기했다.

"여기서도 마찬가지입니다. 저들은 사납고 폭력적인 사내들입니다. 제가 그들을 다스리려면 그들이 제게 복종해야 합니다. 그들이 제게 복종하려면 그들이 저를 존경해야 합니다. 그들이 저를 존경하려면 그들이 저의 절대적 권위를 인정해야 합니다."

"왕처럼 말씀하시는군요."

"선원들에게는 선장이 왕입니다."

새러가 그에게 바짝 다가갔다.

"그럼 즐길 때도 왕처럼 즐기나요?"

헌터가 잠시 생각에 잠기자, 갑자기 새러가 두 팔로 그를 껴안고는 입에 진한 키스를 했다. 헌터도 포옹으로 화답했다. 둘이 떨어지자 그녀가 말했다.

"너무 무서워요. 여기서는 모든 게 이상해요."

헌터가 대꾸했다.

"마담, 제가 기필코 당신을 안전하게 당신 숙부이자 저의 친구인 제임스 앨먼트 총독님께 모셔다드리겠습니다."

"거창하게 말하실 필요 없어요. 혹시 청교도세요?"

"태생만 그렇습니다."

그가 다시 새러에게 키스했다.

"어쩐지 나중에 또 뵙게 될 것 같군요."

"어쩌면."

선실로 내려가던 새러가 어둠 속에 있는 그를 마지막으로 힐끗 쳐다보았다. 헌터는 대포 위에 웅크린 채 그녀가 가는 모습을 지켜보았다.

"앙큼한 여자로군요."

헌터가 돌아섰다. 엔더스였다. 그가 싱긋 웃었다.

"귀한 아가씨를 사지에서 구해 줬더니 이젠 몸이 달았나 보군요."

헌터가 대꾸했다.

"그런 것 같군."

엔더스는 줄줄이 늘어선 대포들을 내려다보다가 그중 하나를 손으로 두드리며 말했다.

"미치고 환장할 노릇입니다. 이 멋진 대포들을 선원이 모자라서 쓰질 못하다니 말이에요."

"자넨 잠이나 좀 자 둬."

헌터는 짧게 대꾸하고 걸어갔다.

하지만 엔더스의 말은 사실이었다. 다시 갑판을 거니는 동안 헌터의 머릿속에서 그 여자는 사라지고 다시 대포가 생각났다. 뇌의 일부가 그 문제로 고민하면서 끊임없이 불안하게 들썩였다. 그는 어떻게든 대포들을 사용할 방법이 있을 거라고 믿었다. 그가 잊어버린 어떤 방법, 오래전에 알고 있던 어떤 방법.

그 여자는 헌터를 야만인으로 여기는 듯했다. 혹은 청교도로. 그게 더 나빴다. 헌터는 어둠 속에서 그 생각을 하며 씩 웃었다. 사실 그는 교육받은 사내였다. 중세 이후 지식으로 규정된 주요 분야를 전부 배웠다. 고전 역사, 라틴어와 그리스어, 자연 철학, 종교, 음악. 물론 당시에는 어느 것에도 흥미를 못 느꼈다.

어릴 적에도 그는 오래전에 죽은 사상가의 지혜보다는 실질적이고 경험적인 지식에 훨씬 마음이 끌렸다. 이 세상이 아리스토텔레스가 꿈꾼 세상보다 훨씬 더 크다는 사실을 모르는 학생은 없었다. 헌터 자신도 그리스인들이 존재조차 몰랐던 땅에서 태어났다.

하지만 지금은 그가 받은 정식 교육의 어떤 요소가 마음을 끌어당겼다. 그는 줄곧 그리스나 그리스 사람에 대해서 생각하고 있었지만 그게 뭔지, 왜 그런 생각을 하는지는 몰랐다.

그때 문득 스페인 전함의 함장실에서 보았던 유화가 생각났다. 당시에 헌터는 그 그림을 크게 신경 쓰지 않았다. 지금도 또렷이 기억나지는 않았다. 하지만 전함에 걸려 있던 그림의 무언가가 그의 마음을 끌었다. 어쩐지 중요한 것 같았다.

그게 무슨 상관이지? 헌터는 그림에 문외한이었다. 그는 그림을 아주 하찮은 재능으로 여겼으며, 장식용으로나 어울린다고 생각했다. 또한 여기저기 손댄 초상화를 원하는 허영심 많은 부자 귀족들의 관심거리에 불과하다고 생각했다. 헌터는 화가들도 우습게 여겼다. 그에게 화가는 돈을 대 줄 후원자를 찾아 집시처럼 이 나라 저 나라 떠돌아다니는 시시한 존재였다. 조국에 대한 강한 애착심이 결여된, 집도 없고 뿌리도 없는 보잘것없는 인간이었다. 헌터의 부모는 영국에서 매사추세츠로 도망쳐 온 사람들이었지만, 그는 자신을 완벽한 영국인이자 독실한 신교도로 여겼다. 지금 그는 스페인 구교도인 적과 싸우고 있으며, 자기처럼 애국적이지 않은 자는 이해하지 못했다. 그가 보기에 그림에 미치는 건 하잘것없는 집착이었다.

하지만 화가들은 세상을 돌아다녔다. 런던에는 프랑스 화가가 있고, 스페인에는 그리스 화가가 있으며, 이탈리아 화가는 어디에나 있었다. 심지어 전시에도 화가들은 자유롭게 국경을 넘나들었는데, 특히 이탈리아 화가들이 그랬다. 이탈리아 화가들은 참으로 많았다.

어째서 그런 생각을 하는 걸까?

헌터는 어두컴컴한 배를 거닐면서 대포들을 차례차례 지나쳤다. 그중 하나를 만져 보았다. 포미에 표어가 찍혀 있었다.

셈페르 빙키트

(SEMPER VINCIT, '언제나 승리한다' 라는 뜻)

헌터는 피식 웃으며 생각했다. 늘 이기는 건 아니지. 대포를 장전하고 조준하고 발사할 사람이 없으면 못 이겨. 그는 손가락으로 글자의 홈을 훑으면서 S의 부드러운 곡선과 E의 깨끗한 직선을 느꼈다.

셈페르 빙키트

딱딱한 라틴어에서 힘이 느껴졌다. 강하고 호전적인 두 낱말. 이탈리아인들은 그걸 다 잃어버렸다. 그들은 나약하고 겉만 번드르르하며, 그들의 언어에도 그런 나약함이 깃들어 버렸다. 카이사르의 저 호방한 웅변 '왔노라, 보았노라, 이겼노라'는 까마득한 옛일일 뿐이었다.

빙키트

이 낱말 하나가 특히 마음을 끌었다. 헌터는 글자들의 깨끗한 선을 바라보았다. 그러자 문득 마음속에서 더 많은 선과 각이 보이더니, 어릴 때 그를 몹시 괴롭혔던 유클리드 기하학이 떠올랐다. 그는 두 각을 더하면 하나의 각이 된다거나 두 직선이 한 점에서 교차한다는 것 따위가 왜 중요한지 이해하지 못했다. 그런다고 뭐가 달라지는데?

빙키트

헌터는 카살라의 그림을 떠올렸다. 전함에 걸린 그림. 어울리지도 않고 아무 짝에도 쓸모없는 그림. 그게 미술의 문제였다. 실질적이지 못하다는 것. 미술은 아무것도 이기지 못했다.

빙키트

'승리한다.' 헌터는 그 말의 아이러니에 웃음이 나왔다. 아무것도 이기지 못할 대포에 그런 표어가 찍혀 있다니. 이 무기는 카살라의 그림만큼이나 쓸모없었다. 그에게는 유클리드의 수학 이론만큼이나 쓸모없었다. 헌터는 지친 눈을 비볐다.

죄다 쓸데없는 생각이었다. 그는 목적도 없이 막연히 갑판 위를 빙빙 돌고 있었다. 그의 마음속에는 갇힌 곳에서 빠져나갈 방법을 덧없이 찾는

풀 죽은 사내의 집요한 갈망만 가득했다.

그때, 선원들이 가장 두려워하는 외침이 들렸다.

"불이야!"

29

헌터가 뱃전으로 달려가서 보니, 불붙은 보트 여섯 척이 갤리언 쪽으로 다가오고 있었다. 피치를 두껍게 바른 스페인 전함의 롱보트들이었다. 활활 타오르는 배들이 몽키 베이의 잔잔한 바다를 환히 밝히면서 둥둥 떠내려오고 있었다.

헌터는 이 작전을 예상하지 못한 자신을 원망했다. 전함의 갑판에서 피어오르던 연기가 확실한 단서였는데 계략을 간파하지 못한 것이다. 하지만 자책하고 있을 시간이 없었다. 이미 엘 트리니다드 호의 선원들은 뱃전을 넘어 배 옆에 매어 놓은 롱보트에 내려서고 있었다. 첫 롱보트의 밧줄이 풀리자 선원들이 맹렬히 노를 저어 불붙은 배들을 향해 나아갔다.

헌터가 빙글 돌아서서 엔더스에게 물었다.

"감시병들은 어디 있지? 어떻게 이런 일이 벌어진 거야?"

엔더스가 고개를 저었다.

"모르겠습니다. 분명히 모래밭과 바깥쪽 해변에 세워 놨는데요."

"제기랄!"

아마 감시병들은 망을 보다가 잠들었거나, 밤에 뭍으로 헤엄쳐 온 스페인 놈들에게 기습당해 죽었을 것이다. 헌터는 선원들을 태운 첫 롱보트들이 불타는 배 한 척과 싸우는 모습을 지켜보았다. 그들은 노로 배를 밀어버리거나 뒤집으려고 낑낑댔다. 옷에 불이 옮겨붙은 선원 한 명이 비명을 지르면서 물로 뛰어들었다.

곧이어 헌터도 뱃전을 넘어 보트에 탔다. 선원들은 몸에 바닷물을 뿌리고 노를 저으면서 불타는 배들 쪽으로 다가갔다. 뒤를 돌아보니 카산드라 호에서 상송이 이끄는 롱보트가 진화를 도우러 오고 있었다.

"다들 허리 숙여!"

불지옥으로 들어가면서 헌터가 소리쳤다. 오십 야드 거리에서도 불타는 배들의 열기가 엄청났다. 어둠 속에서 불길이 넘실거리고 높이 치솟았다. 불붙은 피치 덩어리들이 딱딱 소리를 내면서 사방으로 튀고 물속에서 지글거렸다.

그로부터 한 시간은 악몽 같았다. 불타는 배들이 차례차례 바닷가로 밀려 올라가거나, 물에 뜬 채로 선체가 타버려 가라앉았다.

마침내 갤리언으로 돌아온 헌터는 검댕투성이에 너덜너덜한 옷을 입은 채로 금세 깊은 잠에 빠졌다.

이튿날 엔더스가 그를 깨우고는 상송이 엘 트리니다드 호의 선창에 있다는 소식을 전했다. 미심쩍어하는 말투였다.

"그 친구가 뭔가를 발견했다더군요."

헌터는 옷을 입고 엘 트리니다드 호의 네 갑판 아래 선창으로 내려갔다. 위에서 가축들이 싼 똥이 쌓여 자못 향기로운 냄새를 풍기는 선창에 상송이 활짝 웃으며 서 있었다.

그가 말했다.

"우연히 발견했어. 칭찬은 안 해 줘도 돼. 이리 와서 봐."

상송이 헌터를 데리고 밸러스트 칸으로 내려갔다. 좁고 낮은 통로에서 더운 공기와 고인 물이 악취를 풍겼다. 그 물은 배의 가벼운 흔들림에 맞춰 출렁거렸다. 그곳에 밸러스트로 넣어 둔 돌덩이들이 보였다. 하지만 곧 헌터는 눈살을 찌푸렸다. 그것들은 돌덩이가 아니었다. 모양이 너무 일정했다. 포탄이었다.

헌터가 한 손으로 포탄을 집어 들고 무게를 가늠해 보았다. 고인 물과 끈적이는 것이 묻어서 미끈거리는 쇳덩어리였다.

상송이 말했다.

"오 파운드 정도 돼. 우리 배에는 오 파운드 포탄을 쏠 수 있는 대포가 없어."

그는 여전히 싱글거리면서 헌터를 선미 쪽으로 데려갔다. 깜빡거리는 랜턴 불빛 속에서 헌터는 물에 반쯤 잠긴 또 다른 형체를 보았다. 그는 그것을 한눈에 알아보았다. 요즘은 함포로 거의 쓰이지 않는 작은 대포인 세이커였다. 삼십 년 전에는 인기가 있었지만 그 후로는 작은 회전식 대포나 아주 큰 대포로 교체되었다.

헌터가 대포 위로 몸을 숙이고 물속에 손을 넣어 포신을 만져 보았다.

"작동이 될까?"

상송이 대답했다.

"이건 청동 대포야. 유대인이 사용할 수 있을 거랬어."

헌터는 대포를 만졌다. 청동이라서 별로 부식되지 않았다. 그가 상송을 돌아보고 말했다.

"그럼 이걸로 대포 좋아하는 스페인 전함에 한 방 먹여 줘야겠군."

작다고는 해도 세이커는 무게가 천육백 파운드나 나가는 칠 피트 길이의 단단한 청동 덩어리였다. 그래서 거의 아침나절 내내 선원들이 낑낑대면서 그 대포를 엘 트리니다드 호의 갑판으로 올렸다. 그 다음에는 뱃전 너머로 내려 대기 중인 롱보트에 실어야 했다.

땡볕 아래서의 그 작업은 몹시 힘들 뿐만 아니라 신중함과 섬세함이 필요했다. 엔더스가 악을 쓰며 명령하고 욕을 한 결과 세이커는 깃털처럼 사뿐히 롱보트에 내려앉았다. 그 무게에 롱보트가 위태로울 정도로 물에 잠겼다. 뱃전이 물위로 겨우 몇 인치 나와 있었다. 하지만 흔들림이 멎자면 해안 쪽으로 견인되어 갔다.

헌터는 몽키 베이에서 밖으로 구부러져 뻗은 언덕 꼭대기에 세이커를 설치할 생각이었다. 그러면 스페인 전함이 사정권에 들어와 포격할 수 있었다. 그 대포가 있는 곳은 안전했다. 위치가 높아서 스페인 놈들의 대포로는 고각(高角)이 나오지 않아 반격할 수가 없었다. 따라서 헌터의 부하들은 포탄이 바닥날 때까지 포격할 수 있었다.

진짜 문제는 언제 포격하느냐였다. 헌터는 이 대포의 힘에 헛된 기대를 품지 않았다. 오 파운드 포탄은 결코 위협적이지 못했다. 심각한 피해를 입히려면 여러 번 발사해야 했다. 하지만 밤에 포격하면 스페인 전함이 당황해서 닻줄을 끊고 사정권에서 벗어나려 할 수도 있었다. 밤에 얕은 바다에서 허둥대면 좌초되기 십상이고, 심지어 침몰하기도 쉬웠다.

물론 그건 헌터의 희망사항이었다.

세이커를 싣고 힘겹게 나아가는 롱보트가 해변에 닿자, 선원 삼십 명이 낑낑대면서 대포를 뭍으로 끌어올렸다. 거기서부터는 굴림대 위에 올려놓고 덤불 가장자리까지 조금씩 힘겹게 밀고 갔다.

이번에는 울창하게 자란 맹그로브와 야자수의 숲을 뚫고 언덕 꼭대기로 백 피트 거리를 끌고 올라가야 했다. 무게를 덜어 줄 권양기(捲楊機)나 도르래가 없어서 힘겨운 작업이었지만, 선원들은 군말 없이 열심히 일했다.

다른 선원들도 그들 못지않게 열심히 일했다. 유대인의 감독 아래 선원 다섯 명이 포탄의 녹을 벗겨내고 자루에 화약을 채웠다. 솜씨 좋은 목수인 무어는 포가를 만들고 포이(대포 양쪽에 귀처럼 돌출되어 포가에 걸치는 부분) 자리도 파냈다.

땅거미가 질 무렵, 전함이 내려다보이는 자리에 대포가 설치되었다. 헌터는 어둠이 밀려들 때까지 몇 분 기다렸다가 발포 명령을 내렸다. 조금 멀리 발사된 첫 번째 포탄은 스페인 전함을 지나 바다에 빠졌다. 두 번째 포탄은 명중했고, 세 번째 포탄도 명중했다. 이윽고 너무 어두워져서 아무것도 보이지 않았다.

그로부터 한 시간 동안 세이커가 스페인 전함에 포격을 퍼붓자, 어둠 속에서 하얀 돛들이 펼쳐지는 모습이 보였다.

엔더스가 목쉰 소리로 외쳤다.

"놈이 도망가려는 거야!"

포대원들이 환호성을 질렀다. 포격이 계속되는 동안 전함이 돛을 움직이면서 정박지를 벗어나기 시작했다. 헌터의 부하들은 꾸준히 포격을 가했으며, 전함이 어둠 속으로 사라진 뒤에도 헌터는 계속 포격하라고 지시했다. 세이커의 포성이 밤새 끊이지 않았다.

첫새벽이 밝아 올 무렵, 그들은 고된 노고의 열매를 확인하려고 안달이 났다. 전함은 육지에서 사분의 일 마일 더 떨어진 곳에 다시 정박해 있었지만, 그 배 뒤에서 해가 뜨는 바람에 검은 윤곽으로만 보였다. 그래서 손상의 흔적을 찾아볼 수가 없었다. 약간의 손상을 입힌 것은 알고 있었지만 어느 정도인지 판단하기는 불가능했다.

스페인 전함의 모습이 처음 드러났을 때도 헌터는 실망했다. 몇몇 밧줄이 끊어졌고, 뱃머리가 파이고 조금 부서졌다. 하지만 대수롭지 않은 피해였다. 보스케의 전함은 햇빛 비치는 앞바다에 안전하게 떠 있었다. 헌터는 엄청난 피로와 크나큰 절망을 느꼈다. 한동안 적함을 지켜보던 그는 그 배의 움직임에서 무언가를 눈치 채고 나직이 탄식했다.

"맙소사."

옆에 있던 엔더스도 그것을 알아차렸다.

"파도가 길군요."

헌터가 대꾸했다.

"바람은 아직 괜찮아."

"네. 그래 봐야 앞으로 하루 정도입니다."

헌터는 정박해 있는 스페인 전함을 앞뒤로 흔드는 길고 느린 파도를 응시하며 투덜거렸다.

"제길. 어디서 오는 거지?"

엔더스가 대답했다.

"아마 이맘때면 남쪽에서 곧장 북상하고 있을 겁니다."

늦여름은 허리케인의 계절이었다. 노련한 뱃사람인 그들은 그 무시무시한 폭풍의 도착을 이틀 전에 미리 예측할 수 있었다. 초기의 징조는 언제나 해수면에 나타났다. 시속 수백 마일에 이르는 바람에 파도가 밀리면, 아주 먼 지역의 파도도 덩달아 변했다.

헌터는 여전히 구름 한 점 없는 하늘을 올려다보았다.

"시간이 얼마나 남았나?"

엔더스가 고개를 절레절레 저었다.

"늦어도 내일 밤이면 도착할 겁니다."

"빌어먹을!"

헌터가 돌아서서 몽키 베이에 있는 갤리언을 바라보았다. 그 배는 정박지에 느긋하게 떠 있었다. 만으로 들어온 밀물이 비정상적으로 높았다.

"빌어먹을!"

그가 다시 투덜거리고 자기 배로 돌아갔다.

한낮의 땡볕 아래서 마치 감옥에 갇힌 사람처럼 갑판 위를 서성이는 헌터는 기분이 몹시 언짢았다. 점잖은 대화를 나눌 기분이 아니었다. 불행히도 새러 앨먼트가 이 순간에 헌터에게 말을 걸었다. 그녀는 뭍에 데려다 달라면서 롱보트 한 척과 선원을 요청했다.

"왜요?"

헌터가 퉁명스럽게 물었다. 그는 어젯밤에 자신이 그녀의 방에 찾아가지 않은 까닭을 그녀가 궁금해하지 않아서 내심 못마땅했다.

"왜냐고요? 제가 먹을 과일과 채소를 구해 오려고요. 이 배에는 적당한 음식이 없거든요."

"불가능한 요청입니다."

헌터가 쌀쌀맞게 대꾸하고 등을 돌렸다. 그러자 새러가 발을 구르고 말했다.

"선장님, 이건 저한테 간단한 문제가 아니라는 걸 아셔야 해요. 저는 채식주의자라서 고기를 못 먹는단 말이에요."

헌터가 뒤돌아서서 대꾸했다.

"마담, 저는 당신의 괴상한 취미에 눈곱만큼도 관심이 없을뿐더러, 그런 부탁을 들어 줄 시간도 인내심도 없습니다."

새러의 얼굴이 벌게졌다.

"괴상한 취미라고요? 뭘 모르시나 본데, 프톨레마이오스부터 레오나르도 다 빈치까지 인류 역사에서 가장 위대한 사상가들은 채식주의자였어요. 그리고 하나 더 알려드리자면, 당신은 흔해빠진 무지렁이 촌뜨기예요."

헌터도 그녀 못지않게 화가 났다. 그가 바다를 가리키며 말했다.

"마담, 당신의 그 엄청난 무지로 바다의 변화를 느낄 수 있겠습니까?"

당황한 그녀는 입을 다물었다. 앞바다에는 가벼운 파도만 이는데 헌터가 왜 바다를 걱정하는지 이해할 수가 없었다.

"이 배처럼 큰 배한테는 대수롭지 않아 보이는데요."

"물론이죠. 당분간은."

"하늘도 맑아요."

"당분간은."

새러가 뾰로통한 얼굴로 말했다.

"저는 뱃사람이 아니에요, 선장님."

헌터가 대꾸했다.

"마담, 지금 파도가 길고 깊게 일고 있습니다. 그 의미는 하나뿐이죠. 이틀 안에 우리가 허리케인 한가운데 있게 된다는 뜻입니다. 이해하시겠습니까?"

그녀는 교과서를 읽듯이 대답했다.

"허리케인은 거센 폭풍이죠."

"거센 폭풍이라. 태풍이 불어 닥칠 때 우리가 여전히 이 우라질 항구에 있다가는 산산조각 나고 말 겁니다. 아시겠습니까?"

몹시 성난 표정으로 새러를 노려보던 헌터는 그녀가 이해하지 못한다는 것을 눈치 챘다. 허리케인을 한 번도 보지 못한 그녀는 그것이 바다의 여느 폭풍보다 조금 더 큰 폭풍이라고밖에 상상할 수 없었다.

어이가 없었다. 허리케인을 거센 폭풍이라고 하는 건 늑대를 애완견이라고 하는 것과 마찬가지였다.

새러가 대꾸하기도 전에 헌터가 등을 돌리고 뱃전에 기댔다. 그는 자신이 너무 모질게 군다는 걸 알고 있었다. 그의 근심이 그녀의 근심일 리는 없으며, 당연히 그녀의 부탁을 들어 줘야 했다. 지금껏 새러는 화상 입은 선원들을 밤새 돌봐 주었는데, 이는 곱게 자란 여자로서는 보기 드문 기행이었다. 헌터가 돌아서서 그녀와 마주보고 조용히 말했다.

"죄송합니다. 엔더스에게 부탁하면 뭍에 나가실 수 있도록 준비해 줄 겁니다. 가서 프톨레마이오스와 레오나르도의 고상한 전통을 수행하세요."

헌터는 말하다 멈칫했다.

"왜 그러세요?"

헌터는 허공을 응시하고 있었다.

"선장님, 괜찮으세요?"

갑자기 그가 그녀를 버려두고 걸어가며 소리쳤다.

"돈 디에고! 돈 디에고를 불러 와!"

돈 디에고가 선장실에 도착했을 때, 헌터는 종이 위에 맹렬히 무언가를 그리고 있었다. 책상 위에 그림이 잔뜩 널려 있었다.

헌터가 말했다.

"이게 정말로 성공할지는 알 수 없습니다. 저도 말로만 들었으니까요. 피렌체의 예술가 레오나르도가 제안한 방법인데, 아무도 관심을 보이지 않았죠."

돈 디에고가 대꾸했다.

"군인들은 예술가를 우습게 알지."

헌터가 그를 노려보며 말했다.

"어리석은 자들이나 그렇죠."

돈 디에고가 그림들을 바라보았다. 모두 위에서 내려다본 선체의 윤곽을 그린 것인데, 뱃전에서 여러 개의 선이 밖으로 뻗어 있었다. 헌터가 하나를 더 그리고 말했다.

"원리는 간단합니다. 일반적인 배에서는 각 대포마다 지휘관이 있고, 그는 대포 한 대의 발사만 책임집니다."

"그렇지……."

"대포를 장전하고 포문 밖으로 내밀면, 포격 지휘관이 포신 뒤에 웅크리고 표적을 노려보죠. 그는 포대원들에게 나무지레와 옆줄로 대포를 움직이도록 지시하면서 최적의 방향을 잡습니다. 그런 다음 포대원들에게 지시해 쐐기를 밀어 넣고 포격 각도를 높입니다. 최적의 고각(高角)을 잡는 거죠. 마지막으로 발사. 이것이 각 대포의 포격 과정입니다."

"그렇지……."

돈 디에고는 커다란 대포가 발사되는 모습을 실제로 본 적은 없지만 일반적인 작동 원리는 익히 알고 있었다. 각 대포는 개별적으로 적을 조준하기 때문에, 올바른 방향과 고각을 정확히 판단할 수 있는 훌륭한 포격 지휘관은 굉장한 존경을 받았다. 그리고 드물었다.

헌터가 말했다.

"이런 일반적인 방식은 평행 포격입니다."

그는 종이에 그린 배의 뱃전에서 평행으로 여러 개의 선을 그렸다.

"각 대포가 발사되면 각 지휘관은 포탄이 표적에 맞기를 빕니다. 하지만 실제로는 어느 방향이나 고각으로 쏴도 명중할 만큼 두 배가 아주 가까워질 때까지는 대부분의 포탄이 빗나가죠. 그 거리는 오백 야드 이내일 겁니다. 맞습니까?"

돈 디에고가 천천히 고개를 끄덕였다. 헌터가 새로운 배를 그리고 말했다.

"그 피렌체의 예술가는 이걸 제안했죠. 그는 포격 지휘관들에게 개별적 포격을 맡기지 말라고 했습니다. 대신 전투가 시작되기 전에 모든 대포를 미리 조준해 놓으라고 했죠. 이런 식으로 말입니다."

그는 뱃전에서 뻗어 나오는 포격 선들이 바다에서 한 점에 모이도록 그렸다.

"보셨죠? 한 장소에 포격을 집중하는 겁니다. 모든 포탄이 같은 지점의 표적에 명중하면 엄청난 파괴를 일으킵니다."

돈 디에고가 말했다.

"그렇겠지. 아니면 전부 빗나가서 바다의 한 지점에 빠지거나. 또는 모든 포탄이 적함의 제일사장 같은 중요하지 않은 부분에 맞겠지. 솔직히 난 자네의 계획이 어떤 가치를 갖고 있는지 모르겠네."

헌터가 그림을 두드리며 대답했다.

"대포를 발사하는 방식이 그 가치입니다. 생각해 보세요. 만약 미리 조준해 놓으면 각 대포를 포대원 한 명만으로 발사할 수 있습니다. 어쩌면 혼자서 두 대를 발사할 수도 있을 겁니다. 그리고 표적이 사정권에 들어오면 모든 포탄이 명중하겠죠."

헌터에게 선원이 부족하다는 사실을 아는 유대인은 박수를 쳤다.

"멋진 생각이로군."

하지만 곧 눈살을 찌푸렸다.

"첫 번째 일제 포격이 끝난 다음에는 어쩌지?"

"대포가 반동해서 뒤로 돌아오면, 포대원들을 모아 대포들을 차례차례 거치면서 포탄을 장전한 다음 미리 표시해 둔 위치로 밀어 놓을 겁니다. 이건 비교적 빠르게 할 수 있습니다. 선원들을 훈련시키면 십 분 안에 두 번째 일제 포격을 가할 수 있을 겁니다."

"하지만 그때쯤이면 적함의 위치가 바뀌어 있을 텐데."

헌터가 대답했다.

"그렇습니다. 우리 배에 더 가까이, 포격 지점 안쪽에 있겠죠. 그러면 포격 지점이 조금 퍼지겠지만 그래도 적함에 맞을 겁니다. 아시겠습니까?"

"그럼 두 번째 일제 포격 후에는?"

헌터가 한숨을 내쉬었다.

"아마 기회는 두 번밖에 없을 겁니다. 두 차례 일제 포격으로 적함을 침몰시키거나 항해 불능 상태로 만들지 못하면 우린 끝장입니다."

잠시 후 유대인이 입을 열었다.

"음, 손 놓고 있는 것보다는 낫겠지."

낙관적인 말투가 아니었다. 선박들끼리의 해상 교전 시에는 대개 일제 사격을 오십 여 차례 주고받아야 결판이 났다. 선원들이 일사불란하고 화력이 엇비슷한 두 배가 붙으면 거의 하루 종일 싸우면서 백 번 넘게 일제 사격을 주고받기도 했다. 그에 비하면 두 차례 일제 사격은 새 발의 피였다.

헌터가 말했다.

"선미부나 화약고, 포탄 창고를 타격해야 합니다."

전함에서 정말로 취약한 부분은 그 세 곳뿐이었다. 선미부에는 장교 전원과 키잡이, 키가 있었다. 그곳을 확실히 타격하면 배가 길잡이를 잃게 된다. 선수의 포탄 창고와 화약고를 명중시키면 전함이 순식간에 폭발할 것이다.

어느 곳도 맞히기는 쉽지 않았다. 너무 앞쪽으로 조준하거나 너무 뒤쪽으로 조준하면 모든 포탄이 허무하게 빗나갈 가능성이 높아졌다.

유대인이 말했다.

"문제는 조준이야. 포격 훈련을 하면서 대포 위치를 표시할 건가? 이 항구에서?"

헌터가 고개를 끄덕였다.

"하지만 바다로 나가면 어떻게 조준하지?"

"바로 그것 때문에 당신을 부른 겁니다. 우리 배에서 적함을 정확히 조준할 장치가 필요합니다. 기하학이 필요한 문제인데, 저는 수업 내용을 오래전에 까먹었거든요."

유대인이 손가락 없는 왼손으로 코를 긁으며 말했다.

"생각해 보겠네."

그러고는 선장실 밖으로 나갔다.

흔들림 없는 항해사인 엔더스가 오랜만에 심란해졌다. 그가 물었다.

"다시 말씀해 주시겠습니까?"

헌터가 같은 말을 되풀이했다.

"대포 서른두 기를 모두 좌현에 배치시켜 주게."

엔더스가 대꾸했다.

"그러면 새끼 밴 암퇘지처럼 좌현으로 기울 텐데요."

그 모습을 생각만 해도 자신의 뛰어난 항해술과 균형 감각이 모욕당하는 것 같다는 표정이었다.

헌터가 말했다.

"물론 볼썽사납겠지. 그래도 배를 몰 수 있겠나?"

엔더스가 대답했다.

"그럭저럭 할 수는 있겠죠. 저는 교황의 관에 식탁 냅킨을 돛으로 단 배도 몰 수 있습니다. 네, 그럭저럭 할 수 있을 겁니다."

그가 한숨을 쉬고 덧붙였다.

"물론 앞바다로 나간 다음에 대포를 옮기실 생각이겠죠?"

헌터가 대답했다.

"아니, 여기서 옮길 거야. 만(灣)에서."

엔더스가 다시 한숨을 쉬었다.

"그럼 새끼 밴 암퇘지를 끌고 산호초를 통과하실 생각입니까?"

"맞아."

"그렇다면 화물을 갑판으로 올려야겠군요. 선창의 상자들을 우현 난간으로 옮겨서 거기다 묶어 놔야겠습니다. 그렇게 하면 조금은 낫겠지만, 균형도 안 맞고 위쪽이 무거워서 파도를 탈 때 코르크처럼 옆질(배가 좌우로 흔들리는 것)을 할 겁니다."

"배를 몰 수 있나만 대답해."

긴 침묵이 흘렀다. 마침내 엔더스가 말했다.

"몰 수 있습니다. 원하시는 대로 멋지게 몰아드리죠. 하지만 폭풍과 맞닥뜨리기 전에 원상태로 돌려 놔야 합니다. 폭풍 속에서는 십 분도 못 버틸 테니까요."

헌터가 대답했다.

"그건 나도 알아."

두 남자는 서로를 바라보았다. 그들이 앉아 있는 동안, 머리 위에서 우르르 울리는 소리가 들렸다. 우현의 첫 대포가 좌현으로 옮겨지고 있었다.

엔더스가 말했다.

"가능성이 희박한 게임을 하시는군요."

헌터가 대꾸했다.

"그게 나의 유일한 가능성이니까."

포격 훈련은 이른 오후에 시작되었다. 오백 야드 너머 해변에 하얀 범포 조각을 세우고, 그 표적을 맞힐 때까지 개별적으로 포격했다. 그런 다음 칼로 갑판에 대포 위치를 표시해 놓았다. 그 길고 느리고 고된 과정이 밤까지 이어졌으며, 밤에는 하얀 돛 표적 대신 작은 모닥불을 피웠다. 하지만 자정 무렵에는 대포 서른두 기를 모두 조준하고, 장전하고, 포문 밖으로 내밀었다. 갑판으로 올라온 화물을 우현 난간에 묶어 놓자 좌현으로 기운 것이 조금 만회되었다. 엔더스는 배의 균형이 만족스럽다고 말했지만 표정은 밝지 않았다.

헌터는 모든 선원들에게 몇 시간 자 두라고 지시한 다음, 아침 밀물 때 출항할 거라고 말했다. 잠들기 전에 그는 보스케가 낮에 후미 안에서 벌어진 포격 훈련을 어떻게 생각할까 궁금했다. 그 포격의 의미를 짐작할까? 만약 그렇다면 어떻게 나올까?

헌터는 그 질문의 답을 고민하지 않았다. 곧 알게 되리라 생각하고 눈을 감았다.

30

동이 틀 무렵, 헌터는 갑판을 서성이면서 선원들의 전투 준비를 지켜보았다. 그들은 각종 밧줄을 두 개씩 달았다. 그래야 일부가 잘려 나가도 나머지로 계속 항해할 수 있었다. 물에 적신 침구와 담요는 뱃전 난간에 묶어 나무 파편이 튈 것에 대비했다. 갑판은 전부 물로 여러 번 씻었는데, 마른 나무를 적셔 놓으면 화재 위험이 줄기 때문이었다.

이렇게 준비가 한창인 가운데 엔더스가 다가왔다.

"방금 파수병의 보고가 들어왔습니다, 선장님. 전함이 사라졌습니다."

헌터는 흠칫 놀랐다.

"사라져?"

"네, 선장님. 밤사이에 사라졌습니다."

"지금은 전혀 안 보이나?"

"네, 선장님."

"놈이 포기했을 리 없어."

헌터는 여러 가지 가능성을 잠시 고려해 보았다. 어쩌면 스페인 전함이 숨어서 기다리려고 섬의 북쪽이나 남쪽으로 갔을지도 모른다. 어쩌면 보스케가 다른 계획을 세웠거나, 어쩌면 세이커의 포격이 헌터 일행의 예상보다 더 큰 피해를 입혔을 수도 있었다. 헌터가 말했다.

"좋아, 하던 일 계속해."

전함이 사라진 것은 당장은 좋았다. 꼴사납게 뒤뚱거리는 배로 몽키 베이를 안전하게 빠져나갈 수 있을 테니까.

헌터는 줄곧 앞바다로 나가는 그 순간을 걱정했다.

만의 맞은편에서 상송이 카산드라 호의 출항 준비를 지시하는 모습이 보였다. 오늘 그 배는 물에 깊이 잠겼다. 밤사이에 헌터가 저장실의 보물을 절반가량 카산드라 호의 선창으로 옮겨 놓았기 때문이다. 적어도 두 배 중 한 척은 침몰할 가능성이 높은 터라, 보물의 일부만이라도 건지고 싶었던 것이다.

상송이 그에게 손을 흔들었다. 헌터도 손을 흔들면서 오늘은 상송이 부럽지 않다고 생각했다. 그들의 계획에 따르면, 적의 공격을 받을 경우 헌터의 배가 스페인 전함과 교전하는 사이 상송의 배는 가장 가까운 안전한 항구로 달아날 예정이었다. 그렇다고 상송에게 위험이 전혀 없는 것은 아니었다. 카산드라 호가 멀쩡한 상태로 달아나기 어려울 수도 있었다. 만약 스페인 전함이 상송을 먼저 공격하려 들면, 헌터의 배는 적함을 공격할 수 없을 터였다. 엘 트리니다드 호의 대포는 두 번의 방어 포격만 준비되어 있었기 때문이다.

상송도 그런 상황을 걱정할지 모르지만 내색은 하지 않았다. 손을 흔드는 모습이 아주 명랑했다. 몇 분 뒤, 두 배가 닻을 올리고 돛을 조금만 편 채 앞바다로 나아가기 시작했다.

바다는 거칠었다. 산호초의 여울을 통과하자마자 바람이 사십 노트로 불고 파도의 높이는 십이 피트나 되었다. 그 바다에서 카산드라 호는 둥실둥실 오르락내리락했지만, 헌터의 갤리언은 병든 짐승처럼 뒤뚱뒤뚱 꾸물거렸다.

엔더스가 몹시 툴툴대더니 헌터에게 잠시 키를 잡아 달라고 부탁했다. 헌터가 지켜보는 가운데 앞으로 걸어간 항해사는 모든 돛을 지나 뱃머리에 섰다.

엔더스는 바람을 등지고 서서 두 팔을 쫙 폈다. 그 상태로 잠시 있다가 여전히 두 팔을 편 채 살짝 몸을 돌렸다.

헌터는 엔더스가 무얼 하는지 알고 있었다. 허리케인의 눈이 어느 쪽에 있는지 알아내는 오래된 방법이었다. 두 팔을 벌린 채 바람을 등지고 서면, 태풍의 눈이 있는 곳은 항상 왼손 방향의 전방 2포인트(포인트는 32방위법에 따라 바람이 부는 방향과 배의 항로를 표시하는 단위이다)였다.

엔더스가 투덜거리고 욕을 하면서 선미로 돌아왔다. 그가 다시 타륜을 잡고 말했다.

"남남서 방향입니다. 오늘 어두워지기 전에 태풍이 느껴질 겁니다. 아니면 제 손에 장을 지지죠."

사실 머리 위의 하늘은 벌써부터 잿빛으로 어두워지고 있었으며, 바람도 일 분마다 점점 거세지는 것 같았다. 불안하게 기우뚱한 상태로 캣 섬을 벗어난 엘 트리니다드 호는 거친 바다에서 몹시 흔들리기 시작했다.

엔더스가 말했다.

"젠장. 저 대포들 때문에 불안해 죽겠습니다, 선장님. 두세 기만이라도 우현으로 옮기면 안 될까요?"

헌터가 대답했다.

"안 돼."

엔더스가 말했다.

"배가 더 잘 나갈 겁니다. 선장님도 좋아하실 거예요."

헌터가 대꾸했다.

"보스케도 좋아하겠지."

"보스케가 어디 있는지 좀 보여 주십쇼. 그럼 대포에 대해 입도 뻥긋하지 않을 테니까."

"저기 있어."

헌터가 선미 쪽을 가리켰다.

엔더스가 뒤를 돌아보니, 스페인 전함이 캣 섬의 북쪽 해안을 벗어나 갤리언을 맹렬히 뒤쫓고 있었다.

"우리 똥구멍을 쫓아오고 있군요. 젠장, 꽁무니까지 잡히다니 원."

스페인 전함은 이 갤리언의 가장 취약한 부분인 선미 갑판 뒤쪽에 있었다. 모든 배는 선미가 약했다. 그래서 보물은 항상 앞쪽에 싣고, 대부분 널찍한 선실은 늘 선미에 있었다. 대개 선장은 큰 방을 쓰지만, 교전이 벌어지면 그곳에 있지 않았다.

헌터의 배는 선미에 대포가 없었다. 모든 청동 덩어리는 우현에 몰려 있었다. 그리고 배가 꼴사납게 기울어져 있어서 엔더스가 후방 공격에 대한 전통적인 방어 기동을 할 수가 없었다. 대개 이럴 때는 배를 지그재그로 이상하게 몰면서 조준을 어렵게 해야 했다. 엔더스는 배가 물을 뒤집어쓰지 않도록 항로를 유지해야 했으며, 그 때문에 몹시 못마땅했다.

헌터가 말했다.

"항로 유지하면서 육지를 우현으로 둬."

그가 앞쪽의 뱃전 난간으로 가 보니, 돈 디에고가 자신이 만든 기묘한 장치를 들여다보고 있었다. 나무로 만들어진 그 장치는 길이가 대략 삼 피트이고, 중앙돛대에 설치되어 있었다. 양쪽 끝에 있는 작은 사각형 나무틀에는 머리카락 두 올이 X자 모양으로 교차되어 있었다.

유대인이 장치의 한쪽 끝에 서서 말했다.

"아주 간단해. 여기서 적함을 바라보다가 머리카락 두 쌍이 합쳐지면 정확한 위치에 있는 거지. 머리카락의 교점에 있는 부분이 타격 지점이야."

"거리는 어쩌죠?"

"그건 라쥐한테 맡겨."

헌터가 고개를 끄덕였다. 눈이 좋은 라쥐는 꽤 정확하게 거리를 추정할 수 있었다.

유대인이 말했다.

"거리는 문제가 아니야. 너울 위에서의 타이밍이 문제지. 자, 직접 봐."

헌터가 교차된 머리카락 뒤에 서서 한쪽 눈을 감고 두 개의 X가 겹쳐질 때까지 바라보았다. 그제야 그는 자신의 배가 얼마나 흔들리는지 깨달았다.

한순간 허공을 가리키던 머리카락의 교점이 금세 요동치는 바다를 가리켰다.

헌터는 마음속으로 포격 과정을 그려 보았다. 그의 발포 명령과 포대원들이 발사 밧줄을 잡아당기는 순간 사이에는 시간차가 있을 터였다. 그걸 감안해야 했다. 그리고 포탄이 느리게 날아가는 것도 문제였다. 표적에 맞기까지 0.5초는 걸릴 터였다. 다 합치면 발포 명령과 맞는 순간의 시간차는 일 초 이상이었다.

그 일 초 동안 배는 바다 위에서 미친 듯이 옆질과 뒷질(물에 뜬 배가 앞뒤로 흔들리는 것)을 해댈 것이다. 헌터는 당혹감에 휩싸였다. 그가 세운 절박한 계획은 거친 바다에서는 무용지물이었다. 정확히 조준해서 두 번 발사하는 것이 불가능하기 때문이었다.

유대인이 제안했다.

"타이밍이 생명이라네. 결투할 때 어떻게 하는지 생각하면 도움이 될 거야."

좋은 아이디어였다. 헌터가 고개를 끄덕였다.

"고맙습니다. 포격할 때 포대원들에게 알려 주십시오. '발사 준비, 하나, 둘, 셋, 발사'로 신호하겠습니다. 아시겠죠?"

유대인이 대답했다.

"그러지. 하지만 전투의 소음 속에서는……."

헌터가 고개를 끄덕였다. 오늘 유대인은 아주 영민하고, 헌터보다 훨씬 더 생각이 깊었다. 일단 포격이 시작되면 구두 신호는 들리지 않거나 잘못 듣기 십상이었다.

"제가 명령을 외치면 당신이 제 옆에 서서 손으로 신호하세요."

유대인이 고개를 끄덕이고 포대원들에게 가서 말했다. 헌터는 라쥐를 불러 정확한 거리 추정의 필요성을 그녀에게 설명했다. 대포가 오백 야드로 조준되어 있기 때문에 그녀가 정확하게 거리를 추정해야 했다. 라쥐는 문제없다고 대답했다.

헌터가 다시 엔더스에게 돌아왔다. 엔더스는 쉴 새 없이 욕을 지껄이고 있었다.

"우린 곧 저 남색꾼의 거시기 맛을 보게 될 겁니다. 벌써부터 똥구멍이 찢어지는 느낌이 드는뎁쇼."

그때 스페인 전함이 선수포로 포격을 개시했다. 작은 포탄이 공중으로 휙 날아갔다.

엔더스가 허공에 주먹을 휘두르며 투덜거렸다.

"거참 성미도 급한 자식일세."

두 번째 포탄은 선미부의 나무를 부쉈지만 심각한 손상은 입히지 못했다.

헌터가 말했다.

"항로 유지. 따라오게 내버려 둬."

"따라오게 내버려 두라굽쇼? 안 그러면 달리 할 거라도 있나요?"

헌터가 대꾸했다.

"정신이나 똑바로 차려."

엔더스가 툴툴거렸다.

"지금 위태로운 건 정신이 아니라 저의 소중한 똥구멍이란 말입니다."

세 번째로 날아온 작은 포탄은 아무 해도 끼치지 못하고 선체 중앙을 따라 획 날아갔다. 줄곧 그걸 기다리고 있었던 헌터가 소리쳤다.

"연기 피워!"

그러자 선원들이 갑판에 놓인 상자로 달려가 안에 담긴 피치와 황에 불을 붙였다. 거세게 공중으로 피어오른 연기가 선미 쪽으로 흘러갔다. 헌터는 배가 파손된 것처럼 보일 생각이었다. 그는 엘 트리니다드 호가 스페인 전함에게 어떻게 보일지 충분히 짐작할 수 있었다. 문제가 있어서 기우뚱한 데다 이제 검은 연기까지 토해내는 배.

엔더스가 말했다.

"놈이 동쪽으로 움직입니다. 끝장을 내러 오는 겁니다."

헌터가 대꾸했다.

"좋아."

엔더스는 고개를 절레절레 저으며 빈정거렸다.

"좋으시대요. 친애하는 유다의 혼령님, 우리 선장 나리가 좋으시대요."

헌터가 지켜보는 가운데 스페인 전함이 갤리언의 좌현 쪽으로 이동했다. 보스케는 고전적인 방식으로 교전을 시작했고, 같은 방식을 고수하고 있었다. 표적 옆으로 멀리 돌아가면서 사정권 밖의 평행 항로로 들어서고 있었다.

자기 배의 뱃전이 갤리언과 마주보면 보스케는 다가오기 시작할 것이다. 그리고 갤리언이 사정권에 들어오면 대략 이천 야드 밖에서부터 포격을 개시할 테고, 계속 포격하면서 점점 더 가까이 다가올 것이다. 그 시기가 헌터와 그의 선원들에게는 가장 어려운 고비였다. 스페인 전함이 사정권에 들어올 때까지 적의 일제 포격을 견뎌야 하기 때문이었다.

헌터가 지켜보는 동안 적함이 엘 트리니다드 호의 좌현 일 마일 조금 넘는 지점에서 곧장 평행 항로로 들어섰다.

"항로 유지."

헌터가 엔더스의 어깨에 한 손을 얹고 말했다. 엔더스가 투덜거렸다.

"저를 살살 다뤄 주세요. 저 스페인 남색꾼이 보고 배우게."

헌터가 앞으로 가서 라쥐 옆에 섰다. 그녀는 적함의 옆모습을 바라보며 말했다.

"방금 이천 야드 안으로 들어왔어요."

"얼마나 빨리 다가오고 있지?"

"아주 빨리요. 안달이 난 것 같아요."

헌터가 말했다.

"우리한테는 더 잘됐어."

라쥐가 대꾸했다.

"이제 천팔백 야드예요."

헌터가 말했다.

"계속 알려 줘."

잠시 후 적함이 첫 번째 일제 포격을 가하자, 포탄들이 갤리언의 좌현 너머 바다에 떨어졌다.

유대인이 초를 세기 시작했다.

"마돈나 하나, 마돈나 둘, 마돈나 셋, 마돈나 넷……."

라쥐가 말했다.

"천칠백 야드 미만."

유대인이 일흔다섯까지 셌을 때 두 번째 일제 포격이 시작되었다. 무쇠 포탄들이 쉭쉭 소리를 내면서 그들 주위의 허공을 가르고 날아갔지만 배에는 한 발도 맞지 않았다.

유대인이 곧바로 다시 처음부터 세기 시작했다.

"마돈나 하나, 마돈나 둘……."

헌터가 말했다.

"대단한 솜씨는 아니로군. 저 배라면 육십 초 이내로 발사했어야 해."

라쥐가 중얼거렸다.

"천오백 야드."

다시 일 분이 흐르자 세 번째 일제 포격이 시작되었다. 이번에는 제대로 맞아서 엄청난 피해를 입혔다. 갑자기 헌터 주위가 끔찍한 혼돈의 세상으로 바뀌었다. 선원들이 비명을 지르고, 나무 파편들이 허공을 가르고, 활대와 밧줄이 갑판으로 쏟아져 내렸다.

헌터가 소리쳤다.

"피해 상황 보고! 피해 상황 보고해!"

연기 사이로 바라보니, 적함은 여전히 거리를 좁혀 오고 있었다. 헌터는 자신의 발 앞에 선원이 쓰러져 있는 것도 몰랐다. 그 선원은 몸부림치고 고통에 절규하면서 두 손으로 얼굴을 감쌌지만 손가락 사이로 피가 터져 나왔다.

유대인이 내려다보니, 커다란 나무 파편이 선원의 뺨을 뚫고 입천장에 꽂혀 있었다. 곧이어 라쥐가 침착한 표정으로 몸을 숙이고 권총으로 선원의 머리를 쐈다. 분홍색 치즈 같은 물질이 나무 갑판에 쫙 퍼졌다. 유대인은 그것이 선원의 뇌라는 걸 깨달았지만 이상하게도 초연했다. 그는 헌터를 돌아보았다. 헌터는 적함에서 눈을 떼지 않고 있었다.

"피해 상황 보고해!"

헌터가 소리치는 순간 스페인 전함의 다음 일제 포격이 엘 트리니다드호를 두들겼다.

"제일사장이 날아갔습니다."

"앞돛이 날아갔습니다!"

"대포 이호기 이탈."

"대포 육호기 이탈!"

"뒷가운데돛대(뒷돛대의 가운데 돛대)가 부러졌습니다!"

그때 위에서 외치는 소리가 들렸다.

"아래 조심해!"

곧이어 뒷가운데돛대의 활대들이 무너져 내려 갑판을 덮치자, 무거운 나무와 밧줄이 비처럼 쏟아졌다.

헌터는 주위에 활대들이 무너져 내릴 때 몸을 숙였다. 돛에 뒤덮인 그는 일어서려고 버둥거렸다. 나이프 한 자루가 그의 얼굴 바로 앞에서 돛을 찢었다. 헌터가 고개를 뒤로 빼자 곧이어 날빛이 보였다. 라쥐가 돛을 잘라서 그를 꺼내 주었다.

헌터가 말했다.

"하마터면 내 코를 자를 뻔했어."

라쥐가 대꾸했다.

"코 없이도 살 수 있어요."

스페인 전함에서 날아온 새로운 포탄들이 머리 위로 휙휙 지나갔다.

엔더스가 정신 나간 사람처럼 즐거운 표정으로 소리쳤다.

"너무 높잖아. 제기랄, 너무 높다고!"

헌터가 앞쪽을 바라보자, 때마침 포탄 하나가 오호기의 포대원을 날려 버렸다. 그 청동 대포는 공중으로 날아갔다. 묵직한 나무 파편들이 사방으로 튀었다. 한 선원은 면도날처럼 날카로운 금속 조각이 목에 박혔다. 그는 목을 움켜잡고 바닥에 쓰러져 고통스럽게 몸부림쳤다.

근처의 다른 사내는 포탄에 정통으로 맞았다. 포탄이 그의 몸을 두 동강 내자, 밑으로 두 다리가 떨어져 나갔다. 상체가 비명을 지르면서 잠깐 동안 갑판 위를 구르다가 결국 쇼크로 죽었다.

"피해 상황 보고해!"

헌터가 소리쳤다. 그의 옆에 서 있던 선원은 도르래 장치에 머리를 맞았다. 두개골이 박살 나서 쓰러진 그의 주위로 시뻘겋고 끈적이는 핏물 웅덩이가 퍼졌다.

앞가운데돛대의 활대가 무너져 내려 두 남자를 갑판에 처박고 다리를 부러뜨렸다. 그들은 울부짖으면서 애처롭게 절규했다.

스페인 전함이 또 일제 포격을 가했다.

끔찍한 부상과 참담한 파괴의 한가운데 서서 냉철함을 잃지 않기는 거의 불가능하지만, 적함의 쉴 새 없는 포격이 자기 배를 강타하는 동안 헌터는 냉철해지려고 기를 썼다. 전함의 포격이 시작되고 이십 분이 지났다. 갑판에는 밧줄과 활대와 나무 파편이 어지럽게 널려 있었다. 부상자들의 비명과 포탄들이 허공을 가르는 날카로운 바람 소리가 뒤섞였다. 헌터는 주위의 파괴와 혼돈에 오래전에 이미 익숙해져서 더는 신경도 쓰이지 않았다. 그는 자기 배가 서서히 무자비하게 파괴되어 간다는 걸 알고 있었지만, 시간이 갈수록 점점 더 다가오는 적함에서 눈을 떼지 않았다.

손실이 엄청났다. 선원 일곱 명이 죽고 열두 명이 부상당했다. 포좌(砲座)는 두 곳이 박살 났다. 제일사장과 돛이 몽땅 날아갔다. 뒷가운데돛대와 중앙돛의 바람그늘 쪽 밧줄도 잃었다. 흘수선 아래로도 두 발 맞았다. 그리고 엘 트리니다드 호에는 빠르게 물이 차고 있었다. 이미 배가 물속으로 더 잠기고 움직임이 굼떠진 것이 느껴졌다. 배가 물을 먹어 무겁게 전진하고 있었다.

수리는 엄두도 내지 못했다. 많지 않은 그의 선원들에게는 가까스로 항로를 유지하는 것조차 벅찼다. 헌터의 배가 통제 불능이 되거나 침몰하는 것은 이제 시간문제였다.

그는 짙은 연기 사이로 스페인 전함을 바라보았다. 점점 보기가 어려웠다. 강한 바람이 부는데도 두 배는 매캐한 포연에 휩싸여 있었다.

적함이 빠르게 다가오고 있었다.

"칠백 야드."

라쉬가 단조로운 목소리로 말했다. 그녀는 이미 부상당했다. 다섯 번째 포격 때 깔쭉깔쭉한 나무 기둥이 그녀의 팔뚝을 찢었다. 라쉬는 재빨리 어깨 부근에 압박띠를 묶은 다음, 자기 발 앞의 갑판에 피가 뚝뚝 떨어지는 것도 무시하고 계속 전방을 응시했다.

굉음과 함께 새로운 포탄들이 날아와 배를 여러 차례 두들기고 흔들었다.

"육백 야드."

"발사 준비!"

헌터가 소리쳤다. 그러고는 허리를 숙이고 조준 장치를 들여다보았다. 머리카락의 교점이 적함의 선체 중앙을 가리키고 있었다. 하지만 그가 지켜보는 동안 스페인 전함이 앞으로 조금 움직였다. 이제 타격 지점이 선미부로 바뀌었다.

헌터는 생각했다. 그럼 거길 날려 주지. 그리고 조준 장치를 통해 엘 트리니다드 호의 흔들림을 관찰하면서 타이밍을 가늠했다. 위로 아래로, 위로 아래로, 맑은 하늘이 보였다가, 이내 바다만 보였다가, 다시 전함이 보였다. 이어서 엘 트리니다드 호가 계속 우현으로 기울자 맑은 하늘이 보였다.

헌터는 말없이 입모양으로만 계속 수를 셌다.

라쉬가 말했다.

"오백 야드."

헌터는 조금 더 지켜보았다. 곧이어 큰 소리로 수를 셌다.

"하나!"

머리카락의 교점이 하늘을 가리키고 있었다. 이윽고 배가 옆으로 기울면서 전함의 형체가 빠르게 지나갔다.

"둘!"

지금은 머리카락의 교점이 요동치는 바다를 가리키고 있었다.

배의 움직임이 잠깐 멈칫했다. 그는 기다렸다.

"셋!"

위로 올라가는 움직임이 시작되었다.

"발사!"

대포 서른 기가 한꺼번에 폭발하자, 배가 미친 듯이 흔들리면서 좌현이 위로 솟구쳤다. 뒤로 날아간 헌터는 숨이 멎을 정도로 세게 중앙돛대에 부딪혔다. 하지만 고통은 느끼지 못했다. 그는 적함이 어떻게 되었는지 궁금해서 뱃전이 내려가는 움직임을 뚫어져라 보고 있었다.

라쥐가 말했다.

"적함에 맞았어요!"

정말로 그랬다. 방금 포격에 측면을 두들겨 맞은 스페인 전함의 선미가 바깥쪽으로 돌아가고 있었다. 선미부의 윤곽이 톱니처럼 깔쭉깔쭉해졌고, 뒷돛대 전체가 기묘하게 느릿느릿 쓰러지면서 돛과 밧줄 모두 물속에 빠졌다.

하지만 헌터는 곧 실망했다. 포탄이 너무 앞쪽에 맞아서 키를 손상시키지 못했고, 그렇다고 더 앞쪽에 있는 키잡이를 맞추지도 못했다. 전함은 여전히 조종이 가능했다.

헌터가 소리쳤다.

"재장전하고 포문 밖으로 밀어!"

스페인 전함의 갑판이 몹시 혼란스러웠다. 덕분에 시간을 벌었다. 물론 두 번째 일제 포격 준비에 필요한 십 분을 벌었는지는 알 수 없었다.

전함 선미 곳곳에서 선원들이 무너진 뒷돛대를 잘라 버리려고 기를 쓰고 있었다. 잠깐 동안 돛대 잔해가 물속에서 키를 망가뜨릴 것처럼 보였지만, 그런 일은 벌어지지 않았다.

엘 트리니다드 호의 갑판 밑에서 우르르 하는 소리가 들렸다. 헌터의 대포들이 차례차례 재장전되어 포문으로 밀리고 있었다.

이제 스페인 전함이 더 가까워져서 거리가 사백 야드 미만이지만, 선미가 심하게 돌아간 배에 뱃전 포격을 할 수 없었다.

일 분이 흐르고, 또 일 분이 흘렀다.

스페인 전함의 뒷돛대가 돛과 밧줄을 매단 채 항적을 따라 떠내려가자, 이제 배가 정상으로 돌아왔다.

그 배의 뱃머리가 바람 불어오는 쪽으로 돌기 시작했다. 침로를 변경해 헌터의 취약한 우현 쪽으로 오려는 것이었다.

엔더스가 툴툴거렸다.

"빌어먹을. 영리한 개자식일 줄 알았어!"

잠시 후 스페인 전함이 엘 트리니다드 호의 우현에 자리를 잡고 일제 포격을 가했다. 이렇게 가까운 거리에서는 참혹한 피해를 입혔다. 활대와 밧줄이 헌터 주변에 쏟아져 내렸다.

라쥐가 나직이 말했다.

"더 이상은 버틸 수 없어요."

헌터도 같은 생각을 하고 있었다. 그가 소리쳤다.

"대포가 몇 기나 준비됐습니까?"

밑에서 돈 디에고가 갑판을 올려다보고 대답했다.

"열여섯 기!"

헌터가 중얼거렸다.

"열여섯 기로 포격해야겠어."

스페인 전함이 다시 일제 포격을 퍼부어 참담한 피해를 입혔다. 헌터의 배가 만신창이가 되어 가고 있었다.

헌터가 소리쳤다.

"엔더스! 선회 준비!"

엔더스는 어리둥절한 표정으로 헌터를 바라보았다. 지금 선회하면 헌터의 배가 스페인 전함의 뱃머리를 향하게 되고 훨씬 더 가까워질 터였다.

헌터가 다시 소리쳤다.

"선회 준비!"

엔더스가 복창했다.

"선회 준비!"

놀란 선원들이 밧줄로 달려가서 맹렬히 풀기 시작했다.

전함이 거리를 좁혀 왔다.

라쥐가 말했다.

"삼백오십 야드."

헌터는 그녀의 말을 듣지 못했다. 이제 거리에는 관심이 없었다. 그는 연기에 휩싸인 전함의 형체를 조준 장치로 바라보았다. 눈이 따갑고 눈물 때문에 시야가 뿌옜다. 그는 눈을 끔뻑여 눈물을 없앤 다음, 스페인 전함 선체의 타격 지점을 상상하며 그곳에 눈길을 고정했다. 낮게, 뱃머리 아래쪽.

엔더스가 외쳤다.

"선회 준비! 바람 불어오는 쪽으로!"

헌터가 소리쳤다.

"발사 준비."

엔더스는 깜짝 놀랐다. 헌터는 항해사의 얼굴을 보지 않고도 그가 놀랐다는 것을 알았다. 조준 장치에서 눈을 떼지 않았다. 헌터는 배가 선회하는 동안 포격할 생각이었다. 아무도 들어 본 적도 없는 정신 나간 짓이었다.
헌터가 소리쳤다.
"하나!"
조준 장치 속에서 엘 트리니다드 호가 바람 불어오는 쪽으로 선회해 뱃머리를 스페인 전함에게로 돌리고…….
"둘!"
이제 헌터의 배가 느릿느릿 움직이자, 머리카락의 교점이 전함의 뿌연 형체를 따라 조금씩 움직이기 시작했다. 선수 포문을 지나 뱃전 쪽으로…….
"셋!"
교점이 표적 위에서 서서히 움직였지만 위치가 너무 높았다. 헌터는 자기 배가 밑으로 잠기길 기다렸다. 그러면 동시에 적함이 살짝 올라가서 측면이 더 많이 드러날 테니까.
헌터는 감히 숨을 쉬지도, 희망을 품지도 않고 기다렸다. 전함이 조금 위로 올라가자 드디어…….
"발사!"
포격의 충격으로 헌터의 배가 다시 흔들렸다. 거친 포격이었다. 헌터는 그것을 듣고 느꼈지만 아무것도 보이지 않았다. 그는 포연이 걷히고 배가 안정되기를 기다렸다. 그리고 보았다.
라쥐가 중얼거렸다.
"주의 어머니시여……."
스페인 전함은 달라진 게 없었다. 헌터의 포격이 깨끗이 빗나간 것이었다.
"빌어먹을!"
헌터는 마음속으로 자신을 저주했다. 이제 모든 것이 끝났다. 스페인 놈들이 다시 일제 포격을 가하면 헌터 일행은 끝장이었다.

돈 디에고가 말했다.

"숭고한 시도였네. 숭고한 시도, 용감한 도전이었어."

라쥐가 고개를 저었다. 그녀는 헌터의 볼에 입을 맞추고 말했다.

"성인들이 우리 모두를 보살피실 거예요."

그녀의 볼에 눈물 한 줄기가 흘러내렸다.

헌터는 가슴이 터질 듯한 절망을 느꼈다. 그들은 마지막 기회를 놓쳤다. 헌터는 그들 모두를 좌절시켰다. 이제 백기를 올리고 항복하는 수밖에 없었다.

헌터가 외쳤다.

"엔더스, 백기를 올리……."

그가 갑자기 말을 멈췄다. 엔더스가 타륜 뒤에서 자기 넓적다리를 두드리고 시끄럽게 웃으면서 춤을 추고 있었기 때문이다.

그때 갑판 밑에서 환호성이 들렸다. 포대원들이 환호하고 있었다.

다들 미쳤나?

그의 옆에서 라쥐가 기쁨에 겨워 깍깍거리고 엔더스처럼 요란하게 웃기 시작했다. 헌터는 돌아서서 스페인 전함을 바라보았다. 뱃머리가 파도 위로 솟구치자, 흘수선 밑으로 지름이 팔 피트 정도인 구멍이 넓게 벌어져 있는 것이 보였다. 잠시 후 뱃머리가 다시 가라앉자 구멍이 물속으로 사라졌다.

헌터가 이 광경의 의미를 이해하지 못하고 어리둥절해 있을 때, 전함의 앞갑판에서 연기가 구름처럼 피어오르기 시작했다. 너무나 갑자기 쏟아져 나왔다. 잠시 후 저 너머에서 폭발음이 들려왔다.

이윽고 화약고가 터지자 거대하고 둥그런 폭발의 화염이 전함을 삼켜버렸다. 그 한 번의 강력한 폭음 때문에 엘 트리니다드 호까지 흔들렸다.

곧이어 두 차례의 폭발이 이어지자, 헌터 일행의 눈앞에서 불과 몇 초 만에 전함이 분해되었다. 헌터가 본 것은 아주 단편적인 파괴의 형상들뿐이었다. 쓰러지는 돛대, 보이지 않는 손에 의해 공중으로 날아가는 대포, 안으로 무너지다가 이내 밖으로 터져 버리는 선체.

무언가가 헌터의 머리 위로 날아와 중앙돛대에 부딪치더니 그의 머리에 떨어졌다. 그러고는 어깨를 따라 미끄러져 갑판에 떨어졌다. 헌터는 그것이 새인 줄 알았는데, 밑을 내려다보니 손목이 잘린 사람 손이었다. 한 손가락에는 반지가 끼워져 있었다.

"오, 주여."

헌터가 나직이 중얼거렸다. 그리고 다시 전함을 보았을 때, 잘린 손 못지않게 충격적인 광경을 목격했다.

전함이 사라졌다.

말 그대로, 사라져 버렸다. 일 분 전까지만 해도 뜨거운 폭발의 화염과 연기에 삼켜지면서 거기 있었는데 갑자기 온데간데없었다. 불타는 잔해와 돛, 활대 따위가 수면에 떠 있었다. 그것들 사이에는 선원들의 시신도 떠 있었으며, 생존자들의 비명과 고함 소리가 들렸다. 하지만 전함은 사라졌다.

헌터의 주위에서는 선원들이 미친 듯이 웃고 깡충거리면서 서로 축하했다. 헌터는 한때 전함이 있었던 바다만 응시할 뿐이었다. 그때 불타는 잔해들 사이에서 엎드린 자세로 물에 떠 있는 몸뚱이가 그의 눈길을 끌었다. 스페인 장교의 시신이었다. 헌터는 그 사내가 입고 있는 파란색 군복 상의를 보고 알았다. 바지는 폭발 때문에 너덜너덜 해어져서 엉덩이가 그대로 드러나 있었다. 헌터는 그 맨살을 물끄러미 보면서, 윗도리는 멀쩡한데 아랫도리만 찢겨져 나간 것이 신기하다고 생각했다. 둘이 바뀌었으면 보기에 나았을 것을. 어쩐지 조금 추잡해 보였다. 그때 시신이 파도를 타고 오르내리자, 헌터는 그 시신에 머리가 없는 것을 보았다.

그의 배에서 선원들이 더 이상 즐거워하지 않는 것이 어렴풋이 느껴졌다. 다들 입을 다문 채 그를 바라보고 있었다. 헌터는 두리번거리며 그들의 얼굴을 보았다. 지치고, 더러워지고, 피를 흘리는 얼굴들. 그들의 눈은 피로 때문에 생기가 없고 멍했지만, 묘하게도 기대 어린 눈빛이었다.

그들은 헌터를 바라보면서 그가 무언가를 해 주길 기다리고 있었다. 한순간 그는 선원들이 뭘 기대하는지 짐작하지 못했다. 그때 헌터는 무언가가 뺨에 닿는 것을 느꼈다.

비였다.

31

사납고 강력한 허리케인이 불어닥쳤다. 불과 몇 분 만에 사십 노트가 넘는 바람이 굉음을 내면서 밧줄 사이로 불고, 따가운 빗줄기가 선원들을 후려갈기기 시작했다. 점점 거칠어지는 바다에서는 산더미 같은 파도가 미친 듯이 배를 뒤흔들었다. 한순간 물마루를 타면서 공중에 높이 떠 있던 배가 몇 초 뒤에는 물마루와 물마루 사이의 골로 곤두박질쳐서 사람 속을 뒤집어 놓았다. 그럴 때면 사방이 온통 파도의 산으로 에워싸였다.

다들 이것이 시작일 뿐이라는 걸 알고 있었다. 바람과 비, 바다가 훨씬 더 거세지고 폭풍이 몇 시간, 어쩌면 며칠씩 지속될 수도 있다는 것을.

그들은 피로도 잊은 채 기운차게 일했다. 갑판을 씻고 너덜너덜해진 돛을 말았다. 악천후 속에서 돛을 펴려고 기를 썼으며, 흘수선 밑에 난 구멍을 막으려고 사투를 벌였다. 또한 언제든 쥐도 새도 모르게 파도에 휩쓸려 바다에 빠질 수 있다는 걸 알면서도, 미끄럽고 축축하고 흔들리는 갑판에서 묵묵히 일했다.

하지만 가장 끔찍한 첫 임무는 대포를 우현으로 다시 옮겨 배의 균형을 찾는 것이었다. 이는 바다가 잔잔하고 갑판이 건조할 때도 쉽지 않은 일이었다. 하물며 폭풍 때문에 뱃전으로 바닷물이 넘어오고, 갑판이 요동치면서 사십오 도나 기울고, 모든 갑판과 밧줄이 흠뻑 젖어 미끄러운 상황일 때는 아예 불가능한 악몽이었다. 하지만 살아남으려면 어떻게든 해내야 했다.

헌터는 이 일을 지휘하면서 한 번에 한 기씩 대포를 옮겼다. 배의 옆질을 예상해 갑판이 우현으로 기울 때 선원들이 오천 파운드 금속 덩어리를 미는 것이 요령이었다.

첫 대포는 잃고 말았다. 기우뚱한 갑판 위에서 밧줄이 끊어지는 바람에 대포가 총알처럼 굴러가더니 맞은편 뱃전을 뚫고 물에 빠져 버렸다. 선원들은 그 속도에 겁을 먹었다. 두 번째 대포는 밧줄을 두 개나 묶었지만 그마저 끊어져 선원 한 명이 깔렸다.

그로부터 다섯 시간 동안 비바람과 싸우면서 대포를 제자리로 옮겨 안전하게 묶어 놓았다. 일을 끝내고 완전히 녹초가 된 엘 트리니다드 호의 선원들은 마치 익사하지 않으려는 짐승처럼 밧줄과 난간에 매달린 채, 뱃전 너머로 쓸려 가지 않으려고 마지막 기운을 짜냈다.

하지만 헌터는 폭풍이 이제부터 시작이라는 것을 알고 있었다.

가장 두려운 자연 현상인 허리케인은 신세계로 떠난 여행자들에게 발견되었다. 허리케인이라는 이름은 폭풍을 일컫는 아라와크 족(남아메리카의 인디오)의 말인데, 유럽에서는 그런 폭풍을 찾아볼 수가 없었다. 그 거대한 회오리의 무시무시한 힘을 잘 아는 헌터의 선원들은 아주 오래된 뱃사람의 미신과 의식으로 허리케인의 끔찍한 물리적 현실에 대처했다.

키잡이 엔더스는 사방에 산처럼 솟은 파도를 바라보면서 어릴 때 배운 모든 기도를 읊조렸다. 그러면서 동시에 목에 건 상어 이빨을 움켜쥐고 돛을 더 달 수 있게 해 달라고 빌었다. 그 무렵 엘 트리니다드 호는 돛 세 개로 버티고 있었는데, 뱃사람들은 돛 세 개로 항해하면 재수가 없다고 여겼다.

갑판 밑에서는 무어가 단검으로 자기 손가락을 베어 그 피로 바닥에 삼각형을 그렸다. 그러고는 삼각형 한가운데 깃털을 놓고 손으로 누른 채 조용히 주문을 읊조렸다.

뱃머리에서는 라쥐가 소금에 절인 돼지고기를 바다에 던지고 손가락 세 개를 공중에 치켜들었다. 그녀의 의식은 가장 오래된 미신인데, 그녀가 아는 것은 음식을 바다에 던지고 세 손가락을 공중에 치켜들면 침수되는 배가 가라앉지 않는다는 오래된 뱃사람의 전설뿐이었다. 사실 세 손가락은 넵튠(로마 신화에 나오는 바다의 신)의 삼지창을 뜻하고, 음식은 바다의 신에게 바치는 공물이었다.

그런 미신을 경멸한다고 공언한 헌터도 선장실로 가서 문을 잠근 다음 무릎을 꿇고 기도했다. 그의 주위에서는 선장실 가구들이 배의 거친 흔들림 때문에 이리저리 쏠리면서 이 벽 저 벽 부딪혔다.

바깥에서는 악마처럼 성난 폭풍이 굉음을 쏟아내고, 헌터의 발밑에서는 선체가 끽끽거리면서 길고 고통스럽게 신음했다. 처음에는 다른 소리를 전혀 듣지 못했지만, 문득 여자의 비명이 들렸다. 잠시 후 또 들렸다.

헌터가 선장실에서 나와 보니 선원 다섯 명이 새러 앨먼트를 앞쪽에 있는 승강용 사다리로 끌고 가고 있었다. 그녀는 사내들에게 붙잡힌 채 비명을 지르면서 몸부림쳤다.

"거기 서!"

헌터가 소리치고 그들에게 다가갔다. 파도가 그들을 덮치면서 갑판을 내리쳤다.

사내들은 헌터의 눈을 보지 않으려 했다.

헌터가 물었다.

"무슨 일이야?"

누구 하나 대답하지 않았다. 결국 새러가 소리를 질렀다.

"이자들이 나를 바다에 던지려고 해요!"

놈들의 리더로 보이는 에드워즈는 십여 차례 사략선 원정 경험이 있는 베테랑이자 거친 선원이었다. 그가 도전적인 눈빛으로 헌터를 노려보며 말했다.

"이 여자는 마녀입니다. 그래서 이렇게 된 거라고요. 이 여자가 배에 타고 있으면 우린 이 폭풍에서 살아남지 못한단 말입니다."

헌터가 대꾸했다.

"터무니없는 소리야."

에드워즈가 말했다.

"정말이에요. 이 여자가 배에 있으면 우린 다 죽어요. 진짜예요. 저는 이 여자가 마녀라는 걸 줄곧 알았습니다."

"자네가 그걸 어떻게 알지?"

에드워즈가 대답했다.

"처음 봤을 때 알아봤습니다."

헌터가 따졌다.

"무슨 근거로?"

새러가 말했다.

"이 남자는 미쳤어요. 완전히 돌았다고요."

에드워즈가 망설였다. 마침내 그가 여자를 놓아주고 돌아서서 말했다.

"말해 봐야 소용없겠군. 하지만 내 말은 진짜예요. 진짜라고요."

그가 걸어갔다. 나머지 선원들도 차례차례 물러갔다. 이제 헌터는 새러와 단둘이 있었다. 그가 말했다.

"당신 방으로 가서 문을 잠그고 거기 있어요. 어떤 일이 있어도 나오지 말고, 어떤 경우에도 문을 열어 주지 말아요."

겁에 질린 새러는 눈이 휘둥그레졌다. 하지만 곧 고개를 끄덕이고 자기 방으로 갔다. 헌터는 그녀의 방문이 닫히는 것을 보고 잠시 망설이다가 폭풍이 휘몰아치는 갑판으로 올라갔다.

선실에서는 폭풍이 무섭게 느껴졌지만, 주갑판에서는 그 어떤 마음의 준비도 소용이 없었다. 바람이 마치 보이지 않는 괴물처럼 그를 후려갈기고, 천 개의 억센 손들이 그의 팔다리를 잡아당겨 손잡이와 발판에서 떼어내는 것 같았다. 처음 몇 초 동안은 앞도 보이지 않았다. 그가 타륜 쪽을 바라보니, 엔더스는 자기 몸을 타륜에 단단히 묶어 놓았다.

헌터는 갑판에 설치해 놓은 인도 밧줄을 붙잡고 엔더스에게 가서 선미부의 은신처에 다다랐다. 그는 밧줄을 하나 꺼내 자기 몸에 묶은 다음, 엔더스에게 몸을 기울이고 소리쳤다.

"상태는 좀 어떤가?"

엔더스가 고래고래 소리쳐 대답했다.

"좋아지지도 나빠지지도 않았습니다. 그럭저럭 버티는 중이고, 한동안은 그럴 겁니다. 하지만 앞으로 겨우 몇 시간뿐입니다. 배가 부서지기 시작하는 게 느껴지거든요."

"몇 시간이나 버티겠나?"

산더미 같은 파도가 그들을 덮쳐 갑판을 후려치는 바람에 엔더스의 대답이 들리지 않았다.

헌터는 그 파도가 가장 확실한 대답이라고 생각했다. 그 어떤 배도 이렇게 두들겨 맞으면 오래 버틸 수 없었다. 하물며 만신창이 배가 오죽하랴.

자기 방으로 돌아온 새러 앨먼트는 폭풍 때문에 엉망이 된 방을 내려다보았다. 아까 그 선원들은 새러가 의식을 준비하고 있을 때 그녀의 방에 불쑥 들어왔다. 배가 흔들리는 동안 새러는 조심스럽게 양초들을 세우고 차례차례 불을 붙였다. 잠시 후 다섯 개의 촛불이 빨갛게 빛났다. 그녀는 바닥을 긁어 커다란 별을 그린 다음 그 안에 들어갔다.

새러는 몹시 두려웠다. 프랑스 여자 마담 드 로샹보가 최근에 루이 14세의 왕실에서 유행하는 것을 보여 줬을 때, 그녀는 그냥 재미있다고 생각했으며, 심지어 조금 비웃기까지 했다. 하지만 프랑스에서는 여자들이 영원한 젊음을 얻으려고 갓난아기를 죽인다고 했다. 정말로 그런 게 통한다면 가벼운 주문으로 목숨을 보존할 수도 있지 않을까…….

해될 것 없잖아? 새러는 눈을 감고 주위의 폭풍 소리에 귀를 기울였다.

"그리디거트여."

그녀는 자기 입에서 나오는 말을 느끼며 소곤거렸다. 바닥에 그린 별 안에서 무릎을 꿇은 채 스스로를 애무했다.

"그리디거트여, 그리디거트여, 내게로 오라……."

바닥이 심하게 요동치자 양초들이 이리저리 미끄러졌다. 새러는 주문을 읊조리다 말고 양초를 잡았다. 산만해서 집중하기가 어려웠다. 마녀가 되는 건 너무 어려워! 마담 드 로샹보는 배 위에서의 주문은 알려 주지 않았다. 어쩌면 통하지 않을 수도 있었다. 어쩌면 죄다 프랑스 놈들의 바보짓일 수도 있었다.

"그리디거트여……."

새러가 중얼거리면서 자기 몸을 애무했다.

그때 문득 폭풍이 약해지는 걸 느낀 것 같았다.

그냥 상상이었을까?

"그리디거트여, 내게로 오라, 나를 가져라, 내 안에 들어오라……."

새러의 머릿속에 짐승의 발톱이 떠오르고, 바람이 잠옷을 후려치는 기분이 들면서, 어떤 존재가 느껴지더니…….

바람이 멎었다.

5 용의 입

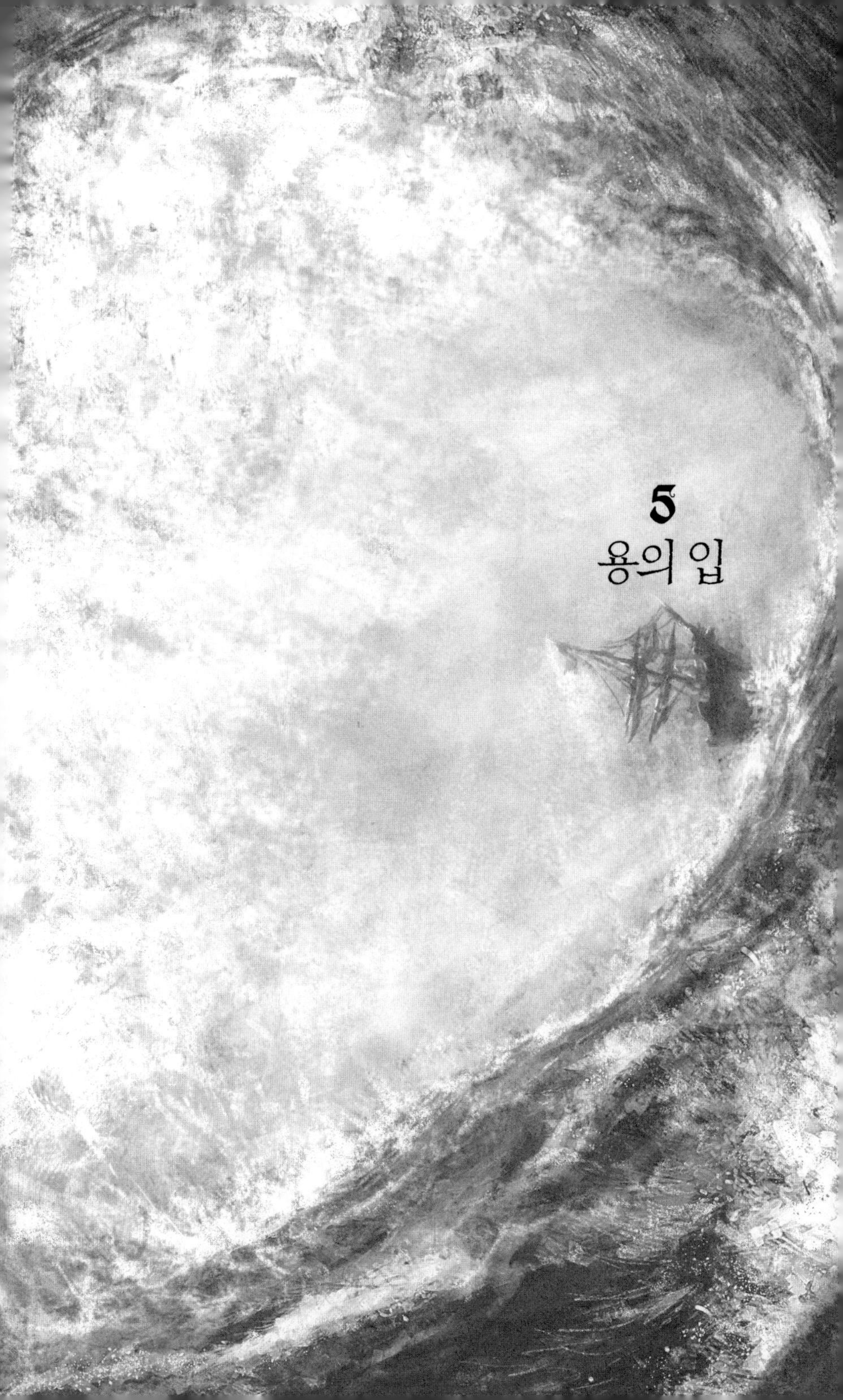

PIRATE
LATITUDES

32

헌터는 무언가 잘못되었다는 묘한 느낌을 받고 선잠에서 깼다. 침대에서 일어나 앉아 보니 사방이 아주 조용했다. 배의 움직임이 얌전해졌고 바람도 속삭임으로 잦아들었다.

황급히 갑판으로 올라갔다. 밖에는 가랑비가 내리고 있었다. 바다는 한결 잔잔하고, 시계도 훨씬 넓어졌다. 여전히 키를 잡고 있는 엔더스는 산송장처럼 보였지만 얼굴은 웃고 있었다. 그가 말했다.

"배가 엉망입니다, 선장님. 남은 게 별로 없네요. 하지만 우린 해냈습니다."

엔더스가 우현을 가리켰다. 육지가 있었다. 잿빛 윤곽으로 보이는 낮은 섬이었다.

헌터가 물었다.

"무슨 섬이지?"

엔더스가 대답했다.

"모르겠습니다. 하지만 곧 도착할 겁니다."

배가 이틀 동안 밤낮으로 바람에 날려 표류한 탓에 현재 위치를 알 수가 없었다. 그들이 도착한 작은 섬은 낮고 관목이 우거져 있었으며, 별로 매력적이지 않았다. 멀리서도 해변을 따라 빽빽이 자란 선인장들이 보였다.

엔더스가 명민한 눈빛을 반짝이며 말했다.

"우린 지금 윈드워드 군도를 따라 내려가는 것 같습니다. 아마 보카 델 드라곤 근처일 텐데, 이 해역은 마음을 놓을 수 없는 곳이죠."

'용의 입'이라는 뜻의 보카 델 드라곤은 윈드워드 군도와 남아메리카 해안 사이에 뻗어 있는 해역이었다. 뱃사람들이 두려워하는 악명 높은 바다지만, 지금은 아주 평온해 보였다.

바다가 잔잔한데도 엘 트리니다드 호는 고주망태처럼 비틀대고 꾸물거렸다. 하지만 너덜너덜해진 돛을 달고도 그럭저럭 섬의 남단을 돌아 서쪽 해안에서 괜찮은 후미를 발견했다. 바람그늘 쪽이라 파도가 거의 없고, 바닥이 모래여서 배를 기울이고 수리하기에 적당했다. 배를 정선한 뒤에는 지친 선원들이 뭍으로 올라가서 쉬었다.

상송이나 카산드라 호가 나타날 기미는 없었다. 물론 상식적인 피로보다 훨씬 더 지친 헌터의 부하들은 카산드라 호가 폭풍에서 살아남았건 말건 관심이 없었다. 다들 젖은 옷을 입은 채로 해변에 널브러져 모래에 얼굴을 처박고 시체처럼 쓰러져 잤다. 옅어져 가는 구름 뒤에서 해가 잠깐 났다. 헌터도 온몸이 피로에 압도되는 것을 느끼며 잠들었다.

그 후 사흘은 날씨가 좋았다. 선원들은 배를 기울인 채 흘수선 밑의 손상 부위와 너덜너덜해진 상부 돛대와 활대를 열심히 수리했다. 배 안을 뒤져 봤지만 목재는 하나도 없었다. 대개 엘 트리니다드만한 갤리언은 예비 활대와 돛대를 싣고 다니는데, 스페인 놈들이 화물을 더 실으려고 죄다 빼 버린 것이었다. 헌터의 부하들은 망가진 부품을 최대한 잘 고쳐 쓰는 수밖에 없었다.

엔더스는 아스트롤라베(옛날에 사용하던 천체 관측 기구)로 태양을 관측해 현재 위도를 알아냈다. 그들이 있는 곳은 남아메리카 해안의 스페인 요새인 카르타헤나와 마라카이보에서 멀지 않았다. 하지만 그것 말고는 그 섬에 대해 아는 것이 전혀 없었으며, 결국 그 섬을 노네임 케이(이름 없는 섬)라고 불렀다.

엘 트리니다드 호는 기울어져 있어서 항해가 불가능한 상태였다. 헌터는 선장으로서 불안감을 느꼈다. 만약 지금 공격을 받는다면 몹시 난처할 터였다. 하지만 걱정해야 할 이유는 전혀 없었다. 이 섬은 사람이 살지 않는 곳 같았고, 남쪽에 가장 가까이 있는 작은 섬 두 곳도 마찬가지였다.

하지만 노네임에는 무언가 수상하고 적대적인 기운이 있었다. 땅은 건조하고 선인장이 빽빽하게 자라 있어서 숲처럼 울창한 곳들도 눈에 띄었다. 선인장 군락 속에서 노래하는 알록달록한 새들의 울음소리가 바람을 타고 흘러왔다. 이 섬에는 바람이 끊임없이 불었다. 풍속이 거의 십 노트에 이르는 뜨겁고 맹렬한 바람이 밤낮으로 불고, 새벽에만 잠깐 그쳤다. 선원들은 윙윙거리는 바람 소리를 들으며 일하고 자는 것에 점점 익숙해졌다.

이곳의 수상한 기운에 불안해진 헌터는 선원들이 둘러앉는 모닥불과 배 주위에 보초를 세웠다. 선원들 사이에 다시 기강을 잡아야 한다는 명분이었지만, 실은 어떤 불길한 예감 때문이었다. 넷째 날 저녁에 식사를 하면서 헌터가 그날의 야간 보초를 정했다. 첫 불침번은 엔더스, 자정 불침번은 헌터 자신, 그 다음에는 벨로즈가 서기로 했다. 그는 엔더스와 벨로즈에게 알리라고 사람을 보냈다. 한 시간 뒤, 그 사내가 돌아와서 보고했다.

"죄송합니다만, 선장님. 벨로즈가 안 보이는데요."

"무슨 소리야? 안 보이다니?"

"찾을 수가 없습니다."

헌터는 바닷가 주변의 관목들을 둘러보고 말했다.

"어딘가에서 자고 있겠지. 놈을 찾아서 나한테 데려와. 오늘이 그놈 제삿날이 될 테니까."

사내가 대답했다.

"알겠습니다, 선장님."

하지만 후미를 샅샅이 수색했는데도 벨로즈의 흔적이 보이지 않았다. 날이 점점 어두워지자 헌터가 수색을 중단하고 선원들을 모닥불 주위로 불러 모았다. 세어 보니 스페인 포로들과 새러를 포함해 모두 서른네 명이었다. 헌터는 그들에게 모닥불 근처에 있으라고 지시한 다음, 벨로즈의 불침번을 다른 사내에게 맡겼다.

그날 밤은 아무 일 없이 지나갔다.

이튿날 아침에 헌터는 선원 일부를 데리고 목재 수색에 나섰다. 노네임에는 나무 한 그루 보이지 않아서 무장 선원 열 명과 함께 남쪽에 있는 가장 가까운 섬으로 갔다. 그 섬도 멀리서 보면 노네임과 비슷했기 때문에 헌터는 그곳에 목재가 있으리라고는 기대하지 않았다.

하지만 반드시 수색을 해야 할 것 같은 기분이었다.

보트가 동쪽 해안에 도착하자, 헌터는 부하들을 이끌고 섬 안쪽으로 들어갔다. 빽빽한 선인장 군락을 지나는 동안 옷이 가시에 찔리고 뜯겼다. 오전 중간쯤에 고지대에 도착한 그들은 거기서 두 가지를 발견했다.

첫째, 남쪽으로 또렷이 보이는 다음 섬에서 십여 개의 가느다란 잿빛 모닥불 연기가 피어올라 바람을 타고 흘러왔다. 사람이 사는 섬 같았다.

그것보다 더욱 관심을 끈 것은 지금 헌터가 서 있는 섬의 서쪽 바닷가를 따라 늘어선 마을의 지붕들이었다. 멀리서 내려다본 그 건물들은 초라한 스페인 전초 기지 같았다.

헌터는 부하들을 이끌고 조심스레 마을로 내려갔다. 그들은 소총을 든 채 살금살금 선인장 군락을 지나쳤다. 마을에 아주 가까워졌을 때 헌터의 부하 한 명이 성급하게 소총을 발사했다. 총성이 울려 퍼지면서 바람을 타고 흘러갔다. 헌터는 욕을 하고 마을을 지켜보았다. 곧 소동이 벌어질 거라고 생각했다.

하지만 아무 움직임도 없고, 사람이 사는 기미도 없었다.

잠시 머뭇거리던 헌터가 부하들을 이끌고 마을로 들어섰다. 버려진 마을이란 걸 한눈에 알 수 있었다. 집들은 비어 있었다. 헌터가 첫 번째 집으로 들어가 봤지만, 스페인어로 인쇄된 성경 한 권과 조악하고 부서진 침대에 널려 있는 좀먹은 담요 두어 장 말고는 아무것도 없었다. 타란툴라(몸통에 털이 난 커다란 거미) 몇 마리가 잽싸게 어둠 속으로 숨었다.

헌터는 다시 밖으로 나왔다. 그의 부하들이 살금살금 나머지 집들을 차례차례 조사했지만, 다들 고개를 저으며 빈손으로 나왔다.

한 선원이 말했다.

"우리가 온다는 말을 들었을지도 모릅니다."

헌터가 고개를 저었다.

"저 만을 봐."

만에는 작은 보트 네 척이 떠 있었는데, 전부 여울에 정박한 채 철썩이는 파도 위에서 살살 흔들리고 있었다. 마을 사람들이 달아났다면 당연히 바다로 도망갔을 것이었다.

배를 두고 간다는 것은 말이 되지 않았다.

"이것 좀 보세요."

해변에 서 있는 선원이 말했다. 헌터가 그쪽으로 갔다. 길고 깊은 구덩이 다섯 개가 모래밭에 있었다. 카누처럼 폭이 좁은 배들을 해변으로 끌어올린 자국이었다. 맨발 자국도 많았다. 불그레한 얼룩도 조금 있었다.

"피인가요?"

"모르겠는데."

마을의 북쪽 끄트머리에는 다른 집들과 마찬가지로 조악하게 지은 교회가 있었다. 헌터와 선원들은 그곳에 들어가 보았다. 내부는 부서져 있고,

모든 벽이 피로 얼룩져 있었다. 이곳에서 학살이 벌어진 듯했지만 최근의 일은 아니었다. 적어도 여러 날 전이었다. 마른 피의 냄새가 역겨웠다.

"이게 뭐죠?"

헌터가 다가가서 보니, 그 선원은 바닥에 깔린 가죽을 내려다보고 있었다. 비늘처럼 생긴 가죽이었다.

"악어가죽 같은데."

"그렇군요. 어디서 난 걸까요?"

헌터가 대답했다.

"이곳은 아냐. 이곳에는 악어가 없어."

헌터가 가죽을 집어 들었다. 죽기 전에는 길이가 최소 오 피트는 되었을 악어였다. 카리브 해에는 그렇게 큰 악어가 없었다. 자메이카 내륙 늪지의 악어는 겨우 삼사 피트였다.

"얼마 전에 벗긴 가죽이로군."

헌터는 가죽을 유심히 살펴보았다. 머리 부위에 구멍이 여러 개 뚫려 있고, 거기에 가죽 끈이 꿰어져 있었다. 등에 걸치려고 그렇게 해놓은 듯했다.

"맙소사, 저기 좀 보세요, 선장님."

헌터는 남쪽에 있는 다음 섬을 바라보았다. 아까 보았던 모닥불 연기가 지금은 사라지고 없었다. 그때 어디선가 희미한 북소리가 들려왔다.

"보트로 돌아가는 게 좋겠다."

헌터가 말했다. 오후의 햇살 속에서 그와 선원들은 재빨리 이동했다. 동쪽 바닷가에 세워 놓은 롱보트로 돌아가는 데 거의 한 시간이 걸렸다. 그곳에 도착해 보니 모래밭에 수수께끼 같은 카누 자국이 또 있었다.

그리고 다른 것도 있었다.

롱보트 근처 모래밭의 일부가 판판하게 다져져 있고, 거기에 둥그렇게 작은 돌멩이들이 놓여 있었다. 그 한가운데에는 손가락 다섯 개가 위로 솟아 있었다.

"누가 손을 묻어 놨네요."

선원 한 명이 말했다. 그가 허리를 굽혀 손가락 하나를 잡아당겼다.

그 손가락만 쏙 빠졌다. 선원이 너무 놀라서 손가락을 떨어뜨리고 뒷걸음쳤다.

"하느님 맙소사!"

헌터의 심장이 두근거렸다. 그는 움츠러든 선원을 바라보았다.

"겁낼 것 없어."

헌터가 허리를 굽히고 손가락들을 차례차례 전부 뽑았다. 하나씩 쏙쏙 빠져나왔다. 헌터는 그것들을 손바닥에 내려놓았다. 선원들이 겁먹은 표정으로 손가락들을 구경했다.

"이게 무슨 뜻이죠, 선장님?"

헌터도 몰랐다. 그는 손가락들을 주머니에 넣고 말했다.

"갤리언으로 돌아가자. 두고 보면 알겠지."

그날 저녁 헌터는 모닥불 옆에 앉아 손가락들을 물끄러미 바라보았다. 그들 모두가 원하는 답을 제시한 사람은 라쥐였다.

그녀는 손가락이 거칠게 잘린 단면을 가리키며 말했다.

"여기를 보세요. 카리비의 짓이 틀림없어요."

"카리비라."

헌터가 놀란 표정으로 중얼거렸다. 한때 카리브 해의 많은 섬에 살았던 그 호전적인 원주민들은 지금은 일종의 전설처럼 과거 속으로 사라진 종족이었다. 카리브 해의 모든 원주민들은 스페인이 그 지역을 점령하고 백 년이 지나는 동안 전부 몰살당했다. 가난하고 불결하게 사는 일부 온순한 아라와크 족 사람들은 몇몇 외딴 섬의 안쪽 지역에서 발견되었지만, 피에 굶주린 카리비는 오래전에 자취를 감추었다.

지금껏 알려진 바에 따르면 그랬다.

헌터가 물었다.

"어떻게 그들 짓이라고 단정 짓지?"

라쥐가 대답했다.

"잘린 부분을 보세요. 금속으로는 이렇게 못 잘라요. 돌칼로 자른 거예요."

헌터의 뇌가 이 새로운 정보를 받아들이느라 낑낑댔다.

"이건 우리를 겁줘서 쫓아 버리려는 스페인 놈들의 계략이 분명해."

하지만 그렇게 말하는 동안에도 헌터는 확신이 서지 않았다. 모든 것이 맞아떨어졌다. 카누 자국, 가죽 끈을 꿰어 놓은 악어가죽.

라쥐가 무덤덤하게 말했다.

"카리비는 식인종이에요. 손가락을 두고 간 건 경고예요. 그게 그들의 방식이죠."

그때 엔더스가 다가왔다.

"실례합니다, 선장님. 미스 앨먼트가 돌아오지 않았습니다."

"뭐?"

"그 여자가 돌아오지 않았습니다, 선장님."

"어디 갔는데?"

"섬 안쪽으로 가겠다고 해서 제가 허락했습니다."

엔더스는 비참한 표정으로 배 주변의 환한 모닥불들로부터 멀리 떨어진 어두컴컴한 선인장 군락을 가리켰다.

"과일을 따 오겠다고 하더라고요. 보아하니 채식주의자 같아서……."

"언제 섬 안쪽으로 보냈지?"

"아까 오후였습니다, 선장님."

"그런데 아직 안 왔어?"

엔더스가 대답했다.

"선원 두 명과 함께 보냈습니다. 설마 이런 일이 벌어질 줄은……."

그가 갑자기 말을 멈췄다.

캄캄한 어둠 속에서 원주민의 북소리가 희미하게 들려왔다.

33

롱보트 세 척 중에서 첫 번째 롱보트에 탄 헌터는 파도가 뱃전에 부딪쳐 가볍게 철썩이는 소리를 들으며 밤의 어둠 사이로 다가오는 섬을 바라보았다. 이제 북소리가 더 크게 들리고, 섬 안쪽에서 희미하게 깜빡이는 불빛이 보였다.

그의 옆에 앉은 라쥐가 말했다.

"그들은 여자는 먹지 않아요."

헌터가 대꾸했다.

"당신한테는 다행이군. 미스 앨먼트한테도."

어둠 속에서 라쥐가 키들거리며 말했다.

"카리비는 스페인 사람도 안 먹는대요. 너무 질겨서. 네덜란드 사람은 부드럽지만 맛이 없고, 영국 사람은 좋지도 나쁘지도 않지만, 프랑스 사람은 맛이 끝내준대요. 사실일까요? 어떻게 생각해요?"

헌터가 엄한 표정으로 대꾸했다.

"그녀를 되찾아야겠어. 우리에겐 그녀가 필요해. 조카를 구했다가 결국 야만인들의 훈제 바비큐거리로 빼앗겼다는 말을 총독한테 어떻게 하냔 말이야?"

라쥐가 쌜쭉거렸다.

"당신은 유머 감각이 부족해요."

"오늘 밤에는 좀 참아 줘."

헌터는 어둠 속에서 뒤따라오는 나머지 보트들을 돌아보았다. 그는 다 합쳐서 스물일곱 명을 데려왔으며, 모닥불 불빛 옆에서 빨리 배를 수리하라고 엔더스를 엘 트리니다드 호에 두고 왔다. 엔더스가 아무리 배에 관한 마법사라 해도 이건 너무 무리한 요구였다. 설령 그들이 새러 앨먼트를 구출해 돌아온다 해도 앞으로 하루, 혹은 며칠 동안은 노네임을 떠날 수가 없었다. 그리고 그 사이에 원주민들이 공격해 올 터였다.

헌터는 롱보트가 모래 바닥에 쓸리는 것을 느꼈다. 선원들이 무릎 높이의 바다로 뛰어내렸다. 헌터가 나직이 말했다.

"돈 디에고만 남고 다 내려. 이따가 내릴 때 조심하세요, 돈 디에고."

잠시 후 유대인이 소중한 상자를 두 팔에 안고 조심스럽게 마른 땅에 내려섰다.

헌터가 소곤거렸다.

"혹시 젖었습니까?"

돈 디에고가 대답했다.

"아닐 거야. 내가 조심했으니까."

그가 시력 나쁜 눈을 끔벅이며 말했다.

"잘 안 보이는군."

헌터가 말했다.

"저를 따라오세요."

그는 부하들을 이끌고 섬 안쪽으로 향했다. 뒤에서 나머지 두 롱보트들이 무장 선원들을 해변에 쏟아내고 있었다. 헌터 일행은 해변의 선인장 군락으로 살며시 들어갔다. 달이 없어서 밤이 아주 캄캄했다. 이윽고 섬 안쪽으로 깊숙이 들어간 그들은 모닥불과 북소리를 향해 나아갔다.

카리비의 마을은 헌터가 예상한 것보다 훨씬 더 컸다. 나뭇잎 지붕을 얹은 진흙 오두막 십여 채가 여러 개의 이글거리는 모닥불 주위에 반원을 이루고 늘어서 있었다. 모닥불 앞에서는 새빨갛게 칠한 전사들이 춤을 추고 소리를 질러댔다. 그들의 몸뚱이에서 뻗어 나온 긴 그림자가 흔들거렸다. 대부분 머리에 악어가죽을 썼고, 나머지 놈들은 사람 두개골을 공중으로 쳐들었다. 죄다 알몸이었다. 그들이 섬뜩하고 단조로운 노래를 부르기 시작했다.

그 춤의 목적이 모닥불 너머에 보였다. 초록색 나무껍질을 격자무늬로 엮은 것 위에 팔다리가 없고 내장을 빼낸 선원의 몸통이 놓여 있었다. 한쪽에서는 여자들이 그 사내의 창자를 씻고 있었다.

헌터는 새러를 보지 못했다. 그때 무어가 손가락으로 가리켰다. 한쪽 땅바닥에 누워 있는 그녀의 모습이 보였다. 머리가 피범벅이었다. 움직이지도 않았다. 죽은 것 같았다.

헌터가 부하들을 바라보았다. 그들의 얼굴에 충격과 분노의 표정이 서려 있었다. 그는 라쥐에게 몇 마디 속삭인 다음, 바사와 돈 디에고를 데리고 마을 가장자리를 따라 기어가기 시작했다.

세 남자는 칼을 쥐고 한 오두막에 들어갔다. 안에 아무도 없었다. 천장에 매달린 두개골들이 마을에 부는 바람에 흔들려 절그럭거렸다. 한쪽 구석에 놓인 바구니에는 뼈가 담겨 있었다.

헌터는 그걸 무시하고 속삭였다.

"빨리 합시다."

돈 디에고가 오두막 한가운데 그러나도를 놓고 도화선에 불을 붙였다. 세 남자가 살며시 밖으로 나와 마을의 먼 귀퉁이로 갔다. 돈 디에고가 두 번째 그러나도의 도화선에 불을 붙이고 기다렸다.

첫 번째 그러나도가 폭발하자 놀라운 일이 벌어졌다. 오두막이 박살나면서 수천 개의 조각이 사방으로 날아갔다. 바닷가재 색깔의 전사들이 화들짝 놀라서 고함을 질러댔다. 돈 디에고가 두 번째 그러나도를 불 속으로 던졌다. 잠시 후 그러나도가 폭발했다. 날아온 금속 조각과 유리 조각에 맞은 전사들이 비명을 질렀다.

그와 동시에 헌터의 부하들이 덤불 속에서 총격을 개시했다.

헌터와 무어가 앞으로 기어가서 새러 앨먼트의 몸뚱이를 들고 다시 수풀로 돌아왔다. 사방에서 카리비 전사들이 비명을 지르고 울부짖으면서 죽어 갔다. 오두막의 나뭇잎 지붕에 불이 붙었다. 헌터가 마지막으로 돌아본 그 마을은 이글거리는 불지옥이었다.

그들은 아무렇게나 다급히 후퇴했다. 힘이 엄청난 바사는 영국 여자를 쉽게 운반했다. 그녀가 신음 소리를 냈다.

헌터가 말했다.

"살아 있군."

그녀가 다시 신음했다.

그들은 빠른 걸음으로 황급히 보트들이 있는 해변으로 돌아왔다. 섬을 빠져나가는 동안에는 아무 일도 없었다.

동이 틀 무렵, 그들은 모두 무사히 배로 돌아왔다. 항해사 엔더스는 갤리언 수리에 관한 일을 헌터에게 맡기고 새러 앨먼트의 부상을 치료했다. 오전 중간쯤에 그가 선장에게 보고했다.

"죽지는 않을 겁니다. 머리를 세게 얻어맞았지만 심각하진 않으니까요."

그가 배를 보면서 덧붙였다.

"우리도 여길 빨리 뜨는 게 좋겠습니다."

헌터는 수리 중인 배를 빨리 띄우려고 오전 내내 기를 썼다. 하지만 아직도 할 일이 태산이었다. 중앙돛대는 여전히 약하고 망루도 없었다. 앞돛대는 아예 날아간 상태인 데다, 흘수선 밑의 커다란 구멍도 아직 막지 못했다. 그동안 주갑판을 상당 부분 뜯어서 수리용 목재로 썼고, 곧 아래쪽 포열 갑판도 일부분 뜯어야 하는 형편이었다. 하지만 진도는 더뎠다.

헌터가 말했다.

"내일 아침이나 돼야 뜰 수 있어."

"저는 밤을 좋아하지 않습니다."

엔더스가 섬을 둘러보면서 말을 이었다.

"지금은 꽤 조용하네요. 하지만 여기서 밤을 보내기는 싫습니다."

헌터가 대꾸했다.

"나도 마찬가지야."

그들은 밤까지 줄기차게 일했다. 다들 지쳐 있었지만 한시라도 빨리 수리를 마치려고 잠도 안 자고 미친 듯이 서둘렀다. 보초를 잔뜩 세우는 바람에 일이 더 느려졌다. 하지만 헌터는 보초가 꼭 필요하다고 생각했다.

자정 무렵에 다시 들려오기 시작한 북소리는 거의 한 시간 동안 계속되었다. 그러더니 이내 불길한 정적이 흘렀다.

불안해진 선원들이 일을 하려 들지 않아서 헌터가 그들을 쾌쳐야 했다. 새벽이 가까울 즈음, 헌터가 해변에서 한 선원과 함께 널판 뜯어내기를 하고 있을 때, 선원이 자기 목을 찰싹 때리고 투덜거렸다.

"망할 놈의 모기들."

그런데 잠시 후 그가 이상한 표정을 짓더니 털썩 쓰러져 기침을 하다가 죽었다.

헌터는 몸을 숙이고 그를 살펴보았다. 목에 바늘로 찌른 자국이 있고, 거기에 빨간 핏방울이 맺혀 있을 뿐이었다. 하지만 그 사내는 죽었다.

뱃머리 근처 어딘가에서 비명이 들리더니 또 다른 사내가 모래밭에 고꾸라져 죽었다. 선원들은 당황했다. 보초를 서던 자들이 배 쪽으로 도망쳐 왔다. 배를 수리하던 선원들은 선체 밑으로 숨었다.

헌터는 발 앞에 죽어 있는 사내를 다시 내려다보았다. 그때 사내의 손 안에서 무언가가 눈에 띄었다. 깃털과 바늘이 달린 작은 다트였다.

독침 다트였다.

"놈들이 옵니다!"

파수병이 소리쳤다. 선원들은 널판 조각과 쓰레기 더미를 비롯해 몸을 가려 줄 만한 것이면 무엇이든 그 뒤로 가서 숨었다. 다들 긴장한 채 기다렸다. 하지만 아무도 오지 않았다. 해변을 따라 늘어선 덤불과 선인장 군락은 조용했다.

엔더스가 헌터에게로 기어왔다.

"작업을 재개할까요?"

"몇 명이나 죽었지?"

"피터스가 죽었습니다."

엔더스가 헌터 앞의 시체를 보고 덧붙였다.

"이자는 맥스웰이고요."

헌터가 고개를 저었다. 이제 그의 선원은 서른 명으로 줄었다.

"더 잃을 수는 없어. 새벽까지 기다려."

"가서 전하겠습니다."

엔더스가 다시 선원들 쪽으로 기어갔다. 그 사이 휙 하는 소리와 함께 작은 깃털 다트가 헌터의 귀 근처의 목재에 퍽 하고 꽂혔다. 헌터는 다시 납작 엎드린 채 기다렸다.

그 후로 아무 일 없다가 동이 트자 덤불에서 몸에 빨간 칠을 한 자들이 뛰쳐나와 바닷가로 내려왔다. 헌터의 부하들은 소총 일제 사격으로 응수했다. 야만인 십여 명이 모래밭에 쓰러지고 나머지들은 덤불로 달아나 숨었다.

헌터와 선원들은 불편하게 몸을 웅크린 채 정오까지 기다렸다. 아무 일도 벌어지지 않자, 헌터는 조심스럽게 작업 재개를 지시했다. 그리고 선원 몇 명을 데리고 섬 안쪽으로 들어갔다. 야만인들은 흔적도 없이 사라졌다.

헌터는 배로 돌아왔다. 초췌하고 지친 그의 부하들은 움직임이 굼떴다. 하지만 엔더스는 명랑했다.

"손가락으로 십자가를 만들고 주님의 섭리를 찬미하세요. 그럼 우리가 곧 여길 뜰 테니까."

망치질 소리가 들리고 다시 수리가 시작되자 헌터는 새러를 보러 갔다.

그녀는 모래밭에 누워 헌터가 다가오는 모습을 물끄러미 바라보았다.

그가 물었다.

"마담, 좀 어떠십니까?"

그녀는 대답하지 않고 멍하니 쳐다보기만 했다. 눈은 크게 뜨고 있지만 그를 보고 있지는 않았다.

"마담?"

대답이 없었다.

"마담?"

그는 새러의 얼굴 위로 손을 저었다. 그녀는 눈도 깜빡이지 않았다. 아무것도 알아보지 못하는 듯했다.

헌터는 고개를 저으면서 새러 곁을 떠났다.

저녁 밀물 때 엘 트리니다드 호가 물에 뜨긴 했지만 이튿날 새벽까지는 후미를 떠날 수 없었다. 헌터는 해변에서 눈을 떼지 않고 갑판을 서성였다. 북소리가 또 들리기 시작했다. 헌터는 몹시 피곤했지만 자지 않았다. 밤사이 간헐적으로 죽음의 다트들이 바람을 가르며 날아왔다. 아무도 맞지 않았다. 엔더스가 눈매 사나운 원숭이처럼 기어와서는, 대만족까지는 아니어도 그럭저럭 수리가 끝났다고 말했다.

첫새벽에 그들은 선미 닻을 올리고 돛을 조절하면서 앞바다로 나아가기 시작했다. 헌터는 빨간 전사들을 태운 카누 함대가 공격해 오리라 예상하면서 주위를 살폈다. 이제 놈들에게 포탄을 맛보여 줄 수 있기 때문에 오히려 나타나 주길 바랐다.

하지만 카리비는 공격해 오지 않았다. 이윽고 돛이 제대로 바람을 받으면서 노네임 케이가 엘 트리니다드 호의 뒤로 멀어지자, 그간의 모든 일이 나쁜 꿈처럼 느껴졌다. 헌터는 몹시 피곤했다. 그는 선원 대부분을 선실로 내려보내 재우고, 항해는 키잡이 엔더스와 소수의 선원에게 맡겼다.

엔더스가 걱정스러워하자 헌터가 말했다.

"맙소사, 자넨 끊임없이 걱정이로군. 우린 방금 야만인들에게서 벗어나 멀쩡히 배를 타고 맑은 바다로 나아가고 있어. 대체 언제쯤 만족할 텐가?"

엔더스가 대답했다.

"네, 바다야 맑죠. 하지만 지금 우린 보카 델 드라곤에 있습니다. 여긴 소수의 선원으로 감당할 수 있는 곳이 아니란 말입니다."

"저 친구들은 자 둬야 해."

헌터도 밑으로 내려갔다. 그러고는 후텁지근하고 답답한 선장실에서 금세 고통스러운 선잠에 빠졌다. 그는 자신의 배가 서쪽 바다에서 가장 깊은 해역인 보카 델 드라곤에서 뒤집히는 꿈을 꾸었다. 파란 바닷물에 빠진 그는 이내 검은 바다 속으로 잠기면서…….

헌터는 여자가 외치는 소리에 퍼뜩 잠에서 깼다. 갑판으로 뛰어 올라갔다. 날이 저물면서 아주 가벼운 바람이 불고 있었다. 엘 트리니다드 호의 부푼 돛이 불그레한 노을빛에 물들었다. 엔더스와 교대한 라쥐가 타륜을 잡고 바다를 가리켰다.

"저길 봐요."

헌터가 그쪽을 보았다. 좌현 너머 흔들리는 수면 밑에서 초록색으로 빛나는 물체가 구물거리며 곧장 그들에게로 다가오고 있었다.

라쥐가 말했다.

"용이에요. 용이 한 시간 동안 우릴 쫓아왔어요."

헌터는 계속 지켜보았다. 그 빛나는 생물이 더 가까이 다가와 속력을 줄이고는, 엘 트리니다드 호 옆에서 나란히 움직였다. 거대했다. 빛나는 살로 이루어진 커다란 자루 같은 몸통 뒤로 긴 촉수들이 늘어져 있었다.

"안 돼!"

라쥐가 소리쳤다. 그녀가 잡고 있는 타륜이 뒤틀리기 시작했다. 배가 미친 듯이 흔들렸다.

"놈이 공격하고 있어요!"

헌터가 타륜을 두 손으로 움켜잡고 흔들리지 않게 했다. 하지만 어떤 막강한 힘이 키를 잡고 멋대로 흔들어댔다. 헌터는 뒤로 넘어져 뱃전 난간에 부딪쳤다. 숨이 턱 막혔다. 라쥐의 고함 소리에 선원들이 갑판으로 뛰어 올라왔다. 겁에 질린 선원들이 소리쳤다.

"크라켄이다! 크라켄!"

헌터가 일어서자, 때마침 뱃전 난간으로 스르륵 넘어온 미끈미끈한 촉수가 그의 허리를 휘감았다. 날카로운 가시가 돋친 빨판들이 그의 옷을 잡고 난간 쪽으로 끌고 갔다. 헌터는 흥분을 가라앉히고 침착하게 단검을 꺼내 자신을 휘감고 있는 촉수를 찔러댔다. 그러자 촉수가 초인적인 힘으로 그를 허공에 높이 들어 올렸다. 헌터는 놈의 살을 단검으로 계속 쑤셨다. 초록색 피가 그의 다리를 따라 흘러내렸다.

그때 갑자기 촉수가 풀려 헌터가 갑판으로 떨어졌다. 그가 일어서자 사방에 촉수가 보였다. 선미로 기어 올라온 촉수가 갑판으로 넘어오고 있었다. 그 촉수에 붙잡힌 선원이 몸부림을 치면서 공중으로 들어 올려졌다.

괴물은 그를 경멸하듯 바다로 던져 버렸다.

엔더스가 소리쳤다.

"선실로 내려가! 선실로!"

선체 중간쯤에서 소총 소리가 들렸다. 선원들이 뱃전 너머로 몸을 내밀고 괴물에게 총을 쏴대고 있었다.

선미로 다가간 헌터는 밑에 펼쳐진 무시무시한 광경을 보았다. 괴물의 불룩한 몸뚱이가 선미에 들러붙어 있고, 놈의 수많은 촉수들이 배의 십여 군데를 붙잡고 후려치면서 여기저기 쑤시고 들어갔다. 점점 짙어 가는 어둠 속에서 괴물의 몸통 전체가 초록색으로 빛나고 있었다. 괴물의 초록색 촉수들이 선미 선실들의 창문으로 뱀처럼 들어가기 시작했다.

헌터는 문득 새러가 생각나서 밑으로 뛰어 내려갔다. 그녀는 자기 방에서 여전히 돌처럼 굳은 얼굴로 앉아 있었다.

"이봐요, 마담……."

그 순간 납 테두리 창문이 박살나면서 나무줄기처럼 굵은 거대한 촉수가 선실로 미끄러져 들어와 대포를 휘감고 잡아당겼다. 그러자 대포가 포좌에서 떨어져 나와 방 안에서 굴렀다. 괴물의 가시 돋친 촉수가 닿자, 번쩍이는 누런 대포의 표면이 깊게 긁혔다.

새러가 비명을 질렀다.

헌터는 옆에 있던 도끼로 흔들거리는 촉수를 내리찍었다. 역겨운 초록색 피가 그의 얼굴로 쏟아졌다. 빨판들이 그의 뺨을 할퀴어 살갗을 찢었다. 촉수가 뒤로 물러났다가 다시 앞으로 내뻗더니, 빛나는 초록색 밧줄처럼 그의 다리를 휘감고 바닥으로 내동댕이쳤다. 헌터가 선실 바닥을 따라 창문 쪽으로 질질 끌려갔다. 그는 끌려가지 않으려고 도끼로 바닥을 찍었다. 하지만 도끼가 빠져 버렸다. 헌터가 깨진 유리창 밖으로 끌려 나가 선미 위에서 대롱거리자 새러가 다시 비명을 질렀다.

한순간 헌터는 마치 아이의 손에 쥐여 있는 인형처럼 크라켄의 촉수에 다리를 붙들린 채 공중에서 이리저리 흔들렸다. 그러다가 엘 트리니다드 호의 선미에 내리쳐졌다. 헌터는 선미 선실의 난간을 붙잡은 다음, 한 팔로 고통스럽게 매달린 채 나머지 손에 든 도끼로 촉수를 찍었다. 마침내 촉수가 그를 놓아주었다.

잠깐 동안 자유로워진 헌터는 저 아래 물속에서 요동치는 괴물과 아주 가까이 있었다. 그는 괴물의 크기에 놀랐다. 수많은 촉수로 선미에 착 들러붙은 괴물이 마치 배를 먹고 있는 것 같았다. 괴물이 내뿜는 초록색 빛 때문에 공기마저 초록색으로 빛났다.

헌터의 바로 아래 거대한 눈이 있었다. 지름이 오 피트인, 탁자보다 더 큰 눈이었다. 그 눈은 끔뻑이지 않았다. 표정이 전혀 없었다. 빛나는 초록색 살에 둘러싸인 검은 눈동자가 헌터를 심드렁하게 관찰하는 것 같았다. 더 뒤쪽으로 보이는 괴물의 몸통은 판판한 미늘이 두 개 달린 삽처럼 생겼다. 하지만 헌터의 관심은 온통 촉수에 쏠려 있었다.

새로운 촉수가 그에게 다가왔다. 테두리에 가시가 잔뜩 돋친 접시만한 빨판들이 보였다. 그것들이 헌터의 살에 들러붙어 잡아당겼다. 그는 선미 선실 난간에 위태롭게 매달린 채 빨판들을 떼어내려고 몸부림쳤다.

그의 위에서 선원들이 괴물에게 총을 쏴대자 엔더스가 소리쳤다.

"사격 중지! 선장님이 잡혀 있어!"

그때 괴물이 굵직한 촉수를 한 번 휘둘러 난간에서 헌터를 떼어 놓았다. 그는 괴물 위로 떨어졌다.

헌터는 초록색으로 빛나는 물속에서 버둥거리고 미끄러지다가 가까스로 균형을 잡았다. 그는 정말로 괴물 위에 서 있었다! 물주머니 위에 서 있는 것처럼 미끄럽고 끈적거렸다. 그가 쓰러질 때마다 만지게 되는 괴물의 피부는 우둘투둘하고 차가웠다. 괴물의 살덩이가 발밑에서 맥동하고 꿈틀거렸다.

헌터는 물속에서 첨벙거리며 앞으로 기어가 괴물의 눈에 다다랐다. 가까이서 보니 그 거대한 눈은 빛나는 초록색 한가운데 뚫린 커다란 구멍 같았다.

헌터는 망설이지 않았다. 둥글게 솟은 그 눈을 도끼로 내리찍었다. 도끼가 튕겨 버렸다. 다시 내리찍고, 또 내리찍었다. 마침내 도끼날이 깊숙이 박혔다. 맑은 물이 간헐천처럼 위로 뿜어져 나왔다. 눈 주위의 살이 수축하는 것 같았다.

그때 갑자기 바다가 우윳빛으로 변하더니 괴물이 밑으로 내려갔다. 발밑이 꺼진 헌터는 바다 위에 둥둥 뜬 채 도와 달라고 소리쳤다. 위에서 던진 밧줄을 헌터가 붙잡았을 때, 괴물이 다시 수면으로 올라왔다. 그 충격으로 헌터가 공중으로 튀어 올라갔다. 그의 밑에 구름처럼 하얀 물이 솟구쳤다. 다시 밑으로 떨어진 그는 괴물의 물주머니 같은 피부에 부딪쳤다.

그러자 엔더스와 무어가 작살을 들고 뱃전 너머로 뛰어내렸다. 그들은 작살로 괴물의 몸뚱이를 푹푹 찔러댔다. 초록색 피의 기둥들이 공중으로 치솟았다. 그러자 괴물이 폭발하듯 물을 쏟아내면서 밑으로 내려갔다. 놈은 미끄러지듯 잠기면서 바다 속 깊은 곳으로 사라졌다.

헌터와 엔더스, 무어가 요동치는 바다에서 버둥거렸다.

헌터가 헐떡이며 말했다.

"고맙네."

"저한테 고마워하실 필요 없습니다."

엔더스가 무어를 턱짓으로 가리키며 투덜거렸다.

"저 검둥이 개자식이 저를 밀었으니까요."

혀 없는 바사가 빙그레 웃었다.

저 멀리서 엘 트리니다드 호가 그들을 구하러 오려고 선회하는 모습이 보였다.

세 남자가 물위에 떠 있는 동안 엔더스가 말했다.

"우리가 포트 로열에 돌아가서 이 이야기를 하면 아무도 믿어 주지 않을 겁니다."

이윽고 그들에게 밧줄이 던져졌다. 위로 끌어올려진 그들은 물을 뚝뚝 흘리고 기침을 하면서 녹초가 된 채 갑판에 내려섰다.

6
포트 로열

PIRATE LATITUDES

34

1665년 10월 20일의 이른 오후, 스페인 갤리언 엘 트리니다드 호가 포트 로열의 동쪽 수로에 도착했다. 그 배의 선장 헌터는 자그마한 섬 사우스 케이 앞에 닻을 내리라고 지시했다.

포트 로열까지의 거리는 이 마일이었다. 헌터와 그의 선원들은 뱃전 난간에 서서 수로 너머의 도시를 바라보았다. 항구는 조용했다. 그들의 도착이 아직 발견되지 않은 것이다. 하지만 조금만 지나면 포성이 울리고 광란의 축제가 열린다는 것을 모두 알고 있었다. 적의 나포선이 도착할 때면 늘 그랬다. 그런 축제는 종종 이틀이 넘도록 계속되었다.

그러나 몇 시간이 지나도 축제는 없었다. 오히려 시간이 갈수록 도시가 더 조용해지는 것 같았다. 포성도, 축제의 횃불도, 고요한 바다 너머에서 들려오는 환영의 함성도 없었다.

엔더스가 오만상을 지었다.

"스페인이 공격해 온 걸까요?"

헌터는 고개를 저었다.

"불가능해."

포트 로열은 신세계의 영국 식민지 중에서 가장 막강한 곳이었다. 스페인이 세인트 키츠나 다른 전초 기지를 공격할 수는 있었다. 하지만 포트 로열은 어림없었다.

"뭔가 잘못된 게 틀림없습니다."

헌터가 대꾸했다.

"곧 알게 되겠지."

그들이 지켜보는 동안 찰스 요새에서 롱보트 한 척이 나와 대포를 발사했다. 이제 헌터의 배는 항구로 이동해 정박했다.

롱보트가 엘 트리니다드 호의 뱃전에 붙자, 자메이카 주둔군 대위가 승선했다. 헌터가 아는 자였다. 촉망받는 젊은 장교 피터 에머슨이었다. 그는 굳은 표정으로 귀가 따갑도록 크게 말했다.

"이 배의 선장이 누군가?"

헌터가 앞으로 나오며 대답했다.

"날세. 잘 지냈나, 피터?"

에머슨은 뻣뻣하게 서 있었다. 헌터를 알아보지 못하는 눈치였다.

"당신의 신분을 밝히시오."

"피터, 자네가 날 모르면 누가 알아? 이게 무슨……."

"신분을 밝히시오. 안 그러면 처벌받을 거요."

헌터가 눈살을 찌푸렸다.

"이게 무슨 수작이지?"

에머슨은 엄격한 태도로 말했다.

"매사추세츠 만 식민지의 시민이자 최근에 영국령 자메이카에서 활동한 찰스 헌터인가?"

헌터가 대답했다.

"물론이지."

그는 서늘한 저녁 바람이 부는데도 에머슨이 땀을 흘리는 것을 눈치챘다.

"이 배의 신원을 밝혀라."

"엘 트리니다드라고 불리는 스페인 갤리언이라네."

"스페인 배라고?"

헌터는 슬슬 짜증이 났다.

"그렇다니까. 보면 모르겠나?"

에머슨이 숨을 들이마시고 말했다.

"그렇다면 내가 부여받은 임무에 따라, 찰스 헌터 자네를 해적 행위 혐의로 체포하며……."

"뭐? 해적 행위?"

"자네의 선원도 전원 체포한다. 자네는 나와 함께 롱보트에 승선해 주기 바란다."

헌터는 어안이 벙벙했다.

"누구의 지시지?"

"자메이카 임시 총독 로버트 해클릿 각하의 명이다."

"하지만 제임스 앨먼트 총독은……."

에머슨이 말허리를 잘랐다.

"지금 우리가 이야기하는 동안에도 앨먼트 총독은 죽어가고 있다. 이제 나를 따라오라."

헌터는 넋이 나간 듯 멍한 표정으로 뱃전 너머 롱보트로 내려갔다. 병사들이 노를 저어 뭍으로 배를 몰았다. 헌터는 자기 배의 형체가 점점 작아지는 것을 지켜보았다. 그는 자기 못지않게 선원들도 어리벙벙할 거라고 생각했다.

그가 에머슨을 바라보며 물었다.

"대체 뭐가 어떻게 된 거야?"

롱보트 안에서는 에머슨이 한결 누그러진 태도로 말했다.

"그동안 많은 변화가 있었다네. 이 주 전에 제임스 앨먼트 총독이 열병에 걸리자……."

"무슨 열병인데?"

"내가 아는 대로만 말해 주지. 앨먼트 총독은 오랫동안 총독 관저의 침대에 누워 지냈어. 그가 자리를 비우자 해클릿이 식민지 통치를 떠맡았지. 스코트 사령관이 그를 돕고 있다네."

"그래?"

헌터는 자신의 반응이 느리다는 것을 알고 있었다. 지난 여섯 주 동안 겪은 수많은 모험의 결과가 해적 혐의로 감옥에 갇히는 것이라는 사실을 믿을 수가 없었다. 보나마나 교수대에 매달릴 것이었다.

에머슨이 말했다.

"해클릿은 이 도시를 엄하게 다스리고 있어. 이미 많은 사람이 감옥에 갇혔거나 교수형을 당했네. 피츠는 지난주에 매달렸고……."

"맙소사, 피츠가?"

"그리고 모렐리는 바로 어제였어. 그리고 자네한테는 체포 영장이 발부된 상태야."

천 가지 반론과 천 가지 질문이 헌터의 머릿속에 떠올랐다. 하지만 그는 아무 말도 하지 않았다. 에머슨은 멋 부리기에 여념이 없는 사령관 스코트의 명령을 수행하는 부하였다. 따라서 명령대로 임무를 수행할 따름이었다.

"나는 어느 교도소로 보내지나?"

"마셜시."

헌터는 그 말이 우스워서 웃었다.

"마셜시 교도소장은 내가 잘 알아."

"이제는 아냐. 교도소장이 새로 부임했다네. 해클릿이 밀어 넣은 자야."

헌터는 더 이상 말하지 않았다. 노 젓는 소리를 들으면서, 점점 다가오는 찰스 요새를 물끄러미 바라보았다.

요새 안으로 들어온 헌터는 정연하고 절도 있는 병사들의 모습에 놀랐다. 전에는 술 취한 파수병 십여 명이 찰스 요새의 방벽 위에 늘어져서 추잡한 노래를 흥얼거리곤 했는데 오늘 저녁에는 그런 자가 한 명도 없으며, 다들 군복을 말쑥하게 단단히 차려 입고 있었다.

잔뜩 군기가 든 무장 병사들과 함께 도시로 들어선 헌터는 이상하게 조용한 라임 가(街)를 지나 북쪽으로 요크 가(街)를 따라서 어두컴컴한 술집들을 지나쳤다. 평소 같으면 이 시간에 환히 불을 밝히고 왁자지껄 소란스러울 곳이었다. 고요한 도시와 진창이 사라진 거리의 풍경은 충격적이었다.

남자 교도소인 마셜시는 요크 가 끄트머리에 있었다. 오십 개의 감옥이 있는 커다란 이 층짜리 석조 건물이었다. 안에서는 똥오줌의 악취가 풍기고, 바닥에 자란 잡초 사이로 쥐가 돌아다녔다. 수감자들이 움푹 들어간 눈으로 지켜보는 가운데, 횃불을 든 병사를 따라가던 헌터는 독방에 갇혔다.

그는 독방 안을 둘러보았다. 아무것도 없었다. 침대도 해먹도 없이 바닥에 짚더미만 깔려 있고, 창살에 가로막힌 높다란 창문이 하나 있었다. 그 창문을 통해 구름 한 점이 이운 달을 가로질러 흘러가는 모습이 보였다.

뒤에서 문이 철컹거리며 닫히자, 헌터가 돌아서서 에머슨을 바라보았다.

"재판이 언제 열리지?"

"내일."

에머슨은 짧게 대답하고 돌아섰다.

찰스 헌터의 재판은 1665년 10월 21일 토요일에 열렸다. 원래 토요일에는 법정이 열리지 않는데도 헌터의 재판은 그날 열렸다. 지진으로 손상

된 법원 건물은 내부가 대부분 비어 있었다. 다른 선원들 없이 혼자서 입장한 헌터는 나무 테이블에 앉아 있는 일곱 명의 재판 위원들과 마주보았다. 재판 위원장은 영국령 자메이카의 임시 총독 로버트 해클릿이었다.

그는 죄목을 열거하기에 앞서 헌터를 재판 위원회 앞에 세웠다.

"오른손을 들라."

헌터는 시키는 대로 했다.

"찰스 헌터 자네와 자네의 동료 전원은 대(大)브리튼의 국왕이자 군주이신 찰스 폐하의 권위에 의해 다음과 같은 죄목으로 기소되었다."

잠시 정적이 흘렀다. 헌터는 위원들의 얼굴을 둘러보았다. 희미하게 거만한 미소를 지으며 그를 노려보는 해클릿. 불안한 기색이 역력한 해군본부 판사 루이셤. 금 이쑤시개로 이를 쑤시고 있는 스코트 사령관. 헌터의 눈길을 회피하는 두 상인 포스터와 푸어맨. 자기 군복을 당기고 있는 부유한 주둔군 중위 돗슨. 상선 선장 제임스 핍스. 모두 헌터가 아는 자들이었으며, 헌터는 그들이 좌불안석이라는 것을 눈치 챘다.

"자네는 자네의 조국과 우방국들의 법을 노골적으로 무시하면서, 바다와 육지에서 스페인 국왕 펠리페 4세의 국민을 괴롭히고 재산을 약탈하고자 사악한 무리를 조직해 음모를 꾸몄다. 그리고 그런 사악하고 악랄한 의도하에 항해 도중 마주치는 크고 작은 선박들을 약탈하고 불태울 목적으로 마탄세로스 섬의 스페인 점령지로 갔다.

또한 마탄세로스 남쪽 해협에서 스페인 선박과 불법적으로 대치해 그 배를 침몰시킴으로써 그 배의 모든 인명과 재산을 잃게 한 혐의로 기소되었다.

그리고 마지막으로, 이 모든 것을 계획하고 실행함으로써 자네와 자네의 사악한 일당은 수차례에 걸쳐 수단과 방법을 가리지 않고 스페인 선박과 영토를 유린하고 공격하면서 스페인 국민을 살해했다. 자신의 죄를 인정하는가, 찰스 헌터?"

짧은 정적이 흘렀다. 헌터가 대답했다.

"저는 죄가 없습니다."

헌터가 보기에 이 재판은 이미 엉터리였다. 1612년에 제정된 법령에 따르면, 재판 위원회는 해당 재판의 세부 사항에 직간접적으로 이해관계가 없는 자들로 구성되어야 했다. 하지만 지금 재판 위원들은 모두 헌터가 유죄 판결을 받으면 그의 나포선과 보물을 압수해 이익을 보게 될 자들이었다.

당혹스러운 것은 기소의 세부 내용이었다. 마탄세로스를 습격하는 동안 벌어진 일은 헌터 자신과 그의 부하들 말고는 아무도 알 수가 없었다. 하지만 기소 내용 중에는 스페인 전함과의 교전 승리도 포함되어 있었다. 재판 위원회가 그 정보를 어디서 입수했을까? 헌터의 선원들 중 누군가가 어젯밤 고문을 당해서 실토했다고밖에는 짐작할 수 없었다.

재판 위원들은 그의 항변에 일말의 반응도 하지 않았다. 해클럿이 몸을 앞으로 내밀고 차분한 목소리로 말했다.

"찰스 헌터, 본 위원회는 자네가 영국령 자메이카에서 명망이 높다는 것을 알고 있다. 우리는 그런 자네에게 적절한 예의도 갖추지 않고 재판을 진행하는 것은 정당하지 못하다고 판단한다. 이 자리에서 기소 내용에 대해 반론하겠는가?"

놀라운 일이었다. 헌터는 대답하기 전에 잠시 망설였다. 지금 해클럿은 재판 진행의 원칙을 깨뜨리고 있었다. 틀림없이 꿍꿍이가 있을 터였다. 그렇다고 무시해 버리기에는 너무 좋은 기회였다.

"이 공정한 법정의 뛰어난 재판 위원님들께서 원하신다면 노력해 보겠습니다."

헌터는 빈정거리는 기색 없이 말했다. 위원들은 교활하고 신중한 표정으로 적당히 고개를 끄덕였다.

헌터가 그들을 차례차례 바라보고 말문을 열었다.

"여러분 중에서 최근 찰스 국왕 폐하와 스페인 왕실 사이에 체결된 신성한 조약에 대해 저보다 더 잘 아시는 분은 없을 겁니다. 그런 제가 두 나라 사이에 새로이 맺어진 연대를 상대의 도발도 없이 깨뜨린다는 건 말도 안 됩니다. 하지만 이번에 그런 도발이 있었고, 그것도 많이 있었습니다. 저의 배인 카산드라 호는 스페인 전열함의 공격을 받았으며, 선원 모두가 정당한 이유 없이 포로로 잡혔습니다. 더구나 선원 두 명이 그 전함의 함장인 카살라라는 자에게 살해당했습니다. 마지막으로, 그 카살라는 제임스 앨먼트 총독의 조카인 새러 앨먼트를 태운 영국 상선을 습격했습니다. 물론 다른 화물에 대해서는 저도 모릅니다.

펠리페 왕이 신임하는 스페인 함장 카살라는 영국 상선 인트레퍼드 호를 파괴하고 승객과 선원 모두를 죽이는 참혹한 만행을 저질렀습니다. 사망자 중에는 찰스 국왕 폐하의 총애를 받던 워너 선장도 있었습니다. 틀림없이 국왕 폐하는 그분의 사망 소식에 몹시 애통해하실 겁니다."

헌터는 잠시 말을 멈췄다. 위원들은 이 정보를 모르고 있었다. 못마땅해하는 기색이 역력했다.

찰스 왕은 자기 것에 대한 집착이 무척 심했다. 그래서 자기 친구가 부상당하거나 심지어 모욕만 당해도 평소에 온화하던 성미가 자취를 감추었다. 하물며 친구가 죽었다면 가만있지 않을 터였다.

헌터가 계속 이야기했다.

"그런 여러 차례의 도발을 응징하고자, 저희는 마탄세로스에 있는 스페인 요새를 공격해 그 여인을 구출했으며, 적절하고 합리적인 수준의 전리품을 챙겼습니다. 이는 결코 해적 행위가 아닙니다. 공해상에서 벌어진 잔학 행위에 대한 명예로운 보복이며, 그것이 바로 제가 한 행위의 바탕

이자 본질입니다."

그는 잠시 사이를 두고 위원들을 얼굴을 둘러보았다. 그들은 심드렁한 표정으로 헌터를 바라보았다. 헌터는 그들이 진실을 알고 있었다는 것을 깨달았다.

"새러 앨먼트 양이 증인으로 나서 줄 것이며, 저의 배에 승선한 모든 자들이 증인 소환에 응할 겁니다. 방금 말씀하신 기소 내용은 사실이 아닙니다. 해적 행위는 도발이 없을 경우에 해당되는 것인데, 이번에는 지극히 격렬한 도발이 있었습니다."

그는 말을 마치고 표정들을 살폈다. 지금 그들은 평온하고 멍해 보여서 속내를 알 수가 없었다. 헌터는 한기를 느꼈다.

해클릿이 테이블 위로 몸을 숙였다.

"기소에 대해 더 할 말 없나, 찰스 헌터?"

헌터가 대답했다.

"없습니다. 지금까지 드린 말씀이 전부입니다."

"재판 위원장으로서 한마디 하자면, 아주 훌륭한 반론이었네."

해클릿의 말에 나머지 여섯 명이 고개를 끄덕이고 웅얼거리며 동의했다.

"하지만 지금 우리는 자네 이야기의 진실 여부를 따지려는 게 아닐세. 그건 다른 문제지. 우선 자네의 배가 어떤 목적으로 항해했는지 이 자리에서 밝혀 주게나."

헌터가 대답했다.

"로그우드 벌목이었습니다."

"허가서는 갖고 있었나?"

"물론입니다. 제임스 앨먼트 총독께서 직접 주셨습니다."

"그렇다면 그 서류는 지금 어디 있지?"

"카산드라 호와 함께 사라졌습니다. 하지만 앨먼트 총독께서 손수 작성해 주셨다는 것을 틀림없이 증언해 주실 겁니다."

해클릿이 대꾸했다.

"앨먼트 총독은 병세가 몹시 위중해서 이 자리에 나와 확인도 부인도 하실 수 없는 형편이라네. 하지만 허가서를 발급받았다는 자네의 말은 믿어 주도록 하지."

헌터가 살짝 고개 숙여 인사했다. 해클릿이 말했다.

"자, 그럼 자네가 어디서 그 스페인 전함에 나포되었나? 어느 해역이었지?"

순간 헌터는 난관에 부딪혔음을 느끼고 잠시 대답을 망설였다. 물론 망설임이 신뢰성을 떨어뜨린다는 건 알고 있었다. 그는 사실대로 말하기로 결심했다. 거의 사실대로.

"푸에르토리코 북쪽 윈드워드 해협에서였습니다."

해클릿이 짐짓 놀란 표정으로 말했다.

"푸에르토리코 북쪽? 그 지역에 로그우드가 있나?"

헌터가 대답했다.

"아닙니다. 하지만 저희는 이틀 동안 강력한 폭풍에 휘말려 본래 항로에서 멀리 벗어났습니다."

"물론 그랬겠지. 모든 로그우드는 자메이카 남쪽과 서쪽에 있는데, 푸에르토리코는 자메이카 동쪽에 있으니까."

헌터가 말했다.

"폭풍이 분 건 제 책임이 아닙니다."

"그 폭풍이 언제 불었지?"

"9월 12일과 13일입니다."

해클릿이 갸우뚱하며 말했다.

"이상하군. 그날 자메이카에서는 날씨가 좋았는데."

헌터가 대꾸했다.

"해상의 날씨가 육상의 날씨와 항상 비슷하지는 않습니다. 이건 기본적인 상식입니다."

해클릿이 이죽거렸다.

"본 법정은 자네의 항해 상식 강의에 감사를 표한다. 물론 자네가 여기 모인 신사분들께 가르칠 것은 별로 없겠지만. 안 그런가?"

그가 짧게 키득거리고 말을 이었다.

"자, 그럼 찰스 헌터. 헌터 선장으로 부르지 않는 걸 용서하게. 자네는 자네의 배와 선원들이 스페인 정착지나 영토를 공격할 의도가 전혀, 단 한 번도 없었다고 단언하나?"

"단언합니다."

"그런 불법적인 공격을 계획하려고 모임을 가진 적은 없나?"

"없습니다."

헌터는 자기 선원들이 이 질문에 대해 딴말하지 않으리라 믿고 최대한 확신에 찬 목소리로 대답했다. 불 베이에서 선원들을 모아 놓고 연설한 것이 알려지면 해적 행위 유죄 판결은 불을 보듯 빤했다.

"자네의 영혼을 걸고, 어떤 동료와도 그런 계획을 논의한 적이 없다고 맹세하나?"

"맹세합니다."

해클릿이 잠시 사이를 두고 말했다.

"그럼 자네가 진술한 내용이 명확해지도록 요약해 보세나. 자네는 단순히 로그우드를 벌목할 목적으로 출항했지만, 이곳 해안에는 닿지 않은 폭풍에 운 나쁘게 휘말려 멀리 북쪽까지 표류했고, 거기서 아무 이유도 없이 스페인 전함에게 나포되었네. 맞나?"

"맞습니다."

"그리고 자네는 그 전함이 영국 상선을 공격해 새러 앨먼트 양을 인질로 붙잡았다는 사실을 알게 됐고, 그 때문에 앙갚음을 결심했네. 그런가?"

"그렇습니다."

해클릿이 다시 사이를 두고 말했다.

"그 전함이 새러 앨먼트 양을 포로로 붙잡았다는 사실을 자네가 어떻게 알았지?"

헌터가 대답했다.

"저희가 나포되었을 때 새러 양은 그 전함에 타고 있었습니다. 입이 가벼운 어느 스페인 병사에게서 들었습니다."

"아주 상투적이군."

"하지만 사실입니다. 탈출이 범죄가 아닌 것은 모두 인정하시겠죠. 거기서 탈출한 뒤에 저희는 그 전함을 뒤쫓아 마탄세로스로 갔고, 그곳에서 요새로 끌려가는 새러 양을 봤습니다."

"그렇다면 그 영국 여인의 정조를 지켜 주겠다는 목적만으로 공격했다는 건가?"

해클릿의 말투에 빈정거림이 가득했다. 헌터는 위원들의 얼굴을 차례로 둘러보고 말했다.

"제가 알기로 이 위원회의 임무는 제가 성자인지 아닌지 판별하는 것이 아니라……."

여기까지 얘기했을 때 어디선가 피식 웃는 소리가 들렸다. 헌터가 말을 이었다.

"제가 해적인지 아닌지 판별하는 것입니다. 물론 저도 마탄세로스 항구에 정박한 보물선은 알고 있었습니다. 아주 탐나는 물건이었죠. 하지만 그곳을 수십 차례 공격해도 무방할 만큼 심각한 도발이 있었다는 점을 본 법정이 인정해 주시기 바랍니다. 이는 변호사의 말장난이나 국면 전환용

변명이 아니라 명명백백한 도발이었습니다."

헌터는 재판 내용을 기록하는 법정 서기 쪽을 바라보았다. 놀랍게도 그 자는 조용히 앉아서 아무것도 적지 않고 있었다.

해클릿이 말했다.

"말해 보게나. 그 스페인 전함에 나포되고 나서 어떻게 탈출했지?"

"프랑스인 상송의 공로였습니다. 그의 숭고한 용기가 저희 모두를 살렸습니다."

"자네는 그 상송이라는 자를 높이 평가하나?"

"물론입니다. 그 친구가 제 목숨을 구해 줬으니까요."

"그렇군."

해클릿이 의자에 앉은 채로 돌면서 소리쳤다.

"첫 번째 증인 앙드레 상송을 들여보내라!"

"앙드레 상송이라고요?"

헌터는 문을 돌아보고 다시 놀랐다. 상송이 법정으로 걸어 들어오고 있었다. 그 프랑스인은 물 흐르듯 부드러운 걸음걸이로 재빨리 증인석에 가서 앉았다. 그리고 오른손을 들었다.

"앙드레 상송, 자네는 지금 해적 행위와 약탈 혐의로 기소된 피고와 국왕 사이에서 진실하고 충실하게 증언할 것을 성스러운 복음사가들(네 권의 복음서를 쓴 마태, 마가, 누가, 요한)에게 엄숙히 약속하고 맹세하는가?"

"맹세합니다."

상송이 오른손을 내리고 헌터를 똑바로 바라보았다. 노골적인 동정의 눈빛이었다. 그가 몇 초 동안 그러고 있자 마침내 해클릿이 말했다.

"상송."

"네."

"방금 헌터가 이번 여행 과정에 대해 진술했네. 우리는 피고가 용맹한

자라고 칭찬한 자네가 이번 사건에 대해 증언해 주기 바라네. 카산드라 호의 항해 목적이 무엇이었는지 말해 주겠나? 처음에 어떤 이야기를 듣고 따라갔지?"

"로그우드 벌목이라고 들었습니다."

"그럼 실제 목적이 다르다는 것을 눈치 챈 적은 있나?"

"네."

"우리한테 설명해 주게."

상송이 대답했다.

"9월 9일에 출항한 뒤, 헌터 선장은 몽키 베이로 향했습니다. 거기서 진짜 목적은 마탄세로스로 가서 스페인 보물을 빼앗는 것이라고 여러 선원들에게 말했습니다."

"자네는 어떻게 반응했지?"

상송이 대답했다.

"충격 받았습니다. 그런 공격은 해적 행위라서 사형당할 수 있다고 헌터 선장에게 경고했습니다."

"그랬더니 어쩌던가?"

"온갖 욕을 퍼붓더군요. 그리고 만약 제가 성심껏 가담하지 않으면 저를 개처럼 죽이고 조각조각 잘라 상어 밥으로 던져 버리겠다고 위협했습니다."

"그렇다면 자네는 그 후에 벌어진 모든 일에 자발적으로 가담한 게 아니라 협박당해서 했다는 건가?"

"그렇습니다."

헌터가 상송을 노려보았다. 프랑스 사내는 흔들림 없이 차분하게 진술했다. 거짓말을 하는 기미가 전혀 없었다. 그는 도전적인 눈빛으로 계속 헌터를 힐끔거리면서, 헌터가 자신 있게 말한 내용을 뻔뻔하게 뒤집었다.

"그래서 어떻게 됐지?"

"저희는 마탄세로스로 가서 기습할 생각이었습니다."

"경고 없이 공격하는 것 말인가?"

"그렇습니다."

"계속 이야기하게."

"마탄세로스로 가는 도중에 스페인 전함을 만났습니다. 병력에서 열세였던 저희는 스페인 전함에 포로로 잡혀 해적 신세가 됐습니다."

"자네는 뭘 했지?"

"저는 아바나에서 해적으로 죽기 싫었습니다. 더구나 헌터 선장의 위협 때문에 억지로 거기까지 간 처지라 억울했죠. 그래서 숨어 있다가 나중에 동료들을 탈출시켰습니다. 그들이 생각을 고쳐먹고 포트 로열로 돌아갈 줄 알았거든요."

"하지만 그러지 않았군?"

"네, 그러지 않았습니다. 배를 되찾은 헌터 선장은 자신의 원래 계획을 실행하려고 저희를 강제로 마탄세로스에 데려갔습니다."

헌터는 더 이상 참지 못했다.

"강제로? 육십 명을 어떻게 강제로 데려가지?"

그러자 해클릿이 소리쳤다.

"조용! 입 다물지 않으면 법정 밖으로 내쫓겠다."

그는 다시 상송을 보며 물었다.

"그 사이 자네는 피고와 어떻게 지냈지?"

상송이 대답했다.

"힘들었습니다. 헌터 선장이 항해 내내 저에게 족쇄를 채웠거든요."

"결국 마탄세로스에서 갤리언을 나포했나?"

"네. 저한테 카산드라 호를 맡기더군요. 헌터 선장이 그 배에 올라 보더니 마탄세로스를 공격하느라 배가 상해서 항해가 어렵겠다고 판단한 겁니다. 그래서 마치 귀양 보내듯 저를 그 한심한 배로 쫓아낸 거죠. 먼바다로 나가면 그 배가 살아남지 못할 거라고 생각했으니까요. 선원도 몇 명 안 줬습니다. 그들도 저처럼 버림받았다고 생각했죠. 허리케인이 불어닥쳤을 때 저희는 포트 로열로 향했지만, 결국 배가 산산조각 나고 선원도 모두 잃었습니다. 저만 가까스로 롱보트를 타고 토르투가에 도착했고, 거기서 이곳에 온 겁니다."

"새러 앨먼트 양에 대해서는 뭘 아는가?"

"모릅니다."

"전혀 모른다고?"

상송이 뻔뻔하게 대답했다.

"여기 와서 처음 들은 이름입니다. 그런 사람이 있었습니까?"

"역시 그렇군."

해클럿이 잽싸게 헌터를 힐끔 보고 말을 이었다.

"헌터는 마탄세로스에서 그 여자를 구출해 여기까지 안전하게 데려왔다던데."

상송이 대꾸했다.

"마탄세로스를 떠날 때 그런 여자는 없었습니다. 짐작컨대 아마 헌터 선장이 영국 상선을 공격한 다음 자신의 잘못을 정당화하려고 그 배의 승객을 자기 배에 태웠을 겁니다."

해클럿이 말했다.

"때마침 잘 걸려든 셈이로군. 하지만 어째서 우리는 그 상선에 대해 듣지 못했지?"

상송이 대답했다.

"아마 헌터가 선원을 모조리 죽이고 배를 침몰시켰을 겁니다. 마탄세로스에서 자메이카로 돌아오는 길에 말입니다."

해클릿이 말했다.

"마지막으로 하나만 묻겠네. 9월 12일과 13일에 바다에서 발생한 폭풍을 기억하나?"

"폭풍이오? 아뇨. 폭풍은 없었습니다."

해클릿이 고개를 끄덕였다.

"고맙네, 상송. 내려가도 좋아."

"알겠습니다."

상송이 법정 밖으로 나갔다.

문 닫히는 소리가 공허하게 울려 퍼지는 동안 긴 침묵이 흘렀다. 재판위원들이 다시 헌터를 바라보았다. 낯빛이 창백한 헌터는 분노에 떨었지만 평정심을 잃지 않으려고 노력했다.

해클릿이 말했다.

"헌터, 자네가 들려준 이야기와 자네가 그토록 높이 평가하는 상송의 이야기가 모순되는 까닭을 설명해 줄 수 있겠나?"

"그자는 거짓말쟁이입니다. 비열하고 악랄한 거짓말쟁입니다."

"자네가 증거로 쓰일 만한 것들을 제시한다면 본 법정은 그런 비난도 고려할 준비가 되어 있다네, 헌터."

헌터가 말했다.

"다른 증거는 없습니다. 하지만 새러 앨먼트 양이 많은 증거를 제공할 겁니다. 그 프랑스 놈의 이야기와는 모든 면에서 다를 테니까요."

해클릿이 대꾸했다.

"물론 그녀를 증인으로 불러야지. 하지만 그 전에 골치 아픈 문제가 하나 남아 있네. 정당하건 아니건 간에 마탄세로스가 공격받은 건 9월 21일이었고, 자네가 포트 로열에 돌아온 건 10월 20일이야. 이따금 사략선들은 획득한 보물을 숨겨서 왕을 속이려고 잘 알려지지 않은 섬에 들르느라 그렇게 귀항이 늦어진다더군. 자네는 어떻게 설명할 텐가?"

헌터가 대답했다.

"저희는 해전을 벌이고 있었습니다. 그 후 사흘간은 허리케인과 싸웠죠. 다시 나흘 동안은 보카 델 드라곤 근처의 섬에서 배를 수리했습니다. 가까스로 출항하긴 했지만 크라켄의 공격을 받고……."

"잠깐만. 지금 심해의 괴물을 만났다는 건가?"

"그렇습니다."

"정말 재미있군."

해클릿이 웃자 나머지 위원들도 덩달아 웃었다.

"한 달이나 늦은 까닭을 상상력으로 설명하다니 존경스럽군. 물론 우리의 신뢰는 얻지 못하겠지만."

해클릿이 의자에 앉은 채로 돌아서 소리쳤다.

"새러 앨먼트 양을 증인으로 불러라!"

"새러 앨먼트 양!"

잠시 후 새러가 창백하고 찡그린 표정으로 법정에 들어와 선서를 하고 증인 심문을 기다렸다. 해클릿이 아주 간절한 태도로 그녀를 내려다보았다.

"새러 양, 우선 영국령 자메이카에 오신 것을 환영합니다. 그리고 이 지역 사회와의 첫 만남이 언짢은 증인 출석인 점을 사과드립니다."

"고맙습니다, 위원장님."

새러가 살짝 고개 숙이고 대답했다. 그러는 동안 한 번도 헌터를 보지 않았다. 헌터는 불안했다.

해클릿이 말했다.

"새러 양, 당신이 스페인 전함에 포로로 잡혔다가 헌터 선장에게 구출되었는지 아니면 처음부터 헌터 선장의 포로였는지가 본 법정의 중요한 문제로 떠올랐습니다. 진실을 밝혀 주실 수 있겠습니까?"

"네."

"그렇다면 편히 말씀해 주십시오."

새러가 말했다.

"저는 영국 상선 인트레퍼드 호를 타고 브리스틀에서 포트 로열로 가는 중이었는데……."

그녀가 말꼬리를 흐렸다. 긴 침묵이 흘렀다. 새러가 헌터를 보았다. 헌터도 그녀의 눈을 빤히 쳐다보았다. 그렇게 겁먹은 눈빛은 본 적이 없었다.

"계속 말씀해 주십시오."

"……수평선 위로 스페인 배가 나타났어요. 그 배가 저희에게 대포를 쐈고, 저희는 나포되었어요. 저는 스페인 배의 선장이 영국인이란 사실을 알고 놀랐어요."

"지금 당신 앞에 서 있는 죄수 찰스 헌터 말씀입니까?"

"네."

"계속 말씀하세요."

헌터는 그녀의 나머지 말을 듣지 않았다. 그가 새러를 갤리언에 태운 다음 영국 선원들을 모조리 죽이고 배에 불을 질렀으며, 마탄세로스 습격을 정당화하려고 그녀를 스페인 놈들에게서 구출한 척하려 했다는 것이었다. 새러는 이 일을 어떻게든 빨리 끝내려는 듯 새되고 긴장된 목소리로 빠르게 이야기했다.

"고맙습니다, 새러 양. 내려가셔도 됩니다."

그녀가 법정에서 나갔다.

위원 일곱 명 모두 멍하고 무표정한 얼굴로 이미 죽은 짐승 구경하듯 헌터를 바라보았다. 긴 침묵이 흘렀다.

해클릿이 온화한 목소리로 물었다.

"보카 델 드라곤과 바다 괴물이 등장하는 자네의 화려한 모험에 대해 증인이 아무 말도 안 하는군. 혹시 증거는 없나?"

"이것뿐입니다."

헌터가 재빨리 웃통을 벗었다. 그의 가슴에 크라켄의 거대한 접시 모양 빨판들이 만들어낸 상처와 흉터가 가득했다. 비현실적인 광경이었다. 재판 위원들이 기겁을 하더니 곧 자기들끼리 웅성거렸다.

해클릿이 판결봉을 내리쳐 정숙을 요구했다.

"흥미로운 눈요깃거리였네, 헌터. 하지만 여기 계신 교양 있는 신사분들에게는 통하지 않아. 궁지에 몰린 나머지 그런 괴물을 정말로 만난 것처럼 보이려고 어떤 도구를 사용했을지 충분히 짐작이 가는군. 안됐지만 이 법정에서는 통하지 않아."

헌터는 일곱 명의 얼굴을 둘러보았다. 다들 믿는 눈치였다. 해클릿이 다시 판결봉을 내리치고 말했다.

"찰스 헌터, 본 법정은 기소 내용대로 자네가 공해상에서 해적 행위와 약탈의 죄를 저지른 것으로 판단한다. 유죄 판결을 내리기에 앞서 마지막 변론을 하겠는가?"

헌터는 망설였다. 수천 개의 욕과 저주가 머릿속에 떠올랐지만 죄다 부질없는 짓이었다. 이윽고 나직이 대답했다.

"없습니다."

"뭐라고 했는지 못 들었다, 헌터."

"없다고 말했습니다."

"그럼 이제 판결을 내리겠다. 찰스 헌터와 그의 선원 모두를 돌려보낸 다음, 월요일에 포트 로열 시내의 하이 가 광장으로 옮겨 거기서 죽을 때까지 교수대에 매단다. 그 후에 시신들을 교수대에서 내려 엘 트리니다드호의 활대 끝에 매달아 놓는다. 가련한 영혼에 주님의 자비가 있기를. 간수, 이자를 데려가라."

헌터가 교도관을 따라 법원을 나섰다. 문 밖으로 나가는 동안 해클릿의 웃음소리가 들렸다. 가늘게 째지는 듯 이상한 소리였다. 곧이어 문이 닫히고 헌터는 감옥으로 돌아갔다.

35

헌터는 다른 독방에 수감되었다. 마셜시의 간수들은 같은 방을 고집하지 않는 것 같았다. 헌터는 바닥에 깔린 짚더미에 앉아서 자신이 처한 곤경을 곰곰이 생각했다. 자신에게 벌어진 일을 믿을 수가 없었다. 이해할 수 없을 정도로 화가 났다.

밤이 되자 고요해진 교도소에는 수감자들이 코 고는 소리와 한숨 소리만 들렸다. 잠이 들려던 헌터가 귀에 익은 소리를 들었다. 뱀처럼 쉭쉭거리는 목소리였다.

"헌터!"

그가 일어나 앉았다.

"헌터!"

아는 목소리였다.

"위스퍼, 어디 있나?"

"옆방에 있소."

독방은 모두 앞으로 문이 열려서 옆방은 볼 수 없지만, 돌담에 뺨을 바짝 대면 소리는 잘 들렸다.

"위스퍼, 여기서 얼마나 지냈나?"

"일주일 있었다오. 재판은 받았소?"

"응."

"유죄 판결?"

"응."

위스퍼가 쉭쉭거리며 말했다.

"나도 마찬가지요. 절도죄로 들어왔지. 순 엉터리였지만."

절도도 해적질과 마찬가지로 중죄였다.

"위스퍼, 제임스 앨먼트 총독은 어떻게 됐나?"

위스퍼가 대답했다.

"병들었다고들 하지만 실은 아니지. 그 양반은 건강하다오. 총독 관저에 갇혀 감시받으면서 목숨을 위협받고 있는 거요. 해클릿과 스코트가 권력을 잡았거든. 그놈들이 이 도시의 모든 이들에게 총독이 죽어 간다고 거짓말을 하고 있소."

헌터는 해클릿이 새러를 위협해서 강제로 거짓 증언을 하게 했을 거라 생각했다.

위스퍼가 말했다.

"다른 소문도 있소. 에밀리 해클릿 부인이 애를 뱄다는 거요."

"그래서?"

"해클릿은 마누라한테 사내구실을 제대로 못한다더구먼. 고자나 다름없다지, 아마. 그러니 마누라의 임신에 화가 난 거요."

헌터가 중얼거렸다.

"그랬군."

"당신이 독재자의 마누라를 건드리는 바람에 일이 더 꼬인 거요."

"상송은 어찌 된 건가?"

"그 친구는 롱보트를 타고 혼자 왔소. 선원은 한 명도 없었고. 허리케인 때문에 다 죽고 자기 혼자 살아남았다더구먼."

헌터는 돌담에 뺨을 대고 차가운 습기를 느꼈다. 아주 편안한 기분이었다.

"오늘 무슨 요일이지?"
"토요일."
처형은 이틀 뒤였다. 헌터는 한숨을 쉬고 바닥에 주저앉아 창살에 가로막힌 창문 밖을 쳐다보았다. 구름이 창백하게 이운 달을 가로지르고 있었다.

포트 로열 북단에 있는 총독 관저는 단단한 벽돌로 지은 진짜 요새였다. 경비가 삼엄한 지하에서는 제임스 앨먼트 총독이 침대에 누워 열병에 신음하고 있었다. 새러 앨먼트가 차가운 물수건을 이마에 올려 주고 숨쉬기를 편하게 해 주었다.
그때 해클릿과 그의 아내가 방 안으로 들어왔다.
"각하!"
제임스 앨먼트 총독은 열 때문에 흐리멍덩한 눈으로 부관을 바라보았다.
"이번에는 또 무슨 일인가?"
"헌터 선장을 재판했습니다. 다음 주 월요일에 해적 죄목으로 처형될 겁니다."
그 말에 새러가 고개를 돌렸다. 그녀의 눈에 눈물이 맺혔다.
"승인하시겠습니까, 각하?"
앨먼트 총독이 힘겹게 숨을 쉬며 대답했다.
"뭐든…… 자네가…… 최선이라고 생각하는 대로……."
"감사합니다, 각하."
해클릿이 웃으면서 뒤로 돌아 방에서 나갔다. 곧이어 문이 무겁게 닫혔다.
그 순간 앨먼트 총독이 퍼뜩 정신을 차렸다. 그가 새러를 향해 눈살을 찌푸렸다.

"내 머리에서 이 우라질 물수건 치워라. 해야 할 일이 있어."

"하지만 숙부님……."

"제기랄, 넌 아무것도 모르겠느냐? 난 지난 몇 년간 주님이 버린 이 식민지에서 사략선 원정을 지원하며 기다렸다. 내 똘마니 중 하나가 보물이 가득 실린 스페인 갤리언을 끌고 오는 순간을 말이야. 이제 그 꿈이 이루어졌는데, 결과가 어떤지 모르겠느냐?"

"모르겠어요, 숙부님."

"십분의 일은 찰스 왕한테 가겠지. 그리고 나머지 구십 퍼센트는 해클릿과 스코트가 나눠 가질 게야. 틀림없어."

"하지만 그들이 저한테 경고하기를……."

"경고 좋아하시네. 그런 건 교수대에 매달아 버려. 난 진실을 알아. 사년 동안 이 순간을 기다렸다. 놈들에게 당할 수는 없어. 이 온화한 도시의 다른 선량한 시민들도 마찬가지야. 머리에 피도 안 마른 건방진 원칙주의자 놈과 멋 부릴 줄 밖에 모르는 한심한 군바리에게 당할 수는 없다. 헌터를 탈출시켜야 해."

새러가 물었다.

"하지만 어떻게요? 이틀 뒤에 처형당할 텐데요."

앨먼트 총독이 말했다.

"그 교활한 자식이 교수대에 매달리는 일은 없을 게다. 내 장담하지. 이 도시가 헌터 편이거든."

"어째서요?"

"그 자식이 돌아오면 갚아야 할 빚이 아주 많아. 이자까지 얹어서. 나를 비롯한 여러 사람한테 말이야. 지금 필요한 건 그자를 풀어주는 것뿐인데……."

새러가 물었다.

"하지만 어떻게요?"

앨먼트 총독이 대답했다.

"리처즈에게 물어봐."

그때 방 뒤쪽의 어둠 속에서 목소리가 들렸다.

"내가 리처즈에게 물어보죠."

새러가 획 돌아섰다. 눈앞에 에밀리 해클릿이 있었다.

"풀어야 할 응어리가 있거든요."

에밀리 해클릿은 그 말만 하고 방에서 나갔다.

둘만 남자 새러가 숙부에게 물었다.

"저 여자한테 맡겨도 될까요?"

제임스 앨먼트 총독이 빙그레 웃으며 대답했다.

"되고말고. 암, 되고말고."

그는 큰 소리로 웃었다.

"두고 봐라. 곧 포트 로열에 피바람이 불 테니까."

"기꺼이 돕겠습니다, 부인."

리처즈가 말했다. 이 충실한 하인은 자기 주인이 무장 병사들에게 감시당하는 처지가 된 불의에 대해 지난 몇 주 동안 분개했다.

해클릿 부인이 물었다.

"누가 마셜시에 들어갈 수 있죠?"

그녀는 그 건물을 밖에서 본 적은 있지만, 당연히 안에 들어가 보지는 못했다. 사실 그녀에게는 불가능한 일이었다. 귀부인은 죄인을 보면 콧방귀를 뀌고 고개를 돌려야 했다.

"당신이 들어갈 순 없나요?"

리처즈가 대답했다.

"안 됩니다. 부인. 남편께서 특별 보초를 세워 놓았거든요. 그들은 저를 보자마자 막아설 겁니다."

"그럼 누가 들어갈 수 있죠?"

리처즈가 대답했다.

"여자면 됩니다."

사식이나 꼭 필요한 개인 물품은 친구나 친척이 가져다주는 것이 일반적인 관례였다.

"누굴 보내야 할까요? 영리해야 하고, 몸수색도 피할 줄 알아야 해요."

리처즈가 대답했다.

"딱 한 사람이 생각나는군요. 샤프 양이 적임자입니다."

해클릿 부인이 고개를 끄덕였다. 그녀는 갓스피드 호를 타고 영국에서 건너온 여자 죄수 서른일곱 명 중 한 사람인 앤 샤프를 기억하고 있었다. 그때 이후로 앤 샤프는 포트 로열에서 가장 인기 있는 창부가 되었다.

해클릿 부인이 말했다.

"그럼 서둘러요. 꾸물대지 말고."

"대가로 뭘 주겠다고 할까요?"

"헌터 선장님이 후하게 보상할 거라고 하세요. 틀림없이 그럴 테니까."

리처즈가 고개를 끄덕이고 잠시 망설이다가 물었다.

"부인, 헌터 선장님을 탈출시키면 어떤 일이 벌어질지는 알고 계시겠죠?"

해클릿 부인은 리처즈의 등골이 오싹해질 만큼 차가운 말투로 대답했다.

"아는 정도가 아니라 간절히 바라고 있어요."

"알겠습니다, 부인."

리처즈가 조용히 밤 속으로 사라졌다.

어둠 속에서 초콜라타 홀에 갇힌 거북들이 물위로 올라와 뾰족한 주둥이를 까딱거렸다. 근처에 서 있던 앤 샤프가 깔깔대고 몸을 뒤틀면서 그녀의 젖가슴을 만지작거리던 보초에게서 벗어났다. 그녀는 보초에게 입 모양으로 키스를 불어 준 다음, 마셜시의 높다란 담장 그늘 속으로 계속 걸어갔다. 그녀의 두 팔에는 거북 스튜 단지가 안겨 있었다.

다른 보초가 그녀와 함께 헌터의 감방으로 갔다. 그 보초는 무뚝뚝하고 얼근히 취해 있었다. 그가 자물쇠에 열쇠를 꽂고는 동작을 멈췄다.

앤이 물었다.

"왜 망설이죠?"

보초가 추파를 던지며 대답했다.

"돌리기 한 판 해야 자물쇠가 열리겠는데?"

앤도 눈웃음으로 화답했다.

"자물쇠에 기름칠을 하는 게 낫지 않을까요?"

"에이, 좋은 열쇠를 꽂는 게 더 낫지."

"그 열쇠는 당신이 갖고 있겠군요. 하지만 자물쇠는 적당한 때를 기다려야 해요. 내가 저 굶주린 개랑 몇 분만 같이 있을게요. 그런 다음에 당신이 평생 잊지 못할 돌리기 한 판을 하자고요."

보초가 키득거리면서 문을 열었다. 앤이 안으로 들어갔다. 뒤에서 문이 잠겼다. 보초도 안에 들어와 있었다.

앤이 말했다.

"괜찮으면 몇 분만 이 남자랑 단둘이 있게 해 줘요."

"그건 규칙 위반인데."

"어차피 보는 사람도 없잖아요."

앤이 보초를 보면서 요염하게 자기 입술을 핥았다.

보초가 빙그레 웃고 밖으로 나갔다.

그가 사라지자마자 앤이 스튜 단지를 바닥에 내려놓고 헌터와 마주보았다. 헌터는 그녀를 알아보지 못했지만 배가 고팠고, 거북 스튜의 냄새가 강렬하고 구수했다.

그가 말했다.

“정말 친절하군요.”

앤이 대답했다.

“이건 시작일 뿐이에요.”

그러고는 잽싸게 치맛자락을 들어 허리까지 치올렸다. 놀랍도록 음란한 동작이었다. 하지만 치마 속에서 드러난 것은 더욱 놀라웠다.

넓적다리와 정강이에 진짜 무기가 묶여 있었다. 나이프 두 자루와 권총 두 정.

앤이 말했다.

“저의 은밀한 부분은 위험하다고들 하죠. 이제 당신이 그 진실을 알았어요.”

헌터가 재빨리 무기를 떼어낸 다음 자기 혁대에 꽂았다.

“그러다 실수로 발사되면 어쩌려고 그러세요?”

“내가 얼마나 잘 참는지 모르는군요.”

“얼마나 오래 참는데요?”

헌터가 빙그레 웃으며 대답했다.

“당신이 백을 셀 때까지. 농담 아닙니다.”

앤이 보초 쪽을 돌아보며 말했다.

“그 말 나중에 확인해 보겠어요. 지금은 제가 강간당해야겠죠?”

“그게 좋겠군요.”

헌터가 앤을 바닥에 눕혔다.

그녀가 꺅꺅대고 비명을 지르자 보초가 달려왔다. 그는 눈앞에 펼쳐진 장면의 의미를 금세 깨닫고 황급히 문을 연 다음 안으로 뛰어들었다.

"우라질 해적 새끼!"

보초가 으르렁거리며 달려들었다. 그때 헌터가 쥐고 있던 나이프가 보초의 목에 꽂혔다. 그는 비틀거리고 뒷걸음치면서 턱 밑의 칼을 움켜잡았다. 칼을 뽑자 피가 분수처럼 쏟아져 나오고, 이내 보초가 쓰러져 죽었다.

"서둘러요, 아가씨."

헌터가 앤 샤프를 일으켜 세웠다. 그들 주위의 마셜시 수감자들은 조용했다. 그들은 소리를 들었지만 쥐 죽은 듯 고요했다. 헌터가 독방들을 차례차례 돌면서 문을 열어 준 다음, 그들에게 열쇠 꾸러미를 주고 마무리를 맡겼다.

헌터가 앤 샤프에게 물었다.

"입구에 보초가 몇이나 있습니까?"

앤이 대답했다.

"네 명 봤어요. 방벽 위에도 열 명쯤 있고요."

이건 헌터에게 고민거리였다. 보초들이 영국인이라서 헌터는 그들을 죽이고 싶지 않았다.

그가 말했다.

"다른 방법을 써야겠군요. 가서 위병대장을 불러요."

앤이 고개를 끄덕이고 마당으로 나갔다. 헌터는 뒤에 남아 그늘 속에 숨어 있었다.

그는 잔인하게 살해된 보초를 물끄러미 바라보던 앤의 태연한 모습에 놀라지 않았다. 오히려 프랑스 왕실과 스페인 왕실에서 유행하는 나약한 여자들에게 익숙해지지 않았다. 영국 여자들은 강인하며, 어떤 면에서는 남자보다도 강인했다. 귀천에 상관없이 모든 여자가 그랬다.

마셜시 위병대장이 앤 샤프에게 다가왔다. 마지막 순간에 헌터의 권총이 어둠 속에서 튀어나왔다. 헌터가 그를 손짓으로 부르고 말했다.

"이제 내 말 잘 들어. 부하들에게 소총을 땅바닥에 던지고 당장 엎드리라고 지시해. 그러면 아무도 죽지 않을 거야. 하지만 반항하면 다 죽어."

위병대장이 말했다.

"저도 선장님의 탈출을 기다리고 있었습니다. 나중에 저를 기억해 주시면 좋겠습니다."

"두고 보지."

헌터는 아무 약속도 하지 않았다. 위병대장이 딱딱한 말투로 이야기했다.

"스코트 사령관은 내일 독자적으로 행동에 나설 생각이었습니다."

헌터가 대꾸했다.

"스코트 사령관은 살아서 내일을 보지 못할 거야. 자, 어서 시킨 대로 해."

"저는 당신이 저를 기억해 주길……."

헌터가 말을 가로챘다.

"자네의 목을 따지 않은 건 기억할지도 모르지."

위병대장이 부하들에게 엎드리라고 소리쳤다. 이윽고 헌터는 그들을 모두 마셜시 감옥에 가두었다.

해클릿 부인이 리처즈에게 지시를 내린 다음 남편 옆으로 돌아왔다. 저녁식사를 마친 그는 서재에서 스코트 사령관과 함께 술을 마시고 있었다. 최근에 총독의 와인 저장실에 홀딱 반한 두 남자는 총독이 회복되기 전에 와인을 다 마셔 버리기로 작정했다.

지금 그들은 거나하게 취해 있었다.

해클릿 부인이 서재에 들어오자 남편이 말했다.

"때마침 잘 왔어."

"왜요?"

로버트 해클릿이 대답했다.

"내가 스코트 사령관에게 당신이 해적 헌터의 애를 밴 것에 대해 설명하던 중이었거든. 물론 살이 썩어 뼈에서 떨어져 나갈 때까지 그자가 산들바람에 흔들리게 될 거라는 사실은 당신도 알 거야. 이 불쾌한 날씨 속에서는 부패도 빨리 진행된다더군. 물론 당신은 썩 기분 좋지 않겠군, 그렇지? 스코트 사령관은 당신이 그자를 어떻게 유혹했는지 잘 모르고 있었어. 그래서 내가 알려 주고 있었지."

해클릿 부인의 얼굴이 새빨개졌다. 그러자 해클릿이 심술궂은 말투로 이죽거렸다.

"부끄러움도 탈 줄 아는군."

그가 스코트 사령관에게 말했다.

"아무도 저 여자를 창녀로 보진 않을 거요. 하지만 실은 창녀지. 저 여자 정도면 화대가 얼마나 되겠소?"

스코트 사령관은 향수 뿌린 손수건에 코를 풀었다.

"솔직히 말해도 될까?"

"당연히 솔직해야지. 솔직히 말해 보쇼."

"일반적인 취향으로 볼 때 너무 말랐어."

"국왕 폐하가 저 여자를 얼마나 좋아했는데……."

"물론 그랬겠지. 하지만 일반적인 취향은 아니라는 거야. 우리 왕은 열정적인 외국 여자를 좋아하기 때문에……."

해클릿이 짜증스럽게 말했다.

"그렇다고 칩시다. 그래서 화대가 얼마겠소?"

"음, 후하게 받아 봐야…… 왕의 거시기를 맛봤다는 점을 고려하면 조금 더 받겠지만…… 아무리 잘 받아도 백 레알(스페인의 옛 은화) 미만일 걸."

시뻘게진 해클릿 부인이 방에서 나가려고 돌아섰다.

"더는 들어 줄 수가 없군요."

"그 무슨 섭섭한 소리."

그녀의 남편이 의자에 벌떡 일어나 길을 가로막고 말했다.

"끝까지 들어야 해. 스코트 사령관, 그 세계를 잘 아는 당신이라면 백 레알 내겠소?"

스코트가 술을 꿀꺽 마시고 쿨럭거렸다.

"싫은데."

해클릿이 아내의 팔을 움켜잡았다.

"얼마면 되겠소?"

"오십 레알."

"좋소!"

해클릿의 아내가 반항했다.

"로버트! 오, 맙소사. 제발, 로버트……."

로버트 해클릿이 자기 아내의 얼굴을 후려쳤다. 뒤로 날아간 그녀는 의자에 털썩 주저앉았다.

해클릿이 말했다.

"자, 사령관. 당신은 약속을 잘 지키는 사람이니 오늘은 외상도 받아 주겠소."

스코트가 술잔에 입을 댄 채 눈을 들었다.

"뭐?"

"오늘은 외상도 받겠다고 했소. 낼 돈만큼 즐기라고요."

"엥? 그러니까 그 말은……."

그는 해클릿 부인을 가리키며 눈치를 살폈다. 겁에 질린 그녀는 눈이 휘둥그레져 있었다.

"농담 아니요. 빨리 해요."

"여기서? 지금?"

"그렇소, 사령관."

몹시 취한 해클릿이 비틀거리면서 다가와 사령관의 어깨에 한 손을 얹었다.

"난 지켜보면서 즐기겠소."

해클릿 부인이 소리쳤다.

"안 돼!"

귀가 따가울 정도로 시끄러운 목소리였지만, 두 남자 모두 그녀의 말을 듣지 못한 것 같았다. 그들은 술 취한 눈으로 서로를 응시했다.

스코트가 말했다.

"글쎄, 잘하는 짓 같지 않은데."

해클릿이 대꾸했다.

"무슨 소리. 당신은 명망을 중시하는 사람이니 그 명망을 드높여 보쇼. 이 여자는 왕과 놀아난 여자라오. 적어도 한때는 왕과 놀아났지. 그러니 어서 해요."

스코트 사령관이 비틀비틀 일어나면서 중얼거렸다.

"제기랄, 까짓것 하지 뭐. 왕한테 어울리는 거면 나한테도 어울리지. 하겠어."

그가 바지의 혁대를 풀기 시작했다. 너무 취해서 혁대가 잘 풀리지 않았다. 해클릿 부인이 비명을 질러대자 그녀의 남편이 휘청거리면서 다가가 얼굴을 갈겨 입술을 터뜨렸다. 그녀의 턱 밑으로 피가 흘러내렸다.

"해적의 창녀, 왕의 창녀한테 체면 따위는 없어. 스코트 사령관, 마음껏 즐기쇼."
해클릿이 말하자 스코트 사령관이 여자에게 다가갔다.

"나 좀 옮겨 주렴."
앨먼트 총독이 조카에게 나직이 말했다.
"하지만 숙부님, 어떻게요?"
그가 권총을 주면서 대답했다.
"보초를 죽이거라."
새러 앨먼트가 두 손으로 총을 받아들었다. 그 무기의 낯선 형체가 손바닥에 느껴졌다.
앨먼트 총독이 요령을 알려 주었다.
"이렇게 공이치기를 당기면 돼. 이제 조심해라! 문으로 가서 내보내 달라고 한 다음 발사하면……."
"어딜 쏘죠?"
"얼굴에 정통으로 쏴. 절대로 실수하면 안 된다."
"하지만 숙부님……."
앨먼트 총독이 새러를 노려보며 말했다.
"난 병자야. 지금은 네가 날 도와야 해."
새러가 문 쪽으로 몇 걸음 다가갔다. 앨먼트 총독이 기대에 찬 표정으로 말했다.
"목을 쏴 버려. 배신자 개자식이니 죽어도 싸."
새러가 문을 두드리자 보초가 말했다.
"무슨 일입니까, 아가씨?"
새러가 말했다.
"열어 줘요. 나가고 싶어요."

긁히는 소리와 철컥 하는 쇳소리가 나더니 자물쇠가 돌아갔다. 문이 열렸다. 새러가 얼핏 보니 보초는 열아홉 살가량의 젊은이였다. 순진하고 말끔한 얼굴에 멍한 표정을 짓고 있었다.

"아가씨가 원하신다면 무엇이든……."

새러가 보초의 입술에 총을 쐈다. 그 폭발에 새러의 팔이 흔들리고 보초가 뒤로 날아갔다. 보초가 몸을 뒤틀면서 땅으로 미끄러지더니, 몸을 굴려 바닥에 등을 댔다. 새러는 그를 보고 기겁했다. 얼굴이 남아 있지 않고 어깨 위에 핏덩어리만 달려 있었다. 몸뚱이가 바닥에서 잠시 버둥거렸다. 바짓가랑이에서 오줌이 흘러나오고 똥 냄새도 났다. 몸뚱이가 이내 얌전해졌다.

"나 좀 옮겨 주려무나."

자메이카 총독인 그녀의 숙부가 침대 위에서 고통스럽게 일어나 앉으며 말했다.

헌터는 포트 로열의 북쪽 끄트머리 본토 근처에 부하들을 불러 모았다. 지금 그가 당면한 문제는 지극히 정치적이었다. 즉, 그에게 내려진 판결을 뒤집어야 했다. 사실 헌터가 탈출하자마자 시민들이 그의 편이 되었기에 다시 수감되는 일은 없을 터였다.

하지만 부당한 대우에 어떻게 반격하느냐도 중요한 문제였다. 이 도시에서 헌터의 평판이 위태로운 상황이었기 때문이다.

그는 여덟 명의 이름을 마음속으로 되뇌었다.

해클릿

스코트

해군 본부 판사 루이셤

상인 포스터와 푸어맨

돗슨 중위

상선 선장 제임스 핍스

마지막으로 가장 확실히 손봐야 할 자, 상송

재판이 부당하다는 것을 분명히 알고도 재판에 동참했던 그들은 모두 헌터의 나포선이 압수되면 이득을 보는 자들이었다.

사략선 선원들의 규칙은 명확했다. 그런 속임수를 쓴 자는 죽음을 면치 못하고 그의 몫은 몰수되었다. 하지만 헌터는 이 도시의 고위 인사 여러 명을 죽여야 하는 처지였다. 물론 죽이기는 어렵지 않겠지만, 만약 제임스 앨먼트 총독이 무사히 생존하지 못하면 나중에 헌터가 곤란해질 터였다.

총독이 무능하지 않다면 오래전에 안전한 곳으로 탈출했을 것이다. 헌터는 그렇게 믿기로 했다. 이제 그를 궁지에 몰아넣은 자들을 처단할 차례였다.

동이 트기 직전에 헌터는 부하들 모두에게 자메이카 북부 블루 힐스로 가서 이틀 동안 기다리라고 지시했다.

그런 다음 혼자서 포트 로열로 돌아왔다.

36

성공한 실크 상인인 포스터는 조선소 북동쪽 펨브로크 가(街)에 커다란 집을 갖고 있었다. 뒤쪽으로 몰래 들어간 헌터는 따로 떨어져 있는 부엌을 지나 부부 침실이 있는 이 층으로 올라갔다.

포스터는 아내와 함께 침대에서 자고 있었다. 헌터는 그를 깨우려고 권총으로 그의 콧구멍을 살짝 눌렀다.

올해 쉰 살인 뚱뚱한 포스터가 코를 킁킁대고 콧바람을 뿜더니 몸을 돌렸다. 헌터는 권총을 한쪽 콧구멍에 꽂았다.

포스터가 눈을 끔뻑이다가 번쩍 떴다. 그는 한마디도 하지 않고 일어나 앉았다.

그의 아내가 잠결에 중얼거렸다.

"뒤척이지 말고 얌전히 자요."

하지만 잠에서 깨지는 않았다. 헌터와 포스터는 서로를 응시했다. 포스터는 권총과 헌터를 번갈아 보았다.

마침내 포스터가 손가락 하나를 들어 앞쪽을 가리키고는 살며시 침대에서 빠져나왔다. 그의 아내는 여전히 자고 있었다. 포스터는 잠옷 차림으로 방을 가로질러 커다란 상자에 다가갔다.

"대가는 후하게 지불하겠네. 자, 여길 봐."

그가 소곤거리면서 비밀 칸을 열고 아주 묵직한 금 자루를 꺼냈다.

"이거 말고도 더 있어, 헌터. 얼마든지 원하는 대로 주겠네."

헌터는 아무 말도 하지 않았다. 잠옷 차림의 포스터가 금 자루를 쥔 팔을 내밀었다. 팔이 떨리고 있었다.

그가 소곤거렸다.

"제발, 제발, 제발……."

그가 무릎을 꿇었다.

"제발, 헌터. 부탁하네, 제발……."

헌터가 그의 얼굴에 총을 쐈다. 몸뚱이가 뒤로 나자빠지면서 두 다리가 위로 솟구치고 맨발이 허공을 휘저었다. 근처 침대에서 포스터의 아내가 여전히 잠든 채 몸을 돌리고 끙끙거렸다.

금 자루를 집어 든 헌터는 올 때처럼 조용히 빠져나갔다.

푸어맨('가난한 사람'이라는 뜻)은 이름에 걸맞지 않게 은과 백랍(주석과 납, 놋쇠, 구리 따위의 합금)을 팔아서 부자가 된 상인이었다. 그의 집은 하이 가에 있었다. 헌터가 찾아갔을 때 그는 부엌 식탁에서 반쯤 마신 술병을 앞에 놓고 엎어져 잠들어 있었다.

헌터는 부엌칼 하나를 꺼내 푸어맨의 양쪽 손목을 모두 그었다. 비틀거리며 눈을 뜬 푸어맨이 헌터를 보고는 식탁 위에 쏟아지는 피를 보았다. 그는 피 흘리는 두 손을 들었지만 움직일 수가 없었다. 힘줄이 전부 끊어졌기 때문이다. 헝겊 인형의 손처럼 맥없이 접힌 두 손은 이미 회백색을 띠고 있었다.

푸어맨은 두 팔을 식탁에 도로 내려놓았다. 그러고는 식탁 위에 고인 피가 갈라진 금을 따라 바닥으로 떨어지는 모습을 물끄러미 바라보았다. 그는 헌터를 쳐다보았다. 어리둥절하고 당황한 표정이었다.

그가 목쉰 소리로 말했다.

"보상을 했을 텐데…… 자네가 원하는 건 뭐든…… 뭐든……."

식탁에서 일어난 푸어맨은 다친 두 팔을 구부린 채 휘청휘청 걷기 시작했다. 고요한 방 안에서 피가 바닥에 툭툭 떨어지는 소리는 이상하게 크게 들렸다.

"뭐든 줬을 텐데……."

중얼거리던 푸어맨이 결국 뒤로 쓰러져 바닥에 길게 누웠다.

"정말로, 정말로, 정말로……."

그의 목소리가 점점 희미해졌다. 헌터는 푸어맨이 죽는 것을 기다리지 않고 돌아섰다. 다시 밤공기 속으로 돌아온 그는 포트 로열의 어두운 거리를 조용히 가로질렀다.

돗슨 중위와는 우연히 마주쳤다. 창녀 두 명을 양쪽에 낀 그 장교는 술에 취한 채 비틀거리고 노래를 부르면서 거리를 배회하고 있었다. 하이가 끄트머리에서 그를 본 헌터는 퀸 가를 따라 내려가 하우얼 골목에서 오른쪽으로 돌았다. 때마침 길모퉁이로 다가온 돗슨이 헌터와 마주쳤다.

돗슨이 시끄럽게 소리쳤다.

"너 뭐야? 지금이 통금 시간인 거 몰라? 썩 꺼져. 안 그러면 수갑을 채워 마셜시에 처넣을 테니까."

그늘 속에서 헌터가 말했다.

"방금 거기서 나왔는데."

"뭐?"

돗슨이 헌터의 목소리 쪽으로 고개를 기울이고 말했다.

"방금 뭐라고 지껄였지? 나한테 따끔하게 혼쭐이 나 봐야……."

"헌터다!"

창녀들이 소리를 지르더니 달아났다. 부축해 주던 여자들이 사라지자 돗슨이 휘청거리다가 진창에 쓰러졌다.

"망할 년들."

그가 투덜거리면서 일어서려고 버둥거렸다. 온몸에 진흙과 똥이 묻었다.

"내 군복 꼴 좀 보란 말이야. 우라질 것들 같으니."

돗슨이 가까스로 몸을 일으켜 무릎을 꿇었을 때, 문득 여자들이 한 말이 알코올로 흐릿해진 머릿속에 떠올랐다. 그가 나직이 물었다.

"헌터? 네가 헌터라고?"

헌터가 그늘 속에서 고개를 끄덕였다.

"그렇다면 내가 너를 체포하겠다. 이 불한당 해적 놈."

돗슨이 중얼거렸다. 하지만 그가 일어서기도 전에 헌터가 배를 걷어찼다. 뒤로 나자빠져 널브러진 돗슨이 말했다.

"어이쿠! 아프잖아, 망할 자식."

그것이 그의 마지막 말이었다. 헌터가 돗슨의 목을 움켜잡고 거리의 진흙과 똥에 그의 얼굴을 짓뭉갰다. 헌터에게 붙잡힌 채 버둥거리는 몸뚱이가 점점 더 거세게 발광하더니, 마침내 단말마의 광포한 몸부림을 치고는 멈춰 버렸다.

헌터는 힘겹게 숨을 헐떡이면서 뒤로 물러났다.

그는 어둡고 휑뎅그렁한 도시를 둘러보았다. 열 명으로 이루어진 주둔군 순찰대가 다가오고 있었다. 헌터는 그늘 속으로 물러나 순찰대가 지나가기를 기다렸다.

두 창녀가 옆에 오더니 그중 하나가 겁내는 기색도 없이 물었다.

"당신 헌터죠?"

그가 고개를 끄덕이자 창녀가 웃으며 말했다.

"행운을 빌어요. 나중에 날 찾아오면 땡전 한 푼 안 받고 해 줄게요."

두 여자가 깔깔대면서 어둠 속으로 사라졌다.

헌터가 부둣가 술집인 블랙 보어에 들어섰다. 안에는 오십 명이 있었지만 그의 눈에는 말쑥하고 잘생긴 제임스 핍스가 다른 여러 선장들과 함께 술을 마시는 모습만 보였다. 핍스의 동료들이 겁에 질린 표정으로 금세 자리를 떴다. 하지만 핍스는 처음에만 놀랐을 뿐 여전히 느긋했다.

그가 활짝 웃으며 말했다.

"헌터! 맙소사, 결국 해냈군. 우리 모두 그럴 줄 알았지. 자네의 새로운 자유를 축하하는 뜻으로 모두에게 한 잔씩 돌려야겠군."

블랙 보어는 쥐 죽은 듯 고요했다. 아무도 말하지 않았다. 아무도 움직이지 않았다.

핍스가 큰 소리로 말했다.

"이봐! 헌터 선장에게 경의를 표하는 뜻으로 한 잔씩 돌려! 어서!"

헌터가 핍스의 테이블 쪽으로 걸어갔다. 그의 가벼운 발걸음이 지저분한 술집 바닥에 닿는 소리 말고는 아무 소리도 들리지 않았다.

핍스가 헌터를 불안하게 바라보며 말했다.

"찰스. 그런 험악한 표정은 자네한테 안 어울려. 지금은 즐거워할 때야."

"그래?"

"이보게, 찰스. 내가 자네한테 악감정이 없다는 건 자네도 잘 알 거야. 재판 위원은 강제로 떠맡은 거였어. 죄다 해클릿과 스코트가 꾸민 짓이야. 정말이라니까. 나로서는 어쩔 수 없었어. 내 배가 일주일 안에 떠나야 하는데 놈들이 출항 서류를 내주지 않겠다고 하지 뭐야. 그리고 난 자네가 멋지게 탈출할 줄 알고 있었어. 불과 한 시간 전에 티모시 플린트한테 그렇게 이야기했지. 어이, 티모시. 사실대로 말해 줘. 헌터가 탈출할 거라고 내가 아까 말했잖아. 안 그래, 티모시?"

헌터가 권총을 꺼내 핍스를 겨누자 핍스가 다급해졌다.

"이봐, 찰스. 제발 이성적으로 굴어. 사람은 현실을 직시해야 해. 자네가 처형될 거라고 믿었다면 내가 유죄 판결을 용인했을 거라고 생각하나? 그렇게 생각해? 그런 거야?"

헌터는 아무 말도 하지 않았다. 그가 공이치기를 당기자, 딸깍 하는 쇳소리가 고요한 술집 안에 울려 퍼졌다.

핍스가 애원했다.

"찰스, 난 자넬 다시 만나서 정말 기뻐. 자, 나랑 같이 한 잔 하고 죄다 잊어 버……."

헌터가 그의 가슴 한복판에 총을 쐈다. 모두가 고개를 움츠렸다. 그 사이 뼛조각과 피가 핍스의 심장 뒤쪽으로 순식간에 터져 나갔다. 핍스는 한 손에 들고 있던 술잔을 떨어뜨렸다. 테이블에 부딪친 컵은 바닥으로 굴러 떨어졌다.

핍스의 눈이 술잔을 따라갔다. 그가 술잔 쪽으로 손을 뻗으며 목쉰 소리로 중얼거렸다.

"한 잔 해, 찰스……."

하지만 곧 테이블에 쓰러졌다. 조악한 나무 테이블에 피가 스며들었다.

헌터가 돌아서서 밖으로 나갔다.

다시 거리로 나오자 세인트 앤즈 교회에서 종소리가 들려왔다. 끊임없이 울려 퍼지는 그 종소리는 적이 포트 로열을 공격했거나 다른 비상사태가 벌어진 것을 알리는 신호였다.

헌터는 그 의미가 하나뿐이라는 걸 알고 있었다. 마셜시 교도소에서 그가 탈출한 것이 발각된 것이었다.

그는 조금도 신경 쓰지 않았다.

해군 본부 판사 루이셤의 집은 법원 뒤에 있었다. 교회 종소리에 놀라서 눈을 뜬 그는 무슨 일인지 알아오라고 하인을 보냈다. 몇 분 뒤 사내가 돌아왔다.

루이셤이 물었다.

"무슨 일이야? 어서 말해."

사내가 고개를 들었다. 헌터였다.

루이셤이 물었다.

"말도 안 돼. 어떻게 나왔지?"

헌터가 공이치기를 당기며 대답했다.

"쉽던데."

"원하는 걸 말해 봐."

"그러지."

헌터는 원하는 것을 알려 주었다.

스코트 사령관은 술에 취해 졸면서 총독 관저 서재의 소파 위에 널브러져 있었다. 해클릿과 그의 아내는 오래전에 침실로 갔다. 교회 종소리를 듣고 잠에서 깬 스코트는 무슨 일인지 대번에 알아차렸다. 지금껏 느껴본 적 없는 두려움이 밀려들었다. 잠시 후 경비병 한 명이 서재로 뛰어들어와 소식을 전했다. 헌터가 탈출했고, 해적들이 모두 사라졌으며, 푸어맨과 포스터, 핍스와 돗슨이 모두 죽었다는 것이었다.

"내 말을 준비해."

스코트가 경비병에게 지시한 다음, 엉망으로 헤쳐진 옷을 부랴부랴 고쳐 입었다. 그는 총독 관저 현관으로 나와 조심스럽게 주위를 살피고 훌쩍 말에 올랐다.

잠시 후 말에서 떨어진 스코트는 총독 관저에서 겨우 백 야드 정도 떨어진 자갈길에 호되게 나동그라졌다. 총독 하인 리처즈가 이끄는 깡패 무리가 스코트에게 수갑과 족쇄를 채우고 마셜시로 데려갔다. 재판을 기다리는 것이었다. 참으로 배짱 좋은 악당들이 아닌가!

물론 불한당 헌터가 시킨 일이었다.

교회 종소리에 잠에서 깬 해클릿도 그 의미를 짐작했다. 그는 아내를 무시한 채 침대 밖으로 뛰쳐나갔다. 해클릿 부인은 술 취한 남편이 코 고는 소리를 들으면서 밤새 말똥말똥 눈을 뜬 채 천장만 바라보았다. 그녀는 어제 당한 끔찍한 치욕에 고통스러워했다.

해클릿이 방문으로 가서 리처즈를 불렀다.

"무슨 일인가?"

리처즈는 쌀쌀맞게 대답했다.

"헌터가 탈출했습니다. 돗슨과 푸어맨과 핍스가 모두 죽었고, 아마 다른 사람들도 죽었을 겁니다."

"그자가 아직도 활개치고 다니나?"

"모르겠습니다."

리처즈는 일부러 '각하'라는 말을 뺐다.

해클릿이 다급하게 지시했다.

"하느님 맙소사. 문을 걸어 잠가. 경비병을 불러. 스코트 사령관에게도 알려."

"스코트 사령관은 몇 분 전에 떠났습니다."

"떠나? 제기랄."

해클릿이 방문을 쾅 닫고 잠갔다. 그러고는 침대 쪽으로 돌아서서 말했다.

"맙소사, 맙소사. 그 해적이 우리 모두를 죽일 거야."

"전부 다는 아냐."

그의 아내가 남편에게 권총을 겨누며 말했다. 그녀의 남편은 장전된 권총 두 자루를 늘 침대 옆에 두었는데, 지금 그녀가 그것들을 양손에 하나씩 들고 남편을 겨냥하고 있었다.

해클릿이 말했다.

"에밀리, 바보짓 하지 마. 지금은 어리석은 짓을 할 때가 아니야. 그자는 악랄한 살인마라고."

그녀가 말했다.

"가까이 오지 마."

해클릿이 망설였다.

"장난 그만해."

"장난 아냐."

해클릿은 자기 아내를 보고, 그녀가 쥐고 있는 권총을 보았다. 그 역시 총을 잘 다루지는 못하지만, 권총을 정확히 쏘기 어렵다는 것은 짧은 경험으로 알고 있었다. 그래서 두려움보다는 짜증이 치밀었다.

"에밀리, 당신 지금 엄청난 바보짓을 하는 거야."

그녀가 명령했다.

"움직이지 마."

"에밀리, 당신은 잡년에 창녀이긴 해도 절대 살인자는 아냐. 그 총 나한테……."

그녀가 한쪽 총을 쐈다. 방 안에 연기가 자욱했다. 해클릿이 겁을 먹고 비명을 질렀다. 한참 뒤 남편과 아내 모두 그가 총에 맞지 않았다는 것을 알아차렸다.

해클릿이 웃음을 터뜨렸지만 안도하는 기색이 역력했다.

"보다시피 사격은 간단한 일이 아냐. 자, 그 총 나한테 줘, 에밀리."

그가 가까이 다가오자 그녀가 또 총을 쐈다. 이번에는 사타구니를 맞혔다. 하지만 충격은 강하지 않았다. 해클릿은 멀쩡히 서 있었다. 그가 한 걸음 더 내딛자, 이제는 그녀에게 닿을 정도로 가까워졌다.

해클릿이 대화하는 투로 말했다.

"난 늘 당신을 증오했어. 처음 만난 날부터. 기억나? 내가 당신한테 이렇게 말했지. 안녕하십니까, 마담. 그러자 당신이 나한테 말하기를……."

이제 그의 사타구니에서 피가 번지기 시작했다.

"당신이 나한테 말하기를…… 당신이 말하기를…… 아, 빌어먹을 당신의 그 까만 눈…… 아파…… 당신이 말하기를……."

해클릿은 방바닥에 무릎을 꿇고 흔들거리면서 두 손으로 사타구니를 눌렀다. 얼굴은 고통으로 일그러졌고, 두 눈은 꽉 감겨 있었다. 흔들거리면서 이따금 신음했다.

"아아아…… 아아아…… 아아아……."

그녀는 침대에서 일어나 앉아 권총을 내려놓았다. 권총이 침대 시트에 닿자 너무 뜨거운 나머지 천이 타면서 총신 자국이 찍혔다. 그녀는 재빨리 총을 집어 바닥에 내던지고 다시 남편을 바라보았다. 해클릿은 변함없이 몸을 흔들면서 여전히 신음했다. 그러다 갑자기 멈추더니 아내를 보면서 이를 악물고 나직이 말했다.

"끝내 버려."

그녀는 고개를 저었다. 권총의 약실은 비어 있었다. 설령 여분의 총알과 화약이 있다 해도 그녀는 장전할 줄 몰랐다.

해클릿이 다시 말했다.

"끝내 버려."

수많은 서로 다른 감정들이 그녀의 마음속에서 충돌했다. 남편이 금방 죽지 않는다는 것을 깨달은 그녀는 침대 옆 탁자로 가서 클라레 한 잔을 따라 남편에게 가져다주었다. 그의 고개를 들고 마시게 해 주었다. 술을 조금 마신 해클릿이 갑자기 분노에 사로잡히더니 피 묻은 손으로 그녀를 밀쳐 버렸다. 놀랍도록 힘이 셌다. 뒤로 자빠진 그녀의 잠옷에 붉은 손바닥 자국이 찍혀 있었다.

"우라질 왕의 창녀 같으니."

그가 중얼거리면서 다시 몸을 흔들었다. 이제 고통에 넋이 빠져서 아내가 있다는 것도 느끼지 못하는 듯했다. 그녀는 방바닥에서 일어나 와인을 한 잔 따라 마시며 지켜보았다.

삼십 분 뒤, 헌터가 방에 들어왔을 때 그녀는 여전히 서 있었다. 해클릿은 아직 살아 있지만 시체처럼 창백했고, 이따금 경련하는 것 말고는 움직임이 약했다. 그는 거대한 피 웅덩이에 쓰러져 있었다.

헌터가 권총을 꺼내 해클릿 쪽으로 다가갔다.

그녀가 말했다.

"안 돼요."

헌터가 망설이다가 해클릿에게서 멀어졌다.

해클릿 부인이 말했다.

"친절에 감사드려요."

37

1665년 10월 23일, 해적 행위와 약탈을 저지른 죄로 사형을 언도받은 찰스 헌터와 그의 선원들의 판결이 영국령 자메이카 총독으로 복귀한 제임스 앨먼트 경과 해군 본부 판사 루이셤의 비밀 회담에서 약식으로 번복되었다.

같은 회담에서 찰스 요새 주둔군 최고 사령관 에드윈 스코트에게는 대역죄 판결이 내려지고 사형이 언도되었으며, 이튿날 교수형에 처하기로 했다. 그리고 감형 조건으로 그가 직접 자백서를 작성했다. 그 후 정체불명의 장교가 찰스 요새의 사령관 방에서 스코트를 총으로 쏴 죽였다. 그 장교의 정체는 끝내 밝혀지지 않았다.

이제 포트 로열의 영웅이 된 헌터 선장에게는 마지막 문제가 남아 있었다. 앙드레 상송. 그 프랑스 사내는 감쪽같이 종적을 감추었는데, 그가 내륙 산지로 달아났다는 소문이 무성했다. 헌터는 상송에 관한 어떤 정보든 알려 주는 자에게는 후하게 보상한다고 공표했다. 그리고 오후 중간쯤에 놀라운 이야기를 들었다.

헌터가 블랙 보어에 공개적으로 자리를 잡고 얼마 지나지 않았을 때, 한 늙은 창녀가 그를 만나러 왔다. 헌터가 아는 여자였다. 갈봇집을 운영하는 시몬스였다. 그녀가 긴장한 표정으로 다가왔다.

"말해 봐요."

헌터가 그녀의 긴장을 풀어 주려고 킬-데빌 한 잔을 주문했다.

시몬스는 술을 마시며 말했다.

"지난주에 카터라는 이름의 남자가 몹시 병약한 몸으로 포트 로열에 들어왔어요."

"뱃사람 존 카터 말이오?"

"맞아요."

헌터가 말했다.

"계속 말하시오."

"그 남자는 자기가 세인트 키츠에서 영국 우편선에 구조됐다고 말했어요. 그 배가 작은 무인도에서 모닥불을 발견하고 조사하러 들렀다가 거기 고립된 카터를 발견하고 여기로 데려왔다는 거예요."

"지금 그 친구 어디 있소?"

"아, 달아났어요. 그 프랑스 악당 상송을 만날까 봐 겁먹었거든요. 그 남자는 지금 내륙 산지에 있지만, 저한테 아주 자세히 이야기해 줬어요."

헌터가 말했다.

"어떤 이야기인지 들어 볼까요?"

창녀는 빠르게 이야기했다. 카터는 갤리언의 보물이 일부 실려 있던 상송의 슬루프 카산드라 호의 선원이었다. 무시무시한 허리케인이 불어닥쳤을 때, 그 배는 어느 섬의 안쪽 산호초에 좌초되었고 선원은 대부분 죽었다. 상송은 살아남은 선원들을 모아 보물을 건져낸 다음, 선원들을 시켜 그 섬에 묻었다. 그러고는 부서진 슬루프의 잔해로 롱보트 한 척을 만들었다.

카터의 말에 따르면, 상송은 그들 열두 명을 모조리 죽이고 혼자 바다로 나갔다. 심각한 부상을 입었지만 가까스로 살아남은 카터는 결국 살아서 돌아와 사건의 전말을 알렸다. 그리고 자신은 그 섬의 이름도 모르고 보물의 정확한 위치도 모르지만 상송은 동전에 지도를 새겨 목에 걸고 다

닌다고 했다.

이야기를 말없이 듣고 있던 헌터는 창녀에게 고맙다고 말하고 수고비로 동전 한 닢을 주었다. 이제 그는 상송을 반드시 찾고 싶어졌다. 블랙보어에 앉아 있는 동안 헌터는 그 프랑스 사내의 행방에 관한 소문을 알려 준 모든 사람의 이야기를 끈기 있게 들었다. 소문이 적어도 십여 가지였다. 상송이 포트 모런트로 갔다는 둥, 이나구아로 달아났다는 둥, 산으로 들어가 숨었다는 둥.

마침내 찾아온 진실은 충격적이었다. 엔더스가 술집으로 뛰어들어왔다.

"선장님, 상송이 갤리언에 있습니다!"

"뭐라고?"

"보초를 여섯 명 세워 놓았는데, 그자가 둘을 죽이고 나머지를 보트에 태워 보냈습니다. 선장님한테 말을 전하라고요."

"무슨 말을 전하라는 건데?"

"선장님이 그자를 용서하고 공개적으로 원한을 철회하지 않으면 배를 침몰시키겠다는 겁니다. 정박지에서 침몰시키겠답니다. 해가 지기 전까지 답을 줘야 합니다, 선장님."

헌터가 욕을 하고 술집 창가로 다가가 항구를 내다보았다. 엘 트리니다드 호는 항구에서 가볍게 흔들리고 있지만, 육지에서 멀리 떨어진 깊은 바다에 정박해 있었다. 너무 깊어서 만약 배가 침몰하면 보물을 건질 수 없었다.

엔더스가 말했다.

"우라지게 영리한 놈입니다."

헌터가 대꾸했다.

"정말 그렇군."

"답을 하실 겁니까?"

"지금은 안 돼."

헌터는 창가에서 돌아서며 말했다.

"배에 상송 혼자 있나?"

"예. 그게 중요한가요?"

치고받는 싸움이라면 상송은 혼자서 십여 명을 감당할 수 있었다.

보물선이 정박해 있는 곳 근처에는 다른 배가 한 척도 없었다. 그 배의 주위는 사방으로 사분의 일 마일이 탁 트인 바다였다. 바다 위에 떠 있는 난공불락의 요새 같았다.

"생각 좀 해야겠어."

헌터는 다시 자리로 가서 앉았다.

탁 트이고 잔잔한 바다에 정박한 배는 해자로 둘러싸인 요새처럼 안전했다. 그리고 상송은 더욱 안전한 조치를 취해 놓았다. 상어들을 끌어들이려고 배 주위에 음식 찌꺼기를 뿌려 놓은 것이다. 주위에 상어가 득실거리는 엘 트리니다드 호에 다가가는 것은 자살 행위나 다름없었다.

그렇다고 보트를 타고 다가가면 금방 눈에 띌 터였다.

따라서 다 드러내고 해롭지 않게 보이면서 다가가는 수밖에 없었다. 하지만 배 안이 훤히 보이는 롱보트에는 아무것도 숨길 수가 없었다. 헌터는 머리를 긁고 술집 안을 서성이다가, 여전히 답을 얻지 못한 채 거리로 나갔다.

거기서 그는 물 뿜는 사람을 보았다. 당시에는 흔했던 이 마술사는 다양한 색깔의 물줄기를 입에서 내뿜는 재주를 갖고 있었다. 매사추세츠 식민지에서는 이런 마술이 악마의 장난이라며 금지시켰다. 헌터는 그 마술에 묘한 매력을 느꼈다.

그 마술사는 물을 마시고 여러 가지 색깔의 물을 차례차례 토해냈다.

한동안 묘기를 구경하던 헌터가 마침내 그에게 다가갔다.

"그 묘기의 비법을 알고 싶소."

"영국 왕실의 수많은 미녀들도 그걸 물어보면서 후한 대가를 제시했다오. 당신처럼 날로 먹으려는 게 아니라."

"난 당신 목숨을 주지."

헌터가 장정된 권총을 그의 얼굴에 들이댔다. 마술사는 도전적으로 말했다.

"나한테 그런 협박은 안 통해."

"난 협박 같은 거 모른다네."

잠시 후 헌터는 마술사의 텐트로 들어가서 묘기의 비밀에 대해 들었다.

마술사가 말했다.

"눈에 보이는 것과 실제는 다릅니다."

헌터가 대꾸했다.

"보여줘 봐."

마술사는 공연을 하기 전에 어린 암소의 쓸개즙과 구운 밀가루로 조제한 알약을 삼킨다고 설명했다.

"그러면 제 위장이 깨끗해지죠."

"알겠어. 계속해."

"그런 다음에는 브라질 호두와 물을 섞어 검붉은 색이 될 때까지 끓입니다. 일하기 전에 그걸 삼키죠."

"그래서?"

"그런 다음에는 유리컵들을 증류 식초로 씻습니다."

"그래서?"

"몇몇 유리컵은 씻지 않습니다."

"그래서?"

마술사가 설명하기를, 공연이 시작되면 깨끗한 유리컵의 물을 마시고 배 속의 내용물을 토해내 밝은 빨간색의 '클라레'를 만들어냈다. 그리고 식초를 발라 놓은 유리컵의 물을 마시면 암갈색의 '맥주'가 나왔다.

물을 더 마시고 토해내면 '셰리(스페인에서 생산되는 포도주의 이름)'라고 불리는 옅은 빨간색 물이 되었다.

"대단한 비법이 있는 건 아닙니다. 눈에 보이는 것과 실제는 다르다는 것이 핵심이죠."

마술사가 한숨을 쉬고 덧붙였다.

"엉뚱한 곳으로 주의를 끄는 거랍니다."

헌터는 마술사에게 고맙다고 말한 다음 엔더스를 찾으러 갔다.

"마탄세로스에서 우리를 구출해 준 여자 이름이 뭐였지?"

"앤 샤프입니다."

"그 여자를 찾아. 그리고 롱보트에서 노를 저을 뛰어난 선원 여섯 명을 구해 와."

"왜 그러시는데요, 선장님?"

"상송을 만나러 가야겠어."

38

힘세고 치명적인 프랑스 사내 앙드레 상송은 두려움이라는 감정에 익숙지 않았다. 그래서 뭍을 떠난 롱보트를 보고도 두려움을 느끼지 않았다. 그는 그 배를 유심히 관찰했다. 노잡이가 여섯 명이고 뱃머리에 두 사람이 앉아 있었지만, 거리가 멀어서 그들이 누군지는 분간할 수 없었다.

상송은 계략을 예상하고 있었다. 영리한 영국인 헌터라면 틀림없이 음모를 꾸몄으리라 생각했다. 상송은 자신이 헌터만큼 영리하지 않다는 것을 알고 있었다. 그의 능력은 동물적이고 물리적인 것이었다. 하지만 상송은 헌터가 속임수를 쓸 수 없다고 확신했다. 속임수는 한마디로 불가능했다. 그는 지금 배에 혼자 있으며, 해가 질 때까지 안전하게 계속 혼자 있을 터였다. 하지만 조만간 자유를 얻거나 배를 침몰시킬 것이다.

그는 헌터가 절대로 배를 버리지 않을 것을 알고 있었다. 너무나 힘겹게 싸우고 너무나 많은 고초를 겪으며 손에 넣은 보물이기 때문이었다. 그 배를 지키려고 무슨 짓이든 할 터였다. 상송을 놓아주는 한이 있더라도. 프랑스 사내는 확신했다.

그는 다가오는 롱보트를 바라보았다. 배가 가까워지자 헌터가 어떤 여자와 함께 뱃머리에 서 있는 모습이 보였다. 이건 무슨 꿍꿍이지? 상송은 헌터가 어떤 계략을 꾸몄을지 궁리하느라 골이 지끈거렸다.

하지만 결국 어떤 속임수도 불가능하다고 결론 내리고 안심했다. 헌터는 영리하지만 영리함에도 한계가 있었다. 그리고 헌터는 상송이 그를 옷

깃에 붙은 파리를 털어내듯 멀리서도 간단하고 빠르게 죽일 수 있다는 것을 알 터였다. 물론 죽일 이유는 없었다. 상송이 원하는 것은 자유와 사면이었다. 그러려면 헌터가 살아 있어야 했다.

점점 가까이 다가오는 롱보트에서 헌터가 명랑하게 손을 흔들며 소리쳤다.

"어이, 상송. 프랑스 돼지 자식!"

상송도 싱긋 웃으며 손을 흔들었다.

"어이, 헌터. 매독 걸린 영국 양!"

유쾌하게 소리쳤지만 유쾌한 기분은 결코 아니었다. 몹시 긴장되었다. 너무나 자연스럽게 구는 헌터를 보니 점점 더 긴장되었다.

롱보트가 엘 트리니다드 호의 뱃전에 붙었다. 상송이 석궁으로 그들을 겨냥하면서 살짝 몸을 내밀었다. 보트 안을 살펴보고 싶었지만 너무 멀리 내밀지는 않았다.

"여긴 어쩐 일인가, 헌터?"

"자네에게 줄 선물을 가져왔지. 올라가도 되겠나?"

"자네랑 그 여자만."

뱃전 난간에서 물러난 상송이 잽싸게 맞은편 뱃전으로 달려가 그쪽에서 다른 롱보트가 다가오는지 살펴보았다. 잔잔한 바다 속에서 유유히 헤엄치며 잔물결을 일으키는 상어들의 지느러미만 보였다.

뒤로 돌아선 상송은 두 사람이 뱃전을 기어오르는 소리를 들었다. 그가 석궁을 겨누고 있을 때 여자가 나타났다. 젊고 끝내주게 예뻤다. 그녀가 상송을 보고 아주 수줍게 웃으며 한쪽으로 비켜서자 곧이어 헌터가 갑판에 내려섰다. 그는 이십 보 앞에서 두 손으로 석궁을 들고 있는 상송을 바라보며 말했다.

"썩 호의적인 환영은 아니로군."

상송이 대꾸했다.

"용서하게나."

그는 여자와 헌터를 번갈아 보고 물었다.

"내 요구를 들어 줄 준비는 됐나?"

"우리가 이야기하는 동안에도 진행되고 있다네. 앨먼트 총독이 작성하고 있는 서류가 몇 시간 뒤에 도착할 거야."

"그럼 지금은 뭣 때문에 왔지?"

헌터가 살짝 웃고 대답했다.

"상송, 자넨 내가 현실적인 사내라는 걸 알아. 자넨 자신이 모든 패를 쥐고 있다는 것도 알아. 난 자네가 뭘 요구하건 들어줄 수밖에 없어. 이번만은 자네가 너무 영리해서 나도 두 손 들었네."

상송이 대꾸했다.

"그건 나도 알아."

헌터가 실눈을 뜨고 노려보며 말했다.

"언젠가 널 찾아내서 죽이고 말 거야. 내 장담하지. 하지만 지금은 자네가 이겼어."

상송은 무언가 아주 이상하다는 것을 문득 깨달았다.

"이건 속임수야."

헌터가 말했다.

"속임수가 아냐. 고문이지."

"고문?"

"그래. 눈에 보이는 것이 항상 진실은 아니지. 난 자네가 오후를 즐겁게 보낼 수 있도록 이 여자를 데려왔어. 한눈에 봐도 매력적인 여자지? 물론 영국 여자치고는 말이야. 자네를 위해 여기다 두고 가지."

헌터가 웃으며 덧붙였다.

"자네가 얼마나 배짱이 두둑한지는 모르겠지만 말이야."

이제 상송도 웃었다.

"헌터, 자넨 악마의 종이야. 내가 이 여자랑 즐기려면 주변 감시를 중단해야 해. 그렇지?"

"부디 영국 미녀가 자네를 고문하길 빌겠네."

헌터는 살짝 고개 숙여 인사하고 뱃전 너머로 내려갔다. 상송은 뱃전에 부딪치는 헌터의 발소리에 귀 기울였다. 이윽고 헌터가 롱보트에 내려서자 쿵 소리가 났다. 뭍으로 돌아가자는 헌터의 지시와 함께 노 젓는 소리가 들렸다.

상송은 생각했다. 이건 속임수야. 뭔가 꼼수가 있어. 그는 여자를 바라보았다. 어떤 식으로든 무기를 감추고 있을 거라고 생각했다.

상송이 매섭게 명령했다.

"누워."

그녀는 당황한 표정이었다. 상송이 갑판에 발을 구르고 소리쳤다.

"누우라고!"

여자가 갑판 위에 눕자, 상송이 조심스럽게 다가가 옷 속으로 손을 넣어 몸수색을 했다. 무기는 없었다. 하지만 그는 여전히 속임수라고 생각했다.

상송은 난간으로 다가가 힘차게 뭍으로 가는 롱보트를 바라보았다. 뱃머리에 앉아 있는 헌터는 육지만 바라볼 뿐 뒤는 돌아보지 않았다. 노잡이는 여섯 명이었다. 머릿수가 맞았다.

여자가 키득거리며 물었다.

"저 일어서도 돼요?"

상송이 돌아서서 그녀를 보고 대답했다.

"좋아, 일어서."

여자가 일어서서 구겨진 옷을 폈다.

"제가 마음에 드세요?"

상송은 심술궂게 대답했다.

"영국 돼지치고는."

그러자 여자가 말없이 옷을 벗기 시작했다. 상송이 소리쳤다.

"뭐 하는 거야?"

"헌터 선장님이 저더러 꼭 옷을 벗으랬어요."

상송이 눈살을 찌푸렸다.

"그대로 입고 있어. 지금부터는 내가 시키는 대로 해."

그는 사방의 수평선을 살펴보았다. 떠나가는 롱보트 말고는 아무것도 없었다.

상송은 생각했다. 분명히 속임수야. 틀림없어.

그는 돌아서서 다시 여자를 바라보았다. 그녀가 자기 입술을 핥았다. 매력적인 짐승이었다. 저 여자를 어디로 데려가지? 어디가 안전할까? 상송은 문득 선미 갑판이 안전하다는 것을 알아차렸다. 거긴 위치가 높기 때문에 사방을 감시하면서도 이 영국 갈보와 즐길 수 있었다.

"헌터 선장과 네년은 날 이길 수 없어."

상송이 그녀에게 선미 갑판으로 올라가라고 명령했다. 몇 분 뒤, 그는 다시 한 번 놀랐다. 이 깜찍하고 작은 짐승이 실은 비명을 질러대는 욕정 덩어리였다. 소리치고 헐떡이고 손톱으로 할퀴었다. 상송은 무척 만족스러웠다.

그녀가 헐떡이며 말했다.

"당신 너무 커! 프랑스 남자들이 이렇게 클 줄이야!"

그녀의 손가락들이 고통스럽게 상송의 등을 할퀴었다. 그는 행복했다.

그 황홀경의 비명이 헌터에게 보내는 신호라는 것을 알았다면 상송은 별로 행복하지 않았을 것이다. 아마 그녀는 그 비명의 대가로 수고비를 두둑이 받았을 것이다. 지금 헌터는 흘수선 바로 위에서 밧줄 사다리에 매달린 채, 주위의 물속에서 돌아다니는 상어들의 잿빛 형체를 지켜보고 있었다.

그는 롱보트가 떠날 때부터 줄곧 거기 매달려 있었다. 롱보트의 뱃머리에는 미리 방수포 밑에 숨겨 왔다가 헌터가 갤리언에 승선했을 때 세워 놓은 허수아비가 있었다.

모든 것이 헌터의 계획대로 착착 진행되었다. 상송은 롱보트 안을 유심히 살펴볼 엄두를 내지 못했고, 롱보트가 떠난 직후에는 잠깐 동안 여자를 살피느라 정신이 팔려 있었다. 떠나가는 배를 다시 돌아볼 무렵에는 이미 거리가 멀어서 허수아비를 알아보지 못했다. 만약 그때 상송이 밑을 내려다보았다면 뱃전에 매달려 있는 헌터를 발견했을 것이다. 하지만 내려다볼 이유가 없었다. 그리고 헌터는 그녀에게 최대한 상송의 주의를 끌라고 지시해 놓았다.

밧줄에 매달린 채 기다리던 헌터는 한참이 지나서야 쾌락의 비명 소리를 들었다. 예상대로 선미 갑판에서 들려오고 있었다. 그는 조심스럽게 포문으로 올라가 엘 트리니다드 호의 선실로 미끄러져 들어갔다.

무장하지 않은 헌터는 우선 무기부터 찾아야 했다. 앞쪽의 무기고로 가서 단검 한 자루와 권총 두 정을 꺼낸 다음, 총을 장전하고 화약을 쟀다. 석궁도 하나 집어 들고 시위를 당겨 놓았다. 그러고 나서야 주갑판으로 이어진 층계를 올라갔다. 그리고 도중에 멈춰 섰다.

선미 쪽을 보니 상송이 여자와 함께 서 있었다. 그녀는 자기 옷을 매만지고 있었다. 상송은 수평선을 살펴보고 있었다. 그는 겨우 몇 분 동안 욕정을 풀었을 뿐이지만, 그것은 치명적인 몇 분이었다. 헌터는 상송이 갤리언 중앙으로 내려와 갑판을 서성이는 모습을 지켜보았다. 상송은 한쪽 뱃전을 내려다보고 반대쪽 뱃전을 살폈다.

그때 그가 멈칫했다.

그가 다시 내려다보았다.

헌터는 상송이 무얼 보고 있는지 눈치 챘다. 그는 헌터가 뱃전을 따라 포문으로 올라오면서 남긴 이상한 무늬의 물 자국을 보고 있었다.

"망할 년!"

상송이 획 돌아서서 여전히 선미 갑판에 있는 여자에게 석궁을 발사했다. 너무 흥분한 나머지 화살이 빗나갔다. 그녀는 비명을 지르면서 갑판 아래로 뛰어 내려갔다. 상송이 그녀를 쫓아가려다가 멈춰 섰다. 생각을 고쳐먹은 듯했다. 그가 석궁을 다시 장전한 다음 귀를 기울이면서 기다렸다.

여자가 뛰어가는 발소리가 들리더니, 곧이어 문이 쾅 닫히는 소리가 들렸다. 헌터는 그녀가 선미 선실로 들어가서 문을 잠갔으리라 짐작했다. 그녀는 한동안 안전할 터였다.

상송이 갑판 한가운데로 가서 중앙돛 옆에 섰다.

"헌터! 네가 여기 있다는 거 안다!"

그가 소리치고는 웃음을 터뜨렸다.

지금은 그가 유리했다. 중앙돛대 옆에 서 있으면 어느 방향으로든 권총 사정권 밖이기 때문이었다. 그는 기다렸다. 신중하게 돛대를 돌면서 느릿느릿 주위를 두리번거렸다. 조금도 방심하지 않고 정신을 바짝 차렸다. 어떤 작전에도 대비하고 있었다.

헌터에게 작전 따위는 없었다. 무작정 두 총을 모두 쐈다. 총알 하나는 중앙돛대를 스쳤고 나머지 총알이 상송의 어깨에 맞았다. 프랑스 사내가 신음 소리를 냈지만 부상에 전혀 개의치 않는 눈치였다. 그가 획 돌아서서 석궁을 발사했다. 화살이 헌터를 지나쳐 층계 나무에 박혔다.

헌터는 층계를 뛰어 내려가면서 상송이 쫓아오는 소리를 들었다. 얼핏 보니 상송은 권총 두 자루를 꺼내 들고 돌진해 오고 있었다.

헌터는 층계 뒤에 숨어서 숨을 죽였다. 그의 머리 위에서 상송이 부리나케 층계를 내려오고 있었다.

포열 갑판에 내려선 상송은 헌터에게 등을 돌리고 있었다. 곧이어 헌터가 싸늘한 목소리로 말했다.

"꼼짝 마."

상송은 그 말을 무시하고 돌아서서 권총을 모두 발사했다.

헌터가 잽싸게 밑으로 웅크리자 총알들이 그의 머리 위로 휙 지나갔다. 이제 그는 석궁을 치켜들고 일어서서 말했다.

"눈에 보이는 것이 항상 진실은 아니라네."

상송이 두 팔을 들고 빙그레 웃었다.

"이봐, 헌터. 난 이제 무기가 없어."

헌터는 쌀쌀맞은 목소리로 말했다.

"올라가."

상송은 두 손을 내민 채 층계를 올라가기 시작했다. 그의 혁대에 꽂혀 있는 단검이 헌터의 눈에 띄었다. 상송의 왼손이 그 쪽으로 내려가기 시작했다.

"허튼 수작 부리지 마."

그 왼손이 얼어붙었다.

"올라가."

상송이 위로 올라가자 헌터가 뒤따라갔다.

상송이 말했다.

"난 여전히 자네 친구야, 헌터."

헌터가 쏘아붙였다.

"네 똥구멍에 막대기를 꽂아 줄 테니 그거랑 친구 먹어."

두 남자가 주갑판으로 올라왔다. 상송은 다시 돛대 쪽으로 갔다.

"우린 대화를 해야 해. 이성적으로 굴란 말이야."

헌터가 물었다.

"어째서?"

"왜냐하면 내가 보물의 절반을 숨겨 놨으니까. 이걸 봐."

상송은 목걸이에 달린 금화를 가리키며 말했다.

"그 보물이 묻힌 장소를 여기다 표시해 놨지. 카산드라 호의 보물 말이야. 군침이 돌지 않나?"

"그렇군."

"좋아. 그럼 이제 협상할 이유가 생겼군."

헌터는 석궁을 단단히 쥐고 말했다.

"넌 날 죽이려 했어."

"자네가 나였더라도 그러지 않았을까?"

"아니."

상송이 말했다.

"아니긴 뭐가 아냐. 낯짝에 철판을 깔지 않고서는 그런 말 못해."

헌터가 대꾸했다.

"그래, 나라도 그랬을지 몰라."

"우리의 우정은 아직 변치 않았어."

"나라면 널 배신하지 않았을 거야."

"아니, 할 수만 있다면 했을걸."

"아냐. 나에게는 명예라는 것이 있고……."

그때 헌터의 뒤에서 여자가 깍깍대는 소리가 들렸다.

"어머, 찰스, 그자를 붙잡았군요!"

헌터가 잠깐 고개를 돌리고 앤 샤프를 보는 순간 상송이 달려들었다.

헌터는 무의식적으로 석궁을 발사했다. 쉭 하는 소리와 함께 날아간 화살이 갑판을 가로질러 상송의 가슴에 박혔다. 그 충격으로 공중에 떴다가 중앙돛대에 꽂힌 상송이 두 팔을 휘저으며 버둥거렸다.

그가 입에서 피를 뚝뚝 흘리며 말했다.

"자네가 나한테 이럴 수는 없어."

헌터가 대꾸했다.

"인과응보야."

이윽고 상송이 죽으면서 고개가 가슴으로 푹 떨어졌다. 헌터가 석궁 화살을 빼내자 상송의 시신이 바닥에 쓰러졌다. 헌터는 보물 지도가 새겨진 금화 목걸이를 상송의 목에서 뜯어냈다. 앤 샤프가 한 손으로 입을 막고 지켜보는 가운데, 헌터가 시신을 뱃전 쪽으로 질질 끌고 가서 밖으로 밀어 버렸다.

시신이 물위에 떴다.

상어들이 조심스레 시신 주위를 맴돌기 시작했다. 곧이어 한 놈이 달려들어 살을 한 조각 뜯어 갔다. 이어서 다른 상어들이 차례차례 덤벼들자, 요란하게 물이 튀고 피 거품이 일었다. 그 상태는 고작 몇 분 지속되었다. 잠시 후 붉은색이 사라지고 수면이 잔잔해지자 헌터가 고개를 돌렸다.

| 에필로그 |

찰스 헌터의 비망록《카리브 해를 누비는 사략선 선원들의 삶》에 따르면, 그는 이듬해인 1666년에 일 년 동안 상송의 보물을 수색했지만 끝내 찾지 못했다. 그 금화 표면에는 보물 지도가 새겨져 있지 않았다. 대신 이상한 삼각형들과 숫자들만 있었는데 헌터는 결국 그것들을 해독하지 못했다.

제임스 앨먼트 총독은 자신의 조카인 새러 앨먼트와 함께 영국으로 돌아갔다. 두 사람 모두 1666년에 일어난 런던 대화재로 사망했다.

에밀리 해클릿은 1686년까지 포트 로열에서 살다가 매독에 걸려 죽었다. 그의 아들 에드거는 캐롤라이나 식민지에서 부유한 상인이 되었다. 훗날 그의 아들 제임스 찰스 해클릿 헌터는 1777년에 캐롤라이나 식민지 총독이 되었는데, 그는 캐롤라이나 식민지가 보스턴에서 하우 제독 휘하의 영국 군대와 맞서 싸우는 북부 폭도 편을 들어야 한다고 주장했다.

앤 샤프는 1671년에 영국으로 돌아가 배우가 되었다. 17세기 초와 달리 당시에는 더 이상 남자가 여자 배역을 맡지 않았다. 앤 샤프는 서인도제도 출신 여자들 중 전 유럽에서 두 번째로 유명한 여자가 되었다. 물론 가장 유명한 여자는 루이 14세의 정부인 마담 드 맹트농이었는데, 그녀의 출생지는 과들루프였다. 1704년에 사망한 앤 샤프는 자신의 삶을 '달콤한 오명' 이라고 묘사했다.

이발사이자 외과의사이며 항해사인 엔더스는 1668년에 맨더빌의 캄페체 탐험에 따라 나섰다가 폭풍에 휘말려 사망했다.

바사라고도 불리는 무어는 헨리 모건이 파나마를 공격한 1669년에 사망했다. 그는 스페인 사람들이 파나마시티를 방어하려고 풀어 놓은 많은 동물들 중 하나인 황소에게 받혔다.

유대인 돈 디에고는 1692년까지 포트 로열에서 살다가 그 '사악한 도시' 를 영원히 파괴해 버린 지진으로 이미 고령인 나이에 사망했다.

라쥐는 1704년에 사우스캐롤라이나 찰스턴에서 해적 혐의로 체포되어 교수형당했다. 그녀는 블랙비어드(카리브 해에서 활약한 유명한 해적 에드워드 티치의 별명)의 연인이었다고 한다.

상송의 보물을 찾다가 말라리아에 걸려서 쇠약해진 찰스 헌터는 1669년에 영국으로 돌아갔다. 그 무렵 마탄세로스 습격은 정치적인 골칫거리가 되었으며, 결국 헌터는 찰스 2세의 부름을 받지 못하고 훈장도 받지 못했다.

헌터는 1670년에 턴브리지 웰즈의 작은 집에서 약간의 땅과 공책 한 권을 남기고 폐렴으로 사망했다. 그의 공책은 케임브리지 트리니티 대학에 보관되었다. 그 공책과 마찬가지로 헌터의 무덤도 턴브리지 웰즈의 세인트 앤서니 교회 묘지에 아직도 남아 있다. 비록 풍상을 겪으면서 거의 닳긴 했지만, 비석에 새겨진 글귀는 지금도 읽을 수 있다.

선장 찰스 헌터

이곳에 잠들다

1627-1670

순수한 모험가이자 뱃사람으로서

많은 이들의 사랑을 받았고

신세계를 누비며

승리했다

| 옮긴이의 글 |

테크노 스릴러의 거장, 모험 소설 작가로 거듭나다

2008년 11월 4일. 이 시대 가장 뛰어난 스릴러 작가였던 한 사람이 예순여섯이라는 비교적 젊은 나이로 세상을 떠났다. 그가 쓴 많은 소설들은 인간의 무분별한 과학 맹신과 섣부른 도전이 초래한 섬뜩하고 암울한 미래를 탁월한 이야기 솜씨로 풀어내 전 세계 독자들의 마음을 사로잡았다. 《쥬라기 공원》과 《넥스트》가 대표적인 사례라고 할 수 있다. 그가 바로 과학 스릴러의 아버지라 일컬어지는 마이클 크라이튼이다. 이 위대한 스릴 마스터의 때 이른 죽음에 그를 아끼던 독자들은 안타까움과 비통함을 금치 못했다. 그렇게 그는 우리 곁을 떠났다.

2009년 11월 24일. 마이클 크라이튼이 다시 돌아왔다. 이제껏 그에게서 보지 못했던 전혀 새로운 스타일의 소설과 함께.

마이클 크라이튼이 사망한 뒤, 그의 컴퓨터 하드디스크에서 새로운 소설의 완성본이 발견되었다. 그것이 바로 이 해양 모험 소설 《해적의 시대》이다. 아마 독자들은 마이클 크라이튼이 모험 소설을 썼다는 사실에 어리둥절해 할 것이다. 몇 년 전에 그의 근작 《넥스트》를 번역한 나도 처음 이 소설의 리뷰를 의뢰받았을 때 고개를 갸우뚱했다. 에이, 설마 마이클 크라이튼이 모험 소설을 썼을라고. 해적 시대를 무대로 한 과학 스릴러겠지. 하지만 한 장 한 장 읽어나가는 동안 그 예상이 완전히 틀렸다는 것을 깨닫게 되었다.

이 소설은 정통 모험 소설이다. 더구나 17세기의 각종 선박과 바다, 해전이 등장하는 해양 소설이기도 하다. 마이클 크라이튼의 전매특허라 할 수 있는 과학 스릴러와는 전혀 다른 분야의 장르 소설이다. 이는 실로 놀라운 것이다. 본래 각각의 장르 소설은 자기만의 색깔과 특성, 그 장르만의 세부 지식과 깊이를 갖고 있다. 따라서 전혀 다른 장르의 소설을 제대로 쓴다는 것은 결코 생각처럼 쉬운 일이 아니다. 더구나 해양 소설은 어지간한 작가가 '나도 한번 써봐야지.' 하고 쉽게 달려들 수 없는 장르이다.

나는 영국의 대표적인 해양 소설 작가 패트릭 오브라이언의 방대한 작품인《마스터 앤드 커맨더》시리즈를 번역한 적이 있다. 비록 처음 세 권만 번역했지만, 고작 세 권을 번역하는 데 무려 2년여의 시간이 걸렸다. 범선과 해전에 관한 내용이 상상을 초월할 정도로 복잡하고 어렵기 때문이었다. 범선 부품의 명칭에서부터 갖가지 선박 기동에 이르기까지 그 분야 전문가가 아니면 이해조차 힘든 것들 투성이였다. 그런 방대한 지식을 갖추지 않고 해양 소설을 쓴다는 것은 언감생심이다.

《해적의 시대》는 바다와 선박에 대한 깊은 이해 없이 대충 분위기만 낸 무늬만 해양 소설이 결코 아니다. 적확한 항해 용어를 적재적소에 구사하면서 필사적인 추격과 해전의 긴박감을 생생히 구현하고 있다. 특히 막강한 적함에 쫓기면서 부족한 선원과 대포로 결국 적을 물리치는 장면의 묘사는 어느 해양 소설과 견주어도 모자람이 없다. 해양 소설의 진면목을 목격한 내가 봐도 허술한 구석을 찾기 힘들 만큼 노련한 솜씨다. 실로 놀라울 따름이다.

또한 모험 소설로서도 전혀 손색이 없다. 보물을 찾아 나선 해적, 바다에서 만난 무시무시한 해수(海水), 전리품을 놓고 벌어지는 배신과 음모. 그런 흥미진진한 모험담이 아기자기하고 짜임새 있게 녹아들어 있다. 비록 장르는 다르지만 이 소설에서도 이야기꾼으로서 마이클 크라이튼의 타고난 재능은 유감없이 발휘되고 있다.

원래 이 소설은 마이클 크라이튼이 오래전부터 계획했던 것이라고 한다. 어쩌면 과학 스릴러를 집필하는 동안 틈틈이 새로운 장르에 도전하고 있었는지도 모른다. 그 결실이 바로 이 소설이다. 이제는 그를 테크노 스릴러의 거장이 아니라 촉망받는 모험 소설 작가라고 불러야 할지도 모르겠다. 그의 차기작을 볼 수 없다는 사실이 안타까울 따름이다.

이 소설은 스티븐 스필버그의 손으로 영화화된다. 《쥬라기 공원》으로 전 세계를 놀라게 한 할리우드 최고의 감독이 과연 마이클 크라이튼이 창조한 해적의 세계를 어떤 영상에 담아낼지 자못 궁금하다. 그러나 한 가지 분명한 사실은, 어느 누가 만들어도 재미있을 거라는 점이다. 그것이 바로 마이클 크라이튼 표 소설의 힘이다.

법흥리 꽃동산에서

이 원 경

PIRATE
LATITUDES